그대와 평화에 닿았다

생명평화운동가 정재돈의
삶을 함께 쓰다

그대와 평화에 닿았다

생명평화운동가 정재돈의
삶을 **함께** 쓰다

정재돈 외 지음

리북

책을 펴내며

더없이 따뜻한 사람, 생명평화운동가 정재돈. 그가 떠난 지일 년입니다. 한 사람을 기억하는 일은 하나의 희망을 만드는일입니다. 한 사람의 발자취는 우리 나아갈 내일의 지도일 수있습니다. 정재돈은 충분히 그럴만한 사람입니다.

정재돈은 민주화운동, 농민운동, 통일운동, 협동조합운동에헌신하며 생명평화운동 큰길에서 이 모두를 마침내 관통하고이끌었습니다. 수많은 글과 말을 남겼고 더 많은 인연의 집을지었고 공동체살이의 빛나는 성공 사례와 손에 잡히는 세상의진일보를 만들었습니다. 그리고 완전한 영혼에 가까운 인간적모범을 남겼습니다. 이 책은 그런 정재돈의 삶의 이야기를 담은첫 번째 선물입니다. 향후 그에 대한 더 많은 이야기와 또 그가남긴 수백 편의 유고들이 생명평화운동의 사료이자 성과로 다양하게 공유되고 활용될 수 있을 것이라 기대합니다.

이 책에는 우선적으로 그의 유고 스무 편 남짓을 1부 '생명평화공동체를 향하여'와 3부 '그 눈빛 그 온기'에 나누어 실었습니다. 스스로 여정을 돌아보며 남긴 회고글, 강의 원고, 땀과 눈물이 있던 현장에서 가슴과 가슴으로 퍼지던 그의 목소리가 그대로 느껴지는 연설문들을 간추렸습니다. 함께 실은 투병생활에서의 병상메모와 자녀들에게 담담한 마음으로 남긴 편지는 우리들에게 남긴 당부이자 마지막 인사이기도 합니다.

쉰네 분 필자들이 정재돈 동지와 함께 했던 일, 나누고 의지했던 꿈과 성과들, 잊을 수 없는 투쟁과 사랑의 기억들을 생생히 되살려 주셨습니다. 좋은 일을 하며 참 좋은 삶을 함께 살았던 사람들의 역사입니다. '정재돈이 살아 숨 쉬는 우리 역사'를 써 주신 모든 분들께 감사드립니다.

생명평화운동의 길을 가장 반듯하고 치열하게 걸어 온 정재돈의 뜻과 아름다운 삶이 이 책으로 환하게 빛나고 평화처럼 나누어지면 좋겠습니다.

2023년 6월
정재돈 유고·추모문집을 준비한 사람들 모심

사랑합니다! 권혁주 주교

남편 정재돈 비오 형제를 하늘나라로 편안히 보낸 다음 날 아침, 부인 심영란 엘리사벳 자매로부터 다음과 같은 문자 메시지를 받았다. "주교님, 비오가 많은 분들의 따스한 배웅을 받으며 하느님 품 안으로 돌아갔습니다. 눈앞에서 볼 수 없는 아픔이 크나, 다시 만날 것을 믿습니다. 큰 사랑 주셔서 감사합니다."

그때 나도 그저 간단한 문자로 "그동안 비오 형제가 교회, 특별히 우리 농민들을 위해 기꺼이 헌신적으로 봉사할 수 있도록 뒷바라지 해주시고 도와주심에 감사드립니다."라고 답을 드렸을 뿐이다. 그 이후에 엘리사벳 자매가 인사차 따님 리오바와 함께 직접 안동에 찾아오셔서 오랜만에 만나 뵌 적이 있는데, 그때 앞으로 나도 가족의 일원이 된 마음으로 비오 형제의 빈자리를 기도로 채워드리겠다고 약속한 적이 있다. 그래서 지금도 그 가족을 가끔 기도 안에서 만나고 있다. 오늘 특별히 그 가족을 위한 기도를 함께 바치고 싶다. "하느님의 축복 안에서 그들 가족 모두가 항상 건강하고 화목하고 복된 가정에서 참 행복을 누리며 살게 하소서."

선종하시기 몇 주 전에 정재돈 비오 형제가 직접 나에게 전화를 주셨다. 정신이 맑을 때 전화 통화를 하고 싶었다고 하시면서 마지막 인사를 하시듯 아주 정중하고도 따뜻하게 말씀하셨다. 함께 했던 순간들에 대한 고마움과 아쉬움을 전하면서, 곧 하늘나라에 가면 평소에 존경하고 사랑했던 안동의 신부님들, 정호경 신부님과 류강하 신부님과 조창래 신부님을 만나겠다고 하셨다. 그리고 정말 평화로운 모습으로 "사랑합니다!"라고 하면서 마지막 고별인사를 하셨다. 나도 같은 마음으로 같은 내용의 인사를 드렸지만 떠나면서 하신 그 맑은 목소리는 아직도 나의 마음과 귓가에 맴돈다. "사랑합니다!"

정재돈 비오 형제는 스스로 자신의 멘토이자 스승이며 아버지와도 같다고 여겼던 절친切親 정호경 신부님이 10년 전에2012년 4월 27일 저녁 먼저 하늘나라로 가신 것을 항상 안타까워하면서 언젠가 다시 만날 그날을 고대하셨다. 비오 형제가 정호경 신부님의 생애를 기린 추도사에서 이런 말씀을 했다.

"…… 내게는 정호경 신부님과 함께했던 안동 생활이 그런 추억입니다. …… 제 인생에서 가장 치열하게 일할 수 있었습니다. 그래서 가장 행복했던 시절이었고 지금도 하느님께 감사드리고 있습니다."

정호경 신부님이 하느님 품으로 가기 전에 당신의 죽음을 미리 준비하시며 사람들과 함께 드렸던 기도가 하나 있다. 〈주님만이 저의 행복이십니다〉라는 제목의 시편 기도인데, 시편 16편의 내용에 따라 정호경 신부님이 직접 묵상하시고 지으신 기도이다. 1년 전에 비오 형제가 저에게 마지막 전화를 하셨던 그때, 죽음을 준비하는 같은 처지의 비오 형제를 생각하며 이 기도를 바친 적이 있다.

오늘 특별히 비오 형제를 추모하며 기억하는 모든 이들과 함

께 그 기도를 함께 바치고 싶다. 우리도 언젠가는 하늘나라에서
그를 함께 만나리라는 간절한 믿음으로 이 기도를 함께 바치고
싶다.

주님!
너무나 행복합니다.
당신은 저의 주님
당신만이 저의 행복이십니다.
몸과 마음 송두리째 당신께 맡기오니
당신 품에 계속 품어 주시어
이 행복 잃지 않게 해주십시오.

사람들은 갖가지 우상에 매달려
행복을 구걸하지만,
갈증만 심해지고
아픔만 늘어날 뿐임을
뒤늦게 알고 후회합니다.
사람들은 금력과 권력과 무력을 숭배하고
편리와 소비를 끝도 없이 맹종하지만,
자신과 세상의 불행을 자초할 뿐임을
뒤늦게 알고 후회합니다.

행복이신 주님!
저는 그 같은 우상을 멀리하였고
앞으로도 그 같은 우상은 거들떠보지도 않겠습니다.
당신만이 저의 운명을 쥐고 계십니다.
당신께서 주시는 아름다운 자연과 일용할 양식이
마냥 고맙고 행복합니다.
밤낮으로 저를 타일러 주시고 일깨워 주시니
너무나 고맙고 행복할 뿐입니다.

당신을 뒤따라 나섰는데
어느 사이에 당신은 제 동행이 되어 주시니
행복한 제 삶이 흔들릴 리 있겠습니까?

마음도 영혼도 기뻐 뛰놀고
몸도 편안합니다.
당신께 충실하려 애쓰오니
이승에서는 천수를 누리게 하실 것이고
저승에서도 멸망의 구렁에 빠지지 않게
하시리라 믿습니다.

행복이신 주님!
당신은 오늘 이 시간까지
저를 생명과 행복의 길로 이끌어 주셨습니다.
늘 감사하는 마음으로
당신을 모시고 당신 품에서
기쁨 넘치는 행복을
길이 길이 노래하게 하소서.

《'시편'을 묵상하며 바치는 오늘의 기도 제1권(1-50편)》, 정호경 지음,
성서와함께, 2011, 64-66쪽.

"사랑합니다!"

정재돈 비오 형제가 나에게 남기고 간 마지막 말의 의미가 무슨 의미일까 새겨본다. 첫 번째 의미는 말 그대로 사랑하고 존경한다는 의미일 것이다. 직접 만나는 기회는 그리 많지 않았더라도 안동과 맺은 인연으로 우리의 관계는 서로 말하지 않아도 통하는 믿음과 사랑이 있었다. 정재돈 비오 형제가 안동과 맺은 인연은 특별했다. 안동은 특별히 그가 70년대 80년대 농민운동과 민주화운동에 동참하면서 가장 치열하게 일하고 살았던 현장이

기 때문이다. 그때 함께 하면서 만났던 사람들은 아직도 서로를 영원한 동지로 여기며 각자 현장에서 못다 이룬 꿈들을 펼치고 실현해 나가고 있다고 한다. 그들에게는 믿음도 있으니 아마 천국까지 함께 갈 것이다. 그래서 정재돈 비오 형제가 나에게 마지막 인사로 표현한 "사랑합니다!"라는 말 안에는 그가 이 세상에서 사랑하며 함께한 사람들, 특별히 농민들과 가난한 사람들과 고통받는 사람들과 소외된 사람들을 더 많이 사랑해달라는 당부도 포함되어 있을 거라고 그 의미를 마음에 새겨보았다.

정재돈 비오 형제가 바라던 행복, 그가 꿈꾸던 세상은 '서로 사랑하며 함께 더불어 사는 생명공동체 세상'이었다. 우리에게 그는 이러한 행복과 꿈의 실현을 위해 뜻있는 사람들과 연대해서 치열하게 일하며 사랑하며 살다간 고마운 사람으로 영원히 기억될 것이다. 이제 그가 바라던 행복과 꿈은 우리가 함께 채우고 이루어야 할 몫으로 남아있다. '서로 사랑하며 함께 더불어 사는 생명공동체 세상'을 위하여……

권혁주 요한 크리소스토모 주교는 천주교 안동교구장이다.

생명공동체 농민운동의 참일꾼 정성헌

정재돈이 우리 곁을 떠난 지 일 년이 돼온다. 너무 아깝고 안타깝고 화가 나고 슬프다. 더군다나 요즈음의 세상 돌아가는 꼴과 기후위기가 기후비상으로 바뀌어 가는 지구와 우리 형편 특히 농업과 농촌 사정을 생각하면 더욱 그렇다.

올해는 우선 정재돈을 추모하는 소박한 책을 내고, 때가 이르면 '정재돈 평전'을 만들어야겠다는 유영훈정재돈의 한국가톨릭농민회(가농) 40년 동료, 친구의 전화를 받았다.

"형님은 형식과 양에 구애받지 말고, 재돈이를 추모하는 글을 형님 마음대로 쓰세요."

유영훈의 원고 청탁의 말이다. 여기서 이 글을 쓰면서 나오는 호칭에 대해 미리 양해를 구하는 게 예의에 맞기에 말씀드린다. 아무개에 대해서는 평어로, 아무개에 대해서는 무슨 형 또는 형님이라 부르는 것은 저 자신이 정재돈과 함께 가농운동과 가농과 직간접 관련된 운동을 40년 이상 했기에 그러하다.

추모의 글을 쓰라는 말을 듣고 여러 날을 고심해도, 정재돈의 모든 것을 표현할 적당한 말이 떠오르지 않았다. 한국DMZ평화생명동산의 생명살림 오행동산을 걸어도, 가벼운 텃밭 가꾸기를 하면서도, 서울 가서 지하철로 이동할 때도 영 마땅한 말이 떠오르지 않아 여러 날을 고심했다. 오늘 새벽, 드디어 그를 추

모하고 그리워하는 주위 사람들 특히 농민운동과 가농운동 후
배들에게 들려주고 나누고 싶은 말이 떠올랐다.

생명공동체 농민운동의 참일꾼, 정재돈!

착함, 따뜻함, 깊음, 한결같음

그의 성품은 착하고 따뜻하고 깊고 한결같다. 정재돈은 나의
조카이며 가농 도반이다. 내가 초등학교 3학년 때인가 그의 아
버지_{나에게는 큰댁 사촌 큰 형님} 정일섭의 전통 혼례에 참여한 기억이
지금도 선명하다. 그가 남산국민학교_{그 당시의 교명}, 창촌중학교,
춘천고등학교, 강원대학교 그리고 민청학련사건으로 부산교도
소에서 출감하던 날……, 그 후 가농 안동교구의 총무 때부터
가농 전국본부 교육부장, 사무총장, 전국회장 그리고 우리밀살
리기운동 사무처장……, 그 후의 확장된 여러 가지 운동과 활동
을 통해 나타난 그의 성품은 착함, 따뜻함, 깊음, 한결같음이다.

좋지 않은 성품을 가진 사람들이 크고 작은 각종 권력을 휘두
르면 세상이 망가지고, 힘없고 가난한 이들과 자연 산천이 얼마
나 고생했는지는 고금동서를 돌아보지 않아도 금방 알 수 있다.
그의 좋은 성품이 바탕이 됐기 때문에, 유신독재 시절의 엄혹한
환경 속에서도 천주교 안동교구_{경북 북부지방}의 가농 활동은 전국
의 조직 활동 중에서 가장 활발한 활동, 특히 협동 활동과 마을
회의를 민주화하는 데 모범을 보였던 것이다. 세칭 오원춘 납치
사건 때 당시 지도신부였던 정호경 신부님과 총무 정재돈이 이
른바 긴급조치 9호 위반으로 구속됐을 때도 교회와 가농이 한
마음이 되어 흔들림 없이 싸워나가는 보이지 않는 마음의 연대
가 돼 있었다고 생각한다.

전국농민회총연맹전농 초대 조직국장을 한 것도 그의 성품과 능력을 제대로 평가했기 때문에, 전농 초기조직을 그에게 맡긴 것이다. 어느 전국조직이나 다 그렇지만, 전농도 합의와 조정이 만만치 않은 조직이다. 생각과 경험이 서로 다른, 나름 날고 기는 농민운동가들이 전국 단위로 결합해서 일하는 것이 그렇게 쉬운 일은 아니다. 민족 우선이냐! 계급 우선이냐! 라는 오래된 노선투쟁도 있고, 강경 투쟁이냐 온건이냐의 방법론 논쟁도 늘상 있는 일이다. 그가 전국농민연대 상임대표, 6·15공동선언실천 민족공동위원회 남측공동대표, 국민농업포럼 상임대표, 한국협동조합연구소 이사장, 통일농수산 공동대표, 농업선진화위원회 공동위원장 일을 무난히 수행한 것도, 다 그의 성품이 바탕힘이 되고 기획과 조정능력이 뛰어났기 때문이라고 생각한다.

생명공동체운동의 최적의 인물

내가 가농 전국본부 사무국장할 때 그는 교육부장을, 우리밀 본부장일 때는 사무처장을 맡았는데, 나는 그가 화내는 것을 한 번도 보지 못했다. 내가 큰 사람이 못되기에 상당히 화를 내며 꾸짖을 때가 여러 번 있었는데도, 그는 그냥 잘 듣고 새기는 자세여서 나 스스로 미안했던 적이 몇 번 있었다. 왜 그라고 화가 나지 않겠는가? 나는 그가 개인적인 화를 공적인 화로, 즉 공분으로 차원 변경했을 거라고 생각한다.

당시 가농 전국회장 김상덕 형님은 정재돈을 좋은 인물로 평가하고 "그 친구 같으면 국회의원을 하면 나라와 농민을 위해 진짜 좋은 일을 할 거네."라고 평하면서 "그러나 재돈이는 국회의원은 안 할 사람이야. 평생 운동할 사람 같네."라고 말씀하시던 것이 기억난다.

그는 달변은 아닌데 강의 능력이 우수하다. 가농 교육부장으로서 그의 족적은 지금도 여기저기서 눈에 띄곤 한다. 천주교회에서도 이웃과 좋은 사귐을 가지고 꾸준히 활동한 것으로 알고 있다. 나는 천주교 영세는 받았지만, 예수 그리스도의 가르침을 온마음 온몸으로 이해하고 실천하지 못했던 사람이다. 해방신학, 민중신학, 바티칸공의회 정신, 프란치스코 교황의 〈찬미 받으소서〉, 그리고 감옥에서 읽은 성서 통독 몇 번과 종교 관련 서적 몇 권 읽은 '얕은 지식'을 써먹곤 했지만. 그런 내가 보기에 그는 믿음과 생활이 상당히 일치된 삶을 살았다고 본다. 물론 그의 신앙생활에는 평생의 반려자 심영란의 격려와 보살핌이 자양분 역할을 한 것을 지나치면 안 된다.

그런 점에서 그는 가농이 80년대에 정립하고 90년대에 본격 실천한 생명공동체운동의 일꾼으로 매우 적합한 인물이었다. 80년대 가농은 정호경 전국 지도신부의 가르침과 도움으로 '개인구원'과 '사회구원'을 통합하는 참된 교회의 길을 '개인변화'와 '사회변혁'을 통합하는, 즉 가농은 80년대 초기부터 일관되게 이 길을 '농촌사회의 민주화'와 '공동체적 삶의 실천'으로 정립하고, 이것을 우리는 생명공동체운동이라고 개념하였다. 90년대를 지나 21세기에 이르러, 생명공동체운동은 생명평화운동으로 차원 향상하고 전국화되었다.

기후위기 시대의 운동은 기후정의, 환경정의를 넘어 생명평화의 세상을 공동체적으로 실천하는 것이어야 한다고 생각한다. 올해 5월 8일은 생명사상, 생명운동을 제시한 김지하 형님의 1주기이다. 6월 6일은 생명공동체운동의 참일꾼 정재돈의 1주기이다.

하늘, 땅, 바다, 물이 죽어가고 있다. 뭇 생명, 개체 생명, 가난한 사람들이 죽어가고 있다. 기후위기는 곧 생명의 위기이다. 남북이 갈라져 심하게 다투고 있다. 미국과 중국이 이른바 체제경쟁과 줄세우기를 강요하고 있다. 세계 군사비가 2조 2천억 달러를 넘어섰다.

내부를 튼튼히 하고 바깥은 잘 살펴보며 함께 살 궁리를 제대로 해야 할 때인데, 사정은 그와 정반대로 나가고 있다. 갈라짐은 온갖 슬픔과 고통의 뿌리이다. 자연과 사람의 갈라짐이 기후위기, 생명위기의 토대이고 결과이다. 사람과 사람의 갈라짐이 더욱 심해진다. 빈부, 세대, 이념, 지역, 종교, 인종 …… 의 갈등과 대립이 심각하다. 새로운 세습 귀족, 젊은이들의 1/3 이상이 우울증과 불안증세에 시달리고 있다. 디지털 대전환의 거센 물결 속에서 인간성이 파편화되고 고립된 디지털 섬에서 '과잉연결, 초연결에서 일어난 인간소외'가 일상화되고 있다.

새로운 길을 함께 가자 할 사람

생명의 길, 새로운 길이 절실하다. 생명의 길은 우리가, 모든 생명체가 가야 할, 그래야 온전히 살 수 있는 유일한 길, 즉 도道이다. 새로운 길은 대전환의 방법, 즉 술術이다. 제3의 길, 새로운 방법론의 채택을 포함하지만 넘어서는 전면적인 대전환이다. 생각을 바꾸고, 생활을 바꾸고, 세상을 바꾸고, 문명을 바꿔야 한다. 그것이 정재돈이 가농에서, 그리고 그 이후 확장 연결된 농민운동에서 생각하고 실천했던 생명공동체운동이다.

지난 3월 채택된 기후변화에 관한 정부 간 협의체IPCC 6차 보고서에 따르면, 인류가 이런 식으로 하면 2040년 안에 지구 평균 기온 상승 한계 목표인 1.5℃를 넘어설 것이라고 한다. 작년 1월 독일 공영방송 DW는 꿀벌의 멸종과 토양의 미생물 격감이 제6차 종의 대절멸의 징후라고 보도하였다. 내가 봐도 꿀벌과 나비가 이곳 평화동산 현장만 해도 20여 년 전에 비해 80%는 줄어든 것 같다.

근본 문제를 해결하는 것이 올바른 운동이며 정치이다. 기후위기, 생명의 위기는 가장 근본적이며 절실한 문제이다. 이것을 극복하는 것이 최고의 사회운동이다. 생명의 길, 새로운 길을 바탕으로, 방편으로 생명사회, 생명문명을 건설해야 한다. 그것이 오늘 우리 모두에게 부여된 운동의 과제요 실천적 삶의 자세라고 생각한다. 식량 자급을 주장하는 것도 시장 문제, 정책마당을 넘어 토양을 살리고 물을 살리고, 벌레와 미생물을 살리고, 그리고 가난한 이들까지 살리고 생명공동체운동으로 나아가야 한다.

이런 대전환의 상황에서 쉽지 않은 생명의 길, 새로운 길을 앞장서고 함께 가자고 참되고 따뜻하게 말하고 손잡아 일으킬 수 있는 사람, 정재돈이 너무 일찍 이 세상을 떠났다. 어려울 때이니 더욱 생각이 난다. 그러나 마음을 다시 굳건히 추스른다.

상유십년尙有十年 우리에게는 아직도 10년 시간이 있습니다.

영령이시여! 부디 평화로우소서

아직은 쌀쌀한 평화생명동산의 아침 서화재에서 정성헌 모심

정성헌은 평생을 민주화운동, 농민운동, 생명평화운동을 함께 해온 동지이자 선배이다. 한국DMZ평화생명동산 이사장이며, 우리밀살리기운동본부장, 민주화운동기념사업회 이사장, 새마을운동중앙회 회장 등을 역임했다.

사랑하는 아우, 바우의 가는 길에 이병철

사랑하는 아우야.
창밖을 보렴
겨우내 빈 가지였던 그 나무
봄 들자 가지 휘도록 꽃 피우더니
이 유월, 피었던 꽃 자취 없이 사라진 자리 진초록 잎새들만
눈 시리구나
무성한 저 잎새들
가을 저물면 낙엽 되어 흩어지고
다시 빈 가지로 시린 하늘을 이겠구나

내 사랑하는 아우, 바우야
왔으니 가야 하는 그 길에서
먼저 핀 꽃 먼저 지듯이
너는 이번 생에서 남 앞서 꽃피어 봄 열었다가
이제 형보다 앞서 낙엽 지듯 떠나는구나

존재한 것은 다시 사라질 수 없다 했으니
이생에서 꽃피운 곧은 네 자태 맑은 그 향기

여기 이 땅과 하늘,
네가 사랑하고 너를 사랑한 이들 가슴에 봄을 기다리는 씨앗처럼
밤 깊을수록 영롱한 별처럼 그리 살아있을 것이다
내 사랑하는 아우, 바우야
마지막 병상
육신의 기력이 다하고
참아낼 수 없는 아픔에 신음하면서도
너는 내게 고맙다는 그 말을 먼저 했다
네 눈빛과 눈물로 전하는 간곡한 그 마음
아우야, 정말로 고마웠던 나였고
네가 사랑했던 우리였다
네가 있어,
네 마음과 기도와 정성으로 맺어준 그 인연이 있어
지금 이리 우리가 있고
여기 벗과 동지들이 함께 있다

사랑하는 아우야
가쁜 숨길 속 고통이 네 심신을 헤집을 때도
너는 깨어있는 혼으로 이승과의 작별을,
이번 생을 아름답게 마무리했다
앞서간 그 길,
이생에서 감당해야 할 네 몫 그리 마무리했으니
스스로 짊어졌던 짐 이젠 모두 내려놓고
밝고 가볍게 훨훨 날아올라라

날아올라

한 줄기 상큼한 바람 되고

메마른 땅 적시는 단비 되고

언 눈 녹이는 따스한 햇볕 되어

네가 한 생을 바쳐 사랑했던

이 땅의 농민들에게

어깨 걸고 목쉰 소리로 민주와 정의를 함께 외치던 동지들에게

너와 함께 했던 인연에 감사하는 이들에게

다시 오기를

이 땅에 그렇게 환하게 다시 꽃 피어나기를

2022년 6월 7일

이번 생에서 너와 함께여서 행복했던 여류 삼가 모심

이병철은 시인이며 사회운동가이다. 녹색연합 공동대표, 전국귀농운동본부 이사장 등을 역임했다. 시집 《신령한 짐승을 위하여》 등 다수의 책을 발간했다.

책을 펴내며

여는 글

사랑합니다! _권혁주 주교 7

생명공동체 농민운동의 참일꾼 _정성헌 12

사랑하는 아우, 바우의 가는 길에 _이병철 18

1부 생명평화공동체를 향하여

잊을 수 없는 사람들 27

안동가농 초창기 시절을 돌아보며 35

사회운동가의 영성 53

교회가 왜 우리농촌살리기운동을 하는가? 72

우리 민족끼리 통일의 활로를 열어가자! 81

WTO 제6차 홍콩각료회의 농민투쟁단 발대식 대회사 84

생명평화운동의 세계화를 위한 새로운 전기 88

너 살리고 나 살리는 통일 농사 91

40주년을 맞아 제2의 창립을 선언한다 94

남북정상회담에 바란다 97

농협개혁은 농민생존권 문제 100

시군농업회의소 시범운영에 거는 기대 ⋯⋯⋯⋯⋯ 103

하나의 전농민적 조직 전망을 향하여 ⋯⋯⋯⋯⋯ 107

더 큰 협동사회경제 네트워크 플랫폼이 되길 바라며 ⋯ 110

행복한 밥상, 식생활 교육 ⋯⋯⋯⋯⋯⋯⋯⋯⋯ 113

협동조합기본법 출생 비화 ⋯⋯⋯⋯⋯⋯⋯⋯ 115

2부 참 좋았습니다

존경스럽고 고마운 분 _강민수 ⋯⋯⋯⋯⋯⋯⋯ 123

지속가능한 삶의 발걸음 _곽금순 ⋯⋯⋯⋯⋯⋯ 126

개구쟁이 미소가 그리워요 _김기태 ⋯⋯⋯⋯⋯ 129

그런 사람 다시 없습니다 _김덕기 ⋯⋯⋯⋯⋯⋯ 134

화목한 가정과 평화통일의 등대 _김부희·윤갑구 부부 ⋯ 137

실사구시의 운동가 _김승균 ⋯⋯⋯⋯⋯⋯⋯⋯ 141

그에게서 시노달리타스 정신을 본다 _김재문 신부 ⋯ 150

ME에서 만난 고귀한 인연 _김종필 신부 ⋯⋯⋯⋯ 154

동지들과 나누는 정 형의 부활 _김지현 ⋯⋯⋯⋯ 159

그만하면 인생 멋있게 잘 사셨습니다 _김학록 신부 ⋯ 163

우리들의 영원한 회장님 _김현정 ⋯⋯⋯⋯⋯⋯ 169

나의 농민운동 도반 _문경식 ⋯⋯⋯⋯⋯⋯⋯⋯ 172

날이 가도 또렷한 기억으로 남는 이 _박교양·김현희 부부 ⋯ 175

한결 같은 사람 사랑 _박순희 ⋯⋯⋯⋯⋯⋯⋯ 178

사람을 있는 그대로 보는 분 _박주희 ⋯⋯⋯⋯⋯ 182

진정한 나의 친구 _배용진 ⋯⋯⋯⋯⋯⋯⋯⋯⋯ 185

정말이지 보고 싶습니다 _변영국 ⋯⋯⋯⋯⋯⋯ 190

곧은 길 정답게 걸으신 형님 _송성호·강은형 부부 ⋯ 195

안녕? 한가 _심태산 ⋯⋯⋯⋯⋯⋯⋯⋯⋯⋯⋯ 199

그 길, 뚜벅뚜벅 걸어가겠습니다 _안인숙 ⋯⋯⋯ 204

실천하는 가톨릭 지성인 _오용호 신부 ⋯⋯⋯⋯⋯⋯⋯ 208

참 삶을 살다간 농민운동가 _오원춘 ⋯⋯⋯⋯⋯⋯⋯ 211

돌아보니 50년 세월 _원영만 ⋯⋯⋯⋯⋯⋯⋯⋯⋯⋯ 213

70년대 바우의 꿈과 고난 _유경선 ⋯⋯⋯⋯⋯⋯⋯⋯ 217

늘 웃음과 따뜻함이 있었던 재돈이에게 _유남선 ⋯⋯⋯ 223

그 환한 웃음이 그립다 _유영훈 ⋯⋯⋯⋯⋯⋯⋯⋯⋯ 227

호랑이 무늬를 벗고 _이구철 ⋯⋯⋯⋯⋯⋯⋯⋯⋯⋯ 232

좋은 나무는 빨리 사라지듯이 _이남용 ⋯⋯⋯⋯⋯⋯ 234

깨어있는 생의 아름다운 마무리 _이병철 ⋯⋯⋯⋯⋯⋯ 237

벚꽃 그늘 아래 _이정연·정양언 부부 ⋯⋯⋯⋯⋯⋯⋯ 241

내 마음의 푸른 솔 _이주영 ⋯⋯⋯⋯⋯⋯⋯⋯⋯⋯ 248

참 좋은 친구 _이철수 ⋯⋯⋯⋯⋯⋯⋯⋯⋯⋯⋯⋯ 255

재돈이 이야기 _이호림 ⋯⋯⋯⋯⋯⋯⋯⋯⋯⋯⋯⋯ 261

이웃사촌 비오 형님 _임동준·김미정 부부 ⋯⋯⋯⋯⋯ 264

재돈 형에 대한 짧은 회상 _장종익 ⋯⋯⋯⋯⋯⋯⋯⋯ 268

재돈 아형과의 추억 _정갑환 ⋯⋯⋯⋯⋯⋯⋯⋯⋯⋯ 271

농업계의 큰어른 _정기수 ⋯⋯⋯⋯⋯⋯⋯⋯⋯⋯⋯ 280

아빠 생각 _정보람 ⋯⋯⋯⋯⋯⋯⋯⋯⋯⋯⋯⋯⋯ 284

이름만 들어도 마음이 좋아지는 이름 _정인숙 ⋯⋯⋯⋯ 292

돌아보니 고비마다 형님이 계셨습니다 _정재경 ⋯⋯⋯ 294

비오 형제가 걸었던 희망의 길 _정하선 신부 ⋯⋯⋯⋯ 304

새록새록 떠오르는 기억들 _정한길 ⋯⋯⋯⋯⋯⋯⋯⋯ 308

평화를 사랑하는 따뜻한 사람 _최재관 ⋯⋯⋯⋯⋯⋯⋯ 311

바우 형님의 구동존이 _허헌중 ⋯⋯⋯⋯⋯⋯⋯⋯⋯ 314

하늘에서는 담배를 끊기를 _홍범표 ⋯⋯⋯⋯⋯⋯⋯⋯ 320

참으로 아끼고 사랑했던 동지 _황민영 ⋯⋯⋯⋯⋯⋯⋯ 322

3부 그 눈빛 그 온기

미리 쓴 유서 329

매일 성서 묵상 338

병상 메모 351

자녀에게 남긴 글 364

감사의 글

세상에 살아있는 당신 _심영란 376

정재돈 약력 · 380

그리운 사람, 정재돈 · 387

생명평화공동체를 향하여

잊을 수 없는 사람들

WTO체제 아래 늘어가는 농민들의 주름살을 볼 때나 해고 노동자의 한숨을 들을 때, 또 주변에서 살기 어렵다는 사람들을 만날 때마다, 세상을 바꾸자고 '뭐 합네.' 하며 오랜 세월을 보낸 한 사람으로서 비수에 찔린 듯 아프고 안타깝고, 씁쓸할 만큼 허전했습니다. 더구나 돈 벌어 오라는 마누라 채근을 들을 때나, 학비 때문에 딸애가 하고 싶은 공부를 접을 때는 면목이 없을 정도로 주눅이 들었습니다. 자괴감도 들고 도대체 사람 만나 뭘 하고 싶은 맘이 없어 한동안 칩거를 했는데, 얼마 전 '인혁당·민청학련' 관계자 모임이 있어 나갔다가 오랜만에 옛날 패기 어린 추억들을 나눴습니다. 또 난데없는 원고청탁까지 받아 내가 걸어온 길을 되짚어 보고 봄볕처럼 따스하게 고마웠던 분들을 떠올리게 되었습니다.

누구에게나 아름다운 추억이 있습니다. 아무리 잿빛 과거일 지라도 떠올릴 때마다 살 맛 나게 하고 물결치는 힘을 느끼게 하는, 따뜻하고 아름다운 추억이 있다는 건 무척 행복한 일입니다. 엄혹하던 시절, 위험과 불이익을 감수하면서도 도움을 주었던 잊지 못할 분들도 내게는 소중하고 아름다운 추억입니다. 돌

---

* <공동선> 2002년 11·12월호에 실린 글이다.

이켜 보면 내가 잘났거나 대단한 꿈이 있어 지금까지 일할 수 있었던 게 아니라 살면서 수없이 많은 분들에게 받은 도움 때문이었습니다.

소년수 옥바라지를 해준 고마운 분들

1974년 '민청학련사건'에 연루되어 잡혀갔을 때입니다. 처음 당하는 일이라 경험이 없다 보니 밥 한번, 술 한번 사준 사람들까지 이름을 대고 말하는 대로 당시 중앙정보부에서 전부 연행하는 바람에 여러 사람에게 본의 아니게 곤욕을 치르게 했습니다. 특히 내가 하던 야학의 어린 학생들까지 불려가 조사를 받게 했으니 참으로 미안하기 짝이 없었습니다. 출감 후에 그들을 만나서도 "고생했다."는 말을 들으면서도 그때 고맙고 미안했던 심경은 충분히 전하지 못했던 것 같습니다. 그렇지만 이렇게 신세를 진 것이 어려운 일이 있을 때마다 나를 지탱시켜 주는 힘이 되었습니다.

1심에서 소년수라서 장기 10년 단기 5년 징역이 확정되고 항소를 하자 서울구치소에서 모두 안양교도소로 이감을 가게 되었는데, 그곳에선 두 개의 독방 사동에 공범들이 모두 수용되었습니다. 무엇보다도 통방하기 좋아 저녁마다 토론하고 노래자랑까지 하여 저녁 시간이 즐거웠습니다. 내가 제일 막내라 모두 짜장면도 시켜 보내주고 책도 많이 빌려주셨습니다. 이영희 선생의 《전환시대의 논리》도 그때 엄청 감격하며 읽었습니다. 그래서 방 안의 물이 얼 정도로 추웠지만 사동 사이에 잔디밭과 낮은 소나무도 아늑했고 비둘기마저 정겹게 느껴졌습니다. 그때부터는 면회는 안 됐지만 영치금이나 옷 같은 영치품을 넣어 줄 수 있게 되어 가족들이나 친구들의 마음을 받아 볼 수 있어 너무너무 기뻤습니다.

비상군법회의 재판이 의미가 없다고 모두 항소를 포기하자 사방으로 이감을 보내 흩어 놓았고 나는 부산교도소로 갔습니다. 돌아가신 제정구 형과 이병철 형, 이재웅 형, 김재규 형, 서종수 형, 권일 형 등이 함께 살았습니다. 하루 30분간씩 같이 운동을 하며 만날 수 있어 많은 얘기를 나눌 수 있었고 가족에 한 해 면회와 편지가 허용되었습니다. 부산교도소는 그때까지 빈대가 있어 혼이 났는데 생전 처음 보는 것이라 소름이 끼쳤던 기억이 납니다. 역시 독방이었는데 한쪽 벽에 기대어 다른 쪽 벽으로 다리를 뻗으면 무릎에 책을 놓고 읽기 좋을 정도로 좁고 길쭉한 방이었습니다. 창이 없어 24시간 촉수 낮은 백열등을 켜 놓았던 것이 무척 답답했습니다. 시찰구 철창을 부여잡고 무거운 가슴을 달래던 잿빛 기억도 있지만, 부산의 겨울은 따뜻했고 또 우리를 자식처럼 돌봐 주던 교도관이 계셨습니다. 천주교정의구현전국사제단과 명동성당 촛불시위 소식이 난 신문을 보여주기도 하고 고깃국이 나오는 날이면 고기 한 점이라도 더 갖다 주셨는데 인사도 제대로 못 드리고 살았습니다. 더욱 나를 따뜻하게 한 건, 만난 적도 없는 나를 자주 찾아와 얼굴은 못 봐도 먹을 것이며 영치품들을 넣어주던 고마운 부산의 친구들이었습니다. 물론 이리저리 연줄이 닿은 것이지만 당시 그런 일로 신분이 드러나는 것조차도 커다란 용기가 필요한 상황이었기에 더욱 고마웠습니다. 출감 직후에도 거기 부산에서 그 친구들과 일주일을 보낸 후에 집으로 왔을 정도로 푸근한 사람들이었습니다. 아, 그런데도 지금은 연락도 못 하고 삽니다.

밥도 술도 베푼 처음 간 마을 사람들

천주교 안동교구에서 가톨릭농민회 활동을 할 때도 잊지 못할 소중한 분들이 많습니다. 해는 저물고 저녁연기 피어오를 때쯤 생전 보도 듣도 못한 마을로 찾아 들어가 통성명을 하고 밥도 얻어먹고 술도 얻어먹으며 숱하게 같이 잤습니다. 그때 신세진 농민들 수는 헤아리기 힘들 정도로 많았고 그 수가 많을수록 농민회가 모습을 갖춰 갔습니다. 1970년대 말 당시만 해도 정부가 권장하는 볍씨를 심지 않으면 못자리를 짓밟던 강제행정과 새마을운동의 환상이 팽배할 때라, 경북지방의 농민들이 의식화·조직화된다는 것은 박정희 정권의 안방을 흔드는 일이었습니다.

상주 함창에서 전국쌀생산자대회를 열고 영양 청기에서 감자피해 보상활동이 성공리에 마무리되더니 1979년 세칭 '오원춘사건'이 터졌습니다. 잇따라 노동계에선 'YH사건'이 터지고 가톨릭농민회와 도시산업선교회에 대한 대통령 특별조사령이 떨어지고 대검찰청에서 헬기를 타고 다니며 회원들을 조사하며 갖은 탄압을 다 했습니다. 그때 〈짓밟히는 농민운동〉이란 유인물을 만들어 배포한 것 때문에 나와 정호경 신부님이 긴급조치 9호 위반으로 구속되었습니다.

그 후 한 달간을 농민회원들과 사제단이 성당에서 농성하며 싸웠고 박 정권과 가톨릭교회가 날카롭게 대치하였습니다. 싸움의 성격은 긴급조치와 유신헌법 철폐 요구 시위로 발전하여 전국적으로 파급되었습니다. 9월 개학을 하자마자 안동사태와 YH사건을 들고 대구에서 경북대·계명대·영남대 3개 대학 연합시위가 일어나고 이어 부마사태로, 10·26으로 유신정권은 종말을 보게 되었습니다.

　운동은 역시 탄압을 먹고 자랐습니다. 당시 개별적인 감시와 방해에도 불구하고 경찰의 포위망을 뚫고 기도회에 참가하여 우리를 위해 기도해 주신 수많은 신자 분들, 단식농성 후 보신 하라고 개를 잡아 갖다 주는 등 지원하고 동참해 주신 많은 분들, 특히 한창 농사에 바쁜 철을 농성하느라 본의 아니게 무농약·무비료·자연농법을 실천하게 된 회원들과 구류를 여러 날 산 분들, 그분들이 계셨기에 가능한 일이었습니다.

　1980년에는 많은 수배자들이 안동으로 왔는데 피해 있을 곳을 마련해달라는 부탁에 위험을 무릅쓰고 기꺼이 숨겨준 성직자·수도자 분들의 고마우신 배려도 잊을 수가 없습니다. 또 내가 그 해 5월 18일 광주 북동성당에서 계획되어 있던 집회에 참석하러 갔다가 목격한 초기 광주항쟁의 진상을 대구에 알렸다 하여 포고령 위반으로 대구대공분실에 잡혀갔을 때나, 1989년 서경원 의원 방북사건 때 불고지 혐의로 남산 안기부에 잡혀가 있을 때, 온갖 배려를 아끼지 않으며 기도해 주고 혼자 남은 아내와 친구가 되어 주셨던 많은 분들의 따뜻한 도움은 언제 어디서나 잊을 수가 없습니다.

물의 영성을 가르쳐주신 수녀님

　특히 봉화의 농사꾼 한 분은 내가 잡혀갔을 때나 출장을 많이 다니던 나를 대신해 아내를 보살펴 주고 많은 얘기를 나눠주셨습니다. 지금까지도 나물도 뜯어 부쳐주고 나무로 뭘 만들어 보내주시기도 합니다. 그분은 처음 뵐 때부터 인상적이셨습니다. 《창작과 비평》에 다른 이름으로 글 쓰신 걸 보고 찾아뵙게 되었는데, 하실 얘기를 종이에 적어 오셨고 '노신魯迅'을 아주 좋아하셨습니다. 그래서 저희에게 "희망이란 길과 같은 것이다. 길이 처음부터 있던 것이 아니라 다니는 사람이 많아져 길이 난 것이다."라는 노신의 말도 나무에 써 주셨고, "좋은 일이란 그 일을 하는 과정에서 그 일을 하는 사람도 좋아져야 한다."든지 "운동가들의 독주 능력이 향상되어야 운동이란 합주가 멋진 오케스트라를 만들 수 있다."라고 '개個'의 중요성을 설파하기도 하셨습니다.

또 한 분은 수녀님인데 지금은 그리스도교육수녀회 한국관구장이십니다. 그 수녀님께는 너무 많은 도움을 받았습니다. 힘들 때 위로를 주셨고 밥과 술에 돈도 염치없이 여러 번 얻어 썼습니다. 그럼에도 영명축일 한번 제대로 챙겨 갖질 못했습니다. 그분은 제게 늘 힘이 되었던 인도의 성자 '선다 싱' 얘길 해주신 분입니다. 얘기인즉슨 "선다 싱이 고산지대 등산을 하다가 눈보라와 추위가 너무 심해 하산하려는데 눈 속에 누가 쓰러져 의식을 잃고 얼어죽을 판이라, 그를 업고 가자는 선다 싱과 살자면 그냥 가자는 등산 가이드가 언쟁 끝에 가이드는 혼자 내려가 버렸습니다. 선다 싱 혼자 그를 업고 힘겹게 내려오자니 열이 나고 땀이 나, 언 그를 녹이고 의식이 깨어나게 되었습니다. 그래서 서로의 체온으로 추위를 이겨내며 무사히 내려올 수 있었습니다. 거의 다 내려왔을 때 길 위에 길게 눈이 덮인 게 사람 같아 들춰봤는데 다름 아닌, 혼자 살겠다고 먼저 내려간 그 가이드가 얼어 죽은 것이었습니다." 생즉필사生即必死, 사즉필생死即必生이었습니다. 어려울 때일수록 서로를 필요로 한다는 얘기였지요.

수녀님은 나와 '대중운동하는 사람과 수도하는 사람의 유사

함'에 대해서도 얘기를 많이 나눴습니다. 수녀님은 '물과 부드러움의 영성'을 강조했습니다. 물은 담는 그릇 모양에 따라 자기 모습을 자유자재로 바꾸며 졸졸 흐르는 도랑이기도 하고 출렁이는 강물이기도 하지만, 수평을 유지하며 낮은 데로 흐르는 자기 본질과 합법칙성을 잃지 않습니다. 흐르다 장애물을 만나도 요란하지 않고 진퇴가 신축자재하여 고요하게 후퇴하는 듯하나 채워서 넘쳐 갈 길을 갑니다. 때로 낭떠러지를 만나면 과감하게 폭포수가 되어 뛰어내립니다. 모든 것을 받아들이고 녹여 자정하며 바다에 이릅니다. 살아 있는 운동은 부드럽고 따듯한 것입니다. 그래서 운동하는 사람이나 수도하는 사람이나 물의 영성을 배워야 한다고, 예수 영성도 그와 같다는 것입니다. 예수는 만나는 사람에 따라 그에 맞는 깨달음의 방법대로 맞추어 말씀하셨고, 세상에 잡아먹힘으로써 온 세상을 차지하셨습니다. 늘 가슴 깊이 새기며 배워 가는 대목입니다.

말없이 도움 준 이름 모를 분들

1990년대 이후 생명·공동체운동 속에서도 그윽한 영성을 가진 생태 농사꾼이나 소박한 아주머니들 중에 헌신적으로 도움을 주신 분들이 아주 많았습니다. 요즘은 인천에서 살면서 가장 가까운 배우자와의 관계 속에서 자신과 하느님을 새롭게 만나고 성숙해가는 법을 많은 성사적인 부부들에게서 배우고 있습니다.

우리 사회가 전보다 조금이라도 민주화되고 나아졌다면 순전히 이름 없이 운동에 동참하고 도움을 주었던 그분들 덕이라 생각합니다. 오히려 일을 망친 것은 '일합네.' 하던 나를 포함한 우리 운동가들 아니었나 싶습니다. 그간 너무 받은 게 많다 보니 당연한 듯 받는 데만 익숙할 뿐 나눌 줄 모르는 게 오히려 문제였습니다. 더구나 사람이 소중하단 걸 모르고 종종 고마운 걸 잊고 사는 순간이 너무 많았음을 고백합니다. 그분들의 고마움을 생각할 때는 내가 얼마나 사랑을 받았는지 그래서 얼마나 행복한 사람인지, 그리고 잘 깨닫지 못하는 어리석은 사람인지 스스로 놀라곤 합니다.

스위스에 80살 먹은 어떤 노인이 자기 생애를 돌아보니 잠자는 데 26년, 일한 시간이 21년, 식사시간이 6년, 약속 기다리는 데 5년, 불안과 조바심으로 낭비한 시간이 5년, 세면 시간이 228일, 넥타이 매는 데 18일, 담배 불붙이는 데 12일, 아이들과 노는 데 26일, 기쁘고 행복했던 시간은 합쳐서 46시간뿐이었답니다.

나도 늘 기쁘게 살질 못합니다. 범사에 감사할 줄도 모르고. 그래서 한 해가 저물어 가는 비탈길에서 새해를 맞으며 스스로 나 자신에게 이르기를 '행복하기 때문에 노래하는 것이 아니라 노래하기를 선택했기 때문에 행복한 것'이라고.

안동가농 초창기 시절을 돌아보며

누구나 추억을 간직하고 살아갑니다. 고향이나 어머니 품처럼, 생각하면 마음이 따뜻해지고 고마운 분들이 떠오르는, 그래서 미소를 지으며 감사하고 힘을 낼 수 있는 그런 추억 말입니다. 내게는 안동가농 시절이 그런 추억입니다. 암울했던 시대 상황 속에서 부족하고 잘못한 것도 많았지만 모든 것을 감싸주고 받아준 좋으신 분들과 수많은 분들의 기도 덕분에 열정과 패기를 잃지 않을 수 있었고 제 인생에서 가장 치열하게 일할 수 있었습니다. 그래서 가장 행복했던 시절이었고 지금도 하느님께 감사드리고 있습니다. 안동가농30년사 간행에 즈음하여 그 시절을 되돌아보며 지금까지 안동가농을 키워 오고 사랑을 주셨던 모든 분들께 감사드립니다.

농민운동 입문과 안동가농 창립 과정

학생 때 '민청학련사건'으로 복역하다 형집행정지로 나와 고향 강촌에서 농사일을 하다가 가톨릭농민회에 입문하였습니다. 처음에는 원주를 드나들며 가농 강원연합회 창립에 참여하

---

* 2010년 1월 《안동 가농 30년》에 싣기 위해 작성한 글이다. 안동교구 가톨릭농민회 활동의 회고를 넘어 전국적 관점에서 가톨릭농민회의 역사와 방향에 대한 폭넓은 논의를 담고 있다.

였고, 1977년 봄 안동교구로 오게 되었습니다. 가톨릭노동청년
회 총재 주교님을 역임하셨던 천주교 안동교구장 두봉 주교님
과 사목국장 정호경 신부님께서 농민사목과 공소사목에 지대
한 관심을 갖고 계셨기 때문에, 가톨릭농민회 전국본부와 안동
교구 둘 중에 안동에서 일하는 것을 선택했습니다. 경북지방이
독재자 박정희의 안방이기도 했고, 안동교구는 열악한 농촌지
역이 많아 생생한 현장을 접할 수 있을 것 같았습니다. 그 무렵
사목국에 농민사목부를 설치했고, 두봉 주교님께서 《농민문화》
라는 잡지에 〈농민에게 고함〉이란 글을 쓰시고 "이웃 안에서 하
느님을 찾자!"는 사목방침을 내걸기도 했습니다.

　1970년대 당시 경북지역 농업 농민은 보릿고개를 막 넘겨 절
량농가는 면해가고 있었지만, 새마을운동과 다수확품종 경작
강제에 의해 자주적 영농권마저 빼앗기고 고도성장과 자본축
적을 위한 저노임-저곡가 정책으로 한창 어려웠습니다. 유신독
재체제 아래 농민의 민주적 제 권리가 극도로 억압당하는 상황
에서 가톨릭농민회이하 가농를 중심으로 깨우친 농민들이 비로소
농민운동의 싹을 틔워 갈 때였습니다.

　초기 활동은 주로 신앙을 기초로 농민의 의식화와 조직화에
중점을 두었는데, 처음에는 공소 주변 마을 기초조사를 했습니
다. 해가 지면 밥 짓는 연기가 피어오르고 생전 보도 듣도 못하
던 마을에 깃들어 통성명하고 밥 얻어먹고 술 한 잔씩 하며 같
이 자면서 얘기를 나누었지요. 근면 성실하고 새 기술을 도입
하면 잘살 수 있다는 독농가적 사고방식과 새마을운동 성공신
화를 깨부수고 농업문제를 과학적으로 인식하는 것이 제일 선
차적인 일이었습니다. 그래서 현지 교육과 초청 교육을 했습니

다. 마을에서 관심 있는 기술이나 경영과목과 농업·농민문제 해결방안 등을 배합해 1일 현지 교육을 하고 막걸리 잔치와 토론 시간에 사람을 선발, 한 마을에서 서너 명을 안동으로 초청하여 3박 4일 지도자연수회를 했습니다. 강의를 통해 문제를 제기하며 인식하고, 토론을 통해 자기화하는 과정을 거쳐, 활동사례 발표와 연구를 통해 자신감을 갖도록 커리큘럼을 만들었습니다. 밤마다 일정을 마치고 최대한 넓게 만나도록 친교 시간도 마련했고, 마지막 밤은 3분 발언과 촛불의식을 통해 각자 결의를 다지는 시간이었습니다. 그리고 '쾌지나칭칭나네'로 모두가 하나 되어 밤이 새도록 토론하고는 마지막 날 농민운동의 과제와 방향 속에서 각자 자기계획을 수립해 파견하는 식이었습니다. 참가자 대다수가 연수회를 통해 새 사람으로 거듭났고 수료 후에는 가농에 입회하도록 안내하는 연수회를 수십 차례 거듭했습니다.

연합회 창립 당시 초기 분회는 1976년 풍산분회장 이규학, 갈전 분회장 김덕기, 상광분회장 김종성으로 시작되었고 1977년에 영해 상조회분회장 권종대, 청기분회장 오원춘, 1978년에 구담분회장 김종삼, 하갈 분회장 김세종, 신흥분회장 박두희 등이었고, 초기 회원은 배용진, 전맹진, 이유인, 구정회, 전병철, 김휘대, 정동진 회원님들이 입회 순위가 빨랐습니다. 가농 활동 초기에는 신용협동조합, 협업, 마을회의 민주화, 농협 민주화, 소작실태 조사, 쌀생산비 조사, 농협 실태 조사, 피해보상이나 부조리 시정 활동 등을 활동과제로 삼았습니다.

지금은 없어졌지만 그때는 농가에서 술을 담가먹으면 주세법 위반이라 '술 조사'를 하였고, 나무를 때서 난방을 하던 때라

'솔가지 조사'를 해서 산림법 위반으로 처벌하므로, 이를 수단으로 농민회원을 겁주고 탄압에 이용하였습니다. 지금은 상상하기도 어려워졌지만 공무원들이 새마을운동 미명 아래 초가지붕을 강제로 뜯어내고, 증산을 위해 일반 볍씨를 담근 함지를 엎어버리거나 일반 벼 못자리를 짓밟기까지 하며 통일벼 경작을 강제하였습니다.

당시만 해도 경북지방에는 한국전쟁 시기에 남편이나 아들들이 빨치산으로 산에 갔다가 죽거나 월북하여, 한날 제사가 있는 집들이 많았고 과부들만 사는 집도 여럿이었습니다. 해마다 장을 담글 때, "할매요, 식구도 없는데 왜 그리 많이 담그나?"하고 물으면 "언제 올똥 아노!"하며 수십 년 세월 북에 간 식구를 기다려오면서도 빨갱이로 몰릴까봐 제일 두려워하였습니다.

탄압 양상은 친인척을 동원한 회유, 정보기관원의 협박, 말단 관료 경찰 농협 직원들의 다양한 직간접 방해, 경제적 압박, 회유, 정권 차원의 직접 탄압 등 동원 가능한 모든 수단을 강구하였습니다. 심지어 상주 중동공소에서 현지 교육을 하는데, 류강하 신부님 강의 중에 상주경찰서 정보과 직원이 참석해서 받아 적고 있는 것을 적발하고 나가라고 했다가 멱살잡이를 당한 적도 있었습니다.

겁 안 내고 활동하기 위해 오죽했으면 당시 활동과제로 '지서支署 똑바로 쳐다보고 지나가기', '하는 말 받아 적기', '엄살 작전', '첫 싸움은 꼭 이겨라' 등을 삼았겠는가! 그래서 회원 한 사람, 분회 하나가 모두 탄압을 먹고 자랐습니다.

그때는 전국적 조직역량이 적었기 때문에 어느 한 곳에서 문제가 발생하면 전국에서 몰려가 집중투쟁을 통해 끝장을 보고 헤어졌습니다. 그래서 가농은 악명(?)이 높아갔고 무서워하기도 했지만 의식있고 억울한 농민들이 깃들기도 했습니다. 당시는 신자가 아니어도 회원이 될 수 있도록 개방적이었습니다.

쌀생산비 조사보고 농민대회와 안동가농 창립총회

1975년부터 실시한 쌀생산비 조사는 안동에서도 해마다 여러 명의 회원이 참여했는데 나중에 생산비 조사 보고대회와 생산비 보장 서명운동, 추곡 수매가 요구 투쟁으로 자연스럽게 발전했습니다. 유신독재 때 '쌀생산비 조사보고 농민대회 및 추수감사제'라는 형식은 가톨릭 전례와 함께 천주교회 마당에서 합법적으로 치루는 민중 집회의 원형이자 일종의 축제였습니다. 요즘 집회나 시위 때 풍물에 맞춰 농기와 구호를 쓴 만장 깃발을 들고 입장하는 것도 다 이때부터 유래한 것입니다. 당시 지역별로 1천여 명 정도가 모이는 큰 잔치인데도 많은 비용이 들지 않은 것은 가농의 마을조직인 분회가 서로 음식을 만들어 가지고 참여했기 때문에 가능했고, 또 신자들의 집에서 민박을 해서 각 지역에서 온 사람들의 마음을 따뜻하게 해주었습니다. 1978년 영남지역 '쌀생산자대회'를 상주 함창에서 1박 2일로 개최했는데 그 일대에 농민들이 몰려오는 소리가 들릴 만큼 농민회가 확장되어, 그해 12월 28일 안동문화회관에서 가농 안동교구연합회를 창립하였습니다. 초대회장에 당시엔 신자가 아님에도 권종대 회장이 선출되었던 것도 지금 생각하면 안동교구이었기 때문에 가능한 일이었다 싶습니다.

영양 감자피해 보상운동 - 짓밟히는 농민운동

1978년 함평농협 고구마수매 불이행 피해 보상운동이 8일간의 단식투쟁으로 승리한 데 이어, 1979년 영양군과 농협에서 공급한 감자시마바라 불량종자 피해 보상운동이 안동교구 사제단의 지원에 힘입어 승리하였습니다. 그러나 이에 앞장섰던 오원춘 청기 분회장이 기관원에 의한 납치 폭행 사실을 고백하고 성당에서 양심선언까지 했습니다. 이를 가농 전국조직과 천주교정의구현전국사제단을 통해 전국에 알리자 세칭 '오원춘사건'이 일어났습니다. 가농과 도시산업선교회에 대한 대통령 특별조사령이 떨어지고 대검에서 헬기를 타고 다니며 전체 회원에 대한 탄압이 자행되었습니다. 오원춘 형제는 물론 대죽공소에서 현지 교육을 하던 나와 권종대 회장, 교구청에서 정호경 신부님을 차례로 구속하고, 두봉 주교님까지 추방하려 했습니다. 8월 6일 목성동성당에서 김수환 추기경님께서 강론하신 기도회를 마치고 안동 최초로 촛불 시가행진을 하며 긴급조치와 유신헌법 철폐 구호가 나오기도 했습니다. 지금 국민권익위원회 이재오 위원장당시 앰네스티 한국지부 사무국장도 그때 발언으로 구속되고, 점점 전국적으로 번지자 함세웅 신부님도 재구속, 최병욱 전국회장, 서경원 전남연합회장까지 구속되었으며, 정병온, 송창기, 김성순, 장명숙, 김석호, 이유린, 여지연, 주예희, 김병로, 박순자, 전성일, 김창식, 장성규, 유옥진 등 회원들이 구류처분을 받았습니다. 유신독재와 가농, 천주교, 민주화세력 간의 전면전은 YH사건과 함께 유신독재의 종말을 재촉한 사건이 되었습니다. 이 안동가농 사건은 농민의 정치투쟁으로서는 70년대의 절정을 이루는 것이었습니다. 덕분에 나도 결혼 반년 만에 감옥 신세를 지게 되었지만 10·26사건 후 대통령긴급조치 9호가 해제되어 구속집행정지로 다른 구속자들과 함께 출옥하였습니다. 한 달 간 목성동성당에서 농성할 때 탄압에도 굴하지 않고 날마다 기도해주신 수많은 이들의 은혜는 평생 갚을 길이 없을 것입니다.

이처럼 70-80년대 군사독재 시대는 농민들의 생존권 활동마저도, 예를 들면 지붕개량 강제, 증산 강제, 농약 강매, 비료 조별 판매, 강제출자, 조합장이나 총대 임명 등 단순한 관료 부정이나 부조리, 강제행정 시정, 피해보상운동조차도 폭압적인 탄압 속에 전개되었기 때문에 반독재민주화운동의 성격으로 발전할 수밖에 없었습니다. 또한 쇠고기나 소, 양담배, 고추 등 외국농산물 수입개방 반대투쟁이 본격화되면서 반외세 자주화운동으로 발전했습니다. 일상적으로 겪는 많은 농업문제나 민족문제가 분단에서 비롯되었다고 보며 노동자들이 겪는 계급문제와 민족문제보다 상대적으로 더 민족운동 통일운동의 성격을 가졌습니다. 출발은 농민문제로 비롯되었지만 점차 자주 민주 통일운동의 성격과 내용으로 발전했던 것입니다. 투쟁형태는 진정·건의·서명운동·기도회·농성 등 소극적 요구인 청원 방식으로 출발하여 점차 준법적 한계를 벗어나기 시작했습니다.

광주민주항쟁과 가농

1980년 소위 '서울의 봄' 시기 대전에서 열린 '강제농정철폐 민주농정실현 전국농민대회'4.11에 여러 회원들과 참석한 데 이어, 광주에서도 '민주농정실현 농민대회'5.18를 계획했으나 계엄 군의 광주시민 학살 만행으로 무산되었습니다. 나도 전맹진 회원과 함께 집회에 참석하러 광주에 갔다가 목격한 초기 광주항쟁의 진상을 대구사람들에게 알린 것이 '대구에서 제2의 광주사태를 획책했다.' 하여 얼마 후 계엄포고령 위반으로 또 구속되었습니다. 그때는 대공분실, 보안사, 중앙정보부 등이 합동수사본부를 꾸려 조사하던 중이었는데, 발가벗겨 매달고 별의별 짓을 다 하며 손발이 탱탱 붓도록 때리기에 수사관더러 "내가 묻는 말에 대답을 안 하더냐, 아니면 거짓말을 했느냐? 왜 이리 때리는가?"하고 항의했더니 "그냥 미워서."라고 대답해 어이없었습니다. 많은 분들의 기도 덕분에 한 달 만에 석방되었고 나중에 광주민주화운동 유공자가 되었습니다.

이 시기에 창립 첫해 이른바 오원춘사건, 안동사태로 인한 집중적인 탄압과 유신독재의 종말, 그리고 광주민주화운동 등 숨가쁜 정국을 통과해온 안동가농은 조직 정예화에 치중하며 더 대중적인 활동과제를 실천했습니다. 중점적으로 회원들의 교육과 학습회운동을 하게 되었습니다. 당시는 분회마다 필수과제로 학습회, 월례회, 기금조성 등이 있었고 분회 활동계획을 수립하여 실천하였습니다. 경제협동 활동으로 신용협동, 구판매협동, 이용협동농기계, 창고 등, 공동경작 등이 있었고, 풍물과 대동제 등 두레문화 살리기, 공동세배나 대보름 행사, '아동순회문고' 설치 운영 등의 문화활동, 민원이나 대서, 수지침이나 생활건강 등의 봉사활동, 마을회의 민주화와 권익 실천활동, 자연농법 보급 실천 등등이었습니다. 그리고 활동계획 100독백번 읽기 운동도 했습니다. 학습회는 필요로 하는 자료나 문건예, 전국성명서을 돌아가며 읽고 단어 하나라도 서로 이해하는 바를 돌아가며 얘기하는 상호교육 형태로 진행했습니다. 당시에 복음 대화도 그런 방식으로 했지요. 생활 속에서 말씀을 나누는 참 살아 숨 쉬는 말씀 나누기였지요. 그즈음 1981년 네덜란드 세베모의 지원으로 용상동 과수원 끝 뚝방 밑에 안동농민회관이 건립되어 '농민도서관'도 운영하며 교육 활동을 더욱 활발히 전개할 수 있었습니다.

농협 민주화 활동

80년대 초 대표적인 가농 활동은 1983년 '농협조합장 직선제 실시 100만 서명운동'이었습니다. 모든 행정력을 동원하여 집요하게 서명운동을 탄압하는 당국에 대해 굽히지 않고 범국민적으로 추진하였고, 나중에 임시조치법 철폐의 단초가 되었습니다. 이 시기의 서명운동은 광주시민 학살로 움츠러들었던 농민 활동이 비로소 전국적 단일과제를 가지고 농민과 함께 호흡하려 했다는 점에서 그 의의가 크다고 할 수 있습니다.

창립 초기부터 농협 민주화를 중점과제로 삼아, 실태조사와 정관 학습, 총대나 이사 감사 되기, 강제출자거부, 농약 강매거부, 함평고구마사건농협 수매불이행 시정, 영양감자사건농협 보급 불량종자 피해보상, 중앙회장과 조합장 등 농협 임원 임면에 관한 임시조치법 철폐, '조합장직선제 실시 100만 서명운동' 등 가톨릭농민회의 농민운동 역사는 농협민주화운동의 역사이었습니다. 직선제 쟁취 후 20년이 지난 오늘날의 농협은 많이 달라졌지만, 아직도 농민들의 기대에는 못 미치는 것이 많아 지금도 개혁 논의가 끊임없이 진행되곤 합니다.

명강의 - 불취외상 자심반조

당시는 사제총회나 연수회 때 농촌·농업·농민문제를 자주 다루기도 했습니다. 정호경 신부님이 그때 강의하기도 하고 또 농촌지도자연수 때도 강의한 '인간관계론'은 지금 생각해도 명강의이셨습니다. 사람의 성숙도에 따라 의존적, 독립적, 상호협력적 단계로 성장한다는 것입니다. 의존적인 단계는 모든 걸 남탓으로 핑계를 대거나 변명을 하고 이기거나 일등하는 것에 집착이 심해 의존성이 크답니다. 동에 가서 뺨 맞고 서에 와서 화를 푸는 격이지요. 심하면 노이로제나 정신분열증으로 발전할 수도 있는 단계입니다. 독립적인 단계는 내 문제를 내 탓으로 인정하고 책임지는 주인다움이 생기고 당당하고 떳떳하게 정면 대결을 할 수 있는 단계입니다. 상호협력적 단계는 독주를 잘할 수 있어야 합주를 잘할 수 있는 것처럼 독립적인 힘을 기초로 상호 이해하고 수용하며 조화롭게 협력을 잘하는 단계입니다. 이 단계에서 계속 쇄신하고 노력하면 성인이 되거나 도에 이른다고 합니다.

그러나 사람을 이렇게 성장하지 못하게 하는 안팎의 장애가 있으니 바로 욕심과 집착, 소유욕, 지배욕, 복수심, 죄책감 등과 같은 내 안의 굴레와, 잘못된 사회 구조악과 같은 세상의 죄, 이런 이중굴레를 쓰고 있기 때문이라고 합니다. 여기서 해방 구원되기 위해서는 안팎의 세상의 죄와 대결하는 이중전선세상의 죄에 길든 자신과의 싸움, 구조악과의 싸움에 나서야 하는데, 이는 스스로, 함께, 지속적으로 나눔과 섬김을 실천하는 길이라는 것입니다. 내 안의 장애를 살펴보는 방편의 하나로 자신의 기분이 나쁘거나 좋을 때 왜 그런지 감정의 흐름을 잘 들여다보라는 것입니다. 그리고 해주신 말씀이 '불취외상不取外相 자심반조自心返照', 밖으로 드러난 모양을 취하지 말고 내 마음을 돌이켜 비춰보라는 팔만대장경의 키워드입니다. 당시 안동문화회관 유한상 관장님이 써주신 족자 내용이기도 한데, 나중에 농민회 전국본부 사랑방에 걸어두어 두고두고 보고 마음에 새기며 살아가는 화두가 되었습니다.

지역운동과 함께한 안동가농

당시는 일체의 보도가 통제되고 사람이 그리운 시절이라 어느 지역에 누가 있다는 걸 서로 알려줘 만나는 게 즐거움이고 숨통을 트는 일이었습니다. 처음에 서울 창작과비평사에서 얘기 들었다며 이오덕 선생님당시 안동 대성초 교장이 교구청으로 찾아오시고, 또 크리스찬아카데미를 통해 이현주 목사님당시 울진 죽변 감리교회을 만나면서 권정생 선생님아동문학가, 당시 일직교회 종지기과 이철수판화가를 알게 되어 만나고, 창비 독자편지에 가명으로 쓰신 글을 보고 만나고 싶어 했던 전우익 선생님봉화 상운이 교구청으로 찾아오셨습니다. 또 이동순 교수당시 간호대, 조동걸 교수님 당시 안동교대도 한길사에서 얘기 듣고 찾아오셨습니다. 이렇게 만난 분들께 당시 접하기 어려운 정보나 자료를 게재해 인기가 높았던 공소사목지를 보내드리기도 하고 종종 식사 모임도 했습니다. 한 열흘 현장을 한 바퀴 돌아오면 정호경 신부님께선 좋은 분들과 한잔하자고 하곤 하셨습니다.

그래서 처음으로 안동문인협회나 지역 인사들과 함께 '육사문학의 밤'과 '권정생 동화의 밤'을 안동문화회관에서 열기도 하고, 마리스타학생회관에서 '이철수 판화전'을 하기도 했습니다. 그땐 초대장을 가리방을 긁어서 엽서에 찍어 보내곤 했어요. 또 백기완 선생님 초청강연회를 안동교회나 문화회관에서 갖기도 했습니다. 대중적인 활동뿐 아니라 장자 공부 모임, 채플린영화 감상 모임, 단소 교습 모임 등 서클도 활발히 조직했습니다. 또 일본어 공부 모임을 시작하여 일부는 나중에 안동 YMCA교사회를 추동하고 나아가 전교조의 전신이라 할 수 있는 교사협의회로 발전하여 갔습니다. 정영상, 김헌택, 차영민 선생이 초기부터 하셨습니다. 당시 안동대 임세권, 임재해 교수님은 영화모임을 꾸려 '안동의 오아시스'라고 할 만큼 갈증을 푸는 장이 되기도 했습니다. 채플린 영화 시리즈를 다 볼 수 있도록 왜관 분도수도원 임 세바스찬 신부님께서 감사하게도 한 달에 몇 번씩 필름과 장비 일체를 가져와 상영하고 밤늦게 돌아가시곤 하셨습니다. 그런데도 차 기름값 한 번 못 드렸던 게 늘 마음에 빚진 것 같았습니다. 이런 과정에서 강성중, 김승균, 유원모, 김신택, 김미영, 권경희, 유경희, 이미령, 우상숙, 김태선 등 안동대 학생운동 1세대가 형성되어 농민회관에서 하는 교육프로그램에 참여하기도 하고, 또 문화활동을 지원하기도 하면서 농민운동이나 노동운동에 투신하는 연대도 이뤄졌습니다. 특히 농민운동은 농민권익의 제도적 보장을 위해 전체 민족민주운동 안에서 주요 역량으로서 역할해야 하지만, 아울러 지역을 변화시키는 임무도 있기 때문입니다. 점차 학생운동, 전교조, 정의평화위원회, 농민회 등 지역운동의 흐름이 비로소 형성되었습니다. 이른바 민주화 이후 경실련, 시민연대, 평화와 통일을 여는 사람들, 참교육학부모회, 학교급식운동 등의 지역운동이 태동할 토양을 만들어 가고 있었던 것입니다.

그뿐 아니라 한국글쓰기연구회도 시작을 안동농민회관에서 이오덕, 권정생, 이현주, 전우익 선생님들이 하신 겁니다. 그 뒤에도 몇 차례 농민회관에서 그 모임을 했구요. 오늘날 우리가 즐겨 부르는 '농민의 노래'나 태어나가 그때 거기서 만들어졌습니다. 이오덕, 권정생 선생님이 개사하신 것입니다. 전국에서 최초로 '농촌아동 순회문고'를 설치 운영할 수 있었던 것도 당시 이오덕 선생님께서 창작과비평사로부터 창비아동문고 수십 권씩을 몇 차례 기증받아 시작하게 되었던 것입니다. 고약한 세월이 가고 모두 이 세상을 떠나셨으니 밝혀도 될 것 같습니다. 그때 농민회관 개관 기념으로 전우익 선생님이 나무 전각을 해주어 사무실에 걸어뒀는데, 그 내용은 "희망은 길과 같은 것이다. 길이 처음부터 있던 것이 아니다. 다니는 사람이 많아지면서 길이 난 것처럼, 희망도 이와 같다."라는 노신魯迅의 글귀였습니다.

안동가농의 전국화·사회화·육화

1982년 6월부터 정호경 신부님은 가농 전국 지도신부를 맡게 되어 한국천주교 200주년 기념사업으로 사목회의 의안 작성, 전국 공소실태조사, 농민교리서 편찬 등 중요한 역할을 1988년 10월까지 하셨습니다. 1983년 10월, 나는 대구교구 가농으로 옮겨 일하다가 1985년 봄부터 가농 전국본부로 가 지역 조직을 지원하는 역할을 맡았습니다. 80년대 후반은 농민대중의 투쟁적 진출과 자주적 대중적 농민운동이 두드러지고, 지역 출장이 많아 한두 주 동안 집에 못 가기가 다반사라 유치원생 딸아이가 아빠 직업을 '출장'이라고 적어낸 시기였습니다.

5공화국 개방농정 때문에 외국농산물 수입으로 인하여 양파, 마늘, 고추, 돼지, 소값 등이 연쇄적으로 폭락하는 농업공황이 가속적으로 진행되어 급격한 파산과 몰락, 야반도주, 자살 농민이 급증했습니다. 여기에 분노하는 농민들의 투쟁이 폭발적으로 분출하게 되었습니다. 특히 소값 폭락에 항의하여 1985년 7월 21일 의성 소몰이 시위를 비롯하여 전국 22개 군에서 시위가 일어났습니다. 다인본당 류강하 신부님께서 지도신부님이셨기에 각종 구호를 쓴 깃발들을 준비하고 경운기에 소를 끌고 본당에서 출발하여 안계 우시장까지 전경들의 제지를 뚫고 행진했습니다. 쌍호에서 남녀회원들이 가장 많이 참석하셨던 걸로 기억합니다.

이듬해 1986년 개헌 투쟁 시기에는 사제 수도자들과 함께 '농가 부채탕감, 살인정권 규탄, 민주헌법 쟁취'를 위해 안동문화회관에서 역 광장까지 행진하는데 최초로 최루탄이 발사되었습니다. 8월에 빚 때문에 자살한 봉화 김정섭 회원 추도식이 있었습니다.

1986년 9월 1일 양담배 수입 시판일에는 의성, 안동, 영양 등 전국 36개 군 단위에서 동시다발적으로 '미국 농축산물 수입저지 실천대회'를 열고 미 대사관을 향하여 경운기 가두시위와 농성투쟁을 벌였습니다. 안동은 목성동성당에서 9월 5일까지 농성과 방송을 하여 전국적 분위기를 고양시켰습니다. 9·1투쟁은 참여한 지역의 수와 대중적 참여로 볼 때 한국전쟁 이후 최대의 전국 동시다발적 대중투쟁이었고, 민족민주운동 안에서 농민운동의 역할이 얼마나 중요한지 일깨우는 계기가 되었습니다. 특히 대도시에서 노동자나 학생을 중심으로 전개되던 민족민주운동의 영역이 농촌지역인 시·군 단위로까지 확장되었으며, 동시다발 항쟁에서 농민투쟁이 도시에서의 탄압을 분산시키는데 커다란 기여를 할 수 있음도 확인케 되었습니다. 당시의 동시다발 투쟁 경험은 다음 해 1987년의 6월민주대항쟁이란 전국 동시다발적 투쟁 전술을 구사하는 데 결정적인 역할을 하였습니다.

6월민주항쟁 때는 '동장부터 대통령까지 우리 손으로' 슬로건아래 가농 주도로 안동, 상주, 점촌, 봉화, 영덕, 청송, 영양 등 7개 지역에 민주헌법쟁취국민운동 시군지부를 결성하고 6·10 고문살인 은폐규탄 및 호헌철폐 국민대회와 6·26호헌 철폐 및 민주개헌 쟁취 국민대회를 농민회가 주도적으로 수행했습니다. 이어서 의성, 상주, 봉화, 안동, 청송, 문경, 예천 등 지역을 순회하며 광주학살 사진전과 비디오 상영회를 하고 6·29선언의 기만성을 폭로했습니다. 농민들이 6월민주대항쟁을 상대적으로 운동역량이 뒤떨어진 지방 중소도시, 농촌지역으로 확장하여 승리를 전국화함으로써 전체 민족민주운동 안에서 농민운동의 지위와 역할을 드높였던 것입니다.

1988년 고추 수입과 가격 폭락을 계기로 폭발한 경북 농민대중의 고추 투쟁은 호남의 수세 폐지투쟁과 함께 농민의 권리의식과 대중조직 발전의 전환점이 되어 전국농민운동통일의 견인차 역할을 했습니다. 8월부터 11월까지 영양 5회최대 3천여 명, 시가전 방불, 헬기 진압 지휘, 봉화 9회최대 1천여 명, 연 4천여 명, 면별 집회, 올림픽 개막일 철도 점거, 민정당 중앙당사 농성, 청송 6회면·군대회, 최대 1,500여 명, 연 4천여 명, 농협중앙회 및 김대중 집앞 농성, 안동 5회최대 5천여 명, 연 1만여 명, 올림픽폐막일 군청 점거, 의성, 상주, 예천, 영덕, 문경 등에서 충청, 호남으로 전파되었습니다. 이러한 농민 대중투쟁은 그해 11월 17일, 이듬해 2월 13일 여의도 농민대회를 통해 통일된 농민 대중조직과도적으로 전국농민운동연합과 각 군농민회 결성, 그 총연맹으로서 전농 출범의 직접적 계기가 되었습니다. 이때 전용구, 이재원, 이상식, 이도 형, 김신택, 강성중, 김승균, 김미영, 우상숙, 조광현 등 젊은 활동가들이 결합해 걸출한 현장활동가들을 많이 배출해냈던 거로 기억됩니다.

가농은 열려있는 현장교회로서 1990년 전국농민회총연맹 출범 전까지 약 20여 년 동안 한국농민운동의 주축을 이루며 전체 민족민주운동의 주요 역량으로 활약했습니다. 가농은 기독교농민회, 전국농민협회, 전국농민운동연합, 전국농민회총연맹의 모태가 되었을 뿐만 아니라, 한살림, 우리밀, 우리농촌살리기운동, 생활협동조합운동, 귀농운동 등 대안운동을 개척하여 사회운동의 종갓집 역할을 하기도 하였습니다.

이후 안동가농은 새 가농의 생명운동·공동체운동의 본산으로서도 큰 역할을 했습니다. 1990년 전농과 가농의 창조적 분화, 이중멤버십 아래 새 가농운동은 전체 농민의 정치적 책무를 전농을 통해 하는 대신, 가농은 가톨릭적 특수성을 살려 좀 더 근본적인 대안운동으로서 생명운동·공동체운동으로 방향전환을 하였습니다. 안동교구에서 농촌생산자와 도시소비자의 공동체적 연대와 책임에 기초한 도농협동조합 형태의 '생명의 공동체'가 최초로 출발, 이를 대중적으로 보완할 '우리농산한생명'을 본격화하여, 이를 모델로 전국적으로 확산하는 우리농촌살리기운동이 전개된 것입니다. 요즘도 안동가농은 유기축산이나 학교급식운동에서도 새로운 전형을 창출해 전국적 모범을 보이고 있습니다.

마치며

우리나라 농업문제 해결을 위해 혹자는 시장경제와 무역자유화만이 살길이고, 불가피한 대세라고, 그래서 규모화를 통한 경쟁력 강화를 주장하며 구조조정을 해야 한다고 말합니다. 이런 주장의 배경에는 농업 분야에서도 시장경제기능이 잘 작동한다는 인식이 깔려있습니다. 그러나 농업은 시장경제기능이 제대로 작동하지 못하는 특수분야입니다. 전 세계 어느 나라를 보더라도 농업 분야는 시장실패, 정부실패의 우려가 가장 큽니다. 우리처럼 7할이 1정보 미만의 영세소농이며 절반 이상의 농민이 60세 이상의 고령으로 쉽게 직업을 전환할 수도 없는 처지에서는 더욱 그러합니다. 소농과 개는 때릴수록 땅에 달라붙는다고 합니다. 농업을 인위적으로 구조조정하여 성공한 나라가 없습니다. 구조조정되어 농촌을 떠나 도시로 가면 주택, 고용, 의료, 교통, 교육, 복지 측면에서 더 많은 사회적 부담이 발생하기 때문입니다. 이대로 가면 앞으로 10년은 전과 비교할 수 없을 만큼 농업해체의 강도나 속도가 더해질 것입니다.

오히려 세계화에 맞서는 길은 중소농, 가족농을 유지하며 이들의 협동조직이 잘 되어 농업이 1차산업뿐 아니라 2차, 3차산업으로 농업의 범위와 영역을 넓혀가는 것입니다. 농산물 생산에만 치중하던 전통적인 1차산업에서 탈피하여 가공, 저장, 포장, 수송, 수출, 관광, 휴양, 문화, 재생에너지 등 여러 분야로 농업이 갖는 다원적 기능을 최대한 살려 농업의 범위와 역할을 넓혀가는 것이 세계화에 맞서 중소농, 가족농이 지속가능한 농업을 지키는 길입니다. 규모의 경제도 있지만 범위의 경제도 살릴 수 있기 때문입니다.

아직 명절 때마다 수천만 명이 고향 농촌을 찾아 민족대이동을 방불케 하지만 많은 온정주의적인 시선에도 불구하고, 과거와 달리 재촌 부모가 점차 없어지며 많은 젊은이들에게 농촌은 낯선 관광지로, 농업 관련 의제는 자신과 무관한 나이 드신 농민들의 시대에 뒤떨어진 억지 주장 정도로 비치는 건 아닌가 하는 걱정이 있었습니다. 실제 정권과 자본과 다수 언론은 '자유무역협정 반대' 주장을 "쇄국 정책을 하라는 말이냐."고 이데올로기 공세를 하였습니다. 그러나 미국 쇠고기 수입위생조건 협상에서 비롯된 촛불집회의 역동성을 보며 희망의 끈을 놓지 않고 있습니다. 미국발發 경제위기와 신자유주의의 종말을 겪으면서, 그것에 앞장서 반대하던 농민운동이 이제 무엇에 반대하고 저지하는 세력이라기보다는 미래지향적 대안적 삶의 양식을 선도적으로 창출하는 세력으로 되어야 한다고 생각했습니다. 그 길은 기후변화, 식량·에너지 위기에 대응하여 외부자원에 의존하는 공장식 농업에서 자립적 유기순환 농업으로 지역 먹을거리체계, 지역 에너지체계를 재구축하고 '농민의 농업'에서 '국민의 농업'으로 '희망의 거점'을 만들어 가는 방식이라고 생각합니다.

모두가 기쁘게 사이좋게 건강하시길 빕니다.

사회운동가의 영성

1. 왜 사회운동가의 영성인가?

나는 여러 해 동안 사회운동의 언저리에서 얼쩡거리면서 운동을 통하여 우리 사회가 어느 정도 나아질 수도 있지 않을까 하는 생각을 하면서 지냈다. 아니, 사람이 사람답게 사는 진정한 모습을 만드는 데는 제도권 밖에서 일하여야 더 순수하게 할 수 있지 않을까 하는 희망이 있었기 때문이다. 제도가 인정하는 일은 항상 제도의 테두리를 넘지 않기 때문에, 제도라는 것은 역동성을 제한하기 때문에, 끊임없이 변화하는 모습을 담기에는 매우 적절하지 않다고 보았기 때문이다.

변화는 역동 반응을 할 때 일어난다. 사회가 안정되거나 합리성이 문화로 형성되지 않은 곳에서는 제도권 안에서 하는 일이란 사람이 바뀌면 동시에 제도가 바뀌고 지속성이 떨어진다. 특히 민주절차가 단순한 형식에 지나지 않는 곳에서는 일을 추진하는 주체가 바뀌면 제도 안에서 일하는 내용과 꼴이 함께 변하는 것을 많이 보았기 때문이다. 이러한 곳에서는 제도 밖에서

---

* 2001년 9월 22일 "여성사회운동가 리더십 워크숍"에서 〈여성사회운동가의 영성〉이란 제목의 강의를 정리한 글이다. 여성운동가에 한정하지 않고 사회운동가에 대해 이야기를 하였다. 특별히 '여성'에 초점을 맞출 필요를 느끼지 않았기 때문이다.

일어나는 사회운동은 기초문화가 그렇게 쌓이면서 되는 것이기에 더 튼튼한 변화양상을 만들어 낸다고 보았다. 사회운동을 살펴볼 때, 상당한 부분 좋은 결과를 가져오기도 하였지만, 그에 못지 않게 답답하고 우려를 금할 수 없는 일도 많았다.

그것을 나는 두 가지 면에서 보았다.

하나는 사회운동가들이 운동을 떠나서 다른 일을 맡았을 때, 예를 들면 정치계에 들어갔을 때 하는 일은 사회운동가로 있을 때 주장하거나 활동했던 것을 완전히 잃어버리거나 뒤집어버린 상태로 변해 버리는 것을 보았다. 그렇게 될 때는 흔히 사회운동을 일부러 낮추어 평가하려는 말로 그들을 공격한다. 좋은 일을 하리라는 사회운동을 자신의 입신양명을 위한 발판으로만 삼았다는 비난이다. 상당히 많은 사람들은 그러한 경향도 없지 않았다. 한 면으로 그것이 나쁜 것만은 아니다. 밖에서 비판하고 관찰하였던 것을 안에서 실천하려면 역시 그러한 자리에 있거나 권력을 잡아야 하기 때문이다. 그러할 경우에는 어떠하든 주장점의 일관성이 있어야 하는 것은 말할 나위가 없다.

그런데 문제는 운동 시절과 성공 시절이 다르다는 데 있다. 그가 힘써서 비판하였던 그 자리에 그도 들어가 있는 것이다. 그렇게 되면 사회는 전혀 달라지지 않는다. 자연스럽게 세월 따라 변하는 것 말고는 나아지지 않는단 말이다. 이러한 결과는 운동과 삶, 운동과 자신, 사회와 자신을 통일된 것으로 보지 않고, 분리하여 보기 때문이다. 주장이 육화되지 않고, 머릿속 지식으로만 남아 있기 때문이다. 일과 자신, 운동과 실천, 자신과 사회가 극명하게 분리되어 상호소외의 현상을 보이기 때문이다.

두 번째 경우는 탈진하는 모습이다. 사회운동이 제대로 되려면 몇 가지 갖추어져야 할 조건들이 맞아야 한다. 처음에는 사회운동이 제대로 되려면 운동가들을 대상으로 하는 자체교육이 제대로 이루어져야 한다고 주장하였다. 그러나 지금은 그것만으로 되지 않는다는 생각이 든다. 긴 기간 같은 일에 종사하는 동안에 전문지식과 안목이 괄목할만하게 트인 것은 부정할 수 없다.

그런데 운동가들이 그 일자리에 있으면 있을수록 탈진한 모습, 지친 모습을 많이 보여준다. 왜 그럴까? 이 문제에 대하여 심각하게 생각할 필요가 있다. 탈진이란 다른 말로 하면 고갈이다. 말라비틀어지는 현상이다. 진이 다 빠지고, 맥이 풀리며, 물기가 없다. 지극히 메마른 상태다. 한 가뭄에 샘이 말라 몇 시간을 지나도 한두 바가지의 물밖에는 나오지 않을 때, 돌확에 담아 놓은 물을 새로 길러다 붓지 않아 바닥까지 박박 긁어야 겨우 한두 모금 물이 떠질 때, 이러한 상태를 우리는 고갈되었거나 탈진되었다고 말할 수 있을 것이다. 왜 그렇게 되었을까?

그 대답은 간단하고 명료하다. 끊임없이 샘솟는 신선함이 없어서 그렇다. 속이 채워지지 않고 비어있는 상태가 되기 때문이다. 할 일은 많고, 할 사람은 적고, 시간과 사건들은 밀려오는 파도처럼 끊임없이 새로운 도전을 촉발한다. 쉴 수 있는 여유도, 새로 보충시킬 수 있는 길도, 일이 추진하는 방향대로 쉽게 풀릴 기미도 매우 적다. 그렇다고 일이 끝까지 성취될 수 있도록 한 가지 사건에 총력을 기울일 만큼 여유롭지가 않다. 시간이 지나가면 지나갈수록 중첩되어 밀려오는 파도처럼 대항하여야 할 일들은 인정사정없이 거대한 힘으로 달려온다. 몇 배로 첨가되어 달려오는 파멸의 힘과 그것에 대항할 지극히 미미한 힘 사이에서 거의 좌절에 가까운 막막함에 도달하는 수도 많다.

이러한 모습, 운동할 때와 성공하였을 때 다른 모습을 보이는 것과 탈진하여 완전히 진이 빠진 모습으로 힘들어하는 것은 바로 운동의 이념이나 이상과 자신이 통합되지 못한 데서 나타난다고 본다.

운동가들은 깊은 열정 속에서 산다. 그러나 깊은 열정은 끊임없이 기름이 공급될 때 완전히 타 없어지는 것이 아니라, 활활 타오르는 활화산이 된다. 그러나 계속하여 기름이 공급되지 않을 때는 검은 연기만 내뿜다가 곧 꺼지고 만다. 깊은 공급이 되고 안 되고는 개인의 성향이나 노력에도 영향을 받는 것이지만, 그가 몸담고 있는 사회가 어떠한 것인가에도 커다랗게 매어 있다. 물론 개인이 추구하는 이념과 자신이 하나가 되지 않는 것에도 문제가 있는 것이지만, 그가 몸담고 있는 사회가 그것을 일치시키도록 하지 못하게 할 때는 하나가 될 수 없기 때문이다. 그러므로 우리가 사는 사회가 어떤 것이며, 운동하는 사람들이 어떤 사람들인가를 살피는 것은 매우 중요하다고 본다.

2. 우리가 지금 사는 현대사회

현대사회가 어떤 사회인가를 정리한 사회이론가들이 무수히 많다. 그들이 어떻게 정리하였든, 전문가의 입장에서가 아니라 우리 삶에서 느끼는 차원에서 몇 가지 예를 들어 정리하여 본다.

흔히 우리는 일상생활에서 "짜증스럽다."라는 말을 많이 듣는다. 시원하지가 않고, 만족스럽지가 않으며, 잘 통하지 않다는 뜻이다. 차가운 것도 아니고, 뜨거운 것도 아니며, 그렇다고 마시기에 적절한 미지근한 것도 아니다. 아픈 것도 아니고, 건강한 것도 아닌 찌뿌둥한, 그냥 말로 쉽게 나타낼 수 없는 애매한 모습이다. 될 듯 되지 않고, 풀릴 듯 맺혀 있으며, 통할 듯 막히기만 할 때 우리는 짜증스럽게 느낀다. 이럴 때 그냥 기분이 나쁘다. 삶의 의욕이 솟아오르지 않는다. 무슨 일을 하더라도 그냥 좌절되는 것을 미리 생각한다. 어찌 보면 우리 사회 전체를 지배하는 흐름은 짜증인 것 같다. 그래서 '짜증사회'라는 말을 붙일 수 있을지 모르겠다. 우리 사회를 그렇게 규정하여도 된다면 그것이야말로 정말 짜증나는 일이다. 이렇게 짜증나는 사회를 구성하고 있는 요소들이 어떤 것들인가를 살펴본다.

흔히 누구나 말할 수 있듯이 오늘 우리는 고급과학기술과 기계가 지배하는 사회에 산다. 고급기술이 필요한 부분뿐만 아니라, 일상생활에도 그것이 적용되고 지배한다. 간단한 음식을 사서 먹거나, 시장을 보는 일부터 시작하여 방을 정리하고, 식단을 짜는 것까지도 고급기술을 활용한다. 물론 전쟁을 수행하거나 우주를 탐험하고, 깊은 바닷속이나 땅속을 살피는 데는 고급과학기술 없이 전혀 불가능하다는 것은 말할 필요가 없다. 어느 친구와 대화를 하거나 편지를 보내고 받는 것, 존경하고 사랑스러운 사람에게 선물을 보내고 인사하는 것까지도 고급과학기술의 도움을 받는다. 고급과학기술이 일상화될 때 사람이 끼어들 틈은 지극히 좁아진다. 사람 없는 사회가 된다.

얽힌 사회다. 물론 사회가 발달하고 문명이 진화하면서 단순한 것에서 복잡한 것으로 변한다는 것을 말한 학자들은 상당히 많다. 복잡하다는 것은 삶의 얽힘이 매우 다양하게 이루어진다는 것을 뜻한다. 글로벌화하면서 세계는 상당히 빠른 속도로 단순한 관리체계, 의사소통체계, 연결체계로 접어든다. 말과 문화와 삶의 양식이 하나로 단순해지는 경향이 있고, 정치문화나 경제, 산업구조의 경영과 운영이 전 세계에 통하는 기준으로 통합되는 수가 많다. 그렇게 되다 보니 자연스럽게 몇 가지 것들에 대하여는 보편개념이 지배하고, 그것에 따라서 세계질서가 하나의 체계로 잡히는 듯이 보인다. 그것이 일종의 단일구조로 보이는 모습이다. 그러나 그것이 지나치게 경제, 정치, 군사의 우위에 모든 것이 종속되는 모습을 보이고 있기에, 각 지역에서는 특별히 지역을 강조하는 흐름이 발생하고 있다. 다시 말하면 과거 몇 십년 동안 지배하여 왔던 양극체계가 일극체계로 바뀌면서 다극체계에 대한 갈망과 동경이 심하게 일어나고 있다. 다극체계라 함은 모든 세계의 구성원이나, 구성사회가 각각 핵심이요, 중심이 된다는 뜻이다. 어느 특정한 집단이나 세력의 뜻으로 세계질서가 잡혀나가는 것이 아니라, 모두가 한결같은 참여가 되는 민주체계가 되어야 한다는 갈망 역시 강력한 편이다. 이렇게 되니 자연스럽게 관계양상은 매우 복잡하게 된다. 엄밀히 따지면 어느 지역의 작은 사건이 전 세계를 움직일 수 있는 가능성이 매우 커진 시대가 되었다. 크고 작은 것, 깨끗하고 더러운 것, 거룩하고 추잡한 것, 조용하고 시끄러운 것, 예스러운 것과 새로운 것, 버려질 것과 새로 맞아들일 것 따위가 하나의 행동이나 사건 속에 두루 섞여 있다. 그러한 사회에 우리가 살고 있다.

가상사회다. 지식정보사회라고도 하고, 인터넷사회라고도 하는 오늘 사람들이 서로 만나고 대화하고 일을 꾸미고 하는 것은 옛날과는 전혀 다른 공간개념 속에서 이루어진다. 이른바 가상공간 안에서 가상으로 만나서 일을 꾸민다. 생각하고 계획하고 정리하는 것은 대개 이렇게 가상세계에서 이루어지지만, 그것이 어떤 결과를 가져오려면 역시 실질공간에 영향을 준다. 보이지 않는 공간, 보이지 않는 조직체, 손에 잡히지 않는 모양으로 모든 것이 준비된다. 그리고는 실질사회에서 하나의 실체로 나타난다. 이미 의사소통이 이루어지고, 삶이 나누어지며, 사람들이 서로 오간다. 그렇게 보면 이제 이 공간은 더 이상 '가상'이 아니다. 그렇다면 '가상공간'이란 말은 맞지 않는다. 동시에 '가상사회'란 것도 맞지 않는다. 흔히 사이버공간이라거나 사이버사회라고 하는 말을 우리말로 아직 발견하지 못하고 있을 뿐이다. 이것이 앞으로는 더 크게 사람들이 살아가는 모습을 확정하고 규정할 것이다. 보이지 않고 잡히지 않지만, 사람들은 이 사회공간을 더 많이 활용하게 될 것이다.

대리사회다. 이렇게 되다 보니 사람들은 자기 삶을 자기가 직접 경험하거나 직접 꾸리는 것이 적어진다. 노는 것도 대리로 놀아주고, 우는 것도 대리로 울어주며, 즐기는 것도 역시 대리로 즐기게 한다. 내 몸과 맘을 직접 움직이기보다는 다른 사람이 대신 움직여 내가 하고자 하는 것을 대신하여 준다. 두 젊은 남녀가 짝을 맺는 것도 가정을 떠나서 어느 특정한 장소에서 가지게 되고, 자녀를 낳는 것 역시 이제는 가정을 떠나 전문기관에 위탁한다. 양육이나 교육은 더욱 그렇다. 동시에 선한 일을 하는 것도 마찬가지다. 그러한 의지가 있는 사람은 다만 그 뜻을 대신하여 줄 기관이나 사람을 찾아 돈을 건네주면 된다. 자연을 즐기는 것도 대신, 신선한 공기를 마시는 것도 대신, 건강을 유지하는 것도 대신하는 사회, 즉 대리사회가 되었다. 그러나 이 대리사회는 무책임사회다. 한 가지 예를 들면, 최근 술을 많이 마신 사람들은 차를 대리운전자에게 맡겨 자기 집까지 데려다주는 서비스업체를 이용한다. 그러나 이 대리운전회사나

운전자들에 대한 공신력은 전혀 없다. 안전 대책이나 책임 대책이 전혀 되어 있지 않은 상태에서 단순히 대리운전을 통하여 잠깐의 위기를 극복하려는 것뿐이며, 그러한 서비스를 제공하므로 이득을 얻으려는 의도가 너무 크다. 새로운 형태의 삶의 모습이 나타나면서 이와 같은 아주 기상천외의 대리업종들이 발생한다. 동시에 그처럼 대신 살아주는 것을 일상화하고 일반화하려는 경향은 무엇보다도 더 강하게; 그러나 전혀 느낌 없이 나타나게 된다. 그래서 오늘 사회는 대리사회다.

결과사회다. 삶은 과정이다. 엄밀히 따지면 삶에는 결과가 없다. 그러나 짧게 보면 삶은 무수히 많은 결과들로 연결되어 있기도 하다. 다시 말하면 삶이란 과정으로서의 결과요, 삶의 구비구비에 만나는 결과들이란 삶의 한 과정에 불과하다. 그렇게 보면 모든 삶은 어찌 되었든 길게 연결되는 과정임이 분명하다. 일이 되고 안 되고를 모두 인과관계로만 풀 수 없지만, 어떠한 것이 되었든 한 결과가 그다음을 산생시키는 데 매우 큰 연관관계를 맺게 하는 것은 너무 당연하다. 그래서 삶을 긴 안목으로 보려는 사람들은 자질구레한 결과들에 연연하지 말고, 과정 그 자체를 중요하게 보라고 말한다. 곧 결과가 아무리 아름답거나 화려하다고 하더라도 과정이 순하지 않으면 아름다운 것이 아니라고 보는 것이다.

그런데 지금은 과정보다는 결과를 숭상하는 흐름이 매우 강하다. 결과에 따라서 지나온 과정들이 재정립되고 성격이 규정된다고 보는 경향이 있다. 그것도 전혀 틀린다고 할 수는 없다. 그러나 그렇게 살면 삶은 매우 혼란스러워진다. 삶을 주관하는 논리에 일관성이 없다. 자기 정체성을 찾을 수가 없다. 삶을 거꾸로 거슬러서 살게 된다. 그런데도 오늘은 과정보다는 결과를 숭상하는 경향이 매우 세게 흐른다. 그렇게 되면 혼란스런 것들이 마치 사회질서를 이끌어나가듯이 된다. 그러므로 예로부터 올바른 삶을 사는 것을 기대하거나 그렇게 살려고 노력한 사람들은 한결같이 결과보다는 과정을 귀중하게 보았다. 그러나 신은 결코 올바르지 않게 살아가는 사람이라고 하여 당장 벌을 내리거나 어려움에 부딪치게 한 것은 아니다. 오히려 더 승승장구 탄탄대로를 달리는 것처럼 보이게 내버려둔다. 지지부진하게 사는 것이 아니라 아주 화려하고 풍성한 삶을 꾸려나간다. 속으로야 어떠하든 겉으로 보기에 그렇다는 말이다. 여기에서 점점 더 사회는 과정보다는 결과를 바라보게 되었다. 특히 최근 상당히 긴 기간 동안 경쟁이 사회생활의 효과 있는 덕목으로 인정되면서 더욱 그러하였다. 이러한 사회에서는 의미와 보람을 찾으려는 삶은 뒤떨어지는 것으로 취급될 수밖에 없게 된다. 차차 사람들은 자신도 모르는 사이에 결과를 생각하고, 결과를 자로 재어보고, 남들이 바라보는 결과를 기다린다. 뜻과 진리 실현과 올바른 자기 정체성을 상실해 간다.

익명사회다. 원래 사람들은 이름이 없었다. 이름은 사람 그 자체를 나타내는 것이 아니기 때문이다. 그래서 옛날에는 그 사람을 나타내는 것을 그 사람으로 보았다. 예를 들면, 눈이 큰 사람, 키가 큰 사람, 몸이 우람한 사람, 바위 아래 사는 사람, 물가에서 나온 사람, 물레방아를 보는 사람, 사냥을 잘하는 사람 따위로 그 사람을 불렀다. 그러다가 가족이 생기고, 씨족들이 권력을 잡기 시작하고, 어느 부족이 계속하여 권력의 핵심에 머물러 있기를 추구하면서 사람들은 점점 더 복잡한 생활구조 속에 빠지게 되었다. 언젠가부터 사람들은 이름을 부르기 시작하였다. 이름은 나를 대신하는 상징이 되었다. 그러나 형식사회와 전통사회에서는 그 이름도 숨기려고 하였다. 별명을 짓고, 호를 만들더니, 언젠가부터는 유명하다는 사람들 사이에서는 이니셜로 표시한다. 그러나 지금은 더욱더 사람을 숨기는 것이 보통이 되었다. 번호로 통한다. 통신이 개별화하면서, 하나하나가 개인으로 행세하면서 모든 사람은 숫자로 대신되는 사회, 사람의 성격이나 특성은 사라지고, 단순히 물품으로 표시되는 숫자로 사람을 나타낸다. 학교에서도, 군대에서도, 어디에서 누구를 기다릴 때도 숫자로 대신된다. 숫자 속에 사람은 가려진다. 이름이 없는 사회, 이름이 가려진 사회다. 이름 속에 가려진 사람도 아니고, 이제는 숫자 속에 이름과 사람이 모두 가려진 사회다. 사람이 살지만, 사람이 사람됨을 잃어버린 숫자들의 사회다. 이러한 사회에서 사람으로 산다는 것은 쉽지가 않다.

체계, 조직사회다. 옛날에는 사람이 어느 것에 소속되지 않고도 살 수 있을 때가 있었다. 그러나 지금은 불가능하다. 조직과 체계 속에 들어 있지 않으면 사람이라고 할 수 없게 되었다. 사람의 질서체계가 아니라, 체계나 조직의 질서체계 속에 사람이 끼어들지 않으면 사람이 아닌 세상이 되었다. 어려서부터 사람들이 지역, 학교, 혈통, 어떤 계열을 찾아서 줄을 서고, 자기 이름을 등록하려고 애를 쓰는 것은 바로 그 때문이다. 명문조직, 명망조직, 유망체계 속에 있지 않으면 시대에 뒤떨어지는 것은 물론이고, 사람으로서 살기를 포기한 것처럼 된 시대다. 목적에 합당한 조직체로서, 의미나 진리실현을 위한 것이라기보다는 자기 자신이 생존하기에 적절한 기구로서 조직과 체계를 유지하고 그 속에 자신을 파묻는 사회다. 여기에서는 사람이나 그 사람이 가지고 있는 능력과 인격을 중요하게 보는 것이 아니라, 그가 어떤 조직·체계·선에 서 있는가 하는 것을 중요하게 본다. 여기에는 이성과 이치에 맞는 것이 이 체계와 조직을 지배하는 것이 아니라, 단순히 조직의 구성원이거나 그 체계에 얼마나 충성하는가 하는 것이 좋고 나쁨의 판단기준이 될 뿐이다. 사람이 만든 조직이요 체계지만 사람이 완전히 사라진 껍질뿐이다.

그러면서 우리는 통제불가능사회에 살고 있다. 법이, 전통이, 문화가, 관청이, 개인의 출중한 도덕률이, 교육과 종교가, 뛰어난 정치나 사정책임자가 사회를 통제하지 못한다. 해가 바뀌면 정치가들은 범죄와 한판 전쟁을 치르겠다고 하고, 부정과 부패의 근원과 뿌리를 찾아서 뿌리를 뽑고 씨를 말려버리겠다고 으름장을 놓는다. 사회를 개혁하겠다고 부르짖었지만, 어느 정권도 나중에 스스로 개혁의 대상이 되어 물러나지 않은 적이 없다. 맑고 깨끗한 물이 흐르게 하고, 신선한 공기를 마시게 한다고 하였지만, 더러운 냄새만 풍기고 구정물만 일구다가 사라져버렸다. 그러다 보니 밖에 나가서 눈을 뜨고 바라보는 사람이라면 혀를 차고 고개를 절레절레 흔들 수밖에 없는 꽉 막힌 답답함만을 맛볼 뿐이다. 어떠한 법, 어떠한 사람, 어떠한 제도도 통제할 수 없는 수준에 도달한 불가능한 사회가 되고 말았다고 판단한다. 사회문화에 신뢰가 없고, 예측이 불가능하며, 합리성이 결여되어 앞날을 희망스럽게 내다볼 수 없게 된다. 이렇게 사회를 규정하고 보면, 이러한 사회를 좀 바꾸어보겠다고 나서는 사람들처럼 어리석은 존재는 거의 없다. 이러한 사회에서 무엇인가 더 나은 것을 찾으려고 하는 것을 사람들은 "달걀로 바위 치기"라고 비유한다. 그러나 나는 더욱더 비관스러운 말로 마무리한다. "솜송이로 바위 치기"다. 그래도 그 솜송이로 바위 치기를 게을리하지 않는 사람들이 있다. 그들을 우리는 사회운동가라고 한다.

3. 사회운동가는 누구인가?

그렇다면 이렇게 막막한 사회에서 운동을 펼치는 사람들은 도대체 어떤 사람들인가? 그들은 무엇을 바라는가? 왜 그들은 그렇게 하는가? 그들 뒤에는 무엇이 힘을 받쳐주며, 그들 앞에서는 무엇이 손을 잡아 끌어주는가? 그들이 나온 근원은 어디며 그들이 돌아갈 고향은 또 어디인가?

사회운동가는 일단 지금 우리가 살고 있는 사회가 사람이 사람답게 살기에는 적절하지 못하다는 것을 인식한다. 그것을 인식하는 정도가 깊고, 그 인식함을 마음속에만 간직하여 넣어두는 사람들이 아니다. 그들은 가능한 한 적절하지 못한 사회는 바뀌어야 한다는 생각과 의지가 강하고, 그 일을 위하여 시간과 자신을 투자하는 사람들이다. 물론 어느 사람은 그것을 자기 자신의 출세와 영달의 발판으로 삼으려 하기도 하지만, 어찌 보면 겉으로 보기에 그러한 사람들이 더 많은 것처럼 보이기도 하지만, 그러한 사람들을 우리는 사회운동가라고 부르지 않는다. 그 대신 '사이비 사회운동가' 또는 '사기 사회운동가'라고 부른다. 그러한 사람들을 우리는 여기에서 논의하려고 하는 것이 아니다. 이른바 순수 사회운동을 하는 사람들을 일단 여기에서는 사회운동가라고 하겠다.

그들은 앞서갈 수는 있지만 뒤따라가지는 못하는 사람들이다. 정의감이 누구보다도 세고, 열정이 많다. 먼저 트이기는 하였지만 욕심이 적다고 할 수 없다. 사리판단이 분명하지만, 가끔 흑백논리라는 단순논리에 깊이 빠져 있기도 한다. 변화된 결과를 기대하는 경향이 많기에 좀 조급한 사람들이다. 더 나은 것을 획책하기에 대개 진보주의자들이라 할 수 있다. 자기 변화를 추구하는 사람들이다 보니 도덕주의에 상당히 많이 경도되어 있다. 때때로 느긋함이 부족하고 관용과 포용력이 크지 않다는 평을 받기도 한다. 그렇게 되다 보니 이들은 쉽게 상처를 받고 좌절한다.

그래서 필요한 것이 있다면, 날카롭되 포근하고 푸근한 맛이 있어야 한다. 조급함을 느슨함과 기다림으로 감쌀 수 있는 능력을 길러야 한다. 결과에 기대를 걸지 말고 끊임없는 과정을 귀중하게 보아야 한다. 물결을 거슬러 올라가려고만 하지 말고, 물결을 타면서 흐름에 저항하는 것도 배워야 한다. 열악한 환경과 조건 속에서도 탈진되지 않는 지혜와 방책이 필요하다. 추구하는 이상·목적과 좌절을 맛보는 현실을, 앞서가는 자신과 뒤처지는 대중을 일치시키는 가능성을 발견하여야 한다. 이들은 끊임없이 자기후원자 즉, 그치지 않는, 마르지 않는, 맑은 샘옹달샘이 필요하다. 이것은 철저한 쉼에서 온다. 대개 사회운동가들은 쉴 줄을 모른다. 일할 줄만 안다. 여기에서 완전 소멸되는 위기를 맛보게 된다. 스스로 소멸되는 길을 걷지 않으려면 속알을 채우는 일을 서둘러 찾아야 한다. 그러한 후원자를 만나야 한다. 끊임없는 후원자 그것을 우리는 일상생활에서 만나는 영성이라고 부를 수 있다.

4. 영성

영성靈性: spirituality: Spiritualität은 종교용어다. 이것을 일상생활, 특히 사회운동과 관련시켜 적절하게 표현한다는 것은 쉽지 않다. 종교와 상관없는 사람이 이해할 수 있는 말로 표현한다면 어떻게 할 수 있을까를 많이 생각하여 보았다. 혹시 '자기 혁명'이라고 하면 좀 가까울까? '본질궁극 존재와 만남'이라고 하면 적절할까? '정신일도 하사불성'이란 말에서 표현하듯이 '정신통일', '무엇에 깊이 집중된 정신'이라고 하면 좋을까? '깨달음'이나 '해탈'이란 말로도 표현할 수 있을 것이다. 이것들은 자기 자신을 만나는 것이요, 내 속에 이미 들어와 있으나 잃어버린 신성神性을 찾아 간직하는 것이라 할 수 있다. 다른 말로 하면 "속알 밝힘"이다. 그러나 이러한 말들은 우리가 일상생활에서 쓰기에는 좀 어색한 듯이 보이는, 종교생활이나 종교예식에서 흔히 만날 수 있는 말들이라고 할 수 있다. 그러나 우리는 이 영성을 기르는 일, 즉 속알 밝힘을 산골짜기나 골방 속에서가 아니라, 반드시 어두워진 역사와 사회상황 속에서, 일상생활 속에서 해야만 한다.

일상생활 속에서, 일을 하면서, 밥을 먹으면서, 길을 걸으면서, 사랑을 나누면서, 친구를 만나면서, 방을 쓸고 닦으면서 그 님을 만나고, 님의 뜻을 실현하는 것이 영성이다. 내 일상생활에서 신의 걸음과 내 걸음을 꼭같이 하는 것, 그의 뜻에 내 뜻을 일치시키는 것, 내 행동과 진리의 명령을 동일시하는 것, 그러나 내가 그것들의 도구가 아니라 그것들이 내 속에서 하나가 된 것, 다시 말하면 육화되고 생활이 된 것을 말한다. 일상생활에서 정신을 성스럽게 하고 행동, 말, 눈빛, 마음을 거룩하게 하는 것이 영성을 풍요롭게 하는 일이다. 이것을 찾고 실현하자는 것이 사회운동가들이 추진하여야 할 영성운동의 핵심이다. 요 사이 말로 하면 마음공부, 마음훈련, 마음닦기, 마음다스림이다. 그런데 사람들은 이러한 삶을 잃어버렸다. 왜?

우리는 일단 왜 사람들은 이 영성을 잃어버렸는가를 따져 볼 필요가 있다. 우선 종교와 생활이 분리되었다. 거룩한 것과 더 러운 것, 종교생활과 일상생활, 신과 나, 진리와 현실, 속알내용과 그릇형식이 분리되었다. 이렇게 되니 무엇이 되었든 사람들은 자 기의 삶을 자기가 직접 살지 않게 되었다. 이렇게 되니 사람들 은 철, 시간을 잃고, 자연을 잃고 살게 되었다. 그렇게 되다 보니 경험의 신선함, 충격과 감동이 없다. 감동 없는 삶은 그런 의미 에서 죽은 삶이다. 이기주의에 사로잡혀 지나치게 욕심이 많고, 상대방과 함께 살려는 대신에 경쟁하여 이기려는 풍조에 휩싸 이게 되었다. 어려서 다른 아이들을 만나면서부터 벌써 우리는 함께 살기보다는 경쟁에서 이기는 것을 좋은 덕목으로 알고 자 랐다. 우리들의 사회화 과정에서 영성을 잃어버리게 되었다. 이 미 앞에서 우리가 사는 사회가 어떠한 사회인가를 살펴보았다. 그러한 사회에서 사는 사람들이 영성을 잃지 않고 산다는 것은 일종의 기적이라 하여야 할 것이다. 그러한 사회 속에서 살다 보니, 자라나다 보니 사람들은 있는 그대로를 그대로 보게 하지 않고, 겉치장을 통하여 자신을 드러내기에 힘쓰게 되었다. 여기 에서 사람들은 자기분열, 자기소외를 경험한다. 사람은 물론 사 회 환경에 영향을 받지만, 동시에 그 환경을 극복할 힘도 지닌 다. 바로 사람이 가지는 이 힘을 빌어서 우리는 잃어버린 영성 을 찾고, 휩쓸려 가는 사회문화풍조에서 벗어나 보려는 몸부림을 칠 수 있다.

5. 어떻게 영성을 기를까?

우리는 가끔 우리의 한계, 자기 능력의 한계를 겸손하게 받아들일 필요가 있다. 이것은 다른 말로 하면 우리에게 주어진 시간, 공간, 능력, 물질, 생명의 한계를 받아들이는 일이다. 그렇게 될 때 포기할 줄 아는 아름다움이 있다. 아름다운 포기란 즐거움을 포함한 포기, 낭만이 있는 포기, 슬픔을 기쁨과 즐거움으로 승화하는 포기가 된다. 그것은 자기 자신을 부인하는 것과 같다. 이것은 자기 자신이 가지는 선한 생각, 선한 의지, 의도, 계획과 기대를 벗어나서 그것들이 본질과 어떤 관계에 있는지를 살피는 것이 중요하다. 자신과 자기가 하는 일을 객관화하는 일이다. 그것에서 우리는 진실해지고 망상이나 환상의 늪에서 자기 자신을 건질 수 있다고 본다. 그렇게 하여 진실이란 기초 위에 궁전을 세우게 된다. 이렇게 되면 우리는 성공에서 성공의 환영을, 실패에서 실패의 환영을 보게 된다. 이러한 훈련은 점점 자기집착에서 자유로워지게 한다. 이렇게 될 때 우리는 동기에서 자기중심의 요소를 없이 하고, 그 행위의 결과에서 아무런 이익도 얻는 게 없음을 마음에 두지 않는다.

이러기 위하여 일단 우리는 일상의 궤도에서 벗어나 보는 것이 필요하다. 일에서 손을 놓고, 일에서 벗어나 보며, 일상의 숨을 떠나서 긴 숨, 한 숨을 쉬어 보는 일이다. 먹는 것, 마시는 것, 쓰는 것, 가정, 사람, 말하는 것, 생각하는 것, 보고 듣는 것을 끊어볼 필요가 있다. 이렇게 하는 것은 "모든 임무를 버려두고 유일한 안식처인 내게로 오라."는 초청이 있음을 인식하는 일이다. 이렇게 자기 안으로 들어가 보는 것, 깊은 초대에 선선히 자기 자신을 맡겨 보는 것이 아주 필요하다. 인간은 특정한 역사와 사회, 시간과 공간에 탄생하여 사는 것이지만, 그러나 그것을 넘어 영원한 세계를 동경하는 속성을 가지고 있다. 이것이 영성을 기르는 들머리다. 자기 속 한계 속에서 무한성을 인식하고 이 둘을 조화하는 것이 곧 영성운동이다.

그러나 그러한 일을 하여 보는 것은 어떤 특별한 기준이 있거나 형식이 있다고 보지는 않는다. 그 방법은 사람 수만큼 많을 것이다. 각자 자기에게 맞는 방법을 찾아 나서는 것이 일단 필요하다. 몇 가지 예를 들어본다.

목적 없는 길, 어디에도 도달하지 않는 길을 가보는 것도 좋다. 그냥 길가는 것이 곧 목적인 길을 가보는 것이 좋다. 이 때는 내가 걷는 이 땅이, 이 길이 가장 순수한 땅이라는 의미로, 완전한 기적으로 가득 찬 땅으로 인식할 필요가 있다.

이러한 길을 갈 때는 지독하게 외로움을 탄다. 그 깊은 외로움, 고독함, 지루함 속에서, 혼자 걷는 그 길에 함께 걸어가는 것이 있음을 알아차려야 한다. 길을 지나갈 때 바람에 흔들리는 풀들, 나무들, 꽃들이 나를 환영한다. 지저귀는 새들, 화들짝 놀라서 뛰어 달아나는 들짐승들, 불어오는 바람, 흘러가는 물, 묵묵히 뿌리박고 버티는 바위들, 심지어는 길바닥에 깔려 있는 모래와 흙들이 나를 반긴다. 그 환영의 손짓 속에서 깊은 고마움과 기쁨을 맛보며, 내가 혼자 걷는 것이 아니라, 이 모든 것들, 만물들이 나와 함께 걸어가고 있음을 느낀다. 이러한 느낌과 함께 자연스럽게 그것들과 깊은 대화를 할 수밖에 없다. 그냥 그것들과 주고받는 말이 오간다.

적어도 하루에 한 번 정도는 '부처처럼 웃는 것'을 연습할 필요가 있다. 크게 너털웃음을 웃는 것도, 그냥 우스워서 깔깔대는 것도 아닌, 남을 얕잡아 보아 비웃는 것도 아닌, 내 술수에 넘어갔구나 하는 회심의 웃음도 아닌, 속 깊은 곳에서 깨달음과 평화가 있어서 살포시 솟아나는 그러한 웃음을 연습할 필요가 있다. 그렇게 되면 어떠한 사람이 되었든 꽃처럼 꽃을 피울 수 있을 것이다. 이렇게 될 때 우리는 온몸을 휘감아 도는 웃음을 웃을 수 있을 것이다. 속에 채워진 평안과 깨달음을 온몸에 담은 그런 웃음을 웃을 필요가 있다.

매일 맑고 밝은 좋은 노래를 부를 필요가 있다. 적어도 하루에 한 곡을 부르는 것이 좋다. 소리를 내든, 속으로든, 아니면 악기나 휘파람으로든 좋은 노래를 부르는 것은 무엇보다 중요하다. 우리가 관심을 가지면 부드럽고 좋은 노래, 우리의 속을 때리는 노래들이 참으로 많다. 나는 동요를 참 좋아한다.

매일 기도하는 것은 무엇보다 귀한 일이다. 어느 곳, 자기 집이든지 직장이든지, 아니면 다른 어느 곳이든지 방해받지 않고 나만이 조용히 마음을 모을 수 있는 곳을 마련하여, 그곳에서 깊이 들어가 보는 경험을 매일 쌓는 것이 좋다. 가능하면 일정한 시간에 꼭 그렇게 하는 것이 바람직하다. 옛날부터 사람들은 새벽 일찍 장독대에 맑은 물 한 사발 떠놓고 간절히 빌기도 하였고, 묘한 바위나 거대한 나무 아래에서 그렇게 하기도 하였다. 어떤 종교인들은 그러한 행위를 미신이라고 하지만, 사람 속 깊은 영성에서 나오는 그러한 행위는 성모 마리아 앞에서 기도하는 것이나, 거룩한 성소에서 하느님께 기도하는 것이나 같다.

매일 다른 사람을 생각하는 것이 좋다. 어느 한 사람을 놓고 그이의 슬픔, 기쁨, 선함, 아름다움, 아픔, 어려움 따위를 깊이 생각하는 것이다. 이 생각은 그 속으로 자신을 집어넣는 것이 된다. 자기 자신을, 자기의 간절한 마음을 그에게 주는 것이 된다. 이렇게 될 때 자연스럽게 나는 그와 하나가 된다. 그가 나를 받아주고 밀어내는 것은 내 문제가 아니다. 다만 내가 마음을 오로지할 뿐이다. 이것은 그를 위한 기도가 될 것이다.

사회운동가들은 적어도 한 달에 하루 정도는 모든 일을 끊고 자기와 맞부딪치는 날을 정하는 것이 좋다. 일은 하면 할수록 샘솟듯이 나온다. 그렇게 일만 하면 어떤 사람이 되었든 지치고 탈진할 수밖에 없다. 그것을 막기 위하여 모든 것을 떠나는 훈련이 필요하다. 일 년에 며칠을 완전히 떠나보는 것을 제도화할 필요가 있다. 대개 휴가를 하면 가족과 함께 하는 것을 원칙으로 한다. 그것도 나쁘지 않지만, 영성을 기르기 위한 것은 가족으로부터도 해방될 필요가 있다. 가톨릭 신도들이 수시로 피정을 하고, 개신교인들이 기도원에서 보내며, 불교인들이 수련을 하고, 스님들이 동안거와 하안거를 하면서 속 을을 채우는 일을 하는 것처럼, 사회운동가들에게도 속 을을 채우는 일을 제도로 삼을 필요가 있다. 나를 떠나는 것은 나에게로 다시 돌아오기 위한 것이다. 일을 떠났다가 일 속으로, 일상을 떠났다 일상 속으로, 세상을 떠났다 세속으로 다시 돌아오는 것이, 진정으로 나와 일과 세상과 일상으로 돌아오는 것이 무엇인지를 알 필요가 있다. 이렇게 될 때 분명히 사람은 자기 혁명, 자기 개혁, 진정한 만남을 맛보게 될 것이다. 이것이 영성을 일상생활화 하는 일이라 본다. 사회운동가들이 이렇게 일상생활에서 영성을 훈련한다면 분명히 운동도 사회도 크게 달라질 것이다.

교회가 왜 우리농촌살리기운동을 하는가?

성서봉독 : '땅은 메마르고 주민은 모두 찌들어간다. 들짐승과 공중의 새도 야위어간다. 바다의 고기도 씨가 말라간다.'(호세아서 4,3) '우리는 모든 피조물이 다 함께 신음하며 진통을 겪고 있다는 것을 알고 있습니다.'(로마서 8,19)

십자가를 진 자연의 황폐화된 실상을 잘 나타내 주는 말씀입니다. 이 지구덩어리가 고통을 당하고 있다는 사실은 하느님을 믿지 않는 사람들도 절박하게 의식하고 있습니다. 과연 이것이 하느님께서 손수 창조하신 세상의 참모습일까요? 창세기에서는 하늘과 바다 그리고 땅과 그 가운데 있는 모든 것을 창조하신 후에 하느님께서는 사람을 남자와 여자로 지어내셨고 '하느님께서 보시니 참 좋았다.'를 되풀이하셨습니다. 그리고 자신의 모상대로 만드신 인간을 피조물의 정상에 올려놓으시고 그 피조물을 관리할 책임을 맡겨 주셨습니다. 그러나 인간은 창조주 하느님의 계획을 거슬러 죄악을 선택함으로써 창조질서와 기존의 조화를 파괴한 것입니다. 인간에 의해 파괴된 자연환경은 이제 거꾸로 인간의 생명을 위협하는 지경에 이르렀습니다. 그

---

* 2002년 10월 14일 수원교구 본당일꾼교육에서 한 강의 원고이다.

래서 <작은 연못> 노래처럼 함께 살던 붕어에게 상처 입히고, 그가 죽어 썩으면서 연못 전체가 썩어 결국 자기도 살 수 없게 된 것입니다.

1. 왜 농촌이 어렵고 농촌을 살려야 하나?

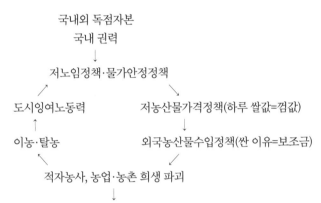

국내외 독점자본
국내 권력
↓
저노임정책·물가안정정책

도시잉여노동력　　　　저농산물가격정책(하루 쌀값=껌값)
↑　　　　　　　　　　　↓
이농·탈농　　　　　　　외국농산물수입정책(싼 이유=보조금)

적자농사, 농업·농촌 희생 파괴
↓

(농민의 64%가 1ha 미만의 농사 규모, 농민의 7할이 소작농, 전체농지의 4할이 소작지, 1/4이 비농민소유-부재지주가 7할, 농가 인구는 전체인구의 8.7% 취업인구의 10.5%, 50세 이상이 72% 60세 이상은 46%, 2명 이하 가구가 43%, 후계자 미확보 84%, 부채평균 2천만 원, 종자·비료·농약·연료·농기구·사료·포장재까지 전 농사과정 해외종속의존, 콩세알 농심→돈 환장)

순망치한脣亡齒寒이라는 말이 있습니다. 입술이 없어지면 이가 시리다는 뜻이지요. 도시와 농촌의 관계도 상호 협력하는 '이와 입술' 사이로 비유할 수 있습니다. 도시를 둘러싸고 있는 농촌이 병들고 망하면 도시와 우리 모두가 병들고 몰락하게 되는 것이지요.

제일 먼저 우리의 밥상이 온통 외국농산물로 심각하게 오염될 것입니다세계자연기금, 모유독성물질 350종 검출/일본 후생성, 모유 다이옥신

기준치 26배 검출. 해마다 전량 수입하는 석유처럼 농산물도 엄청나게 수입해야 하므로 국민경제가 크게 위축되고, 식량위기가 오면 꼼짝없이 굶을 수밖에 없게 됩니다. 뿐만 아니라 땅과 물도 죽어가고 농민들이 도시로 몰려들어 취업난, 주택난, 교통난 등 도시문제가 더욱 가중되고 사회가 불안해집니다. 이렇게 농촌의 어려움이 농민만의 문제가 아니라 우리 모두의 문제입니다. 농민의 힘만으로 해결할 수 없습니다.

우리가 겪는 여러 가지 문제들이 농촌농민문제와 깊이 연관되어 있어 농촌과 도시가 손잡고 함께 해결해 나갈 수밖에 없다는 각성에서 출발합니다. 단순히 어려움에 처해 있는 농촌을 돕는 시혜나 자선이 아니라 바로 내가 제대로 살자면 농촌을 살려야 하는 것입니다.

자신과 사랑하는 자녀의 건강과 생명의 밥을 구하기 위해, 식량주권과 자립경제를 위해, 깨끗한 물과 맑은 공기와 기름진 땅 그리고 반딧불이 춤추며 메뚜기가 뛰노는 모든 이의 마음의 고향을 찾기 위해, 그리스도의 적색 은총뿐 아니라 하느님의 창조질서 보전과 녹색 은총을 위해서, 농촌을 살려야 할 것입니다.

2. 왜 교회가 농촌살리기운동을 하나?
- 성서와 교회의 가르침: 자연·농촌사랑은 곧 하느님사랑
  (생태신학)

1) 창조신앙
창세기에서 보듯이 구약시대 신앙인들은 자연을 하느님의 창조물로 여겼으며 그 안에서 하느님의 현존과 숨결과 손길을

느끼며 살았습니다. '보시니 좋았다.' 하시던 모든 피조물이 다 하느님으로부터 창조되었으며, 그렇기 때문에 같은 창조공동체의 일원이라는 사실을 의식할 수 있었습니다.

그러나 창세기 1,26절 이하의 '정복하고 다스려라.'는 구절은 세계가 마치 인간만을 위해 창조되었고, 자연은 인간이 정복하고 파괴해도 좋은 것이라는 인상을 줄 수 있습니다. 그러나 이러한 생각은 인간이 성서를 자기중심적으로 해석해서 생겨난 잘못된 생각입니다. 원래 성서의 히브리적 세계관은 창조주 하느님으로부터 만물을 풀어 설명하는 일원론이었는데, 그리스도교가 로마의 승인과 토착화를 거치면서 희랍적 세계관인 이원론을 수용하게 된 것 같습니다. 신과 인간남자와 여자, 인간과 자연, 영과 육, 성과 속, 선과 악처럼 세계를 둘로 갈라 서로 대립하고 투쟁하며 승 아니면 패라는 극단적 양상으로 보는 것입니다.

'정복하고 다스려라.'라는 말의 참뜻은 우리 인간은 하느님 모상으로서 하느님께서 보시니 좋았고 하느님께서 창조세계를 다스리는 양식대로 자연을 돌보아야 한다는 말일 것입니다. 비록 인간이 하느님 모습에 따라 창조되었기 때문에 다른 피조물과 구별된다고 할지라도 인간은 자연 없이는 살 수 없는 존재입니다1,29-30. 모든 피조물들은 서로 평등하고 서로 그물처럼 하나로 연관돼 있어, 하나가 파괴되면 다른 하나도 무너진다는 유기순환론적 일원론적 입장이 옳은 것입니다.

2) 그리스도 신앙
그리고 구약의 창조신앙을 신약에 이르러 예수님으로 연결됩니다.

(나자렛 예수의 상황과 삶, 모두가 하느님 안에 하나되기를 바라셨다.)

복음사가들은 예수님을 창조질서의 복구자_{마태오 19,4-6}, 창조의 중개자_{요한 1,1-17}로 그리고 있습니다. 신약성서는 구약의 창조신앙을 이어받으면서도 그리스도론적, 삼위일체론적 의미를 더 부여하고 있습니다.

이는 '하느님은 사랑이시다.'_{요한 4,8}라는 성서 말씀으로부터 출발합니다. 세상이 비록 죄로 인해 상처받고 분열되어 있지만, 동시에 세상은 하느님 사랑이 깃드는 장이며 그리스도의 구원 역사가 이뤄지는 곳입니다. 그러므로 세상을 온전하게 보전하지 못한다면 우리의 구원도 있을 수 없는 것입니다.

3) 삼위일체 신앙

하느님 아버지께서는 사랑으로 사람과 세상을 창조하시고, 성자 예수 그리스도를 통해 피조물들을 서로 화해하게 하시며 우리를 당신의 창조사업에 동참하도록 초대하고 계십니다. 또한 하느님께서는 성령을 통하여 당신의 피조물 안에 생활하고 계십니다. 그러므로 그분과 인간, 그분과 자연, 인간과 자연과의 관계가 더 이상 일방적인 지배-복종 관계가 아니라 사랑과 친교의 관계인 것입니다.

4) 바티칸의 가르침

(교황 요한 바오로 2세, 1990년 평화의 날 담화문 〈창조주 하느님과 함께 하는 평화, 모든 피조물과 함께 하는 평화〉)

신앙인은 하느님 창조질서를 보전하고 창조사업의 협력자로

서 하느님나라 건설에 앞장서야 할 의무와 책임이 있다고 강조
합니다. 그리스도인들은 특히 피조물 안에서의 자기 책임은 물
론 자연과 하느님에 대한 자신의 의무가 신앙의 본질적인 부분
이라고 합니다. 모든 피조물을 존중하고 보호해야 할 중대한 의
무를 상기시키기 위해 직접 담화한다고 했습니다.

교황은 1979년에 자신이 아시시의 성 프란치스코를 자연환
경을 증진시키는 사람들의 천상 수호자로 선포한 사실을 상기
하며, 〈태양의 노래〉에서 태양 형님, 달님 누나, 바람 형님, 물 누
나, 불 형님, 누나요 어미인 땅 등 모든 피조물을 초대하여 주님
께 영광을 드리고 주님을 찬미한 것처럼 모든 피조물과 '형제
애'를 지켜갈 것을 당부했습니다.

5) 식사기도와 미사와 영성체

'은혜로이 내려주신 이 음식과……' 식사기도를 양심의 가책
없이 할 수 있으려면 하느님 창조질서 보전을 위한 농촌·환경
살리기운동을 해야 할 것입니다.

미사 = 말씀의 전례말씀 나눔: 억압, 거짓 없는 + 성찬의 전례밥의 나눔:
독점, 독 없는를 생활 속에서 실천하는 것이 이 운동입니다.

예수님 공생활의 시작가나혼인잔치과 마지막최후의 만찬이 먹는 것
과 밀접한 것으로 보아, 먹는 것부터 제대로 바꾸고 세상을 변
화시키는 실마리로 잡을 수 있을 것입니다.

6) 21세기 교회 모습

향후 우리가 지향할 교회상은 맘모스교회가 아닙니다. '무거
운 짐 진 자 다 내게 오라.'하신 것처럼 교회가 백성들의 동반자

로서 정서적 필요성을 채워주고 '관계'를 중시하는 소공동체들의 공동체로서의 교회가 되어야 할 것입니다. 그러자면 구체적인 생활을 나누는 과제들 속에서 복음화를 찾아야 합니다.

3. 우리의 할 일

1) 무엇을

하느님 보시기 좋은 세상을 만들자면, 하느님과 올바른 관계를 갖자면, 사람과 사람의 관계도 분열과 독점을 없애고 평화를 만들어야겠지만, 자연과 사람 관계도 수탈과 파괴에서 공생과 조화를 회복해야 합니다.

바람의 방향을 바꿀 순 없어도 내가 탄 돛단배의 돛의 방향을 바꿀 수 있습니다. 세상이 하느님 뜻창조, 사랑을 거스르는 흐름이라도 교회 안팎에서 전개되는 창조질서 보전운동, 단순한 환경운동을 넘어서는 생명·공동체운동이 그것입니다. 그건 우리의 의식과 생활, 제도와 정책을 하느님께로부터 받은 생명 가치에 초점을 맞춰 바꿔 나가는 운동입니다. 운동은 스스로, 함께, 지속적으로 하는 것이지요. 어머니 아줌마들이 앞서 나서야 합니다음양, 안팎, 좌우.

- 먼저 제대로 먹기부터예수님 공생활의 시작과 끝 시작해 우리 삶을 바꾸고 세상을 변화시켜(제땅, 제철, 제손, 통째로, 적게, 감사-식량주권, 원산지 표시 확인, 검역 강화, 도농교류)

- 제대로 쓰기(물, 옷, 종이, 에너지, 차, 생활용품 등 아나바다)

- 잘못된 정책과 제도 바꾸기(국민 돈 → 재벌, 반생명)

- 자연 친화적 대안적 생활(땅, 일, 땀)

- 교회 안팎의 공동체운동 참여 활성화

2) 어떻게—도시·농촌 하나가 되는 길

올바른 식생활 습관을 확립하고 잘못된 소비 양식을 바꾸면서 도·농이 하나될 수 있습니다. 수입농산물과 가공식품 위주의 식생활을 고치고, 제 땅에서 제철에 나는 농산물을 제 손으로 해 먹는 것이 하느님 창조질서에 합당하고 영육간 건강에도 좋습니다. 마구 쓰고 버리는 소비적 생활이 아니라 쌀 한 톨, 물방울 하나에도 하느님과 여러 생명의 노고가 깃들어 있음을 알고 소중히 여기며 아껴 쓰고 다시 쓰는 생활양식이 필요합니다.

도시생활자 특히 어머니와 농민이 만나 직접 생활상의 동맹을 이루는 방법입니다. 먹을거리를 시장에서 사면 누가 생산했는지, 누가 먹을지 모르니 서로를 생각하는 마음보다 돈만을 생각하게 되고 믿기 어려울 때도 있습니다. 그러나 먹을 것을 믿을만한 농촌에서 직접 구하는 것입니다. 밑지는 농사라 하더라도 자신의 노고를 알아주고 그걸 먹어주는 사람이 있을 때, 농민은 고통도 잊고 하느님 창조사업에 동참하는 생명의 일꾼으로서 보람과 희망을 얻습니다. 그러면 유기순환적인 바른 농사를 하게 되어, 농촌은 활력을 되찾고 우리의 밥상도 생명의 밥상으로 바꿀 수 있을 것입니다.

물건 중심의 물적 교류보다 인간적 만남과 공동체간 교류 협력이 먼저입니다. 본당, 지역, 직장, 단체에서 산지 방문이나 일손돕기 등 다양한 도농교류 프로그램을 통해 먼저 농촌을 찾는 것이 좋겠습니다주5일 근무제 적극 활용. 서로 얼굴을 마주하고 함께 일하며 상호이해를 높이고 삶을 나누는 속에 신뢰가 쌓입니다. 단순히 싸게 사고, 비싸게 팔기 위해 중간 단계를 배제하는 직거래를 넘어서, 서로가 감동을 나누며 사례하는 도농공동체운동으로 발전하기 위한 기본전제가 인간적 만남과 신뢰 구축입니다. 그래야 농촌생산자가 농사일을 할 때 그 농산물을 먹을 도시생활자의 얼굴을 떠올리며 힘을 얻어 정성을 다하고, 도시생활자가 농산물을 먹을 때 그걸 생산한 농민의 얼굴과 노고를 생각해 감사하는 마음이 우러나 마침내 도시와 농촌, 생산자와 소비자가 하나되는 성사聖事가 이뤄집니다. 본당신부님과 협의하여 전체 신자 대상으로 교육도 하고 녹색 피정도 하고 농민을 만나러 갑시다. 도농공동체운동은 성급하게 되는 것이 아니라 시간을 먹고 자라납니다. 결국 하느님 창조질서와 그리스도의 표지를 따라 우리 자신과 세계를 변화시켜 가는 일이니까요.

나 하나 먹고살기도 바쁘고 고달픈데 무슨 농촌타령, 자연타령이냐는 생각이 드는 분도 계실 것입니다. 그러나 오히려 녹색체험을 통해 피로를 풀어주며 활력을 불어넣어 주므로 보람과 신바람으로 일할 수 있습니다. 살아있는 운동은 언제나 하느님과 함께 하는 것이라 물처럼 한없이 부드럽고 따뜻하고 품어주고 녹여주고 자유롭게 하는 힘이 있습니다.선다 싱

힘겨워도 이웃과 손잡고 더불어 가는 아름다운 모습에 박수를 보냅니다. 감사합니다.

우리 민족끼리 통일의 활로를 열어가자!

남과 북의 농민대표 여러분! 반갑습니다. 천하제일명산 금강산에서 이렇게 만나니 벅차오르는 감격에 가슴이 온통 뜁니다. 먼저 남녘 농민대표들을 동포애의 정으로 열렬히 환영해 주시고 이 자리에 함께 하신 조선농업근로자동맹 대표 여러분께 진심으로 감사를 드립니다. 아울러 북녘의 전체 농업근로자에게 보내는 남녘 전국농민연대 농민들의 뜨거운 인사를 전해 드립니다.

오늘 이 역사적인 만남이 얼마나 고대하던 상봉입니까. 북으로 간 남편을 기다리며 혼자 반평생을 쓸쓸히 살면서 해마다 장 담그고 김장할 때면, 오매불망 남편이 올지 모른다고 남편 몫을 더 담그던 할머니 농민도 오셨고, 빨치산으로 입산했다가 아직도 돌아오지 못하는 아버지가 캄캄한 밤에 집을 찾지 못할까 봐 집안의 나무를 베지 못하게 하던 아들 농민도 왔습니다. 통일되기 전에는 시집을 안 가겠다는 처녀 농민도 왔습니다.

원래 우리는 하나입니다. 핏줄도 언어도 역사도 문화도 하나입니다. 농사도 하나였습니다. 우리는 조상 대대로 남쪽은 들판

---

* 2004년 6월 27일 북한의 금강산에서 열린 남북농민통일대회에서 전국농민연대 상임대표로 한 연설이다.

이 넓고 물이 넉넉하여 쌀농사를 주로 하고, 북쪽은 산이 많고 지하자원이 풍부하여 밭에서 잡곡 농사를 지으며 광공업을 발전시켜 왔습니다. 그렇게 한 나라의 식량 자급체계가 구축되고, 농업과 공업이 상호보완하는 국내 분업을 만들며 하나의 나라 살림을 꾸려왔습니다. 그러다가 제국주의 열강에 의해 하루아침에 허리를 동강 내어 분단 59년이라는 기나긴 세월을 헤어져 지내면서 남녘은 남녘대로, 북녘은 북녘대로 어려움을 겪어 온 것입니다. 그렇습니다. 우리 겨레를 옭아매는 온갖 고통과 질곡은 바로 이 민족분단에서 비롯된 것입니다.

지금 남녘은, 마치 커다란 공룡이 평화로운 가정의 밥상마저 짓밟아 앗아가듯, 초국적 자본이 신자유주의 세계화라는 이름으로 민족농업을 말살하려 하고 있고, 북녘은 미국의 경제봉쇄로 '고난의 행군'을 할 수밖에 없었습니다.

역사적인 6·15공동선언의 기치 아래 하늘길·바닷길·땅길이 뚫리고 통일의 길이 열리며 자주·평화·민족대단결의 기운이 높아지자, 미국은 북(조)·미간 1994년 제네바 합의를 저버리고 선제공격 운운하며 긴장을 조성하고 일본의 군사화를 부추기고 있습니다. 과거 일본 패망 직후, '미국놈 믿지 말고 소련한테 속지 말고 일본놈 다시 일어나니 조선아 조심하라.'라는 얘기가 있었습니다. 우리를 둘러싸고 벌어지는 6자회담은 우리 민족에게 마치 100년 전, 구한말 때를 방불케 하는 형국으로, 우리 민족의 지혜와 단결을 요구하고 있습니다. 이제 반세기나 지속된 정전협정을 속히 평화협정으로 전환시키고 평화와 안전을 보장하느냐, 자칫 전쟁의 소용돌이에 휩싸이느냐, 절체절명의 기로에 놓여 있습니다.

남과 북의 우리 농민들은 우리 민족 앞에 조성된 이 엄중한 정세를, 우리 민족끼리 힘을 합쳐 슬기롭게 극복하여, 평화체제를 구축하고 통일 성업을 열어가기 위해 이렇게 모였습니다. 하루빨리 분단을 끝장내고 통일된 삼천리 금수강산에서 마음껏 농사지으며 행복하게 살아 봅시다.

오늘 이 성대하고 자랑스런 통일농민대회는 조국의 자주적 평화통일의 이정표로 제시된 6·15공동선언을 철저히 관철하기 위한 커다란 시위이며, 통일조국의 근간이라 할 수 있는 우리 민족의 식량주권을 지켜내기 위한 투쟁선언입니다. 나아가 우리는 이번 대회를 통해 남과 북의 농민 상호 교류협력을 확대 증진시켜내기 위한 방도로 '남북농민통일연대기구'를 힘있게 꾸리는 계기가 될 것입니다.

하룻밤에도 만리장성을 쌓는다고 합니다. 이번 대회가 남과 북의 농민들의 짧은 만남이지만, 서로가 서로에게 '심장에 남는' 소중한 사람이 되도록, 맘껏 대화도 하고 토론도 하고 실컷 껴안아도 봅시다.

감사합니다.

WTO 제6차 홍콩각료회의 농민투쟁단 발대식 대회사

식량 주권은 하늘이 준 것

고 전용철 열사 살해규탄을 둘러싼 국내 투쟁이 긴박함에도 이곳 홍콩까지 오신 일당백의 농민 동지 여러분! 수고 많으셨습니다.

전국농민연대 상임대표 가톨릭농민회장 정재돈, 투쟁으로 인사드립니다. 투쟁!

옛말에 개도 밥 먹을 땐 건드리지 않는다고 했습니다. 그런데 지금 우리가 밥 먹는 밥상에 커다란 공룡 한 놈이 쳐들어와 무시무시한 다리 한 짝을 턱 딛고 밥상을 엎고 있습니다. 밥을 빼앗고 있습니다. 그 공룡이 누구입니까? '카길'로 대표되는 초국적 자본 아닙니까? 부시로 대표되는 쌀 개방의 진짜 주범 미국이 아닙니까? 그놈들이 주도하는 WTO 아닙니까?

여러분 우리가 비싼 돈 들여서 왜 여기 왔습니까? 국내 투쟁하기에도 바쁜데 왜 왔습니까? 쌀 개방의 진짜 주범 WTO를 박살 내러 왔습니다. 그렇지요? 고 정용품 동지, 고 오추옥 열사를 죽게 한 진짜 주범, 고 전용철 열사 살해의 진짜 주범 WTO를

---

* 2005년 12월 13일 홍콩 빅토리아광장에서 열린 세계무역기구(WTO) 제6차 홍콩각료회의 DDA(도하개발아젠다) 저지 농민투쟁단 발대식 대회사이다.

박살내러 왔지요? 그렇습니다. 저 멕시코 칸쿤에서 "WTO가 농민 죽인다. WTO에서 농업을 제외하라."라고 외치고 산화하신 고 이경해 열사와 함께, 그의 유지를 받들기 위해 왔습니다.

그렇습니다. 식량 주권은 하늘이 준 것입니다. 식량에 대한 권리는 하느님께서 주신 것으로, 아무도 침해할 수 없는 사람의 기본인권이요, 나라의 주권입니다. 누구나 안정적으로 식량에 접근할 권리, 누구나 안전한 식량을 공급받을 권리, 무엇을 먹을지 선택할 권리, 무슨 농사를 지을지 종자를 선택할 권리, 한 나라의 식량정책을 아무 간섭 없이 자주적으로 결정할 권리 등 식량 주권은 천부불가침으로 결코 거래의 대상이 될 수 없는 것들입니다.

그럼에도 불구하고 WTO 10년간 식량 주권은 계속 침탈당했고 말살의 벼랑에 몰렸습니다. 모든 농축산물이 개방되고 종자부터 비료, 농약, 농기계, 사료, 연료, 비닐, 농자재, 포장재까지 농사 전 과정과 유통시장마저 국내외 독점자본에 장악당해 완전히 종속되었습니다. 우리 농민은 하는 농사마다 밑져 빚이 무려 4배나 늘어났습니다. 이 고통스러운 현실을 못 견디고 수많은 농민이 죽어갔습니다. 농민의 절반이 농업을 포기하고 농촌을 떠났습니다. 이제 남은 농민의 절반은 60세 이상의 노인뿐이며 농촌에 아기 울음이 사라지고 빈집과 폐교만이 늘어갔습니다. 종속적 신자유주의 정권은 농민 생존권과 민족의 식량 주권을 지키려는 농민집회를 방패로 찍고 곤봉으로 패고 짓밟고 때려죽이고 있습니다. 지금까지 농업을 포기해온 정부가 이제는 농민마저 포기한 게 아닌가 싶었습니다.

이렇게 WTO 신자유주의 세계화는 각국의 고유한 농업 형태가 다양하게 공존하지 못하게 농업을 해체하고 농민의 밥을 빼앗고 일자리를 빼앗고 삶을 죽이고 있습니다. 장가도 못 가게 하고 이제 머지않아 마누라도 개방하라고 할 것입니다. 우리의 아들딸 노동자들의 6할을 비정규직으로 전락시키고 빈익빈 부익부로 세계를 양극화해서 빈곤을 세계화하며, 전쟁을 확대하고 있습니다.

이제 신은 죽었습니다. 그 자리를 WTO가 대신하고 있는 것입니다. 그렇습니다. 우리 민중들 앞에 정부는 없었습니다. 오로지 신자유주의 개방을 강요하는 시장만 있을 뿐입니다. 국민경제가 작동할 틈이 없을 만큼, 세계화의 바깥이 없을 만큼 밀어붙이고 있습니다.

정글에 있어야 할 공룡이 우리 밥상에까지 쳐들어왔다는 얘기는 이제 공룡이 먹을 게 없다는 얘기입니다. 손을 뻗칠 대로 다 뻗어서 이제는 더 이상 돈벌이를 할 만한 데가 없어졌다는 말입니다. 세계화의 바깥이 없을 만큼 모조리 침범해 버렸습니다.

그러나 힘센 공룡이 왜 없어졌습니까? 세계화의 바깥이 없을 만큼 세계화가 진행된다는 얘기는 거꾸로 말하면 보름달이 꽉 차면 기울 듯 세계화의 끝이 보인다는 얘기입니다. 바로 신자유주의 세계화가 부른 빈부격차와 식량 에너지전쟁으로 그 자체가 망한다는 말입니다.

베트남민족해방전쟁 때 호지명胡志明이 '우리는 정글에서 이기는 것이 아니라 워싱턴에서 이긴다.'라고 했듯이 달러를 기축으로 하는 세계자본주의의 심장부 월스트리트에서 이길 방법을 찾아야 하겠습니다. 바로 이 점에서 저들이 목표로 할 수 없는 시장 밖의 영역, 비자본주의 영역들을 우리는 목표로 하고 있다는 것이 중요합니다. 즉 사랑, 우정, 연대, 봉사, 평화, 나눔과 섬김 등 시장 밖의 영역을 확대해가는 게 얼마나 소중한 우리의 무기입니까?

그래서 농민을 살리고 민족의 식량 주권을 지키고 각국의 고유한 농업이 다양하게 공존할 수 있도록 해야 합니다. 다른 말로 하면 WTO에서 농업을 제외하도록 해야 합니다.

미국의 집요한 방해에도 굴하지 않고 UNESCO와 NGO들이 연대해 '문화다양성협약'을 만든 것과 같이, FAO를 비롯한 국제농업농촌관련기구와 NGO들이 연대해서 '식량농업다양성협약'을 만들고 WTO에서 농업을 제외하도록 해봅시다. 여러분! 그렇게 할 수 있지요?

투쟁으로 DDA각료회의를 무산시키시겠습니까? 전 세계 민중들과 연대하여 투쟁을 세계화하시겠습니까? 희망을 세계화하시겠습니까?

감사합니다.

가톨릭농민회국제연맹(FIMARC) 세계총회 환영사

생명평화운동의 세계화를 위한 새로운 전기

각 대륙에서 멀다 않고 이곳 세계 유일의 분단국가 남단을 찾아오신 각국 대표들을 한국가톨릭농민회KCFM 모든 회원들과 함께 열렬히 환영합니다. 오시느라고 수고 많으셨습니다. 자리를 빛내주신 추기경님, 에밀 폴 체리히Emil Paul Tscherrig 교황대사님, 최기산 주교님, 박홍수 농림부장관님, 정대근 농협중앙회장님, 농민연합 대표자님들을 비롯한 내빈 여러분께 감사드립니다. 이 땅에 농민운동과 자주민주통일운동과 생명평화운동의 지평을 열어온 한국가톨릭농민회 창립 40주년을 맞는 올해에 가톨릭농민회국제연맹 세계총회FIMARC WORLD ASSEMBLY를 한국에서 개최하게 되어 주관국으로서 저희들은 얼마나 기쁘고 영광스러운지 모르겠습니다. 이 모든 것을 안배하신 하느님과 FIMARC 모든 회원단체에 진심으로 감사드립니다.

우리나라는 일제 식민지로부터 해방한 뒤 미소 냉전의 틈바구니에서 남북이 분단되고 전쟁까지 치렀습니다. 한반도의 남쪽은 강과 들이 많아 쌀농사를 비롯한 농업지대였고, 북쪽은 산과 지하자원이 많아 잡곡농사와 광공업지대로서, 남북이 상호

---

* 2006년 4월 28일 대전교구 정하상교육회관에서 열린 가톨릭농민회국제연맹 제12차 세계총회 인사말이다. 가톨릭농민회국제연맹(FIMARC) 단체 표기는 이후 국제가톨릭농민운동연맹으로 바뀌어 공식적으로 사용되고 있다.

보완적으로 한 나라 안의 식량 자급체계를 이루고 농공업 간의 국내분업과 자립경제를 구조화해가던 중에, 하루아침에 허리가 동강나면서 남은 남대로 북은 북대로 어려움을 겪게 되었습니다. 가족끼리 자유롭게 오도 가도 못 하며, 지금까지도 정전협정을 평화협정으로 전환, 종전을 선포하지 못 했으니 국제법상으로는 아직도 휴전상태에서 50년 묵은 군사대결체제를 청산하지 못하고 있습니다. 통일을 향해 남북관계가 진전될 때마다 외세의 간섭과 방해를 받고 있습니다. 최근에는 북미 간에 핵대결로 인해 남이나 북이나 핵 참화의 공포를 겪고 있습니다.

그런 속에서도 반도의 남쪽은 짧은 기간에 경제성장과 민주화를 동시에 압축적으로 이루기도 했습니다. 물론 그 과정에서 우리 농업 농촌의 희생을 밑거름 삼아 왔고 우리들의 생존권투쟁은 그 자체가 자주민주통일운동이기도 했습니다. 신자유주의 세계화로 인해 무너져가는 농촌 현장도 가보셨습니다만, 많은 어려움 속에서도 살아남을 방도를 백방으로 찾고 몸부림치고 있습니다. 자본운동의 세계화는 상품화해선 안 될 것까지 상품화하여 각국의 다양한 농업을 해체시키고 세계를 정글로 만들었습니다. 보름달이 차면 기울 듯 세계화의 바깥이 없다는 얘기는 세계화의 끝이 보인다는 얘기입니다.

식량과 에너지의 위기시대에 우리는 석유화학을 비롯한 외부자본에 의존한 공업적 농업을 탈피하고 토착자원에 기초한 유기순환적 지역농업을 통해 농업 본래의 모습을 회복하고자 합니다. 농업을 1차 생산만이 아니라 가공·유통·문화관광·휴양레저·도농교류 등 2차, 3차산업으로 농업의 범위와 역할을 넓혀 가고자 합니다. 우리는 농업농촌이 식량생산기지일 뿐만 아니라 국토를 건강하게 가꾸는 생태보전, 식품안전과 국민건강, 쾌적한 녹색주거공간, 전통과 문화의 뿌리이자 보루 등 다면적 가치를 드높여 가야 한다는 생각입니다. 농업농촌문제가 단순히 농민들만의 문제가 아니라 국가 전체의 문제이기 때문에, 또 국민에게 사랑받는 농촌을 만들기 위해, 이제 대안적 농민운동은 도시생활자와 함께하는 농업, 농업을 통한 생명평화운동이 되어야 한다고 봅니다. 온 생명이 부활하는 평화의 하느님나라를 건설하는 일은, 안으로 모든 생명을 아끼고 모시고 살리기 위해 공동체적으로 협동하며, 밖으로 생명을 해치는 일체의 요소들과 치열하게 맞서는 일일 것입니다.

점점 국제연대가 중요해지기 때문에 이번 총회와 세미나를 통해 한반도의 평화 정착과 대안적 세계화로서 생명평화운동의 세계화를 위한 새로운 전기가 되기를 바라고 기도하겠습니다. 계시는 동안 하느님의 보살핌이 있으실 것을 믿으며 우리 모두의 심장에 남는 총회가 되길 빕니다.

감사합니다.

6·15공동선언 6돌 기념 민족통일대축전(광주) 남북농민연대모임 개회사

너 살리고 나 살리는 통일 농사

남과 북의 농민대표 여러분! 반갑습니다.

민주항쟁의 성지 광주에서 이렇게 만나니 벅차오르는 감격에 가슴이 온통 뜁니다. 먼저 동포애의 정을 안고 광주를 찾아주신 북측 단장 강창욱 조선농업근로자동맹 중앙위원회 위원장 겸 6·15공동선언실천 북측위원회 농업근로자분과 위원장을 비롯한 북측 농민대표들을 열렬히 환영하며 남측 농민들의 굳건한 연대의 인사를 드립니다. 아울러 부지깽이도 나선다고 할 만큼 바쁜 일손을 놓고 참석하신 남측 농민대표들께 깊은 감사를 드립니다.

이제 통일시대를 열어젖힌 역사적인 6·15공동선언 여섯 돌을 맞아 자주통일, 반전평화, 민족대단합의 열기가 삼천리강산을 뜨겁게 달구고 있습니다. 이러한 때에 남과 북의 농민들이 자리를 함께한 것은 바로 이 땅의 주인, 조국통일의 선봉으로서 우리 농민들이 겨레 앞에 그 책임과 역할을 다하려는 확고한 다짐의 표현이자 6·15공동선언을 철저히 관철하기 위한 커다란 시위입니다.

우리는 원래 하나였습니다. 핏줄도 언어도 역사도 문화도 하나입니다. 농사도 하나였습니다. 그러나 우리 농민들이 대대손

---

* 2006년 6월 15일 광주 상무시민공원에서 열린 민족통일대축전 '남북농민 상봉모임'에서 남측 대표로서 연설한 개회사이다.

1부 생명평화공동체를 향하여 **91**

손 가꿔오던 옥토와 마을들이 외세에 의해 분단되고 민족의 혈맥이 끊어졌습니다.

분단 60년은 글자 그대로 갈라지고 끊어짐을 말합니다. 갈라짐은 손실이요 아픔이며 그리움입니다. 끊어짐은 눈물이요 원한이며 죽임입니다.

북으로 간 남편을 기다리며 혼자 반평생을 쓸쓸히 살면서 해마다 장 담그고 김장할 때면 오매불망 남편이 올지 모른다고 남편 몫을 더 담곤하던 할머니 농민의 아픔이며 원한입니다. 빨치산으로 입산했다가 아직도 돌아오지 못한 아버지가 캄캄한 밤에 집을 찾지 못할까 봐 집안의 나무를 베지 못하게 하던 아들 농민의 그리움이며 눈물입니다.

통일은 화해요 하나됨이며 온전함입니다. 통일은 믿음이요 소망이며 사랑이요 실천이며 변화입니다. 통일은 통일을 방해하는 안팎의 조건과 견결하게 투쟁하는 것이며 갈라졌던 반쪽을 되찾아 비로소 온전하게 되는 것이기에 민족 생명의 진보 과정이며 우리 민족의 부활인 것입니다.

우리는 6·15선언 이후 지난 6년 동안 정치, 군사, 경제, 사회문화 각 방면에서 당국간, 민간 교류협력을 획기적으로 진전시켜오면서 우리식대로 민족통일대행진을 하고 있습니다. 현재진행형 통일사업을 더욱 활발히 추진하다가 어느 날, 어? 그동안 통일이 많이 진전되었네! 이제 통일연방국가이든 통일국가연합이든 대내외적으로 선포해 버리세! 이렇게 할 수 있어야 하겠습니다.

우리의 분단체제가 워낙 복잡한 성격을 띠고 있어 주변국들의 협력이 필요하긴 하겠지만, 민족의 활로를 열어 가는 데 한 걸음 한 걸음씩 가서는 도랑에 빠지는 것입니다. 도랑은 냅다 훌쩍 건너뛰어야 하는 것입니다.

분단체제를 넘어서 남과 북의 민족경제를 균형 있게 발전시키기 위해서는 통 크게 남과 북의 전면적인 식량농업협력과 에너지협력이 이뤄지고, 남북철도와 대륙철도 연결, 시베리아 가스관 연결, 서해안유전 공동개발 등 유무상통 원칙에 따라 되돌릴 수 없을 만큼 경제협력을 진전시키고, 그 과정에서 북미 핵대결과 평화협정도 풀고, 동북아평화를 토대로 남북이 함께 통일(연방)국가로서 저 유라시아대륙으로 비상하는 것이야말로 우리 민족의 활로 아니겠습니까? 이것이 우리의 갈 길이며 우리 민족끼리 민족공조의 위력입니다. 특히 남과 북의 농민들이 힘을 합치면 못 할 것이 없습니다.

예로부터 우리 농민들은 담을 넘어 이웃과 먹을 것을 나누며 화목하고, 두레와 품앗이를 통해 서로 도와 농사를 지으며 자기 운명과 생활을 개척해 왔습니다. 외세가 쳐들어오면 끝까지 단결하여 막아냈습니다. 이러한 생활전통대로 남과 북의 농민들이 떨쳐 일어나 자주·평화·민족대단결을 이뤄간다면 조만간 통일성업의 내일이 오고야 말 것입니다.

농민대표 여러분!

조국통일의 나침판이자 이정표, 6·15공동선언이 우리 민족의 앞길을 탄탄대로처럼 환하게 밝혀주고 있습니다.

찬란한 통일역사의 새날이 우리를 힘차게 부르고 있습니다.

우리 모두 6·15통일 깃발 치켜들고 달려가는 기수가 됩시다.

너 살리고 나 살리는 통일농사, 해방농사 힘차게 지어 봅시다.

감사합니다.

40주년을 맞아 제2의 창립을 선언한다

　오늘 한국가톨릭농민회 창립 40주년 기념대회를 통해 이렇게 소중한 분들을 모실 수 있게 되어 반갑고 감개가 무량합니다. 지난 40년 세월을 저희 가톨릭농민회가 이 땅의 농민들과 함께 울고 웃게 하신 하느님의 은총에 감사드리며, 그동안 함께 하셨던 모든 분들께 형제적 동지애를 담아 깊은 감사를 드립니다. 아울러 이번 행사를 물심양면을 성원해주시고 바쁘신 중에도 직접 오셔서 자리를 빛내주신 내빈 여러분들께 특별한 감사의 인사를 올립니다.

　한국전쟁 이후 모든 민중운동이 파괴되고 독재가 판치던 1966년, 제2차 바티칸공의회 정신에 따라 새로운 평신도사도직 단체로서 가톨릭농민회가 씨앗을 싹틔웠습니다. 가톨릭농민회는 이 땅의 농민운동뿐 아니라 민족민주운동, 통일운동, 생명·공동체운동의 본산이요 고향이었습니다. 한반도 남녘 사회운동의 산파이자 민중운동 진영의 종갓집인 셈입니다.

　전통적으로 종갓집 장손들은 계속 작은 집들 살림을 내주느라 자기 집 살림은 줄어들지언정, 늘 가문 전체의 입장에서 가

---

* 2006년 11월 8일 한국마사회 컨벤션홀에서 열린 한국가톨릭농민회 창립 40주년 기념대회 대회사이다.

문의 가풍을 살리고 가문의 유지 발전을 위해 중심적 역할을 해 왔습니다. 그런 입장에서 우리는 불혹의 40주년을 어떻게 맞을 것인가를 성찰하고 기도하며 토론해 왔습니다. 아직도 우리는 그간의 농민운동사와 자주민주통일운동 과정에서 보여주신 선배들의 개척자적 풍모와 헌신 덕분에 얻어진 빛나는 과거에만 안주하고 있지는 않은지? 10년 후의 내 모습과 농업의 모습 그리고 우리 조직의 모습은 과연 어떤 것인지? 예수께서 가신 생명과 평화의 길을 따르는 생명·공동체운동을 나는 어떻게 보고 실천하고 있는지? 내 농사와 내 마을 어디부터 하느님께서 보시기 좋은 모습으로 변화시켜 가고 있는지? 우리농마을과 도시 생활공동체의 확대를 위해 우리의 사람 농사와 사업체계를 더 생명적이고 공동체적으로 바꿀 것은 무엇인지? 위기에 처한 세계체제와 한국 사회 안에서 우리의 역할과 향후 진로는 무엇인지? 개별적으로나 공동체적으로 기도하며 성찰하고 토론했습니다.

우리는 40주년을 맞아 제2의 창립을 선언하려 합니다. 50주년, 100주년을 더욱 힘차게 맞이하기 위해 사람을 소중히 여기는 조직 전통과, 대안을 찾아 실천하던 경험들을 계승하여 이제 가톨릭농민회를 재창립할 것입니다. 먼저 우리 자신이 작은 교회로서 '기쁘게' 살고 모든 피조물들과 '사이좋게' 지내기 위해 몇 가지를 실천강령으로 삼을 것입니다.

안으로 유기순환 생명농업으로 농업 본래의 모습을 회복하고, 지역별 조건과 특성을 살려 가공·저장·포장·유통·관광·휴양·도농교류 등 농업의 범위와 영역을 확장해가며 지역농업을 건설하고, 생태적으로 쾌적하게 넉넉한 농심을 지켜가기 위해 협동할 것입니다. 자연과 하나되는 농사, 도시생활자와 함께 하는 농업, 국민과 함께 하는 생명공동체운동을 통해 우리농촌살리기운동을 '우리農운동'으로 발전시키고 농촌과 도시에 희망의 거점들을 만들어나가겠습니다.

밖으로 각국의 고유한 농업이 다양하게 공존할 수 있도록 '식량주권과 농업 다양성에 관한 국제협약'을 추진하고 초국적 자본이 주도하는 WTO 세계화에 전 세계 민중들과 연대해 싸울 것입니다. 생명을 해치는 일체의 요소들과 치열하게 대결하며 평화를 건설하는 대안적 세계화의 흐름을 만들어낼 것입니다. 또한 우리는 남북농업교류협력을 통해 통일농업을 일구며 자주통일·반전평화·민족대단합을 실현하여 동북아 공동번영의 새 질서를 구축하는 데 앞장설 것입니다.

우리는 이 모든 것들이 하느님의 지상명령이요, 시대적 소명이라 믿고 이를 증거할 것입니다. 우리 모두 이 길에 작은 차이를 넘어 대동단결 전진합시다.

자리를 빛내주신 내빈 여러분과 우리의 자랑스러운 생활상의 동맹군 도시생활공동체 대표 그리고 회원 여러분들께 다시 한번 깊은 감사를 드립니다.

남북정상회담에 바란다

오는 8월 28일부터 사흘간 평양에서 역사적인 남북정상회담이 개최된 지 7년 만에 제2차 남북정상회담이 열릴 예정이다. 국민의 정부에 이어 참여정부에서도 남북정상회담이 개최됨으로써 정상회담 정례화의 기틀이 마련될 수 있게 되었다.

제2차 남북정상회담의 개최는 북한 핵실험으로 최고조에 달한 한반도 위기의 해소과정에서 이루어지는 것이기 때문에, 즉 '9·19 공동성명'과 '2·13 합의'가 실천단계로 이행되는 시점에서 남북 정상이 북핵 문제 해결과 남북관계 발전 문제를 포괄적으로 협의, 양자를 동시에 견인하는 계기가 될 것이다. 그래서 기존의 남북과 북미 관계를 포함한 동북아 질서에 새로운 변화를 수반하게 될 것이다. 이는 남한의 대북포용, 화해협력, 평화번영 정책과 북한의 핵개발 포기와 우리 민족끼리의 남북합작이라는 새로운 국가전략이 맞아떨어진 측면에서 이뤄지는 것이다. 남한을 지렛대로 핵개발 포기와 대미 관계개선에 나서려는 북한의 새로운 남북합작 전략은 남북한 모두에게 도전이자 기회가 된다.

---

*2007년 8월 28일 제2차 남북정상회담을 앞두고 6·15공동선언실천 남측위 공동대표이자 전국농민연대 상임대표로서 요구사항을 제시하였다.

그러므로 이번 정상회담에 거는 기대가 크다. 기존에 체결된 남과 북 합의의 바탕 위에서 남북간 실질적 진전을 이루도록 추진해야 할 것이다. 남북 간 신뢰 구축을 통해 한반도 평화의 불안요인을 해소해 나가는 데 중점을 두고, 한반도 평화 정착과의 선순환적 연결을 강화하는 남북경제협력 방안이 논의되어야 할 것이다. 우선 남북경제협력의 결정적 장애물이 되어왔던 정치군사문제들을 남과 북이 협력하여 미국을 비롯한 주변국들과 잘 풀어내는 전환적 기회가 되도록 해야 할 것이다.

즉 한국전쟁 종전선언, 평화협정, 북미수교 등 평화체제로 가는 단계별 협력방안을 함께 마련하는 것이다. 또한 대륙과 막혀 있어 섬과 다를 바 없는 남한으로서는 남북이 하나의 경제협력권을 만들고 대륙과 연결될 때 비로소 동북아 허브로서 기능하며 대륙으로 비상할 수 있으므로, 경제협력관계를 되돌릴 수 없을 정도로 획기적으로 발전시켜야 한다.

그러므로 그간 전면적인 경제협력의 장애물로 되어 왔던 정치군사측면에 비중을 두어 풀어가는 계기가 되었으면 한다. ① 한국전쟁 참전 당사자국들이 종전선언을 하고 정전협정을 평화협정으로 전환하는 과정에서 남과 북이 상호 협력할 문제(군축을 포함하여), ② 서해상의 군사분계선 문제(소위 NLL은 남측이 북으로 올라갈 수 있는 한계선을 당시 유엔군사령관이 일방적으로 설정한 것으로 계속 분쟁의 원인이 되어 왔기에), ③ 국가보안법과 노동당 규약 등 상대를 적으로 규정한 법과 제도를 개선하는 문제(남과 북이 화해협력하는 6·15시대에 상대방을 적으로 삼는 법제도를 철폐하는 과정이 필요함), ④ 한미연합군사훈련문제(정전협정을 평화협정으로 전환하여 주한미군의 지위와 역할이 변화될 때까지는 북을 적으로 삼아 실시되는 한미합동군사훈련이 계속 문제가 될 것임), ⑤ 6자회담과 연동, 북핵문제 해결과 남북관계 동시발전 그리고 남북+미중, 남북+미중러일 합동 정상회담 전략을 공동으로 마련하는 것도 필요할 것이다.

경제협력 측면에서는 ① 대북 전력 지원문제, ② 대북 전략물자 반입제한문제, ③ 남북과 대륙 철도연결문제, ④ 시베리아 가스관 연결, ⑤ 서해유전 개발과 중장기 자원 공동개발, ⑥ 한강·임진강·예성강 하구 모래 준설과 도로 철로 등 사회간접자원 개발 협력, ⑦ 공동식량계획과 남북공동농업정책 수립, 한반도식량기구KADO 설치 등이 필요하겠다.

사회문화교류나 인도지원 문제도 ① 북경올림픽 단일팀 구성 참여, ② 유학생과 교수 학술교류 실시 확대 등을 포함하여 획기적으로 확대시켜야 할 것이다.

농협개혁전국순회토론회 국회보고회 및 토론회 인사말

농협개혁은 농민생존권 문제

 바쁘신 중에도 이렇게 자리를 함께 해주신 모든 분들께 공동
주최자의 한 사람으로서 감사드립니다. 특별히 축사를 해주신
하영제 농식품부 차관님과, 함께 준비해주신 농업회생 국회의
원모임의 강기갑, 김영진, 이인기 대표의원님 감사드립니다. 더
욱이 농협법 개정안에 대해 농업계가 조금씩 다른 목소리를 내
어 법률소위 위원으로서 이를 조정하시느라 애쓰시며 오늘 축
사까지 해주신 국회 농림해양수산식품위원회 각 당 간사 이계
진, 최규성, 류근찬 의원님들과 토론자 여러분들께 특별한 감사
를 드립니다.
 지난 2월 중에 9개 도에 걸쳐서 11회충북과 전북은 2회씩의 농협
개혁 순회토론회를 실시했습니다. 2백여 명, 많게는 4백여 명의
참석자가 서너 시간씩 자리를 지키며 열띤 토론을 하는 것을 보
고, 한마디로 WTO나 FTA 시장개방과 세계금융공황으로 벼랑
에 몰린 우리 농업 농촌의 버팀목 역할을 농협이 해주길 바라는
열망이, 대단히 크고 뜨겁다는 걸 새삼스럽게 느꼈습니다. 그렇
게 농협이 달라지길 바라고 촉구하는 목소리가 컸습니다.

---

* 2009년 3월 4일, 농협개혁전국순회토론회 국회보고회 및 토론회에서 한국협동
조합연구소 이사장으로 한 인사말이다.

농협개혁은 농민생존권 문제라는 말도 있었습니다. 원래 농민운동의 역사는 농협민주화운동의 역사라 할 만큼 함께 발전해왔습니다. 조합장 직선제 이후 많은 조합장님들이 불철주야 애를 쓰고 계신 덕분에 농협이 과거에 비하면 많이 달라지고 있지만, 농민의 품으로 돌아오자면 아직 더 변해야 한다는 것이었습니다. 협동조합이 농민의 자주적인 협동체로 성장하기 위해서는 정부도 변해야 하고, 무엇보다도 농민조합원 자신부터 변해야 한다는 근본적인 성찰도 있었습니다. 나중에 상세한 보고가 있겠습니다만, 다양하고 좋은 개혁방안들이 쏟아져 나왔습니다.

농협법 개정안에 대해서는 농민단체 참석자나 농민조합원들은 대체로 찬성하는 반면, 조합장들은 몇 가지 이견들이 있었습니다. 서로 차이를 드러냄으로써 차이를 해소해가는 기회가 되기도 했습니다. 조합 선택권 구역 확대나 조합장 비상임화는 기준이나 범위 조정으로, 인사추천위원회는 이사회가 구성방식을 규정하는 문제, 축산경제 대표이사 선출 특례 보완문제, 중앙회장 간선 단임제 등등 공청회와 조정 노력을 통해 많이 근접해가서 조정안도 나올 수 있다고 봅니다. 다만 신경분리법안과 같이 다룬다는 명분으로 법안 처리가 지연되는 것은 경계해야 한다고 봅니다.

신경분리방안에 대해서는 모두가 지상을 통해 알게 된 농협중앙회의 용역안이지만 금융지주회사 우선분리 방안에 대해 걱정을 많이 나눴습니다. 중앙회의 신경분리가 불가피하다면 농민적 입장에서나 농협 정체성 차원에서나 중앙회 은행사업 중심이 아니라 농산물을 잘 팔아주는 산지유통 중심의 경제사업과 조합상호금융을 어떻게 발전시킬 것인가를 중심에 놓고 생각해야 한다는 것이었습니다.

농협법 개정안을 둘러싸고 너무 대립하거나 시간을 끌지 말아야 합니다. 오늘로 종지부를 찍고, 신경분리를 비롯해서 더 근본적인 판을 짜는 2단계 작업에 농업계가 모두 머리를 맞대고 힘을 모아야 하겠습니다. 오늘 보고 토론회가 농협 관계자를 포함해서 모두가 개혁의 대상이 아니라 개혁의 주체로서 지혜와 힘을 모으는 자리가 되길 바라마지 않습니다. 농협은 우리 농업과 농민조합원에게는 생존이 걸린 사활적 문제이기 때문입니다.

감사합니다.

시군농업회의소 시범운영에 거는 기대

쌀 대란과 한·EU FTA, 한·미 FTA 재협상과 구제역 발생 등 걱정거리도 있지만, 농민단체 연대조직 통합 노력과 시군농업회의소 시범운영 추진 등은 통쾌하고 반가운 소식이다. 전자는 농민단체들이 연대연합을 발전시켜 주체역량을 강화하고 강력한 농정활동을 펴나가기 위함이며, 후자는 헌법이 보장하는 농어민 대의기관이자 농정거버넌스를 위한 공적 기구를 지역에서부터 시작하는 것이다. 이 두 가지 일은 농림수산식품업계에선 참으로 오래된 숙원 과제였다. 이 역사적인 발걸음 앞에 너나없이 모두가 잘 될 수 있도록 옷깃을 여미고 비는 마음일 것이다.

통합농민조직, 지역대표성 반영

지난달 11일 농업인의 날을 즈음해 농민연합과 전국농민단체협의회이하 농단협에 소속된 농민단체 대표들은 분립된 연대조직의 한계를 극복하고 하나의 통합조직을 건설하기로 선언하고 그 작업이 진행 중이다. 그리고 먼저 올바른 농업협동조합법 개정을 위해 농민단체 단일안을 마련하는 등 각종 현안에 공동대응

---

* 한국협동조합연구소 이사장으로 일하며, <한국농어민신문> 2010년 12월 9일자 (제2295호)에 기고한 글이다.

해가는 모습은 상당히 고무적이다. 작은 차이를 뛰어넘어 마음을 비우고 전농민적 대의에 따라 결단을 내려준 농민단체 대표들께 진심 어린 경의와 격려를 보내고 싶다. 앞으로 농민연합과 농단협의 단순 통합일 뿐만 아니라 그밖의 더 많은 농민단체와 품목단체들을 대승적으로 포괄해 명실상부하게 하나의 농민단체 대표조직으로 되길 바란다. 특정 사안이나 상황에 따라 개별단체의 독자성을 내세우며 이합집산하는 전술적 연대를 넘어 하나의 농민조직을 건설하고 발전시켜갈 전망과 전략을 세웠으면 한다. 그래서 전농민적 연합의 통일성보다 개별단체의 독자성을 강조하는 협의체 수준에서 출발한다 하더라도 점차 연합조직의 통일성과 집행력을 강화하는 것이 필요하다.

그러자면 중앙 중심의 상층연대를 넘어 지역에서 대중적으로 하나가 되도록 해야 한다. 즉 지역 단위에서도 통합된 농민조직을 올바로 세워 역할하게 해야 한다. 최소한 중앙의 의사결정구조에도 전국 단위 단체 대표성뿐만 아니라 최소한 시도광역단위 대표성이 반영되고 참여가 이뤄져야 할 것이다. 쉽게 말하면 주요 농민단체가 전체 농민진영의 역량을 강화하기 위한 조직의 형식과 내용에 합의하고 확실하게 힘을 실어야 한다. 그래서 통합농민조직 건설과정은 공개적이고 투명하게 하는 것이 좋다. 누가 어떤 입장을 취했는지를 알게 해야 한다. 농민조직의 연대연합이 발전해 지역과 품목을 씨줄날줄로 포괄하는 하나의 통일된 농민대표조직으로 제대로 서야 강력한 농정활동이 가능할 뿐만 아니라 농민단체의 주체역량이 축적될 수 있고 전문역량을 동원하기도 유리해지기 때문이다. 나아가 농민대표조직이 골간조직으로서 제대로 서야만 농어민단체, 협동조합, 농림수산식품 산업협회, 학계와 연구기관 등이 참여하는 농정거버넌스를 위한 공적 기구인 농업회의소가 비로소 의미가 있게 될 수 있다. 농민단체 연대연합조직이 분립되거나 자주적 역량이 부실하면 국민적 설득력이 떨어지고 농민 주도성과 당파성을 지키기 어렵게 된다. 그러면 농업회의소는 물론 각종 농정위원회조차도 방어적 수세적 입장이 되거나 성과를 내기 어려워질 수 있다.

상향식 발전 구상 시도는 바람직

또 농림수산식품부는 지난달 25일 올해 안에 3개 시·군을 선정, 지역단위 농어업회의소 시범운영에 들어갈 계획이라고 밝혔다. 선정된 시범사업 지역에 교육컨설팅 지원 등을 통해 농어업회의소를 중심으로 농어업인들의 실질적 농정참여가 이뤄질 수 있도록 유도할 계획이며, 3년 정도 단계별 시범사업을 실시한 후 보완사항을 점검, 상향식으로 광역과 전국 단위 농어업회의소를 발전시켜 나간다는 구상이다. 이 또한 정부, 시민사회, 시장 간의 수평적 상호협력적인 동반자 관계를 발전시켜온 '거버넌스' 추세에 따라 농어업계에서 이미 10여 년 전부터 제기돼 왔던 일이며 지난 대통령선거공약으로서, 농어민뿐 아니라 농어업·농어촌에 애정을 갖고 있는 각계의 많은 분들도 바라마지않던 바이다. 헌법에도 제123조 5항에 '국가는 농어민과 중소기업의 자조조직을 육성하여야 하며, 그 자율적 활동과 발전을 보장한다.'고 명시돼 있다. 이에 기초해 중소상공인들은 '상공회의소'를 만들어 활동하고 있다. 관련법부터 제정해 중앙에서부터 하향식으로 추진하려다 무산된 1998년 경험을 교훈 삼아 지역 시범운영부터 상향식 경로를 계획한 것은 지난 정부 농어업농어촌특별대책위원회의 관련 연구와 지난해 농어업선진화위원회의 농정거버넌스 방향 제시에도 부합하는 바람직한 시도이다.

농정패러다임 전환·교육지원을

아무쪼록 이번 시범사업을 통해 농어업회의소가 지역농정의 기본방향 설정이나 지역현안 등을 꾸준히 협의함으로써 상호 신뢰를 바탕으로 한 민관공동 결정구조가 정착되기를, 그래서 지역과 전국 단위 농업회의소 건설의 디딤돌이 되기를 기대한다. 그간 외형적으로는 농정참여 공간이 확대됐지만 형식적 차원을 벗어나지 못하고 체계 구축이나 성과가 미진한 것은 농어민단체의 역량과 전문성이 부족했던 측면도 있으나 실질적인 의사결정권 부여를 주저해온 정부의 미온적 태도에서 기인한 탓이 크다고 할 수 있다. 다른 사안은 농민단체와 정부가 서로 의견이 달라 상호 대립각을 세우더라도 이 농업회의소 일만은 정세와 무관하게, 더 높은 차원에서 더 긴 안목에서 농민단체와 정부가 서로 협력이 필요한 국가적 역사적 과제이다.

이런 점에서 정부도 농민단체도 참여농정·소통농정·지속가능성 등으로 농정패러다임을 전환하는 것이 가장 선차적인 일이 돼야 하겠다. 아울러 참여주체들에 대한 대의기관의 필요성, 공적 기구 운영 등의 체계적인 교육이 농어민, 공무원 모두에게 필요하다. 지역 시범 실시로부터 시작하지만 결국 중앙에서도 함께 논의와 지원이 이뤄져야 한다. 이를 촉진하기 위한 (가칭) 농업회의소추진위원회와 농어민단체의 역량강화를 위한 재정적, 제도적 지원 강화 등이 함께 모색돼야 하겠다.

전국농민연대 창립 2주년 기념 토론회 인사말

하나의 전농민적 조직 전망을 향하여

전국농민연대 창립 2주년 기념 토론회에 참석해주신 여러분들과, 자리를 같이하지 못했더라도 물심양면으로 함께 해주신 여러분들께 뜨거운 감사를 드립니다.

아울러 작금의 농민현실과 농민조직을 생각할 때, 여러 해 동안 농민운동에 몸담아온 사람으로서 막중한 책무감으로 오늘을 맞고 있습니다. 시기적으로 쌀 재협상 국정조사와 국회 비준 동의, WTO/DDA협상 등 우리 농업의 운명을 좌우할 큰 파도 앞에 우리의 힘이 매우 작아 보이기도 합니다. 그러나 현재 농민단체 간 단결의 기운이 높아지고 있고 쌀 재협상 국회 비준 저지투쟁을 공동으로 준비하고 있습니다. 공동으로 투쟁하며 농민 진영의 단결을 강화하는 것이 쌀 국회 비준 저지투쟁뿐 아니라 향후 DDA투쟁까지 안팎의 농업 현실과 전선이 요구하는 바이기 때문입니다. 이를 바탕으로 전농민적 조직의 전망을 공유하고 이를 모두 함께 준비해가는 것이 이 시대 농민조직들의 책무라고 생각합니다. 이는 농민의 권익과 나라의 장래를 위해 필연적 산물이기도 합니다.

---

* 2011년 11월 9일, 전국농민연대 창립 2주년 기념 토론회에서 상임대표로 한 인사말이다.

대부분의 자본주의 국가에서 나타나는 농민조직의 종류는 대충 세 가지입니다.

첫째, 농정을 올바로 수립하기 위한 농민운동조직예, 전국농민연맹으로서 지역, 품목, 부문, 계층 농민조직들이 하나로 결집, 총연맹 안에 씨줄 날줄로 뭉쳐 전농민적 대표성을 갖는 것입니다.

둘째, 농민은 시장에서 약자이기 때문에 시장에 대응하기 위한 농민조직으로 농협입니다.

마지막으로 농민의 기술향상과 경영합리화, 지역농업의 효율화를 위한 교육, 농민 간 이해조정과 농정자문을 위한 농업회의소입니다.

안타깝게도 우리는 위 세 가지 농민조직 대오가 다 제 역할을 하기에 부족하거나 만들어지지 않았습니다. 당장 이 모두를 갖추기는 어렵겠지만 현재의 농업위기를 극복하기 위해 먼저 농민조직의 과감한 개혁과 단결이 필요합니다. 당면한 농업위기에 대응하기 위해서는 올바른 농업정책의 확립이 필요하지만, 이러한 농업정책은 강력한 농민조직의 결집없이는 불가능합니다. 국민 설득력도 떨어집니다.

품목과 영농규모, 성별·연령별, 종교, 정파의 차이에 상관없이 모든 농민운동단체가 하나의 조직으로 통일되어야 합니다. 농민은 갈수록 줄어들고 소수화되는데 농민운동조직이 많을 이유가 없습니다. 하나로 통일되어 전문가도 채용하여 전문성도 높이고 농민단체의 역할과 대표성도 강화해야 합니다. 농협도 시장에 대응할 수 있는 체제로 전면 개혁해야 할 것입니다.

오늘 이 자리가 이러한 전망을 바로 세우고 함께 그리로 가기 위해서 당면한 투쟁부터 공동으로 수행하며, 현 수준에서 실천이 가능한 첫걸음을 내딛는 계기가 되기를 진심으로 바라마지 않습니다. 일단 모든 품목과 농민조직이 하나가 되고 그래서 농민진영 내부에 배타적 분위기를 불식시키고, 상호 입장이 달라도 서로 존중하거나 농민 권익과 대의를 위해 크게 역할분담한다는 인식이 필요하겠습니다. 고견들을 많이 주시고 좋은 토론 자리가 되시길 바랍니다.

감사합니다.

더 큰 협동사회경제 네트워크 플랫폼이 되길 바라며

전국의 협동조합 가족 여러분! 그리고 유엔이 정한 '2012 세계 협동조합의 해'를 잘 준비하기 위해 이 자리에 함께하신 많은 협동사회경제 활동가 여러분 반갑습니다.

협동사회경제를 만들기 위해 노력하고 있는 우리에게 올해는 매우 뜻깊은 해입니다. 그것은 자조, 자립이라는 협동조합운동의 이념과 가치가 UN을 통해 공식적으로 확인되었을 뿐만 아니라, 세계적으로 협동조합들이 더욱 활성화되고 있기 때문입니다. 잘 아시는 바와 같이 협동조합들은 지난 2008년 금융위기를 비롯한 세계적 경제위기에도 파산이나 해고 없이 고용을 유지하며 위기를 함께 견디어 냈습니다. 협동조합들은 전 세계 다국적 기업들이 만든 일자리보다 20%나 더 많은 1억 개의 일자리를 만들어내고 있습니다.

이러한 때 마침 UN이 올해를 세계 협동조합의 해로 정해 나라마다 협동조합에 대한 이해를 높이고, 협동조합의 설립과 성장을 지원하며, 협동조합의 활성화를 위한 법과 제도를 만들어 줄 것을 요청하였습니다.

---

* 2012년 5월 10일, 세계 협동조합의 해 한국조직위원회 출범식에서 한국협동조합연구소 이사장으로서 한 기념사이다.

우리도 지난해 협동조합기본법 제정을 통해 다양한 협동조합을 자유롭게 만들 수 있고 3개 이상의 협동조합이 힘을 합치면 협동조합연합회를 만들 수 있게 되었습니다. 연합회를 만들 조건이 되지 않으면 협동조합협의회를 만들 수도 있습니다.

성공한 협동조합들이 있는 나라들은 예외 없이 협동조합의 설립과 성장을 도와주는 협동조합 간 협동, 친구 같은 협동사회경제네트워크가 우산처럼 존재하고 있습니다. 역시 협동이 대안입니다.

올해는 한국의 협동사회경제를 한 단계 발전시켜 나갈 수 있는 좋은 기회입니다. 이제 우리도 협동사회경제인들이 함께 모여 다양한 협동조합이 설립될 수 있도록 돕고, 협동조합 교육과 홍보를 더 잘하도록 함께 모색하고, 협동기금을 조성하여 자금을 지원할 수도 있습니다. 이렇게 협동이 그물망처럼 우리의 삶을 유지하고 보호해 줄 수 있도록 희망의 거점들을 만들고 확대시켜 갈 수 있다면 얼마나 즐겁고 신바람이 나겠습니까!

협동사회경제 가족 여러분! 우리 일생에 다시 없을 기회를 함께하고 있다는 자부심으로 웃으며 함께했으면 합니다. 오늘 2012년 세계 협동조합의 해 한국조직위원회 출범에 28개의 참가조직과 그 회원조직을 더하면 164개의 협동조직들이 함께 모였습니다. 또 7월 6일부터 8일까지 2박 3일 동안 서울시청 광장에서 협동사회경제 진영의 축제도 준비하고 있습니다.

이제 시간이 얼마 남지 않았습니다. 그야말로 협동인들의 협동으로 조직위원회 10대 과제들을 잘 수행할 것을 믿습니다. 오늘 출범하는 세계 협동조합의 해 한국조직위원회가 올 한 해의 이벤트로 끝나지 않고 더 큰 협동사회경제 네트워크로 가는 플

랫폼이 되길 바라면서, 오늘 이 자리를 준비하기 위해 지난 6개
월 함께 노력해준 집행부 여러분과 서울시에 감사의 인사를 드
립니다.

2013 식생활교육박람회 개막식 축사

행복한 밥상, 식생활 교육

먼저, '행복한 밥상, 식생활교육'이라는 주제로 개최되는 '2013 식생활교육박람회'의 개막을 진심으로 축하드립니다. 박람회를 준비하느라 수고하신 식생활교육국민네트워크 황민영 대표님을 비롯한 참가 기관단체 여러분들께 감사드립니다.

올해 3회차 개최되는 식생활교육박람회가 해가 갈수록 더욱 다양하고 풍성한 식생활교육 체험 콘텐츠를 선보이며, 더 많은 기관, 단체, 기업이 함께 하고 있어 국가식생활교육위원회 위원장을 맡고 있는 제게도 큰 기쁨입니다.

2009년 식생활교육지원법이 제정되고 식생활교육이 국가의 정책으로 추진된 지 벌써 4년이 되었습니다. 그동안 정부는 제도와 정책을 만들고 민간은 자발적인 운동으로 민관협력의 좋은 모델을 만들면서 많은 성과를 만들어가고 있습니다.

민간영역의 추진 주제인 식생활교육국민네트워크는 16개 광역시도와 39개 시군 네트워크를 창립하고 환경·건강·배려의 가치에 동참하는 많은 단체들이 모여 활발한 활동을 전개하고 있습니다.

---

* 2013년 10월 24일, 식생활교육박람회에서 국가식생활교육위원회 위원장으로 한 축사이다.

어린이집과 학교에서 텃밭 교육이 확대되고, 아침밥먹기·음식물쓰레기 줄이기·푸드마일리지 줄이기, 가족밥상의 날 등의 캠페인도 각 지역에서 활발히 추진되고 있습니다. 이번 식생활교육박람회 테마 체험관도 수도권지역 식생활교육 활동가들이 함께 준비하고 진행하는 것으로 알고 있습니다. 식생활교육박람회는 이제 민과 관이 함께 추진해온 식생활교육의 결과물들을 내보이고 서로를 격려하며 함께 즐기는 축제의 장이 되어가는 것 같습니다.

다시 한번 '제3회 식생활교육박람회'의 개막을 축하드리면서, 먹는 것을 바로 세우는 일이 국민건강과 농업발전은 물론 식량·물·에너지 위기 시대에 얼마나 시급하고 중요한 일인지 새삼 확인하는 자리가 되고, 식교육이 더욱 확산되는 계기가 되길 빕니다.

고맙습니다.

협동조합기본법 출생 비화

협동조합기본법 제정 연구의 비화

2008년 한국협동조합연구소 이사장을 맡고 나서, 한 날 국회에 일 보러 갔다가 마침 박계동 국회사무총장 방에 들러서 담배 피우고 놀다가 "요즘 뭐 하냐?"고 묻기에 "한국협동조합연구소 이사장을 맡았다." 하니

"어, 그럼 국회 프로젝트 뭐 하나 해야지! 그런데 여긴 액수가 작아! 갈 때 법제실에 들러서 얘기하고 가!"

김성원 법제실장은 고교 2년 선배로 전부터 잘 알던 분이었다. 2천만 원짜리 프로젝트 하나 하기로 하고, 연구소에 와서 뭘 하면 좋겠냐고 물었다. 모두가 하나같이 협동조합 법제연구, 협동조합기본법 제정에 관한 연구를 이야기했다. 김연민 연구부장을 중심으로 연구위원을 짜고 국회 법제실 프로젝트에 채택되었다. 외국의 협동조합 법제연구, 일반법 기본법 입법의 필요성, 법 조문까지 싹 준비하여 2010년 10월 국회사무처에 보고서를 제출하였다. 그랬더니 법제실에서는 당장 입법절차에 들어가잔다. 그래서 기존 협동조합들의 오해와 반발이 있을 수 있고 밖에서 입법운동을 조직해서 같이 하는 게 좋겠다고 주저앉

---

* 협동조합기본법 제정의 숨은 이야기를 2022년 7월 병상에서 작성했다.

했다.

2011년 2월 17일 한국협동조합연구소, 사회투자지원재단문보경, 한국지역자활센터협회이병하 등 3개 단체가 협동조합기본법 입법전략 간담회를 열고, 이어 3월 22일 9개 단체로 입법 준비위원회위원장 문보경를 꾸려, 입법의 필요성을 알리고 함께 할 단체들을 확대, 연대회의 출범을 준비하였다. 한국협동조합연구소가 간사단체 역할입법 실무 박범용을 맡았다. 32개 단체가 모여 10월 11일 프란치스코교육관에서 신협연합회 명예회장 이상호 선배님의 말씀을 듣고 '협동조합기본법 제정 연대회의'상임대표 박승옥를 창립하였다.

첫 발의자 손학규 의원

그러던 중 손학규 의원민주당 대표이 분당 보궐선거에서 당선된 후 토요일마다 젊은 학자들과 공부모임을 하던 중 협동조합 공부를 한다고 서울대 최영찬 교수를 통해 연락이 왔다. 김기태 소장, 박영범 대표와 셋이 인사동 어디로 가니, 손 대표가 소장파 교수 대여섯과 중소기업대책에 대해 논의하고 있었다. 오후 2시부터 저녁 늦게까지 예정보다 길게 협동조합 현황과 협동조합기본법 제정 필요성 등에 관해 얘기를 나누었다.

2012년이 유엔이 정한 세계 협동조합의 해인데 협동조합이 인류 발전에 기여한 점을 들어 회원국들이 법제도적으로 협동조합을 지원할 것을 권고하는 취지이다. 무엇보다도 명색이 유엔사무총장을 배출한 나라에서 협동조합 법제가 미비하여 설립이 자유롭지 못하면 되겠는가? 손 대표가 영국에서 공부해서인지 이해가 빨랐다. 바로 협동조합기본법 입법활동을 자신이 맡아서 하면 어떻겠냐는 것이었다. 그래서 관련 자료 일체를 손낙구 보좌관께 넘기고 충분한 지원을 하기로 했다. 손 대표는 아주 흡족해하며 밤 12시까지 이어진 저녁 자리에서 막걸리를 여러 대접 돌리고 대취하였다. 신속히 작업하여 손학규 안이 국회에 접수되었다. 입법안이 접수되면 어느 위원회로 배당할 것인지 소관 부처와 협의하여 국회의장이 통상 입법차장이 한단다. 협동조합기본법은 국회 기획재정위원회 국경복 수석전문위원이 기획재정부와 협의하여 배당받은 걸로 안다.

그런데 김기태 소장을 통해 파악된 청와대박병옥 비서관, 박재완 수석 나중 기획재정부장관, 이재오 특임장관실 최유성 국장 등, 정부 입장은 대통령 8·15 담화에서 상생 협력을 강조했는데 뭐 하나 되는 게 없던 차라 협동조합의 유용성에 초점이 모아진 듯했다. 사회적기업을 육성한다고는 하나 정부 재정에 의존하는 경향이 있어, 자기출자로 시작하는 협동조합은 시민사회의 능동성을 내올 수 있을 것 같기도 했겠다.

기획재정부에서도 다 좋은데 발의자가 야당 대표라 부담스럽다는 것이다. 그래서 여당 의원도 발의하게 해주면 기재부에서 두 안을 조정하면서 입법을 도울 수 있겠다 했다. 당시 한나라당 정책위원회 부위원장이면서 국회 기재위 간사인 김성식 의원에게 전화했다. 그가 이인영, 고진화와 함께 전민련 정책실실장 김근태 간사를 하던 시절 나는 상임정책위원이었기에 편하게 협동조합기본법 입법을 부탁했다. 자료를 주던지 설명할 사람을 보내 달라 해서 둘 다 했다. 〈내일신문〉 창간 몇 돌 행사장에서 만나 재촉했더니 바로 발의하여 김성식 안이 접수되었다. 이어서 나중에 정리된 연대회의 안이 이정희 의원을 통해 입법

청원 형식으로 접수되어 협동조합기본법 관련 3개 안이 제출된 것이다.

국회 기재위에서는 이 3개 안을 공청회를 통해 하나의 대안을 만들게 되는데, 그 과정에서 국경복 수석전문위원과 서로 소통하여 공술인들을 우리가 추천하고 우리 안으로 수렴해갔다. 기재부에서는 협동조합법TF팀팀장 이대중 과장을 꾸려 아예 우리 연구소로 2박 3일 출장을 와 같이 3개 안을 하나의 대안으로 만드는 작업을 했다.

국회 기재위에서 이 대안이 통과되고 한 주간 숙려기간을 두고 법사위를 통과한 후 본회의에 상정되어야 하는데, 한미FTA 안이 4년 만에 일방 날치기 통과되는 바람에 외통위 망치빠루 사건이나 사무총장방 강기갑 의원 공중옆차기사건이 나고 야당이 국회를 보이콧하여 모든 일정이 중단되었다.

김정일 위원장 덕에 탄생한 협동조합기본법?

협동조합기본법이라도 제정되고 2012년 유엔이 정한 세계 협동조합의 해를 맞이했으면 좋으련만 2011년이 이렇게 허무하게 다 가나 보다 하고 있을 때 김정일 국방위원장이 사망했다. 그러자 나름 비상사태라 판단하고 야당에서도 국회 등원을 결정하여 국회가 일정대로 돌아가기 시작했다. 그래서 협동조합기본법은 김정일 위원장 덕에 탄생할 수 있었다는 후일담이 생겼다.

협동조합기본법이 기재위를 통과했다 하더라도 법사위에서 한 사람이라도 걸어서 젖혀지면 회기가 다해 통과가 불투명하므로 미리 단속해야 했다. 연대회의 박승옥 대표도 신명자 누님을 대동해 손 대표 등 의원들을 만났고, 손 대표도 우윤근 법사위원장을 비롯, 박영선 의원 등 발언할 만한 의원들 입을 단속, 협조를 부탁했다. 나도 법사위원장실에 황인기 보좌관에게 원만한 처리를 부탁했다.

이리하여 가까스로 협동조합기본법이 법사위를 통과, 회기 말 12월 29일 본회의에 상정되어 재석 177명 전원 만장일치로 입법 제정된 것이다. 이날 밤 전 소장 장종익 교수가 연구소에 나와 축하주를 나누었다.

1999년 생협법 제정 이래 급성장한 생협, 의료생협과 공동육아, 노동자협동조합을 지향하며 성장해온 지역자활센터의 공동 활동 등을 통해 협동조합이 대중에게 많이 알려지고 가까이서 체험하는 사람이 많아져 진보적 협동조합 진영이 크게 성장했기에 연대회의가 강력하게 입법을 밀어붙일 수 있었고, 정부 입장에서도 이런저런 정책적 필요가 맞아떨어져 모든 것이 일사천리로 입법할 수 있었다. 그리고 요소요소에서 여러 사람들이 다 자기 역할을 해주며 도와주었다. 나중에는 천시지리 산천초목도 힘을 보탰다. 한 편의 드라마처럼 감격스럽고 감사할 일이다.

협동조합은 상상력이다

박범용 연구위원이 '입법실무자가 하는 협동조합기본법 해설' 자료를 돌리는데도 다음날부터 문의 전화가 쇄도해 세간의 관심도를 가늠할 수 있었다. 실무자를 늘려도 전화 받기가 감당이 안 되었다. 한편 시행령 시행규칙 제정과 기본계획 수립에 협력하며, 또 강의 교육에 연구소 역량이 총동원되었다에, 서울시청과 각 구청 공무원 대상 협동조합기본법 교육 실시, 협동조합도시 서울 비전 과제 수립, 광역단위 네트워크 구축 등.

2012 유엔이 정한 세계 협동조합의 해 한국조직위원회 위원장정재돈, 집행위원장강민수 수임 단체로 연구소가 역할하게 되었다. 서울시청 광장에서 기념식, 협동조합 난장, 협동조합도시 서울 비전 선포와 업무협약, 백서 발간 등을 진행한 후 조직위를 조기 해산, 참여했던 당사자단체를 주축으로 협동사회경제연대회의사회적경제연대회의가 출범하게 되었다상임대표 이상국, 감사 정재돈.

협동조합기본법 시대, 협동조합은 상상력이다. 생각할 수 없는 협동조합을, 생각할 수 없는 사람들이 만드는 등 1만 개가 넘는 협동조합들이 생기고 붐이 조성되었다. 반 정도가 이름뿐이고 부침을 거듭한다고 해도 시간을 먹고 자란다. 법 조항은 뼈대이고 피와 살은 우리가 채워나가야 하는 것처럼 이제 곧 사회적경제기본법이 제정되어 협동조합의 우산이 되고 생태계가 넓어져야 하겠다.

2부

참 좋았습니다

존경스럽고 고마운 분 강민수

가난한 사람을 위한 최우선적 선택

가난한 사람을 위한 최우선적 선택, 정재돈 회장님을 기억하며 제일 먼저 떠오른 말입니다. 물론 어떤 사람들은 야학 선생님, 전국농민운동연합 정책실장, 우리밀살리기운동본부 사무처장, 농민단체 상임대표, 한국협동조합연구소 이사장, 식생활교육위원회 위원장 등 그가 마다하지 않았던 역할로 그를 기억할지도 모르겠습니다. 그러나 역할이 아니라 삶으로 그를 기억한다면, 내가 기억하는 정재돈 회장님은 일생을 가난한 사람들을 위해 살다간 존경스럽고 고마운 사람입니다.

가난하다 함은 문자로는 먹을 것이 없어 굶어 죽을 정도로 힘든 상태를 의미할 수도 있지만, 사회적으로는 인간으로서의 존엄성과 권리를 잃어버린 상태라고 해도 좋지 않을까 생각합니다. 그는 평생 사회에서 소외된 가난한 농민과 도시 소시민의 벗이 되기를 주저하지 않았고, 사람들이 사회 속에서 공동체 속에서 온전한 삶의 의미를 찾기를 바랐습니다.

대화를 즐기던 조정자

농민단체 대표라는 자리는 단체 간 이해와 요구를 조정하여 대안을 만들고 실천을 조직하는 일이 중요한데, 정재돈 회장님을 모시고 일하던 때를 떠올려보면 쌀 재협상, 한미FTA, WTO 각료회의, 농협개혁 등 서로 입장이 다른 농민단체들 사이에 의견을 조정하는 일이 많았습니다. 젊어서 유신독재에 저항하다가 민청학련사건 관련 소년수로서 복역하였다 알고 있고, 농민운동하시던 시절에는 주장이 분명했다고 선배들에게 들었습니다. 그래서 꽤나 고집스러운 분이 아닐까 생각했는데 실제로는 회장님은 자신의 의견보다 끝까지 듣고 대화를 통해 의견을 조정하는 역할을 주로 하셨습니다.

사람이 가진 참기 어려운 욕망 중의 하나가 자기를 드러내고 싶은 욕망이라고 생각하는데, 회장님은 왜 사람이 귀가 두 개이고 입이 하나인지 그 이유를 알게 해 주셨습니다. 돌아보니 실무자로 만나 인연을 맺을 수 있었던 것이 참 고맙습니다.

작은 일도 무시하지 않고 최선을

정재돈 회장님과의 지난 세월을 돌아보니 지금도 잊지 않을 만큼 늘 강조한 것이 있었는데, 크게 생각하되 실행은 세심하게 하라는 당부였습니다. 한번은 어떤 행사의 축사를 급히 써 드린 일이 있었는데, 조용히 빨간 펜으로 여기저기 수정하여 말없이 다시 제게 주셨던 기억이 떠오릅니다.

작은 일에도 최선을 다하면 정성스럽게 되고, 정성스럽게 되면 겉에 배어 나오게 되어 마침내 남을 감동시키게 된다는 것을 알게 해 준, 기억에 남는 장면입니다.

20여 년 전 한국가톨릭농민회 회장과 실무자로 인연을 맺어 한국협동조합연구소에서 이사장과 사무국장으로 인연을 이어

오며 정재돈 회장님 같은 훌륭한 분과 함께 일을 할 수 있었다는 것이 참 감사한 일이었구나 생각하게 됩니다.

지금과 같은 시절에 존경할 사람이 있다는 것은 참 고맙고 행복한 일입니다. 그를 통해 많은 사람들이 인생에서 저와 같은 소중한 경험을 했을 것 같습니다.

정재돈 회장님! 당신은 존경스럽고 고마운 사람입니다.

강민수는 서울시협동조합지원센터 센터장이며, 20여년 전 한국가톨릭농민회 실무자로 일하면서 정재돈과 인연을 맺은 뒤 한국협동조합연구소에서 함께 활동했다.

지속가능한 삶의 발걸음 곽금순

정재돈 선생님을 떠올리면 약간 쑥스러운 듯 웃고 계시는 모습이 그려집니다. 이곳저곳에서 참 많이 뵈었고, 그때마다 항상 같은 표정으로 편안함을 주는 분이셨습니다.

저는 선생님이 왕성한 활동을 하실 때는 지역에서 활동하고 있었기에 선생님과 함께 구체적인 주제에 관해 토론하고 행동할 기회는 없었습니다. 제가 한살림연합에서 활동하게 되면서부터 전국 단위에서 뵈었던 기간이 꽤 길었는데, 그땐 제가 감히 다가갈 수 없는 대선배님으로 생각되어 늘 인사만 드리곤 했습니다. 그렇지만 만나 뵐 때마다 늘 온화하게 인사를 받아주시고, 짧은 인사 중에 늘 응원의 말씀을 주셔서 지지받고 있다는 마음이 들었습니다. 그래서 언젠가 기회가 되면 다가가 말씀을 듣고 싶다고 생각했던 좋은 이미지의 선생님이셨습니다.

그런데 지난해, 선생님의 영면 소식을 듣고 나서 당황스러운 마음으로 선생님에 대한 여러 기록을 찾아보면서 좀 더 자세하게 선생님을 이해하게 되었습니다. 선생님의 인터뷰, 기고 글들을 보면서 지금도 여전히 중요하게 다뤄지는 의제를 선생님이 십여 년 전부터 중요하게 다루셨습니다. 그런 내용을 읽으면서 "살아계실 때 좋은 말씀을 들었더라면……" 하는 때늦은 후회를 했습니다.

　기고문 중에 농협개혁에 관해 말씀하신 것이 첫 번째로 눈에 띄었는데, "신용사업 중심에서 농산물 판매 중심으로, 임직원 중심에서 조합원 중심으로, 중앙회 중심에서 회원조합 중심으로 농협의 구조와 패러다임을 바꾸는 것"이라고 말씀하셨습니다. 현재에도 이런 주제로 토론과 요구가 이루어지고 있는데, 우리 모두가 좀 더 이 부분을 잘 들여다볼 필요가 있겠다는 생각을 했습니다.

　또 한편으로는 생협을 '희망의 거점'이라 표현하고 생협이 그동안 이루어 왔던 많은 부분, 특히 친환경 농업의 발전을 가져온 여러 활동에 대해 세세하게 열거해 주신 것을 읽으면서, 새삼 생협 활동이 우리 사회에 미치는 영향에 대해 다시 한 번 생각할 수 있는 기회가 되었습니다. 특히 농민들의 안정적인 소득과 식량자급률을 높이기 위한 생협의 역할에 대해 여러 곳에서 의미 있게 기사로 실려 있었습니다.

　그에 더해 협동조합의 7대 원칙인 '지역사회에 대한 기여'를 바탕으로 생협의 공공성과 사회적 기여를 확대해 가는 것을 강조하고, 생협이 조합원만의 이익이 아닌 지속가능한 발전에 기여해야 한다는 정신으로 '협동조합 간의 협동과 연대'를 더 확대 강화해야 한다고 쓰신 글 또한 생협이 자신들의 정체성을 찾아가면서 놓치지 않아야 할 의제라는 생각이 들었습니다.

　"우리가 먹는 것이 우리를 만든다"라는 제목의 글에서는 식생활교육의 중요성을 '건강, 환경, 배려'라는 식생활교육의 핵심가치를 바탕으로 꼼꼼하게 짚어주셨는데, 어떻게 식생활교육에 대해 이리 상세하게 알고 계실까 궁금했습니다. 그런데 최근 선생님이 '국가식생활교육위원회' 민간위원장을 역임하셨다는 것을 듣고 나서야 그렇게 구체적으로 제안하신 상황이 비로소 이해되었습니다. 앞서 선생님이 말씀하신 모든 내용이 현재 식생활교육국민네트워크에서 활동하는 제가 발언하는 것과 크게 다르지 않았습니다. 선생님의 글을 통해 십 년이 넘는 시간 동안 농업과 식생활에서 바뀐 것이 없는, 어쩌면 더 상황이 악화되었을 수도 있는 현실을 재차 인지하게 되었습니다.

그렇지만 한편으로는 선생님이 말씀하셨던 중요한 것들이 누군가에게 이어져서 문제 해결을 위한 노력을 계속하고 있다고 말씀드릴 수 있을 것 같습니다. 그리고 농업, 농촌, 먹거리, 식생활교육 활동을 하고 있는 저도 후배들에게 문제의식을 잘 전해야 한다는 책임의식이 문득 들었습니다.

선생님은 이제 이 세상에 계시지 않지만, 지속가능한 삶을 위한 선생님의 삶의 행보와 여러 제언은 선생님이 지내오신 발걸음 따라 진정성 있게 한 걸음 한 걸음 나아가려는 후배들에게 잘 전달될 것이고, 저도 그렇게 노력하겠습니다.

이승에서 치열하게 살아내셨으니 이젠 하늘나라에서 편히 쉬셨으면 하는 마음입니다.

이 글을 쓰다 보니 선생님의 온화한 미소가 더욱 생각나는 오늘입니다.

곽금순은 한살림연합 회장, 환경농업단체연합회 회장, 대통령직속 농어업농어촌특별위원회 농수산식품분과위원장을 역임했고 식생활교육국민네트워크 상임대표이다.

개구쟁이 미소가 그리워요 김기태

개구쟁이 미소

재돈이 형을 생각하면 항상 가장 먼저 떠오르는 모습이 있다. 약간 미소를 지으면서 말을 하는 그 모습! 입이 조금 벌려져 있고, 눈은 미래를 보는 것처럼 조금 위로 올라가 있다. 약간 얇은 윗입술은 살짝 앞으로 나와 있어, 좀 개구쟁이 같아 보인다.

그런데 떠올릴 때마다 형의 나이는 다르게 나타난다. 처음 가톨릭농민회 전국본부에서 봤던 40대 초반의, 이제는 나보다 더 젊은 것 같은 앳된 얼굴도 나타나고, 마지막으로 뵈었던 환갑을 넘은 어른의 모습으로도 나타난다.

나는 아마 그 개구쟁이 같은 미소가 좋았던 것 같다. 1996년 전까지만 해도 80~90년대 학생운동으로만 민주화운동을 경험한 나는 무려 '민청학련(!)' 사건 관계자라는 대선배를 직접 만나는 경우가 거의 없었다. 운동의 대선배들은 거의 초인 혹은 존숭의 대상이거나, 이미 변절한 선배들은 열렬한 비난의 대상이었다. 함께 밥 먹고 술 마시고 할 일을 이야기하는 생활적 관계를 맺은 운동권 대선배 중 하나가 재돈이 형이었다.

이런저런 일을 함께한 선배들은 나와는 조금 코드가 안 맞았다. 너무 강하게 자신을 주장하거나, 너무 세상사를 벗어났거나,

아니면 정치를 하겠다고 무리하면서 후배들에게 과도하게 요구하거나……. 그런데 재돈이 형은, 오직 재돈이 형만 사람 냄새나는 큰 선배였다. 귀를 기울여 내 이야기를 들어주고, 뭔가하고 나면 잘했다고 짧게 한마디 해주고, 지금 같으면 아재 개그라고 할 만한 농담도 개구쟁이같이 미소를 지으며 슬쩍 하기도 하고, 당신 스스로 고쳐야 할 점을 스스럼없이 이야기하기도 했다. 그런데 그런 모든 이야기를 할 때마다 그 개구쟁이 같은 미소를 지으며 천천히 천천히 이야기했다. 아마 그래서 내가 재돈이 형을 제일 좋아한 것 같다. 아니, 따라 배우고 싶었던 것 같다. 평생 운동을 하려면 저렇게 마음가짐을 가져야 하는 거구나! 저렇게 가족관계를 맺어나가는 거구나! 일이 지지부진해 지면 이렇게 회의를 끌어가야 하는 거구나! 이런 작은 깨달음들이 형과 함께하면서 나도 모르게 솟아올라 내 마음에 새겨졌다.

부부 공동주례

그래서 결혼할 때도 나는 당연히 재돈이 형을 주례로 모시고 싶었다. 형수님도 국어 선생님이셔서 당시로서는 획기적이었던 부부 공동주례를 제안했다. 남편은 농민운동가에 부인은 교사 운동가인 부부 주례단이 역시 평생을 농민운동가로 살려는 신랑과 전교조운동을 하려는 신부에게 함께 덕담과 교훈을 주는 모습이 정말 멋질 것 같아서 부탁을 드렸다. 쾌히 수락해 주셨고, 결혼식은 잘 끝낼 수 있었다.

그런데 나중에 알고 보니 이게 보통 민폐가 아니었던 거였다. 인천에서 진주까지 두 분이 이동해야 하니 주말 이틀을 다 써야 했고, 교통비도 엄청 나왔을 것이다. 쥐꼬리만 한 사례비는 교통비도 안 됐을 것이다. 나중에 2019년 인천에서 뵈었을 때 그 얘기가 나왔다. 당시로서는 40대 초반이라 주례를 서기에는 너무 이른 것 아닌가 걱정했다는 이야기, 형수님께 말씀드리기 어려웠다는 이야기, 주례문을 함께 써서 실수하지 않도록 여러 번 연습하고 리허설까지 했다는 이야기를 20여 년이 지나서 예의 그 개구쟁이 같은 표정으로 슬쩍 웃으면서 설렁설렁 말씀해 주셨다. 세월이 흘러 지금 나이가 되면 부끄러웠을 그때의 치기까지도 형은 여상스럽게 말하며 감싸주었다. 되돌아 생각하면 미안하고 고마울 따름이다.

지금도 집에는 그때 두 분 부부 주례단이 번갈아 가며 읽었던 주례사 원고가 청첩장과 함께 잘 모셔져 있다. 자주 읽지는 못하지만 그래도 몇 년 만에 한 번씩은 읽으며, 우리의 신혼과 재돈이 형 부부의 젊은 시절의 꿈과 사랑을 떠올려 본다.

우리밀살리기운동 일본 연수의 깨달음

1996년 우리농촌살리기운동본부가 주최하는 일본 연수를 재돈이 형과 함께 갔을 때, 후쿠오카의 시모고농협에 가서 우유와 밀 등을 동시에 소규모로 가공하는 시설을 견학했다. 그때 이미 우리밀살리기운동은 너무 빠르게 성장해서 운영이 힘에 부치는 상황이었는데, 우리밀 전무의 책임을 맡고 있던 재돈이 형은 그 시설을 보면서 한숨을 쉬며 조용히 나에게만 말했다.

"그래 맞아, 이렇게 지역별로 다양한 상품을 작게 작게 만들면서 시작해야 하는 거였어. 우리는 너무 빠르게 전국적으로 밀어붙인 거야."

그러나 이미 달리는 말에 올라탄 상황, 재돈이 형은 끝까지 자신의 역할을 위해 노력했다. 아마 그때 그 이야기가 나에게도 재돈이 형에게도 깊이 남아 있어, 우리는 10년이 지나 다시 한국협동조합연구소에서 함께 일을 도모하지 않았을까 싶다.

협동조합연구소의 큰 울타리

2008년 협동조합연구소를 재창립하겠다고 새파란 후배가 덤벼들 때, 재돈이 형은 쾌히 이사장직을 맡아주셨다. 많은 사람의 사랑과 존경을 받던, 정말로 인자무적仁者無敵의 화신이라고 할 수 있는 재돈이 형이 이사장으로서 연구소의 얼굴이, 울타리가 되어주지 않았다면, 그리고 2010년 초 당시 친구였던 국회 사무총장과 함께 깊은 이야기를 나누지 않았다면, 협동조합연구소도 운영에 난항을 겪었을 것이고 협동조합기본법도 제정되지 못했을 것이라고 생각한다. 그것도 지금 와서 하는 생각이다. 당시에는 전혀 형은 그런 기미도 일절 비치지 않았다.

그렇게 보니 재돈이 형은 언제나 드러나지 않는 자리에서 일이 되도록 사람들의 마음을 모으는 역할을 해 왔던 것 같다. 그렇게 만들어 형이 펼쳐 준 마당 위에서 동료들과 후배들이 뛰어 놀았지 않았을까?

농업선진화위원회 위원장을 맡은 까닭

출범 초 광우병 파동으로 크게 덴 이명박 정부는 '농업선진화위원회'를 만들고 재돈이 형을 공동위원장으로 모시려 했다. 그들은 형이 가지는 높은 명망을 원했을 테지만, 우리로서도 다른 운동영역이 공격을 받는 상황에서 농민운동의 체계적인 후퇴를 위해 적절한 방어막이 필요로 했다. 그래서 나는 재돈이 형이 공동위원장직을 수락하면 좋겠다고 주장했다. 물론 다른 후배들은 말리기도 했고, 심지어 비난하기도 했다. 연구소 구성원 내부에서도 입장이 갈렸다.

하지만 재돈이 형은 꿋꿋이 공동위원장 자리를 지켰다. 그 선택이 조금이나마 영향을 미친 것인지 결국 농민운동에 대한 이명박 정부의 공격은 일어나지 않았다. 나는 그렇게 정리된 것이 어두워진 놀이터에서 묵묵히 돌멩이와 깨진 유리 조각을 치워 준 형의 공덕이라고 생각한다. 다시 해가 밝으면 즐겁게 놀 수 있도록 뒤에서 지켜봐 주어야 했는데, 이제 재돈이 형은 만날 수 없는 자리로 가버렸다. 아쉽지만 마음속으로만 만날 수밖에……

좌우명대로 사신 분

재돈이 형이 자신의 좌우명 같은 거라고 말해 준 이야기들은 그대로 나에게도 좌우명이 되었다. 수처작주 입처개진隨處作主 立處皆眞이나 착안대국 착수소국著眼大局 着手小局, 화이부동和而不同, 상선약수上善若水, 그리고 '모든 일에 공을 들여라積功'라는 이야기들은 지금도 항상 어떤 판단을 할 때 생각하고 또 생각하는 구절들이다.

돌이켜 생각해보면 재돈이 형은 당신이 선택한 좌우명대로 살다 간 선구자이다. 형을 추모하는 마음으로 나도 당연히 그런 좌우명을 새기며 재돈이 형이 밟아간 길을 따라 살아가려고 한다. 형을 따라서 씩 웃어본다. 내 얼굴도 개구쟁이 같을까? 미소까지도 닮고 싶은 형, 다음에 또 생각할게요. 지금은 여기까지만……

김기태는 가톨릭농민회전국본부 교육부장, 한국협동조합연구소 소장 등으로 정재돈과 만났다. 청와대 사회적경제비서관을 역임했고, 지금은 한국사회적경제연대회의 연구소장이다.

그런 사람 다시 없습니다 김덕기

첫 만남

내가 정재돈 형제를 처음 만난 것은 1977년이다. 그 해에 정 형제가 안동으로 내려와 교구 농민사목부 실무자로 일을 하면서 우리 마을을 방문한 것이 인연의 시작이었다. 어느 날 들에서 일하고 있는데, 손님이 왔다고 하여 집에 와보니 정호경 신부님과 정재돈 형제가 찾아왔다. 농업문제부터 민주화문제까지 여러 말씀을 하시면서 함께 일을 해보자고 하시길래 나도 좋다고 동의하고, 점심을 함께하면서 늦도록 대화를 나누었다. 해가 지려고 하여 저녁 드시고 가라니까 "아이, 그냥 간다."라고 자리에서 일어나셨다. 그렇게 알게 돼서는 오라 하면 가고, 교육받으러 가라 하면 가고, 그러면서 농민회 활동에 적극적으로 참여하게 되었다.

그때는 안동교구에 가톨릭농민회가 아직 창립되기 이전이고 현장 조직이 만들어지기 전이었다. 그날 첫 대면 이후에 정재돈 형제는 우리 집을 자주 찾아오면서 나와 함께 농민들을 만나 농민회원을 가입시키기 위해 우리 마을뿐 아니라 이웃 마을로 발품을 팔기 시작했다. 당시는 차가 없던 시절이니 다 걸어서 다녀야 했는데, 걷다가 집이 보이면 들어가서 막걸리도 얻어먹고 잠도 자고 하는 그야말로 나그네 생활이었다.

초창기 가농 분회 조직을 위한 공력

농민회원 한 명 만들자면 참 힘이 많이 들었다. 여러 수십 번을 찾아다니면서 얼굴을 익히고 때론 술잔도 같이 나누고 사람들 모이는 자리를 만들도록 했다. 그리고 현지에서 교육도 하면서 한 사람 두 사람 늘어나게 되고 우리 갈전마을을 시작으로 여러 분회가 만들어지게 되었다.

초창기에 안동지역이 낯설었고 아는 사람 하나 없던 정 형제는 처음엔 꼭 이곳저곳 지리도 잘 아는 나하고 동행을 하였다. 나는 만여 평 농사에 소를 20여 마리 키웠으니 농사일도 많았는데, 그렇게 밖으로 돌아다니다 보니 집사람과 아이들이 내 몫까지 하느라 고생을 많이 했다. 밥도 참 많이 해대면서 농민회 활동을 동반해주었던 집사람 김춘자는 고생만 죽도록 하다가 이제 좀 편안해지려니 지난해 9월 세상을 떠나고 말았다.

정재돈 형제는 정말로 고생을 많이 했다. 경상도 말로 '엄청시리' 많이 했다. 농업문제에 대한 체계적인 인식이 부족했던 농민들이 교육을 통해 의식을 갖도록 하는 일을 모두 정 형제가 해낸 것이다. 그러니 정재돈 형제가 아니었으면 안동교구 가톨릭농민회가 설 수가 없었다고 해도 과언이 아니다.

가농 회원은 빨갱이?

또한, 그 당시에는 농민회 하면 모두 빨갱이 소리를 들었는데, 형사들이 집을 둘러싸고는 내가 들에 가도 2명씩 따라다니고 그랬다. 농민회원이나 공소 신자들 말고는 동네 사람들도 다

나더러 빨갱이라고 할 정도로 엄혹한 상황이었다. 그런 상황 속에서도 농민회원들이 버틸 수 있었던 힘은, 농민들은 한번 뭉친다고 하면 어지간해서는 그걸 저버리지 않는데, 그만큼 마음이 굳건하기 때문이다. 그리고 정재돈 형제, 또 정호경, 류강하, 조창래 신부님 같은 분들이 함께 해주신 것이 큰 힘이 되었다.

정재돈 형제는 일도 참 열심히 했다. 집집이 어느 집이든 안 가본 집이 없고, 큰일이 있으면 그 일 다 봐주러 다니고, 그렇게 알뜰하게 일을 했다. 그런 사람이 없다. 참말로 나는 그런 사람 다시없다고 본다. 비석을 세우고 좋게 해서 그 공로를 기려야 한다고 생각한다.

내가 겪은 정재돈 형제는 마음이 참 좋은 사람이었다. '성질'이 참 좋았다. 사람을 싸안을 줄 알고, 나보다 나이는 젊지만, 그래도 형님 형님 하면서 한 집 식구처럼 정답게 지냈다. 우리집 밥도 참 많이 먹었는데, 이제는 정재돈 형제도 없고, 그렇게 친절하게 밥을 해주던 우리 집사람도 세상에 없다. 허전한 마음이루 말할 수 없지만, 부디 하늘나라에서 편히 쉬시기를 기도드린다.

김덕기는 안동교구 가톨릭농민회 부회장, 전농 안동시 농민회 초대회장을 지냈고, 초창기 정재돈과 함께 갈전분회를 창립했다.

화목한 가정과 평화통일의 등대 김부희·윤갑구 부부

정재돈 비오 님의 맑은 거울로 살아온 심영란 엘리사벳께서 메시지를 보내셨다. "……루시아 형님도 잘 계세요? 비오 후배들이 비오 일주기를 기념하여 추모문집을 내고 싶다고 원고를 쓰실 분들을 알려달라고 하는 데 형님네가 써 주실 수 있을까요?" "네, 기쁘게 쓰겠습니다. 그런데, 눈물이 나서 쓸 수 있을는지 걱정됩니다."

저희 부부와 비오·엘리사벳 부부는 30여 년 전부터 부부 사랑을 통해 세상 평화를 이루려는 매리지엔카운터ME운동에 함께 참여했습니다. 만날 때마다 비오·엘리사벳 부부님은 남달리 사랑스럽게 보였습니다. 늘 기쁨이 충만한 미소로 반겨주시고 다정한 말씨로 친절히 대해 주어 많은 위로와 자긍심을 갖게 되었습니다.

비오 님은 천하지대본의 농업을 전공하며 말단 농부에서 출발하여 가톨릭농민회 회장님으로, 엘리사벳 님은 예술고등학교 교사에서 출발하여 교장 선생님에 이르기까지 의롭고 성실한 모범적 삶을 사셨습니다. 어린 나이에 천상배필의 인연을 맺고 옥고와 옥바라지를 비롯하여 너무도 힘든 역경과 봉사 활동을 하시면서 현구, 한결, 보람을 훌륭하게 양육하고 교육하여 우리

공동체의 자랑입니다. 특별히 ME연구소 대표팀을 역임할 때에 목자적 지도력을 훌륭하게 발휘하고 연구팀들의 역할을 적절히 분담하여 많은 업적을 남기신 것을 기억하며 감사드립니다.

ME 길잡이 도서의 디지털화

비오 님과 엘리사벳 님께서 ME주말의 발표대요와 지침서, 발표팀 양성 길잡이 등을 번역하고 다듬고 편집하여 많은 도서를 작성하신 것도 감사드립니다. 도서들을 필요에 따라서 개정하고 전자파일로 디지털화하여 초연결 사회로 발전하고 있는 이 시대에 편리하고 경제적으로 활용할 수 있도록 하신 공로도 대단히 큽니다. 필요한 자료들을 잘 관리하고, 재난이나 소요나 코로나19 팬데믹 등에 합리적으로 대응하는 데도 도움이 될 것으로 믿습니다. 비오 님의 봉사로 축적된 자산들이 세상을 더욱 평화롭게 변화시키는 데 크게 기여할 것으로 믿습니다.

무엇보다도 비오 부부님은 ME운동의 목적과 사명인 '내가 너희를 사랑한 것처럼 너희도 서로 사랑하여라.'요한 15,13와 '혼인과 사제직의 가치를 교회와 세상에 선포함으로써' 수많은 부부와 가정과 이웃들에게 평화와 행복을 전파하셨음에 감동하며 찬사를 드립니다.

저희 부부는 비오·엘리사벳 부부님을 존경하고 사랑합니다. 하느님께서는 비오와 엘리사벳 부부를 선택하셔서 이 시대 이 땅에 독재 탄압의 고리를 끊어버리고 생명존중과 자유민주주의와 평화번영의 여명을 여는 도구로 삼으셨다고 봅니다. 비오 님과 엘리사벳 님의 연약한 부부의 힘을 중심으로 집단지성의 도도한 물결을 만드시고 위대하게 드높여 쓰셨다고 믿습니다.

그리하여 남녀평등의 화목한 가정과 평화번영의 통일 조국을 동시에 이루어 갈 희망의 등대로 삼으셨습니다.

1979년 8월 이른바 '유신정권의 파렴치한 농민운동 탄압'으로 정재돈 비오 님은 영어의 몸이 되었습니다. 김수환 추기경님을 비롯하여 가톨릭교회의 특별기도회와 사회 각 단체, 각 지역의 호소와 외침으로 유신 독재 영구집권의 보루인 헌법을 초월한 '긴급조치 9호'가 해제되고 비오 님과 엘리사벳 님은 죽지 않고 부활하여 우리들의 영원한 등대로 빛나는 그리스도와 교회 관계를 두고 이루어지는, 이방인들의 사도 바오로 성인께서 신자들에게 보낸 서간의 큰 신비를 재현하고 계십니다.

나이어린 형님이었던 비오 님

비오 님은 이승에서 나보다 십여 년 어렸지만 늘 언행이 어른스러워서 나도 모르게 "비오 형~"하고 불러서 이웃들을 어리둥절하게 하기도 했는데, 돌이켜보니⋯⋯한없이 자비로운 하느님께서는 정재돈 비오 님을 순국선열과 호국영령을 추모하는 기념일 '현충일'에 맞추어 연옥을 패스하여 천국으로 직행하는 꽃가마로 모셔갔다고 믿습니다. 저승에 먼저 가서 그곳이 얼마나 좋길래 흔한 전자 메시지도 한 줄도 안 보내는 건지 못 보내는 건지? 우리까지 영면할 꽃자리를 잡아 놓고 노스탤지어의 손수건을 흔들며 기다릴 것 같아 천국의 향수를 느낍니다만. 이제 저승에 먼저 가서 기다리는 "비오 형님~"이 있어서 따거大哥 형님~ 부르며 어깨피고 고향에 가듯이 기쁘게 갈 것 같습니다.

올해 현충일에는 나 바오로와 루시아 부부가 정성 들여 가꾸어온 충신들의 분묘군인 초안산 숲 정원에 이 추모글을 부탁받은 날부터 준비한 가든 아취 옆에 '고결과 아름다운 당신의 마음'을 꽃말로 지닌 다년생 '큰꽃으아리'Clematis 덩굴에 위패를 세우고 기도합니다.

주님! 정재돈 비오와 세상을 떠난 모든 이가 저승에서도 화목한 가정과 평화통일의 등대로 영원히 빛나게 하소서. 아멘.

김부희 루시아·**윤갑구** 바오로 부부는 ME 활동을 통해 정재돈·심영란 부부와의 인연을 맺었다. 윤갑구는 한국ME협의회대표팀 역임, 남북경협 국민운동본부상임이사, 천주교평협 민족화해위원장 등으로 정재돈과 인연을 맺었다.

실사구시의 운동가 김승균

    형님, 저 승균입니다. 계신 곳은 편안하십니까? 형님이 세상을 떠나 이제 눈으로는 뵐 수 없게 된 지 벌써 한 해가 되어 갑니다. 일 년이면 예전 식으로는 소상을 지낼 때입니다. 애통한 사모가 가슴에서 조금 휘발하고, 그러면 예도 가벼워지는 법이니, 복색도 따라 바뀐다는 시기입니다. 이때는 지구知舊들이 아직 거두지 않은 궤연에 추도의 제문을 올리고 찬수를 드렸다 들었습니다. 지금 형수님을 비롯 주변 친지들께서도 스스로의 그리움을 전하고 그동안의 유명 간 안부를 묻고 싶어 추모집을 엮자고 의논을 모았으리라 짐작합니다.

영화모임과 정 감독
    처음 제가 주위로부터 '이런 사람'이 있다고 들었을 때 형님을 지칭하는 말은 '정 감독'이었습니다. 안동여고에서 교편을 잡던 부인 심영란 선생님의 제자들이 주로 그렇게 부르곤 했는데, 그들과 안동대학에서 '광장'이라는 독서 서클을 꾸리고 교정 내외를 어울려 다니던 저도 덩달아 그 감독이 영화감독인지 축구 감독인지도 모르면서 그렇게 불렀습니다. 사실은 만날 때마다 사 주시던 술밥이 인심을 요동한 것이었겠지만, 그러구러

면분을 틔우고 내심 또 만나지기를 기다렸던 시절을 기억할 때마다 혼자 웃곤 합니다.

　그때만 하여도 전두환 군사독재가 무지막지한 폭압을 퍼붓던 시절이라 그 그늘에서 시달리며 숨죽이고 살아가던 사람들의 표정이란 다 인귀의 경계에 선 것처럼 어둡고 처량하였습니다. 그런 중에도 그 무렵 우리가 잠깐이나마 숨통을 트고 밝고도 선량한 얼굴로 이런저런 이야기를 한껏 나눌 수 있었던 모임이 있었습니다. 찰리 채플린의 〈모던 타임즈〉, 헨리 폰다의 〈분노의 포도〉, 말론 브란도 젊은 시절의 〈부두〉 등등 세상의 민낯을 또 다른 시각으로 보게 하는 명화들을 모여서 보는 '영화 모임'이었습니다. 나중에는 주로 대학가에서 기획 상영되는 일이 많아졌지만, 광주항쟁의 기록 필름을 이를 물고 눈물을 훔치며 보았던 것도 그 자리에서였습니다.

　저는 이 보수의 본고장 안동에서 거창할 것까지 없지만 뭔가 수상한 일에 동참하고 있는 여러 어른들에게서 모종의 동류의식을 느꼈던가 봅니다. 그래서 제백사하고 참석해야 할 모듬이고, 뒤풀이에서 오가는 이야기도 새겨들어야 할 중대사로 생각했던가 싶습니다. 새삼 그때 뵙던 어른들의 얼굴이 눈에 삼삼히 떠오릅니다. 전우익 선생, 마리아 수녀님, 후일의 전농 의장 권종대 선생, 병약한 몸에 건필을 감당하시느라 자주 오시지는 못하였지만 흔히 접하기는 어려운 이 영화들을 보면서 아이처럼 눈을 반짝이시던 《강아지 똥》의 권정생 선생, 가끔 누룽지를 볶아와 군것질하라고 권하던 오일창 선생 부부, 고등학교 교편을 잡다가 와이엠씨에이 총무 일을 하게 된 자신을 집사가 아닌 잡사라고 소개하곤 하던 민영창 선생, 판에 박힌 듯한 예교주의에 빠져 도대체 변동을 모르는 안동에서 이런 모임을 만난 데에 반가움을 느낀다고 하던 임세권, 임재해 교수 등등…….

그런데 가끔은 어눌한 듯이 스스로의 감상을 짤막하게 덧붙여 희한할 정도로 제 이목을 끌어들이는 인물이 있었습니다. 검은 굵은 테 안경을 쓰고 늘 오래 입어 낡았지만 단정한 양복 상의나 짙은 색 점퍼 차림을 한, 있는 듯 없는 듯 한쪽에 조용히 앉아 있곤 하던 바로 '정 감독'이었습니다. 더구나 어른들이 먼저 돌아간 후가 항상 사단이었습니다. 무엇에나 미진하기 마련인 것이 젊은 축들이라 천리천변 사장뚝 어름의 포장마차나 일번지 막걸리집 뒷방으로 자리를 옮겨서 2차를 하는 게 상례였는데, 그럴 때면 다시 영화 본편에 대한 자신만의 감상에다 왕왕 우리 사회의 통한스러운 모습을 덧붙이고, 우리가 거창한 일을 벌여야 할 때라고 비분하기도 하는 우렁찬 토론이 벌어지곤 하였습니다. 거기서 듣는 형님의 세세하며 오지고도 풍부한 이야기는 덤으로 얻는 기쁨일 뿐 아니라 그런 날들 이후 제 눈을 조금이나마 밝혀준 등촉이었으리라 짐작하기도 합니다.

우리 가족과의 인연

아마 비오 형을 제가 '비오 형'이라거나 '재돈 형님'이라고 다소 사사로운 호칭으로 부르기 시작했던 게 이때부터였을 터인데, 더 결정적인 일이 있었습니다. 1985년 봄부터였던지, 군사문화의 소산인 학도호국단 체제를 학생들의 자율적 총의에 의하여 구성하고 운영하는 총학생회 체제로 되돌려야 한다는 움직임이 대학가의 핫이슈였습니다. 저도 잊을 수가 없거니와 형님이 잘 기억하시리라 믿습니다. 왠고 하니, 이 일로 안동대학

국문학과에 다니며 총학 준비위원장을 맡던 제 가형 김명균이 안동대 교수협의회가 '총학준비위의 활동을 전면 인정할 수 없다.'라고 망발한 데 '격분'하여 도끼를 들고 총장실에 '난입'한 후 도끼로 책상을 찍는 '무엄'한 짓을 자행한 일로 붙잡혀 미결수로 육개월간 안동교도소에 갇히는 일이 있었기 때문입니다. 제 가족과 안동대 총학준비위가 수시로 면회를 갔지만, 이때 안동교구 정의평화위원회에서도 자주 면회를 가서 사식을 넣어 주기도 하고 좋은 책을 영치하기도 하였습니다. 그 당시에 면회가 하루 한 번으로 제한되었기 때문에 면회일 조율을 위해 따로 또는 함께 뵙던 분이 형님과 분도서점 이종원 사무엘 형님이었습니다. 혹 아직도 기억하시는지요? 저희 형제가 무수히 속을 썩여드린 덕에 이 시기 우리 형제가 만나던 사람들을 일단 경계부터 하고 보시던 제 어머니까지도 두 분 형님을 만나서는 참으로 고맙다는 인사를 두 번 세 번 거듭하셨습니다.

가농회관의 추억

1986년 가을 학기를 끝으로 제가 추계 졸업을 한 후로는, 용상동 농민회관에 눌러 살다시피 하였는데, 형님은 이때 벌써 대전 성남동의 가농회관에서 농민회 활동 기획과 추진의 중임을 맡아 일상의 대부분을 전국의 길 위에서 보내야 했습니다. 안동 가농 총무직은 봉화의 전용구 형이 담당하고 있었는데, 우리들 김미영, 권경희, 유경희, 우상숙 등이 더러는 농민지도자 연수 시간 앞뒤의 추임새로 북 장단에 맞춰 농민가를 부르기도 하고, 함께 어울리는 친화 마당에 풍물을 잡기도 하고, 엉성한 내용이기는 하였지만 연수 내용과 관련한 마당극을 조직하여 공연하는 등 전용구 형을 도와 진행을 맡기도 했지요. 뒤풀이 때는 교구 내에서도 먼 곳인 상주나 영덕 등지에서 오신 여러분들과 막걸리를 한 잔씩 나누며 새벽이 되도록 친교 마당을 벌이곤 하였는데, 이분들이 가톨릭 신자가 아닌 저를 친하게 대하여 가농의 정상적인 직제에 있었는지 모를 '김 간사'라는 호칭으로 부르곤 하였습니다. 그러는 사이에도 대전 성남동의 가톨릭농민회관에 전국 회의 같은 여러 가지 일로 가게 되면 거의 예외 없이 뵙곤 하였는데, 혹 강병기·김미영 부부당시는 아직 부부가 되지는 않았고, 전용구, 강성중이 사람도 간사를 거친 적이 있어서, 어감이 좀 무엇하지만 '강 간사'였습니다. 등 제위와 우애의 긴중함을 빙자하여 밤이 깊도록 통음할 때도 있었지요.

마음이 놓인다는 권종대 회장님의 극찬

전국농민회총연맹의 초대 의장 권종대 선생과는 1976년 이래의 오랜 막역 동지로 압니다. 저도 때로 추수감사제나 집회, 각종 회의에 참석하면서 가까이 뵐 수가 있었는데, 1987년 이른 봄이었던지, 농민회관에서 영농발대식 겸 지도자대회를 마친 후 총괄을 하는 자리였습니다. 본건을 다 마친 후 무슨 이야기 끝에 권 의장께서 말씀하시는데, 표현이 이랬습니다. '재돈이 그 사람은 치폐가 없는 사람이라. 어떤 일이든 그 사람하고 함께일 때는 일이 암만 어려워도 무엇보다 마음이 놓인다니.' 왕왕 행사 중에 제 기분에 스스로 도취하여 느닷없는 구호를 목청껏 외치거나, 농민가부터 냅다 불러 제껴 분위기를 흐리는 등의 제 맹동과 치폐를 스스로 잘 알던 터라 무심하게 들을 수 없기도 하였거니와 웬만해서는 다른 인물에 대한 호오를 드러내지 않는 권 의장의 말씀이라 최고의 평가이며 극찬으로 들었습니다. 지금에야 제가 말씀드리는 일화라 형님도 아마 모르셨던 일일 것입니다.

1988년 고추생산비 보장을 위한 경북 농민집회를 안동에서 마치고 목성동성당에서 농성을 할 때였습니다. 집회 중 제가 선도차 위에서 구호 깨나 선창하였으니, 아마 검거령이 떴을 것이라 지레짐작하고서는, 농성 이틀째에 목성동 뒷산을 넘어 안동대 구 캠퍼스 마당을 거쳐 농성장을 빠져 나온 후 소위 도바리를 쳤습니다. 농성장에 응원 왔다가 '상주에 잠시 가 있으면서 성당 청년들과 문화패를 만들어 보자.'라고 꼬신 사람이 전부터 알고 지내던 곽재환 시메온이었고, 정용운도 그때 이미 서문동성당에서 풍물판을 차려 놓고 기다리고 있다는 것이었습니다. 그 길로 오랜 친구이며 안동대 학생과 직원이었던 김성규의 현대 포니 차를 얻어 타고 상주로 직행했습니다.

나중에 들으니, 검거령은커녕 고추 싸움을 준비하고 실행하는 데 주동적 역할을 하였던 김신택, 김성현, 김경년, 김석현 등등에 대해서도 아무도 검거하려는 눈치가 없었고, 집회 도중에 잡혀갔던 농민 학생들도 그 이튿날 풀려났다고 해서 무색하기도 했습니다.

천시, 지리, 인화

하여간 이때부터 얼마 동안 상주 생활을 시작하였는데, 1988년 늦가을이던가요? 형님이 예천 풍양을 거쳐 오후 어중간한 시간에 상주 서문동성당 사제관 뒷뜰에서 청년들과 풍물 연습을 하고 있던 저를 찾아왔습니다. 이 농사철이 지나면 있을 지도자대회와 농산물제값 받기 상경투쟁 준비에 관련한 여러 사안을 의논하기 위해 사벌과 묵상의 여러 동지를 만나러 가겠다는 것이었습니다. 저도 가겠다고 따라나섰습니다. 그때만 해도 시내버스 막차가 오후 5시경에 사벌 배미기까지만 가고 곧 되돌아 나왔기 때문에 그 이후 차편이 없었습니다. 흔히 그랬듯 사벌공소에 들어가서 잠시 쉰 후 곧바로 길을 걷기 시작해 핸데미 전양태 회장과 안태시 회장을 만나고, 묵하의 이재환 회장과 집앞에서 인사하고, 묵상 서석현 회장 집에 도착해서 저녁을 먹었지요. 식사하면서 시작한 막걸리와 이야기가 식사 끝나고도 이어졌는데, 낮 동안 추수에 시달린 서 회장은 먼저 큰방으로 가고, 형님과 남은 막걸리와 이야기를 더 나누었습니다.

혹 기억하십니까? 이때 형님께서는 우리의 모든 활동이 필경에는 조직 강화로 귀착해야 함을 맹자의 천시와 지리 그리고 인화를 인용하여 말씀해 주셨습니다. 저는 지금도 어렴풋이 그 얼개가 이랬다고 기억합니다. 천시와 지리는 객관 정세에 해당하는 시기와 조건이 될 것이고, 이 객관 정세를 더 유리하게 이끌어가는 힘은 지금까지 축적한 우리 역량을 지속적으로 확대해나가는 일, 곧 조직 강화에 해당한다. 저는 속으로 '희한하다. 고리타분한 것인 줄만 알았던 유가의 말이 이토록 변혁운동과도 잘 어울리는 말이었구나.'라고 되뇌었습니다.

실사구시의 운동가

제가 상주 생활을 시작하던 직후부터 이른바 가농과 기농의 분파적 활동을 지양하고 지역에서부터 군 단위 농민회로 집결한 후 그 연합체로 전국농민회총연합을 결성해야 한다는 논의가 시작되었습니다. 전선운동으로서 이 일의 불가피성을 고동하기 위해 가농과 기농의 선배 운동가들이 지역을 순방하며 단결의 결의를 모으고 있었는데, 이때도 형님의 자세는 제 눈에 비치기로 이러하였습니다. 언제나 나아가야 할 지향은 잃지 않되 현 상황을 제대로 읽을 것, 남들이 허세를 부려 흰소리를 치더라도 지금의 엄혹한 정세 위에서 우리의 실천 내용은 무엇이어야 하는지 냉정히 성찰할 것. 이 때문에 이런 표현이 가능한 것인지 모르겠지만, 제 나름으로 형님을 부르기를 실사구시의 운동가라고 해야겠다고 생각하였습니다.

형님이 고 정호경 신부의 생애를 기린 추도사에 이런 대목이 있었습니다. "누구나 추억을 간직하고 살아갑니다. …… 내게는 정호경 신부님과 함께했던 안동 생활이 그런 추억입니다. …… 제 인생에서 가장 치열하게 일할 수 있었습니다. 그래서 가장 행복했던 시절이었고 지금도 하느님께 감사드리고 있습니다." 이런 생각이 듭니다. 그 찬란했던 청춘이 고스란히 스민 곳이니, 그렇겠구나. 지금 형님의 체백이 어디 계시든 영령은 앎이 있다고 하니, 이곳 안동을 길이 잊지 않으시겠구나. 가슴이 더워지고 다시 보고 싶습니다.

가까운 지구들이 형님의 일주기라 형님 행적을 함께 보며 덧없지 않았던 삶을 기릴 수 있도록 추모집을 엮으려 한다며 제게도 한 꼭지를 부탁해 왔습니다. '나는 물론 써야지.' 여겼다가 가만히 생각해 보니, 제가 처음 형님을 뵌 것이 제 군 제대 직후인 1983년 여름이라 형님의 삶에 대해 제대로 아는 게 없군요. 당초에는 몇 개의 에피소드 정도를 맥락 없이 얽어 형님 중심의 유사 비슷한 글을 써 보려 했습니다만, 그것도 격조를 갖추어야 하는 글일 것이라 저 같은 무지렁이에게는 언감생심이 되겠다는 생각이 들었습니다. 궁여지책으로 형님께 말씀드리려 하다가 아직 말하지 못했던 제 사사로운 이야기를 편지로 전합니다. 하늘에서도 반갑게 맞아주실는지 모르겠습니다. 늘 그러셨듯이 그저 아우 나름의 정성 어린 소회를 새로 듣는다 여기고 받아주시기 바랍니다.

김승균은 한국고전번역원 번역위원이며, 대학 시절 문화운동을 하면서 정재돈과 인연을 맺었다.

그에게서 시노달리타스 정신을 본다 김재문 신부

첫 만남, 1978년 쌀생산자대회

내가 정재돈 형제를 처음 만난 때는 1978년경이다. 정재돈 형제가 고향인 춘천을 떠나 안동으로 내려온 것은 1977년이고, 나는 1974년부터 1981년까지 상주 함창성당에 재임하고 있었다. 1978년 11월 21일부터 1박 2일 동안 쌀생산자대회 및 추수감사제가 함창성당에서 개최되었는데, 이때는 정재돈 형제가 천주교 안동교구청에서 농민사목부장으로 가톨릭농민회 활동을 시작하던 때여서 본당신부였던 나를 만나게 되었을 것이다.

1978년도는 가톨릭농민회가 쌀생산비 조사와 함께 쌀생산비 보장운동을 적극 벌여나갈 때였다. 전국을 강원, 중부, 영남, 호남 등 4개 지역으로 나누어 쌀생산자대회 및 추수감사제를 개최하였다. 상주 함창성당에서는 11월 21일~22일 영남지역을 중심으로 1천여 명의 농민들이 참가한 가운데 농민집회가 열렸다. 이때 함창성당에서 농민대회를 갖게 된 것은, 당시 안동교구에서는 상주 함창성당이 가장 규모가 크고 학교 시설도 갖추어져서 많은 인원이 숙식하는 게 가능했기 때문이고, 신학교 1년 선후배로 가까이 지내던 정호경 신부의 제안으로 이루어졌다. 당시로서는 성당 내에서 농민집회를 갖는다는 것 자체가 매우 파격적인 일이어서, 행사 한 달 전쯤부터 미사 강론시간에 행사의 형식과 의미를 설명하면서 신자들을 설득하기도 했다.

1982년에 정호경 신부가 가톨릭농민회 전국 지도신부로 대전으로 올라가게 되면서 1981년부터 교구 사무처장으로 교구청에 와 있던 내가 안동교구 농민회 지도신부를 맡게 되었다. 이때는 정재돈 형제가 안동 농민회 총무로 일할 때여서 나와는 교구청 내 가까이에서 자주 만났다. 관할지역이 대부분 가난한 농촌지역이었던 안동교구는 농민사목이 교구 사목의 중심영역이었다. 두봉 주교님은 물론 정호경 신부와 정재돈 형제 같은 분들의 헌신과 열정으로 안동교구의 농민사목과 가톨릭농민회가 성장하였다.

정재돈의 시노달리타스

특히 내가 정재돈 형제를 참 좋아하는 점은, 20대 초반 아주 젊은 때 안동에 내려와서는 '돌아갈 집'이 없는 사람처럼 안동을 떠나지 않고 열심히 일했던 모습이다. 또한 내가 정재돈 형제를 크게 칭찬하고 싶은 것은, 그는 농민들과 이야기하는 것을 아주 좋아해서 밤이 새도록 대화를 나누었고, 그러면서도 농민들을 지도하려고 하기보다는 농민들의 소리를 들으려고 하는 자세를 잃지 않았다는 점이다.

정재돈 형제처럼 남의 이야기를 잘 들으려고 하는 자세는 오늘날에 와서는 매우 중요한 의미를 갖는다. 프란치스코 교황께서 말씀하시는 '시노달리타스'synodalitas 정신이 바로 이것이다. 이 시노달리타스는 "두 사람이 만나서 이야기를 한다고 할 때, 그 자리에는 두 사람만이 존재하는 것이 아니고 '성령'께서 함께 하신다. 성령께서 두 사람의 대화 속에 함께 계시면서 서로를 통해 서로에게 좋은 영향을 주고 있는 것임을 깨달아야 한다. 그러므로 성령께서 함께하시는데 어떻게 상대방의 이야기를 가볍게 여기거나 무시할 수 있겠는가? 잘 귀담아듣고 존중하는 것이 마땅한 일이다."라는 것이다.

뿐만 아니라 교황께서는 "상대방의 이야기를 듣고 나서, 아, 나는 그 생각을 못했는데, 어떻게 이 사람은 그렇게 생각을 했을까? 라고 깨닫는 순간이 있다면, 그때는 단순히 깨닫는 것을 넘어서 '경탄'을 해야 한다, 경탄! 그리고 그렇게 경탄하는 과정에서 두 사람의 생각이 성령을 통해 하나가 된다."고 말씀하신다.

농민운동 안에서 이루어진 시노달리타스의 은총

이것이 오늘날 프란치스코 교황께서 강조하시는 시노달리타스 정신이고, 이 정신을 50년 전에 정재돈 형제가 보여주었다고 생각한다. 농민들과 이야기하면서 농민들은 정재돈의 생각을 받아들이고, 또 정재돈은 농민들의 생각을 받아들이면서 서로 하나의 생각으로 나아가는 과정 그 자체가 바로 시노달리타스가 아닌가?

또한, 농촌 공소 한 곳을 방문하면 때로는 하루만이 아니라 이틀 사흘 머무르면서 농민들과 이야기를 나누는 그 정신, 그것은 정재돈 개인의 훌륭함을 넘어 진짜 하느님께서 안동교구를 통해 농민회가 성장할 수 있도록 은총을 주신 것이라 믿는다. 절대 가르치는 것이 아니라 듣고 제3의 해결책을 늘 가꾸어내니까, 내가 낸 것이 아니라 너와 내가 가꾸어낸 것이니, 나도 동의하고 너도 동의하게 되고, 내가 행동하면 너도 행동하고, 내가 강해지면 너도 강해지게 되는, 이런 과정을 통해 농민회원들 간의 관계가 성장하고 안동교구 가톨릭농민운동이 성장하게 되었던 것이다.

나는 정재돈 형제가 세상을 떠났을 때, 안동교구가 '교구 차원'에서 조문을 해야 한다고 교구청에 요청한 바 있다. 단순히 한 평신도로서가 아니라 교구를 위해 기여한 바를 생각하여 그에 맞는 조문이 이루어져야 하며, 조의금도 많이 보내면 좋겠다고 의견을 전했다. 그것은 내가 정재돈 비오 형제는 가톨릭농민회뿐 아니라 천주교 안동교구 나아가 한국교회의 공로자라고 생각하기 때문이다. 그리고 그것이 정재돈 비오 형제를 생각하는 나의 마음이다.

김재문 신부는 상주 함창성당 사제로서 정재돈과 인연을 맺었고, 안동교구 가톨릭농민회 지도신부로서 함께 활동하면서 그에게서 시노달라타스 정신을 보았다.

ME에서 만난 고귀한 인연 김종필 신부

하늘의 별을 바라보며

오늘 밤, 정재돈 비오 형제님을 생각하다가 뜰로 나가 하늘의 별들을 바라봅니다. 어쩌면 1주기가 가까운 이때 비오 형제님이 하늘나라에서 이 지구촌에 남아 있는 자들을 바라보면서 웃고 있을지도 모르겠다는 생각에 그의 별빛을 찾아 만나기라도 하듯이 말입니다.

시편의 시인은 노래합니다. "인간이 무엇이기에 이토록 기억해 주십니까? 사람이 무엇이기에 이토록 돌보아 주십니까? 신들보다 조금만 못하게 만드시고 영광과 존귀의 관을 씌워 주셨습니다. 당신 손의 작품들을 다스리게 하시고 만물을 그의 발아래 두셨습니다."시편 8,5-7

성경에는 하느님께서 '보시니 좋은' 세상을 창조하시고 말씀하십니다. "우리와 비슷하게 우리 모습으로 사람을 만들자. …… 하느님께서 이렇게 당신의 모습으로 사람을 창조하셨다. 하느님의 모습으로 사람을 창조하시되 남자와 여자로 그들을 창조하셨다."창세기 1,26-27

친밀하고 책임 있는 관계로 살아갈 혼인과 사제직의 가치를 교회와 세상에 선포하는 삶을 위한 메리지엔카운터Marriage

Encounter에서 저는 정재돈 비오+심영란 엘리사벳 부부님을 만났습니다. 비오+엘리사벳 부부님이 ME공동체에서 첫 주말 발표를 하게 된 것은 1992년 7월이고, 제가 첫 주말 발표를 하게 된 것은 1994년 6월입니다.

저는 1998년부터 2010년까지 서울 장충동의 성 베네딕도회 수도원과 피정의 집에서 소임을 했습니다. "하느님은 나를 좋게, 사랑스럽게, 유일하게 창조하셨다."라는 메시지에 이끌려서 ME에 진정과 정성을 다 쏟고 있을 때 우리는 같은 가치로 같은 방향을 바라보는 한국 ME공동체에서 함께 일한 소중한 기억들이 있습니다.

세월의 흐름과 함께, WWMEWorldwide Marriage Encounter Korea 연구소 대표와 위원으로 함께 일하는 인연으로 친밀하고 책임감 있는 소중한 정재돈 비오+심영란 엘리사벳 부부님과 가깝게 같은 가치관으로 일하면서 아름답게 소통하였던 고귀한 순간들이 새롭습니다.

2020년 12월 23일부로 ME공동체에서 정년하시게 된 소식을 이곳 성 베네딕도회 화순수도원에서 듣게 됐습니다. 받자온 '정년 기념 영상 앨범'을 보면서 세월이 파도친 생명의 흔적 같은 아름답고 소중한 인연을 회상하였습니다. 더불어 참사랑의 미래를 펼치는 나이 듦의 인품과 부부의 얘기를 기대하고 있던 어느 때에 비오 형제님께서 편찮으시다는 소식을 접했습니다.

ME 여정에서 들은 선종 소식

2022년 6월 6일, 그날 저는 광주 ME 팀 사제들과 팀부부들이 함께하는 WWME 광주협의회 워크숍에 가는 길에 정재돈 비오 형제님의 선종 소식을 듣게 되었습니다. 그 소식을 접하면서 가슴이 먹먹해지고 눈시울이 뜨거워졌습니다. 2013년 8월부로 파견된 이곳, 성 베네딕도회 화순수도원은 2006년 11월 1일 설립되었습니다. 이곳 수도원에서 "기도하고 일하라!"라는 일상을 살아가느라고, 투병 중이신 비오 형제님의 병문안도 못 한 것이 몹시 부끄럽고 송구스럽기 이를 데 없는 마음입니다.

그리스도인인 우리 삶의 뿌리는 그리스도입니다. 실상 세례성사로 새로 태어난 우리 모든 그리스도인은 죽음을 이기고 부활하신 그리스도 예수님의 현존이 우리와 함께하심을 확신하기에, 새로운 희망과 새로운 연대를 위해서 깨어 있는 삶이고자 노력하는 것입니다.

정재돈 비오 형제님을 생각할 때면, 진실한 부부 만남과 참사랑의 삶을 위한 체험프로그램인 ME 주말에서, "내가 너희를 사랑한 것처럼 너희도 서로 사랑하여라."요한 15,12라는 주님의 말씀에 힘입어 다시 깨어났던 기억이 떠오릅니다.

무엇보다도 먼저 ME 사명에 거듭 다시 깨어나 "혼인과 사제직의 가치를 교회와 세상에 선포"할 수 있도록 훌륭하게 짜인 고귀한 ME 주말 프로그램이 태어날 수 있도록 안배하신 하느님의 사랑과 자비에 깊이 감사하는 마음이 여일합니다.

그리고 바로 여기에서, ME 주말 프로그램을 위해 헌신하신 부부님들과 사제님들 중에 먼저 하늘나라로 돌아가신 분들의 영원한 안식을 위해 기도하게 됩니다. 겸하여, 오늘도 지구촌 도처에서 ME 비전과 사명을 살고 있는 분들에게는 감사드리며, 일상으로 기쁨과 기도와 감사가 함께하는 삶이시길 기원하게 됩니다. 바로 이런 우리 마음이 한국ME공동체에서 연대하

여 헌신한 정재돈 비오 형제님의 일주기를 맞아 깊은 감사의 정
으로 추모하는 소중한 뜻입니다.

빈 하늘에 반짝이는 별

비록 혼인 생활의 수레바퀴가 "로맨스-실망-환멸-기쁨"으로
순환된다지만, '사랑하기로 결심' 함으로써 더 빨리 더 건전하
게 '환멸'에서 벗어날 수 있다는 희망을 체험하고 살아가는 부
부들과의 상봉은 기쁨입니다. 부부관계를 우선으로 하는 삶으
로 부부 사랑의 꿈을 실현하도록 이끄는 대화, 성, 기도, 공동체
등은 '부부 영성'의 핵심이라는 사실도 거듭 새롭게 인지합니
다. 이는 우리 안에 도사리고 있는 온갖 위험을 진정과 정성으
로 알아차리고 다스리고 극복하도록 하느님이 부부관계 안에
마련해 두신 '보시니 참 좋은' 창조의 선물은총입니다. 아내와 남
편, 너와 나, 존재와 존재의 관계가 거듭거듭 참사랑에 젖어 들
기를 갈망하기에 "사랑하는 것은 결심이다."라는 메시지로 스
스로와 서로를 씻어내려고 하는 것입니다.

하지만 참으로 소중한 님의 죽음을 기억하여 추모하는 배우
자를 비롯한 가족의 가슴에 무슨 말을 할 수 있겠습니까?

"나목이 벌건 대낮에도 부끄럽지 않게 서 있는 것은/ 밤이 되
면 달빛으로 고운 몸을 씻고/ 빈 하늘에 반짝이는 별을 맞이하
기 위함이다."신준환라고나 할까요?

고산 지대의 눈보라 속에서 자란 나무들은 저마다 다 무릎을
꿇은 듯한 모습이랍니다. 바로 그렇게 생존한 나무가 악기를 만
드는 데 최고의 재질로 쳐진답니다. 바로 그런 나무로 빚어 만
든 바이올린이나 첼로 등의 소리에는 신비한 울림이 있다고 합

니다.

모든 성인의 통공을 믿는 부활 신앙의 여정에, 부활하신 우리 주님의 사랑과 자비에 의탁하여, 1주기를 맞는 정재돈 비오 형제님의 영원한 안식을 비오며, 유가족들에게 자비와 위안이 임하시길 기도합니다.

"주님, 정재돈 비오에게 자비를 베푸소서. 영원한 안식을 주소서. 아멘!"

성 베네딕도회 화순수도원에서

김종필 뽈리까르보 신부는 ME 활동을 통해 정재돈·심영란 부부와 인연을 맺었고, 지금은 성 베네딕도회 화순수도원에서 기도하고 일하는 일상을 살고 있다.

동지들과 나누는 정 형의 부활 김지현

정 형의 빈자리가 느껴지는 요즘

정 형! 그 맑고 환한 얼굴을 마주한 게 엊그제 같은데 벌써 일 년이 지났구려. 지금도 내 핸드폰엔 현구 어머니를 비롯한 가족들의 함박웃음 지은 다정한 모습이 여전한데 정 형은 손도 소리도 닿지 않는 먼 곳에 있다니 참으로 황망하오.

어제는 세월호 9주기였어요. 그날, 차가운 바다에서 덧없이 숨져간 삼백여 명의 어린 학생들과 시민들을 기억하고 애도하는 추모식이 전국 각지에서 열렸소이다. 또 지난 9일 부활주일에는 서울 시청광장에 마련된 10·29 이태원 참사 합동분향소 앞에서 피우지도 못하고 스러져간 159명의 영혼들과 유가족들을 위로하는 미사를 드렸소이다. 그 창창한 젊은이들을 지켜주지 못해 기성세대의 한 사람으로서 참으로 미안한 마음에 고개를 들지 못했소이다. 세월호와 이태원의 비극적 사건에서 정작 책임져야 할 높은 사람들은 뒤로 빠져 모른 척하고 힘없는 아래 사람들에게 덤터기를 씌우며 대충 얼버무리고 있으니 분노의 심정을 억누를 길 없고 유가족들의 가슴에는 천추의 한이 쌓여가고 있어요.

정 형이 지금 곁에 있다면 요즘 돌아가는 나라꼴에 분기탱천하여 이것을 해야 한다, 저것을 하자라며 동분서주했을 터인데, 좋은 친구이며 동지를 멀리 보낸 현실에 다시 한 번 애석한 마음 금할 길이 없소. 삶과 죽음의 간극이 그리 멀지 않음은 익히 알고 있지만, 산다는 게 뭔지 가끔 허망한 생각이 들어요.

천주교사회운동의 동지로 40년

돌이켜보니 우리 인연이 근 40년이었구려. 천주교사회운동을 했던 우리 또래가 많지 않아 서로 마음으로 기대며 살아왔던 날들이 새삼 떠오르는구려. 우린 80년대 초중반 천주교 평신도운동과 천주교사회운동협의회천사협 활동을 통해서 만났지요. 정 형은 농민회에, 난 명동성당과 천사협에 있었고, 각자의 장에서 세상의 평화와 시대의 요구에 부응하는 그리스도인의 역할을 다하기 위해 고뇌하고 싸우며 나름 치열한 날들을 보냈어요. 정 형은 모든 일에 진심을 담아 열심히 최선을 다하는 사람이었고, 난 그런 모습과 자세를 보며 늘 듬직한 동지로 생각했지요. 딱 한 번 같은 지붕 아래서 같이 일할 기회가 있었는데 바로 우리밀살리기운동본부였소. 그러나 그때도 원래 속된 말로 '딴따라' 기질이 있었던 나는 정 형이 들어오고 얼마 지나지 않아 퇴직을 하고 문화기획 사무실을 차리는 바람에 그리 길지 않은 시간만 마주했지요.

내가 우리밀 퇴직 후 2~3년 정도 지난 시점에 우리밀살리기운동에 큰 고비가 닥쳐 정 형이 원만한 뒤처리에 고생을 많이 했던 시기가 있었지요. 그런 상황을 보면서 그 운동을 시작한 일원으로서 안타까운 심정이야 말할 것도 없었지만, 밖에서 아무런 도움도 주지 못하고 지켜만 보았으니 정 형을 비롯한 남은 사람들에게 빚을 진 것 같은 마음이 오랜 시간 남아 있었음을 고백하오. 그 저간에 쌓인 얘기들을 하려면 날을 꼬박 새워도 모자라겠으나, 당시 모든 현실적 어려움을 감내하며 이룩하려 했던 우리의 이상과 목표가 미완으로 끝난 것 같아 그저 추억으로만 남겨 놓기에는 참으로 아쉬운 일이었소. 그래도 우리밀살리기운동은 정 형을 비롯한 선후배 동지들의 헌신과 애씀이 있어 명맥을 유지하며 오늘에 이르고 있고, 초창기 그 정신과 지향 그리고 중요성은 여전히 남아 있어 다소 위안이 되는구려.

나이는 들어도 젊은 열정으로

정 형! 간혹 인천엘 가면 지역의 동지들과 교회와 나라 걱정을 토해내며 소주잔을 기울이기도 했지요. 또 언젠가 정 형이 농민대표로 국회에 진출하면 좋겠다는 생각으로 역할을 분담하여 같이 뛰던 생각도 나는구려. 결과적으로는 뜻대로 되지는 못했지만 우리가 늘 끈끈한 동지적, 형제적 끈으로 연결되어 있었고 그때마다 의기투합하여 뛰던 날들이 소중한 기억으로 남아 있소.

어느덧 이제 우리가 일흔의 나이가 되었으니 인생 황혼기이구려. 지난날들 반추해 보면 회한이 밀려오고 가는 세월을 잡을 수 없으니 이런저런 생각만 많아집니다. 그러나 물리적 한계를 넘어 그 무엇인가를 찾으려는 마음과 젊은 시절 지녔던 열정은 나이 든 지금도 다른 형태로 마음속에 여전하오. 비록 나이는 들었으나 그래도 해야 하고 할 수 있는 일이 있을 것이오. 우리가 지향하던 그 정신과 목표의 실현을 위해 일각의 한 쪼가리라도 거들겠다는 마음으로 온 힘을 다할 작정이오.

정 형의 부활을 동지들과 나누며

정 형! 우리 교회는 지금 부활 시기를 지내고 있어요. 예수께서 죽음의 골고다를 지나 부활함으로써 구원의 표징을 몸소 증거하셨지만, 우리의 삶 속에서 부활 정신이 부재하면 무슨 의미가 있겠소. 그런 뜻에서 세월호와 이태원의 영혼들이 잊혀지지 않고 우리 가슴에 남아 있음은 그들이 이승에서 숨졌으되 결코 사라지지 않고 함께하니 이것이 현재적 부활이 아니겠소. 그렇게 본다면 정 형도 모두의 마음속에 여전히 뚜렷하게 각인되어 마음의 손을 잡고 있으니 이 또한 부활이며, 함께하는 그 기쁨을 남아 있는 여러 동지들과 나눕니다. 정 형. 그러니 우리가 비록 지금 만나지 못한다 하여도 슬퍼할 일만은 아니오. 정 형은 하늘에서 기도해 주고 이승의 우리들은 그 기도와 함께 열심히 세상의 평화를 위해 살다가 하늘에서 재회하면 되는 것이지요.

우리 하늘에서 만나면 감나무 서 있는 어느 시골집 툇마루에 앉아 시원한 막걸리나 한잔 기울입시다.

정 형, 만날 때까지 잘 지내시오.

2023년 4월 17일

김지현 유스티노는 40년 전 천주교사회운동의 동지로 정재돈과 인연을 맺었고, 지금으로 사단법인 저스피스 이사장으로 함께 꾸었던 세상의 정의와 평화를 위해 힘쓰고 있다.

그만하면 인생 멋있게 잘 사셨습니다 김학록 신부

심영란 엘리사벳 자매님으로부터 재돈 형제에 대한 회고담을 부탁받고 거절하기 뭣해서 하겠다고 대답은 해놓고 솔직히 고민을 좀 할 수밖에 없었다. 사실 사건이나 큰일로 정재돈 형제와 함께 얽혔던 것이 없었던 내가 증언하다시피 회고할 내용은 없기 때문이다.

맑은 울림으로 남은 기억

돌이켜보니 사제생활 초년기인 1986년부터 1995년 정도까지 정재돈 형제님과 가끔 만났던 것 같다. 영양본당이나 태화동 본당 사제관에 찾아오셨을 때 만났는데, 주로 권종대 회장님과 함께 오셔서 차 한잔하면서 담소했던 것으로 기억된다. 또 어쩌다 재돈 형제가 안동 오실 때면 안동문화회관 근처 포장마차에서 운동권 후배들과 소주 한잔하곤 했는데, 나도 가끔은 그 자리에 어울렸다. 그리고 류강하, 정호경 신부님 병문안 오셨을 때 만나거나, 장례 동안 연도하러 왔을 때 만났지만 '특별히 이것이다.' 하고 떠오르는 내용은 없다.

정재돈 형제님을 생각하자면, 격랑의 세월 속이지만 맑은 울림으로 살았던 분, 어떻게 살아야 한다고 열을 올리거나 화를 내지도 않는 사람, 그래서 그런지 특별하게 기억에 남는 것은 없고 빙긋이 지어 보이는 미소만 떠오를 뿐이다. 가끔 안동에 와서 운동권 후배들 불러내어 포장마차에서 술 한잔할 때도 후배들 사는 얘기 담담히 들어주고 맑은 미소로 격려와 지지를 전해주는 재돈 형제였다. 이런 평범하고 정감 있는 분위기의 만남이 운동하는 후배들이나 나에게 민족의 현실 앞에서 최소한 자기 자리를 지키며 서 있도록 해주었다고 말해도 될 듯하다. 그런 정서적 지지와 소박한 챙김이 나로 하여금 열심히 살지는 못해도 농민들 옆에 친근한 신부로 남도록 했던 것 아닐까 생각하기 때문이다.

떠난 사람을 이토록 가까이 느끼다니

인터넷에서 정재돈 씨에 대한 자료들을 검색하여 한 3개의 정도의 동영상을 찾았는데, 하나는 유신 전기 민주화에 대한 회고였는데, 콧줄을 하고 있는 상태라 말하는 것이 많이 힘들어 보였다. 그것을 보면서 병원에 계실 때 한번 찾아뵙지 못해 미안한 생각이 들었다.

다른 하나는 안동가톨릭농민회 시절을 회고하는 정재돈 씨의 구술이 담긴 것이었다.

"그때 개인적으로는 참 좋았던 게 가방 메고 나가면 참 교통이 안 좋았어요. 버스가 하루에 한 대 아니면 두 대 있는데, 생전 듣도 보도 못했던 데를 가다 보면, 어느새 어둑해지고, 저녁연기, 밥하는 연기가 하얗게 피어오르는 동네에 찾아 들어가 어디서 온 누구라고 통성명하고 저녁밥 얻어먹고 술 얻어먹고 그러면서 같이 이야기하면서 자는데 자면서 만리장성을 쌓게 되는 거지. 그러면서 인간관계가 형성되고……교통이 안 좋았던 게 그럴 수 있는 기회를 만들어주었다고 생각해요. 한 사람, 한 분 만드는 데 공을 들였어요. 이런 전통, 선배들로부터 가농이 참 사람을 소중히 여기는 전통이 그런 과정에서 만들어진 것이라고 생각해요."

이것을 보면서, 그래! 이 모습이 바로 내가 보아왔던 정재돈 씨였어! 이 동영상을 보고 난 다음 촌스럽지 않으면서도 담백한 그리고 다혈질적이지 않고 진솔한 그 목소리와 잔잔한 미소가 며칠 동안 계속 떠올라 신기했다. 이미 세상 떠난 사람이 이토록 가까이 있다고 느껴지다니, 새로운 체험이었다.

다른 하나는 ME 대표부부를 하셨기에 인천ME에서 만들어준 정년기념 영상앨범이었다. 가톨릭농민회와 ME가 서로 조합이 맞지 않는 것 같은데, 어떻게 정재돈 형제가 ME 활동을 하게 되었을까? 확인해 보지는 않았지만, 이것은 아마도 심영란 선생의 강력한 소망 때문이 아닌가 짐작해본다. 그와 동시에 '시련을 이겨낸 강하고 멋진 부부니까 당연히 ME 대표부부를 할 충분히 자격이 있지, 있고말고.' 하고 고개를 끄덕이기도 했다.

정과 사랑이 담긴 메시지들

나처럼 기억력이 별로 안 좋은 사람에게 카톡은 참 고마운 존재로 생각된다. 이번에 재돈이 형님에 대해 몇 자 적는다고 카톡을 열어보니 많은 흔적이 남아 있어 반가웠다. 부지런한 사람들은 카톡 메시지를 지웠겠지만 내가 게을러서 못 지운 바람에 몇 가지 사연들을 건질 수 있었다. 그 중 몇 가지만 소개하면 이러하다.

2016년 12월 31일
신부님, 새해에도 주님 사랑 안에 행복하시길 기도드립니다. 자주 뵙지 못해도 신부님이 계셔서 든든합니다.

2017년 7월 24일
신부님, 안녕하세요? 우리 보람이 보러 피츠버그 왔어요. 며칠 전 보람이가 미국과 프랑스 이중 철학박사 학위 논문 심사 통과했어요. 영어와 불어로 두 나라 교수님들 모시고 질의응답, 칭찬 받았대요. 감사, 감사합니다.

2017년 12월 1일
신부님, 쪼그맣던 우리 큰딸 한결이가 드디어 결혼을 합니다. 야~호~! 기적 같아요.

2018년 1월 1일
신부님, 새해가 밝았어요. 신부님과 만나고 이렇게 이어질 수 있어 감사합니다.

2018년 12월 22일
신부님, 갑작스런 방문을 환영해 주셔서 감사합니다. 오랜만에 만났는데도 늘 만나온 것처럼 편하고 정겨웠어요.

2019년 5월 31일
신부님, 우리 아들 장가가요. 기쁘고 감사한 마음에 소식 전합니다. 요한과 베로니카예요. 기도 많이 해주세요.

짤막한 메시지이지만 정과 사랑이 담긴 내용들이었다. 돌이켜 보니 정재돈 형제님 가정으로부터 내가 너무 많은 사랑과 기도를 받은 것 같다. 고맙고 감사한 마음이다. 그래서 이 김에 한 가지 약속드리고 싶다. 정재돈 형제님 식구들이 언제 오셔도 형제님 대하듯 반갑게 맞이할 것이라고 말이다.

아들이 노래한 아빠의 인생

또 과거에 전화로 "신부님, 우리 아들 현구가 판듀 전인권 씨 편에 나와요. 보시며 응원해주세요." 해서 그때 방송을 봤는데, 이번에 또 찾아보게 되었다. 아드님과 전인권 씨가 함께 불렀던 <걱정말아요 그대>, <그것만이 내 세상>을 다시 들으며 묘한 느낌을 받았다. 그 노래들의 가사가 아버지인 정재돈 씨의 인생을 노래하는 것 같았기 때문이다.

지나간 것은 지나간 대로 그런 의미가 있죠.
우리 다함께 노래합시다.
후회 없이 꿈을 꾸었다 말해요.
　　　　　　　　　　　　<걱정말아요 그대>에서

그래 아마 난 세상을 모르나봐
혼자 그렇게 그 길에 남았나봐
하지만 후회 없지
울며 웃던 모든 꿈
그것만이 내 세상
　　　　　　　　　　　　<그것만이 내 세상>에서

나이 스무 살, 대학교 시절에 민청학련으로 구속되고 석방된 다음, 가톨릭농민회와 연을 갖고 정호경 신부님, 권종대 회장님 모시고 농민들 가운데서 농민들만 위해 살아온 정재돈 형님, 고

맙고 감사합니다. 나중에는 ME운동까지 하시고, 아드님 현구 씨 통해 아드님 자랑까지 맘껏 하셨어요. 정재돈 형제님, 잘 사셨어요. 정말.

정재돈 형제님, 이 땅의 민주화와 통일을 위해 애쓰던 동지들과 더불어 하시기에 심심하진 않으실 겁니다. 하늘나라에서 행복하세요.

김학록 안셀모 신부는 사제 초년기부터 정재돈과 인연을 맺었고, 지금으로 천주교 안동교구 사회복지회 회장이다.

우리들의 영원한 회장님 김현정

누구도 소외시키지 않는 경청

고 정재돈 회장님과의 인연은 서울대교구 한마음한몸운동본부에서 생활실천부 담당 간사로 활동하던 1994년으로 거슬러 올라갑니다. 우리농촌살리기운동이 출범하면서 뵈었고, 본격적인 인연은 회장님이 가톨릭농민회와 우리농촌살리기운동본부의 사무총장을 맡으시던 때부터이지요.

회장님의 사람에 대한 깊은 배려와 존중을 기억합니다. 회장님의 경청 태도는 정말 특별했는데 누구도 소외되지 않았습니다. 농민은 물론 활동가들, 실무자들, 일반인들 그리고 생각이 다른 사람들까지도 한결같은 마음으로 대하셨습니다.

한번은 담당 간사로서 국장님을 따라 전국 사무국장단 회의에 참석한 적이 있었습니다. 가톨릭농민회관이 매각되고 마땅히 회의할 만한 장소를 찾지 못해 대전터미널 인근 '유락장'이라는 그곳에서 회의했던 것으로 기억합니다. 당시 사무국장들은 모두 말을 잘하는데다가 말이 또한 많고 자기주장이 강했던 시절입니다. 그날은 오후 회의를 시작했는데 밤이 늦도록 열띤 논쟁이 이어져 새벽에 되어서야 회의를 마칠 수 있었습니다. 회의를 주재하시던 회장님당시 사무총장님은 국장들의 많은 이야기를 끊지 않고 충분히 의견을 개진할 수 있도록 해주고, 발전시켜 주고, 그 안에서 서로의 의견을 모아내고 집행할 수 있도록 하셨는데 정말 감탄했고 존경하게 되었습니다. 그 긴 시간의 회의는 전혀 힘들지 않았고 아주 좋은 학습의 기회가 되었습니다. 이후 제가 교구 사무국장이 되었을 때 회장님은 가톨릭농민회 회장님이셨는데 회장님이 되셔서도 한결같으셨던 모습으로 기억합니다.

회장님은 모든 사람이 더불어 살아가는 공동체를 지향하는 영성가이셨고 이 시대에 우리 모두에게 요구되는 일이 무엇인지 예언자처럼 외치셨습니다. 도시와 농촌, 그리고 남과 북이 함께 살고, 가난하고 소외된 사람들, 사회적 약자들과 더불어 살아가는 생명 세상을 위한 회장님의 올곧은 발걸음은 가톨릭농민회와 우리농촌살리기운동 그리고 협동조합연구소와 국민농업포럼으로 이어졌습니다.

회장님 사진을 책상 앞에 붙여놓고

회장님과 함께 전국본부에서 직접 실무자로 일한 것은 아니었지만 우리농촌살리기운동, 가톨릭농민회에서 만나는 회장님의 모습, 농민대회, WTO 각료회의 저지를 위한 홍콩투쟁단, FTA 반대 투쟁, 우리쌀 지키기, 금강산 남북통일 농민대회, 못자리용 비닐 보내기, 금강산에서의 총회 등 모든 여정에서 회장님은 우리 모두의 자부심이었습니다. 회장님이 우리들의 회장님인 것만으로도 어깨가 으쓱했으니까요. 문득 금강산에서 회장님이 부르셨던 노래 〈심장에 남는 사람〉이 생각납니다. "~심장 속에 남는 이 있네. 아~ 그런 사람 나는 못 잊어."

회장님이 돌아가시고 사무실 책상 앞에 회장님의 사진을 붙여 놓았습니다. 이 운동을 통해 만났고 배움을 얻었고 존경하는 회장님을 오래도록 기억하고 기도하기 위함입니다. 지금도 분명 하늘나라에서 우리의 모습 하나하나를 바라보며 자상하고 따뜻한 미소를 띠고 경청하고 계시겠지요.

고맙습니다. 회장님!

김현정 골롬바는 한마음한몸운동본부 간사로 정재돈과 인연을 맺었고, 지금 천주교 서울대교구 우리농촌살리기운동본부에서 일한다.

나의 농민운동 도반 문경식

단식농성으로 맺은 첫 인연

농민들의 벗, 정재돈 회장이 농업농촌을 온몸으로 지켜온 불꽃같은 삶을 내려놓고 새로운 길을 나선 지 어느덧 1년의 시간이 지났습니다. 긴 시간 농민운동으로 이어져 온 인연의 깊이만큼 정재돈 회장을 먼저 보내야 했던 그날의 아픔이 다시 사무쳐 옵니다.

정재돈 회장과의 첫 만남은 1978년 4월 광주 북동천주교에서 열린 함평고구마사건 피해보상과 농민회 탄압중지, 구속 농민 석방 농민대회에서였습니다. 정재돈 회장은 대구경북가톨릭농민회 실무자로, 나는 전남기독교농민회 회원으로 함께 단식농성을 하면서 처음으로 농민투쟁을 승리로 이끈 역사적 현장에 있었습니다.

이후 정재돈 회장이 가톨릭농민회 전국본부 회장으로 선출되고, 나는 전국농민회총연맹 의장으로 선출되면서 본격적인 농민연대의 중심으로 함께하게 되었습니다. 정 회장과는 양띠 동갑내기 친구라는 우애를 기반으로 엄혹했던 단식농성의 동료로, 그리고 쌀수입개방, 한·칠레 자유무역협정 체결이라는 굵직한 농업 현안에 대응해야 하는 농민단체 대표로서 깊은 동지

172

적 연대를 갖고 있었습니다. 특히 전국농민연대를 조직하여 여러 농민단체들을 모아내고 함께 투쟁에 나설 때마다 복잡한 이견들을 조율하고 연대의 틀을 지켜낸 것은 항상 정재돈 회장의 몫이었습니다. 누구보다도 원칙적이면서도 유연하게 상대방을 존중할 줄 아는 정재돈 회장의 넓은 인품이 있었기에 가능한 역할이었습니다.

황무지를 옥토로 바꾸는 선각자

정재돈 회장은 현실에 안주하지 않고 새로운 곳을 개척하여 황무지를 옥토로 바꿀 줄 아는 조직운동가이기도 했습니다. 농업·농촌·농민문제 해결을 위해 국민의 관심과 지지를 획득하기 위해 국민농업포럼을 만들어 농민운동의 외연을 확장했을 뿐 아니라 협동조합연구소 이사장, 통일운동·생명운동에도 진심을 담아 실천해온 선각자이기도 했습니다.

때문에 정재돈 회장과 함께했던 결코 짧지 않았던 인연은 저의 가슴속 한켠에 오래 남아 있습니다. 더구나 공공재로써 농업의 가치를 시장 좌판의 흥정거리로 내팽개치는 윤석열 정부가 들어서고 농민단체들이 이에 대한 공동의 대응을 못 해내고 각자도생의 길로 흩어지는 지금, 정재돈 회장의 높은 지도력이 더욱 절실합니다.

아쉽게도 정재돈 회장을 다시 마주할 수 없지만 여기저기 널려있는 발자취를 확인할 수 있습니다. 당신이 남긴 발자취, 언젠가 영등포로터리 포장마차에서 나누었던 새로운 세상에 대한 담대한 고민들. 잊지 않고 기억하며 후대들이 그 길을 좇아 나갈 수 있도록 촛불을 지켜나갈 것을 약속합니다.

나의 농민운동 도반, 정재돈 회장의 명복을 다시 빕니다.

문경식은 기독교농민운동을 하면서 농민연대의 길에서 정재돈과 인연을 맺었고,
지금은 한국진보연대 상임공동대표이다.

날이 가도 또렷한 기억으로 남는 이 박교양·김현희 부부

정재돈 비오!

비오가 하늘로 가기 얼마 전 전화통화를 했다. 숨 쉬는 것이 힘들어 말하기 버거워하는 것이 느껴졌는데 정작 비오는 "잘 있어."라고 얘기했다. 그것이 비오와의 마지막 통화가 될 줄 알았다면, 코로나를 핑계로 병문안 한번 하지 않는 어리석음은 범하지 않았을 텐데. 후회가 많이 밀려와 사람들 앞에서 가식이 벗겨진 듯 부끄러운 마음이 든다.

형님 같은 동갑내기

우리 부부가 비오와 만난 시간은 길다면 긴 시간이다. ME 운동에서였다. 우리보다 ME를 먼저 접한 비오+엘리사벳 부부는 한참 뒤 ME 팀부부로 합류한 우리에게 따뜻한 정을 많이 나누고 보여주었다.

비오와 나는 동갑이다. 그런데 나는 한참을 비오를 '형님'이라고 불렀다. 외모에서 풍기는 나이 듦에 당연히 형님이려니 했는데, 나중에서야 나와 동갑이라는 것을 알고 당황스러웠다. 그래서 "왜 내가 형님이라고 부르는데 가만히 있었느냐?"고 하니 "그냥 부르니까 가만히 놔뒀지. 나도 몰랐어."라며 빙긋이 웃고 만다. 그게 밉지 않고, 그늘이 너른 나무 밑에 마주 앉은 것처럼 친근해서 좋았다.

시간이 지나면서 그의 삶이 나로서는 상상하기도 어려운 길을 자신의 길로 알고 걸어온 탓임을 알게 되었고, 그때부터 비오는 세상일에 무관심한 나를 끌어 올려 성장시켜 주는 선배였다. 우리가 젊었을 때 뉴스와 떠도는 이야기로만 듣던 좌파 반체제 운동가로 불리던 사람들 중의 한 사람이 그임을 알고, 반체제 운동가들에 대한 내 상상 속의 불편한 기억들이 청소되는 듯한 시원함을 갖게 해준 이가 그였다. 그가 겪었던 사건들을 찾아보면서 그때 내가 가졌던 생각들이 얼마나 편협했는지, 같은 세상인데도 내가 속하지 않은 세상엔 무심했던 나 자신을 돌아보며 큰 사람 옆에 선 것처럼 주눅이 들었다.

장판 밑에 놓고간 사랑

그는 그러한 자신을 내세우거나 자랑하지도 않아서 더욱 존경하게 되었다. 비오는 그런 사람이었다. 나이는 같아도 마음은 나보다 더 넓고 넉넉했다. 비오의 큰 그릇은 다른 사람을 대할 때 단정적이지 않아 마주하는 많은 사람이 그를 좋아하고 편안해했다. 그러면서도 자신이 가지고 있는 신념은 꼿꼿해서 중심에서 흐트러지지 않았다. 충돌이 생기는 일에도 "그럴 수 있는 겨.", "다 잘하고 있는 겨."하고 불꽃이 이는 마음들을 슬그머니 잠재워주는 너그러운 사람이었다.

그는 사람이 참 마음이 넓은 사람이다. 주위를 돌아보며 힘든 이들에게 소리 없이 나눔을 베푼다. 힘들다 말하지 않아도 힘든 것처럼 보이면 경치 좋은 곳으로 우리 부부를 불러내어 맛있는 것도 사주고 새로운 풍경을 열심히 설명해주며 잠시 쉬어가게 해주던 비오다. 사업이 힘들어지고 아내 모니카가 아파서 암흑 속에 갇힌 듯 갈길 잃고 허우적댈 때도 아무 말 없이 달려왔다. 돌아가고 나서야 "거기 장판 밑에 얼마 안 되지만 넣어놨으니 필요한 것 써."라며 부부가 조용한 겸손으로 우리를 다독여주었다. 그것도 여러 번……

  비오를 생각하면 추수가 끝난 들판에 아직도 꼿꼿하게 서 있는 허수아비가 생각난다. 할 일을 다 하고 나서도 빈 들판의 쓸쓸함마저도 아우르는 그 너른 마음과 모습이 그립다.

박교양·김현희 부부는 ME를 통해 정재돈·심영란 부부와 인연을 맺었고, 박교양은 동갑내기 친구 정재돈의 삶을 통해 현대사와 우리 사회를 다시 보게 되었다.

한결 같은 사람 사랑 박순희

　정재돈 비오 동지를 생각하면 항상 한결같은 미소로 사람을 맞이하는 모습이 눈에 선하게 떠오릅니다. 2022년 6월 영면하셨다는 소식을 듣고 빈소가 차려진 인천 적십자병원에 가서 문상을 하고 나니, 우리의 삶이 곧 죽음과 연결되어 있음을 실감하며 슬픈 마음보다는 그동안 농민 문제와 민중들의 삶에 헌신한 정비오 동지의 수고가 가슴을 아프게 했습니다. 문상을 하면서 정비오 동지의 늙으신 어머님을 뵈니 더욱더 죄인이 된 듯한 심정이었습니다. 이를 어쩌나! 머리가 텅 빈 것 같았습니다.

　그러나 정 비오 동지를 떠나보내기 전, 가톨릭농민회가 마련한 사전행사에서 정 비오 동지에 대한 추억과 활동을 나누는 시간에 수많은 농민 동지들과 전국 각지에서 활동한 선배 동지들의 말씀을 들으며 다시금 마음을 가다듬었습니다. 오랫동안 뵙옵지 못한 동지들의 조문하는 모습과 그동안 병고를 참아 받으며 견디어온 정 비오 동지의 의연한 모습을 떠올리며 차오르는 슬픔을 다스렸습니다.

대전 노동사목의 든든한 지원자
　어떠한 어렵고 힘든 일이라도 명쾌하게 풀어내고 관심을 기울이며 함께 해온 정 비오 동지를 제가 만난 것은 가톨릭노동사목 활동이 인연이 된 것이었고, 이는 곧 연대의 힘으로 이어졌습니다. 1982년 전두환 살인마 정권의 '노동운동 말살정책'으로 민주노조의 마지막 깃발이 꺾이었고, 저는 전국 수배와 1년의 옥고를 치르고 나왔어도 노동현장에 갈 수 없도록 전국에 배포된 블랙리스트취업금지 명단에 들어 있어 담당형사가 늘 감시를 하는 상황이었습니다. 노동자가 취업할 수 없다는 것은 곧 죽음과 같았으나, 저는 신앙의 힘으로 노동자들이 사는 지역에서 노동자를 만나는 것부터 시작하여 노동법과 노동조합 조직방법 등을 알리는 가톨릭노동사목 활동을 하면서 농민들을 만나기 시작했습니다.

1983년 전주교구 이리공단 지역에서 활동을 시작하여 87~88년 노동자 대투쟁을 겪는 동안, 가톨릭농민회는 어버이요, 형제조직으로 연대하면서 큰 힘이 되어주곤 했습니다. 그러던 중 가톨릭노동사목이 전국 17개 지역에서 활동하고 있으나 대전지역에는 활동이 없던 터라, 1989년 대화동 공업단지가 있는 대전 대화동 지역에 자리를 잡고, 그 당시 대전교구 정의평화위원회 위원장이신 박상래 신부님의 도움으로 메리놀회 평신도선교사 팀과 함께 '샘골놀이방' 둥지를 틀었습니다. 낮에 직장을 가야하는 어머니들을 대신하여 어린이들을 돌보는 놀이방을 시작하였고, 저녁에는 퇴근하는 노동자들을 만나서 소모임을 하면서 노동법 교육과 노동자들의 권리를 찾아주는 노동 상담을 하는 등 다양한 활동을 이어갔습니다.

이렇게 대전에서 활동하는 동안 정재돈 비오 동지는 항상 잔잔한 모습으로 노동자와 농민이 연대하는 실제적인 방법을 신뢰 있게 나누어 주곤 했습니다. 타지에서 새로운 일을 시작한 저에게는 정말 큰 힘이 되었습니다. 1990년대 접어들어 전국 노동자 조직이 활성화되었으며, 대전지역에서도 '대전지역노동 자협의회'대노협이 조직되었고, 전국 조직으로는 전노협 조직이 결성되어 활동이 확대되었습니다.

농민과 노동자의 연대

1992년 저는 서울에 와서 활동을 하면서도 정 비오 동지와는 활동 안에서 인연을 계속 이어갔습니다. 정 비오 동지는 언제 어디서 만나든지 저를 보면 큰소리로 '큰누님'이라고 저를 부르며 소개하곤 했습니다. 정 비오 동지가 가톨릭농민회 전국본 부 회장과 전국농민연대 상임대표를 할 때나 국민농업포럼 상임대표를 할 때도 노동자와 농민연대의 중요성을 강조하며 꼭 자료와 소식을 챙겨주곤 했습니다. 항상 만날 때마다 나 자신을 다시 돌아보게 해주고 새로운 실천을 하게 했던 동지였습니다. 건강이 나빠져 쇠잔해질 때도 열정을 가지고 사람들을 보살 피며 챙겨주던 모습은 잊을 수가 없습니다, 그것은 사람에 대한 한결같은 사랑, 그 자체였다고 생각합니다.

개인적으로는 제 조카가 춘천에 있는 한림의대에 합격되었 다는 소식을 전하며 객지에서 어려움을 겪고 있다고 말했더니, 미리 알아차리고 지인을 소개시켜 주어 제 조카를 돌보아 주고 해결해 주던 그 자상함은 여전히 마음에 깊이 남아 있습니다.

평화의 일꾼이며 모든 이들에게 사도 역할을 하셨던 정재돈 비오 동지가 하느님의 크신 사랑과 안배로 지금도 하늘나라에 서 어려움을 겪고 있는 민중들과 함께 하실 것을 굳게 믿으며,

주님의 이름으로 기도 안에 함께 합니다.

박순희 아녜스는 대전 노동사목을 하면서 정재돈과 인연을 맺었고, 지금은 가톨릭노동사목동지회 회원, 천주교정의구현전국연합 지도위원으로 활동한다.

사람을 있는 그대로 보는 분 박주희

자부심이 우월감이 되지 않도록

정재돈 이사장님을 처음 만나게 된 것은 2012년 미국에서 돌아와서 (사)한국협동조합연구소에서 일하게 되었을 때다. 당시는 협동조합기본법이 제정되고 시행을 앞둔 상황으로 연구소 구성원들은 협동조합 운동의 외연을 확장한다는 자부심과 책임감이 많았다. 나는 법 제정 이후에 결합했지만 시행을 준비하는 과정을 선배들과 함께 할 수 있다는 것이 기뻤다. 그런데 생각해보면 세상을 더 좋게 변화시킨다고 생각하는 사람들이 흔히 갖기 쉬운 우월감도 우리 안에 있었다. 권력이나 자본 없이 세상을 변화시키고자 하는 사람들에게 자부심은 중요한 자원이지만, 그것이 우월감이 될 때 약점이 되기도 한다.

정재돈 이사장님은 그런 면에서 연구소의 중심을 잡아주는 분이셨다. 겸손하셨고 안에서도 밖에서도 누구나 그것을 쉽게 느낄 수 있었다. 김기태 소장님과 실무자들이 각자의 목소리를 낼 수 있도록 조용하게 지원해 주셨고, 밖의 사람들이 연구소를 너무 미워하지 않게 만들어주는 분이셨다. 연구소에 오시는 날은 자주 직원들에게 점심 식사를 쏘셨는데, 조직에서 가장 생색이 안 나는 일을 하는 총무국 직원 분들이 특히 이사장님을 좋아했다. 내가 '비영리법인 비상근 이사장의 핵심 업무는 직원들의 마음을 편안하게 해주는 것'이라는 이상한 편견을 갖고 있다면, 그것은 아마도 정재돈 이사장님 때문일 거다.

사람을 있는 그대로 보는 사람

이사장님은 적이 별로 없어 보였다. '좋은 게 좋다.'라는 물렁한 분도 아닌데 그랬다. 사회운동 진영 내에서도 각각이 훌륭한 사람들이 여러 가지 이유로 서로 편치 않게 생각하는 경우들이 종종 있다. 그런데 서로 감정의 앙금을 가지고 있는 사람 양쪽이 다 정재돈 이사장님을 믿고 의지하는 경우를 자주 봤다. 나와 반목하는 사람과 친한 누군가를 여전히 믿고 좋아할 수 있다는 것은, 그가 다른 사람에게 어떤 이야기를 들어도 나를 공정하게 대할 것이라는 믿음이 있기 때문일 거다. 사람을 함부로 판단하지 않고, 있는 그대로 보고 있다는 느낌을 주는 분이셨다.

공적 공간인 직장의 대표셨지만, 사적 공간인 종교의 어른이기도 했다. 나는 가톨릭에서 나고 자랐지만, 세례성사의 대모가 된다는 것은 늘 두렵고 도망치고 싶은 일이었다. 그런데 이사장님은 내가 좋아하는 여러 좋은 사람들의 대부였다. 누군가의 대모, 대부가 되는 것은 그 사람의 고통과 성장의 순간에 함께 있어 주겠다는 약속이기도 하다. 흐트러짐이 많을 수밖에 없는 삶의 여정을 함께하자고 손을 내밀 수 있는 것은, 그가 아주 단단하기 때문이 아니라 아주 유연하기 때문에 가능해 보였다. 그의 신앙과 받아들임이 부러웠다.

80년대를 다룬 웰메이드 상업영화를 같이 볼까 하는 이야기가 나왔을 때, 이사장님은 고문 장면 때문에 보시지 못한다는 말을 듣고, 그가 겪어 온 시대의 상처가 현재의 것이기도 하구나 하고 생각을 했다.

연구소를 떠나고 한참이 지난 뒤에 이사장님을 마지막으로 만난 건 돌아가시기 두 해 전 한 장례식장에서였다. 나는 나름 인생 가장 힘든 시간을 거쳐 가던 터라 옆에 이사장님이 앉아 계시지 않았다면, 나는 곤란한 질문을 하는 무례한 사람 앞에서 실수를 했을지도 모른다. 병마와 싸우고 계셔서 얼굴이 몰라보게 말랐고 말씀도 힘들게 하셨는데도, 사람을 있는 그대로 본다는 느낌을 주는 것은 이사장님의 타고난 선물 같은 것일지도 모른다고 생각했다.

언젠가 나도 죽음의 순간이 왔을 때, 나를 스쳐 간 사람들이 나로 인하여 숨 쉴 수 있던 순간들을 기억해낼 수 있을까. 나를 포함하여 많은 사람들에게 위로가 되고 힘이 되었을 정재돈 이사장님을 기억하며 나 자신을 되돌아본다.

박주희는 한국협동조합연구소 연구원으로 일하면서 정재돈과 인연을 맺었고, 정재돈을 신앙의 어른과 본보기로도 존경한다.

진정한 나의 친구 배용진

 "진정한 친구 하나만 있어도 너의 삶은 성공했다."라고 누군
가가 말했다.

 친할 친親은 입立, 목木, 견見 세 글자가 합성된 것으로 표의문
자表意文字의 뜻과 상형象形의 철리에서 작은 진리를 발견할 수 있
다. 나무는 비나 눈이 와도 가지를 접지 아니하고, 바람이 불어
도 앉지 아니한다. 늘 서서 살핀다. 부모 형제, 친구, 연인, 이웃
사촌……. 좋은 일에 함께 기뻐해 주고, 슬픈 일에 함께 울어주
기 위해 입목견하는 것이 친할 친자이니 거름 지고 친구 따라
장에 간다는 말이 생겨난 것이다.

 2022년 5월 25일, 재돈이 나의 폰에 사진 한 장을 올렸다.
1999년 여름 영해 관어대 해수욕장에서 있었던 안동 가톨릭농
민회 모임인 듯한데, 사진 밑에 다음과 같은 소회가 적혀 있었다.

 "그때만 해도 배 회장님도 권 의장님도 젊으셨어요."

 회신을 보냈다. 입원한 상황에서 나의 건강을 걱정해 주는 우정
에 무슨 말을 해야 할지 망설였다. "짙은 느티나무 그늘 밑에서 낮
잠을 자고 난 시공의 감성을 느낄 뿐인데, 어느덧 구순이란 세월이
다가와……". 인생은 자신의 의지로 올 수도 없고 갈 수도 없다. 자
신의 의지로 살아가는 짧은 시간, 재돈과의 마지막 대화였다.

재돈의 열정으로 일군 청송분회, 안동 가농

1966년에 귀농해서 십여 년 동분서주하면서 농업문제를 기술적, 사회제도적 측면에서 앞서가는 농민이 되고자 노력했지만 유토피아적 환상의 틀에서 벗어나지 못한 것을 훗날 재돈을 만난 이후1977년 조금씩 알게 되었다. 교회에서 전남 함평 고구마 사건 소식이 전해진 이후 천주교 진보공소에서 권종대, 정재돈을 만나 교구농민회 조직문제에 대한 의견을 나누는 기회가 갖게 되었는데, 10여 명의 농민 교우들이 동의했다. 이것이 청송의 첫 가톨릭농민회 분회였다.

권종대, 정재돈 두 분의 열정과 희생으로 안동교구 가톨릭농민회가 1978년 창립했고, 나는 부회장, 재돈은 총무를 맡게 되었다. 초기에 임원회의를 자주 했는데1박 2일 밤 회의, 당시 정호경 지도신부님과 정재돈 총무가 교육문제를 강조한 것이 지금도 기억에 남아 있다. 농촌에 무엇이 문제인지 알기 위해 3박 4일 코스 교육을 연 1회 이상 회원들의 의무사항으로 정하기도 했다. 이러한 조직의 결정이 1년 정도 시행되어 교회 안에 농민회 조직이 인정되고 두봉 주교님의 농민사목 의지가 각별함을 직간접으로 알게 된 회원들의 자부심이 고조되었다.

오원춘사건

그러던 1979년, 뜻하지 않은 '오원춘사건'이 발생하여 한 치 앞을 가름하지 못하는 상황이 발생했다. 내가 안동에 급히 갔을 때 이미 권종대 회장, 정재돈 총무는 경찰에 연행되었고, 면회도 안 되는 상황이었다. 교구에서도 상황을 지켜보는 분위기라 대책을 상의할 형편도 되지 못했다.

그다음 주 각 분회장 전체회의를 소집했다. 전원이 참석했다. 내가 아는 모든 정황을 보고하면서 우리가 흩어지면 안동 가농을 조직하고자 노력한 회장, 총무께 면목이 없게 되니 뭉치자고 호소했다. 여러 의견을 수렴하니 목성동성당에 모여 기도 집회를 하자는 데까지 이르렀고, 부회장을 중심으로 한 지도부를 나에게 위임하고 회의를 마쳤다.

오원춘사건은 농민 사건이 아니라 유신체제에 대한 저항으로 자연스럽게 옮겨갔다. 농민회를 중심으로 신자가 뭉쳐지게 하는 일이 우리의 과제였으나, 모든 조건이 불리한 상황 속에서 작은 일까지도 극도로 비밀리에 추진해야 했다. 기도회 추진을 교구 사제 몇 분께만 알리고 비밀에 부쳤다. 성공적이었다. 당일 아침, 경찰이 첩보를 입수했겠지만 손쓸 시간이 없었고, 농민회원들과 신자들이 목성동성당 마당을 메웠다.

"오원춘을 석방하라! 권종대를 석방하라! 정재돈을 석방하라!"

구호를 외치면서 사제, 수도자, 신자 순서로 거리행진에 돌입했다. 목성동성당 앞 도로에서 경찰과 대치했는데, 이때 함평고구마 싸움에 참여한 일부 호남 회원들이 참여하면서 좀 격렬해졌고, 시위를 마무리한 후에는 목성동성당에 농성장을 꾸렸다.

오원춘은 기소되어 곧 실형이 떨어질 것 같았고, 유신 당국과 천주교 안동교구, 나아가 한국 천주교회가 정면으로 한판 벌어지는 모양새가 되었다. 언론도 그렇게 보도하는 상태에서 농성장에서는 여름 더위에 지친 회원들이 하나둘 병나기 시작했다. 나도 그즈음 심한 장염이 생겨 약으로 차도가 없던 차에 청송본당 신부님이 방문했기에 자동차 트렁크에 숨어서 청송으로 돌아갔다. 그런데 치료도 한번 제대로 하지 못하고 다음 날 새벽에 경찰에 체포되어 안동으로 다시 돌아왔고, 그곳에서 치료를 받고 집회 준비과정에 대한 조사를 받았다.

심문의 초점은 "두봉 주교의 지시가 있었나?", "활동자금은 누가 주었나?", "류 신부, 정 신부의 역할은?" 등이었다. 훗날 알았지만 두봉 주교가 입국 목적을 위반하는 행위를 했다는 억지 명분을 만들어 강제추방하기 위한 근거를 만들기 위한 것이었다. 그때는 외부와 완전히 단절되어 날짜 가는 것도 모르고 지내는 암흑의 시간이었는데, 어느 날 갑자기 말투가 부드럽고 식사가 좋아지더니 경찰 간부가 사건이 원만하게 해결되었다면서 나를 석방시켰다.

해직교수들의 교육프로그램

집에 돌아와서 수박밭에 가보니 잡초에 쌓여 수박은 하나도 보이질 않았고, 심신은 천근만근이었다. 며칠 후 안동에서 전갈이 와서 권종대 회장, 정재돈 총무를 만났다. 우리들은 아무 일 없었던 표정으로 미소를 띠우고, "괜찮은교?", "머, 죽을까봐?" 인사를 나누었다. 그리고 자연스럽게 일상으로 돌아갔다. 1979년은 회원들 개인 영농에도 차질이 있었지만, 일부 회원이 경찰이나 행정 당국의 회유에 설득되어 이탈한 사례가 나타나 상처가 상당 기간 가기도 했다.

10·26 사태 이후 교구의 농민사목 방향은 변함없이 교육 투자였다. 가난한 교구가 당시 교육비를 천만 원 지원했다는 건 농촌 지역 교구가 지표를 정확하게 설정한 것이었다. 이 교육 프로그램은 하나부터 열까지 정재돈의 머리와 손이 안 간 데가 없다. 안

동 가농 회원들의 의식 변화에 큰 획을 그은 시기는 5·18 이후 군부에 저항하는 대학교수들이 교단에서 추방된 시점에 농한기 안동 농민교육에 참여하던 때이다. 그 막강한 교수들 섭외는 정재돈 총무가 담당하였고, 회원들이 꼭 필요한 부분, 수위 조절 등 학습효과를 높이는 문제도 정 총무가 교수들과 허물없이 소통하면서 정리하였다. 그렇게 해서 회원들의 자질은 한 해가 지나면 대학 1년을 수료한 만큼 향상되어 갔다. 그때 안동을 다녀간 강사들을 다 기억하지는 못하는데, 박현채, 이우재, 장을병 등등 시대가 흘러가도 쟁쟁한 학자요, 사상가요, 국민들의 스승이 아닌가?

어느 교육 마지막 밤 뒤풀이에 어느 교수가 "지난번 갖고 간 보따리에 갖가지 농산물이 담겨 있는 걸 아내가 보고는 눈물을 보이더라."라고 고마움을 표시하니, 회원 누군가가 "쌀 있고, 소금 있으면 견딥니다."라면서 힘겨운 시기를 잘 버텨보자는 위로의 말을 하여 자리를 숙연하게 했다. 당시 강사료는 이틀에 쌀 80kg 한 가마니도 안 됐는데, 회원들이 올 때 사과, 땅콩, 감자 등 특산물을 조금씩 갖고 오니까 교수들이 갈 때 박스에 넣어주기도 했다. 정말 가족적인 분위기였고 정이 넘쳐나는 분위기였다. 나는 정재돈을 생각할 때면, 그와 함께한 많은 기억들과 함께 그 당시의 교육프로그램과 훌륭했던 강사진을 섭외해냈던 그의 노고가 깊은 인상으로 남아 있다. 이 모든 일이 총무 정재돈이 아니면 할 수 없었던 일이었고, 이것이 모두 그가 남긴 발자취이다.

배용진은 교편을 잡다 고향 경북 청송으로 귀농한 후 정재돈을 만났다. 안동가농 설립을 주도하여 가톨릭농민회 안동교구 회장을 역임했다. 우리밀운동, 우리콩운동도 힘껏 도왔다.

정말이지 보고 싶습니다 변영국

형님, 잘 계시지요? 뭐 저도 그럭저럭 잘 있습니다.

회사가 마음에 안 든다며 곧 사표를 던지겠다던 제 딸내미는 지금 10년째 그 회사에 잘 다니고 있고 아마 과장 직함을 달고 있는 모양입니다. 제 색시 카타리나는 엄청난 자기 관리로 이미 술을 끊은 지 오래됐거니와, 지금 그 단아함과 청초함을 젊었을 때의 그 저돌적인 외모와 비교할 수가 없어서 이 사람이 내 색시가 맞나 싶을 때가 한두 번이 아니고요.

저는 갑자기 제가 지나치게 불효자가 아니었나 하는 괴상한 깨달음과 지금까지 우리 마누라에게 제대로 된 월급을 가져다준 적이 몇 번 없었다는 진절머리 나는 진실에 대한 깨달음을 바탕으로 요양보호사가 되어 열심히 살고 있습니다. 엄마에게 못했으니 불특정 다수의 어르신에게 잘 해 드리고 매달 월급을 받아 살림을 하고……틈틈이 연극을 가르치는 알바도 합니다. ㅋ

두 부류의 인간

형님 돌아가시고 얼마 있다가 김연규의 딸내미가 결혼을 한다고 해서 간 적이 있습니다. 예전에 ME공동체에서 만났던 후배들이 많이 왔더구만요. 거기에 영란 형수님도 왔습니다. 형수님을 보는 순간 뭐가 막 울컥하더구만요. 괜히 눈시울이 붉어지는 그 이상하고도 다소 민망한 경험을 막 하려던 그 순간, 저는 역시 저답게 너스레를 떨었습니다. 쪽팔리기 싫었던 거죠.

"아, 이 인간이라는 게 말이야, 두 가지의 부류가 있거든. 하나는 죽었을 때, 말하자면 그 인간이 완전히 없어져 버렸을 때 그 부재를 도저히 견디기 힘든 인간, 그리고 나머지 인간. 나는 그 부재를 도저히 견디기 힘든 인간을 이제까지 본 적이 없는데 이 정재돈이라는 인간의 부재를 견디기가 좀 힘들어. 자꾸 생각나. 그놈의 사람 좋은 얼굴이 말이야."

그리고는 키득거리고 웃었는데 마누라가 허벅지를 꼬집으며 왜 형수님을 울리냐고 그러더군요. 그러고 보니 한쪽 구석에서 영란 형수가 울고 있었습니다. 모든 냉철함과 단단함, 현명함들이 다 모여 그냥 탈색되어 버린 흑백사진 같은 울음을 울고 계셨습니다. 그 흑백사진의 정체는 다른 것 다 싫으니 내 앞에 정재돈이를 가져다 달라는, 슬픈 절규였습니다. 그리워서 흐르는 그리움이었습니다. 그런데 형수님이 형님을 그리워하거나 말았거나 저는 이 편지를 궁상맞게 쓰지 않을 예정입니다. 왜냐하면 형님과 저의 해프닝들은 그 어느 것 하나 코미디가 아닌 게 없거든요.

충청도에서 올라온 지~♪

처음 ME공동체에서 형님을 포함한 선배들과 술자리를 가질 때, 제가 대학 때 다소 과격하게 보도블록을 깨곤 했다는 사실을 알게 된 형님은 무지하게 그윽하게 저를 바라보면서 "어디서 감옥살이 했어?"라고 하셨습니다. 이 자리가 그런 걸 얘기하기 합당한 자리인가? 다른 사람들은 감옥은커녕 데모하는 놈은 미친놈이라고들 암암리에 생각하는 모양인데 말이지. 이런 식의 속내를 굴리고 있는데 다른 사람들이 무슨 생각을 하든 말든 ME라는, 다소 부르주아적이고 상류지향적인 그런 모임에서 누가 봐도 결이 비슷한 후배 놈이 하나 들어온 것이 마냥 즐거우신 표정이었습니다. 그리고는 술이 조금 되어서는 형님의 거의 유일한 애창곡 '충청도서 올라온 지 사흘밖에 안 된' 여자에 관한 노래를 부르셨습니다. 기억나시죠? 고운 옷을 곱게 차려입은 다른 여인네들이 살짝 고개를 돌리거나 말거나 신부님 옆에서 신부님 얘기에 귀를 기울이던 형님들이 계속해서 술잔을 돌리거나 말거나 형님은 소반 장단을 치며 그 노래를 부르다 말고는 저보고 "토마스 너 이 노래 알지?" 그럼 알고 말고요. 저 역시 공연 쫑파티에서 그 노래 미친 듯이 불러 제꼈는걸요. 그래서 형님과 저는 충청도 여인을 매개로 한 공범의식으로, 진보적 시국관이 주는 씁쓸한 외로움을 견뎠습니다.

형님, 정말 죄송합니다. 공동체 선배인 형님의 입장과, 무슨 말이든 떠들어댈 수 있는 후배인 저의 입장이 달라도 많이 다르다는 것을 모르고 참 형님께 많이도 대들었습니다. ME 가치관이 의미를 가진다고 믿고 있는 한 그 가치관을 지켜야 한다는 형님의 깊은 생각을 그때는 깨닫지 못했습니다. 이제 와 생각해보니 모두 다 형님이 옳았습니다. 너그럽게 용서해 주세요.

그런데 형님, 김운태 아시죠? 15년 전에 식도암으로 세상을 떠난 그 운태 형이요. 그 인간도 아마 형을 되게 좋아했나 봅니다. 어느 날 밤에 자정이 다 되어 전화가 왔죠. 받아보니 김운태였습니다. 다음은 그 대화입니다, 형님.

"야, 토마스. 니 그 노래 가사 다 아나?"

"뭔 노래 가사."

"재돈이 형님이 부르시는 그 노래 말이야."

"아 쉬벌, 오밤중에 전화해서는 뭔."

"내가 재돈 형님한테 전화했거든. 근데 재돈 형님이 그 가사 토마스가 더 잘 안다고 토마스한테 물어보라고 하시는 기라. 그 가사 좀 불러바라. 쐬주 한잔 사께."

그래서 밤 12시에 난데없이 유선 전화의 송신기를 마이크 삼아 그 노래를 부른 적이 있습니다. 형님, 모르셨죠? 형님은 ME 최고 악동들의 우상이셨습니다.

무한 순수의 결정

사람들은 참 묘한 버릇이 있습니다. 나와 다른 사람을 잘 이해하지 못하고 경우에 따라서는 미워하기도 하지요. 나랑 종교가 다른 사람, 그 사람이 어떤 사람인지 알기 전에 이미 그 사람은 그냥 '종교가 다른 사람'인 거죠. 북한에 사는 어떤 개인이 어떤 특성을 가진 사람인지 알기 이전에 이미 그 사람은 '북한 사람'인 거예요. 그렇게 우리는 그 사람의 본질을 이해하지 않은 채 그냥 나름의 규정으로 그 사람을 못 박아 버리기 일쑤예요. 그런데 저는 형님에게서 그런 모습을, 아니 그런 비슷한 모습이라도 본 적이 없습니다. 형님은 누군가 무슨 업적을 이루었건, 직업이 뭐건, 어떻게 생겼건 그가 사람인 이상 그를 흥미로워하셨고 그의 말을 들으려고 노력하셨고 아낌없이 웃어주셨습니다. 저에게도 그렇게 해 주셨습니다.

원주에선가? 형수님의 모친이 돌아가셨던가요? 저는 기억력이 그다지 좋지 않아서 누가 돌아가셨는지 기억은 잘 나지 않지만, 아무튼 그날 막 도착한 우리 부부가 뵌 형님은 어김없이 담배를 물고 계셨습니다.

"거 좀 그만 피우슈, 형님."

"그래야겠는데 야! 그게 어디 쉬워야 말이지."

"이러는 거 형수가 아슈?"

"알겠지."

형님, 진심이 아니었습니다. 그냥 의미 없이, 남들도 다 하는 그런 얘기였습니다. 마치 형님께서 담배 피우시는 모습을 보면 으레 그래야 한다는 어떤 나른한 동의 같은, 객쩍은 오지랖의 끝판이었습니다. 그걸 다 아시면서도 형님은 '그게 어디 쉬워야 말이지.' 저에게 깊은 고민을 말씀하셨습니다. 순간 뜨끔했더랬습니다. 이 무한한 순수의 결정인 형님 앞에서 대체 내가 무슨 주제넘은 얘기를 하고 있지 했습니다. 그 순수를 뵙고 배우고 즐기고 싶은데 이제 그 형님이 안 계십니다. 그래서 형님의 빈 자리는 비할 데 없이 크고 큽니다.

형님, 내일이 부활절이네요. 저는 부활의 의미를 크게 생각하지 않습니다. 지옥이 그렇듯이 천당 역시 늘 여기 있는 것이고, 예수님은 부활하셨다고 하는데 그 이전에 이미 내 안에서 미주알고주알 잔소리하고 계시거든요. 형님도 그렇게 제 안에 계시다는 것을 저는 압니다. 물론 물리적 공허함은 크지만 형님의 숨결이 어디 가겠습니까.

형님, 담배 **빡빡** 피우시면서 건강하게 계십시오. 저도 살만큼 살다가 그리 가겠습니다.

변영국은 인천ME 활동을 통해 정재돈과 인연을 맺었고, 연극 연출자로 일하다가 지금은 요양보호사로 일한다.

곧은 길 정답게 걸으신 형님 송성호·강은형 부부

\+ 사랑이신 하느님을 찬미합니다.

저희를 너무나 사랑하시는 아버지 하느님, 이 세상에 비오 형님을 보내주시고 저희와 사랑의 친교를 이어가게 해주셨으니 감사와 찬미 영광 드립니다. 형님으로 인해 세상이 더 아름답게 되고 저희에게 자상한 길잡이이자 길동무가 되어주게 하셨으니 감사합니다.

지금 사랑하는 당신 계신 곳에 있는 형님께 가슴 가득 당신의 사랑을 채워주시고 든든한 동반자로 함께 해주시며, "수고했다. 참으로 애썼다." 하시며 당신의 넓은 가슴에 포옥 안아주소서. 그리하여 조금 더 시간이 흐른 뒤 저희도 당신의 나라에서 서로 얼싸안으며 반갑게 다시 만날 수 있게 해주시리라 믿습니다. 엠마누엘 하느님 감사합니다. 아멘.

함께 했던 여행의 추억

존경하고 사랑하는 비오 형님, 아직도 저희 곁에 계신 듯이 느껴집니다. 형님의 자상하고 큰 사랑을 받아왔기에, 그 사랑의 여운이 여전히 저희 곁에 머물러 남아 있으니, 저희 곁을 떠나셨다는 것이 실감 나지 않습니다. 마지막으로 형님댁에서 함께 먹었던 그 날의 점심, 곤드레 비빔밥과 곰탕의 단맛이 생생합니다.

이렇게 추모의 글을 쓰게 될 줄은 몰랐어요. 벌써 눈물이 나지만, 그래도 이렇게라도 저희 마음을 전해드리고 싶어서 씁니다.

저희가 형님을 처음 가까이 만난 때가 ME에서 사회 양성을 받을 때였으니까 아마 2009년도 2월이었네요. 그 전엔 멀리서 뵙는 먼 선배님이셨는데, 그때 이후로 시간이 흐르며 깊은 마음을 나누는 사이가 되었네요.

형님과의 추억을 떠올려보니 저희의 사회대요랑 쇄신대요를 지도해 주시면서 아직도 가슴에 상처를 가지고 살던 저희에게 따뜻하게 위로도 해주시고 사랑으로 격려해주셨지요. 함께 떠난 여행지에서 고스톱도 치고 소쇄원과 대나무숲도 거닐고, 강릉여행 중에 허난설헌 시도 음미하고, 임진택 판소리 공연을 본 기억도 납니다. 가끔 영화도 같이 보면서 서로의 생각과 느낌을 나누고 공감하며 즐거웠어요. 형님의 젊은 시절의 사회운동에 연결된 사건들과 추억에 대한 이야기도 듣고, 정병철 신부님과 함께 정선 여행과 장터, 강원도 선재길도 다녀왔지요. 2020년 가을엔 우리끼리 강원도 여행에선 용평에서 고랭지 배추밭도 가고 단풍이 든 계곡 길을 걸었지요. 그 가을 오대산의 아름답던 단풍의 추억이 사진과 함께 생생하네요. 형님과 같이 있는 게 좋아서 여기저기 다녀서 추억도 많이 쌓였네요. 이제는 그때 찍은 사진들이 남아서 따뜻한 추억에 되새기게 합니다. <미스터 션샤인>을 세 번이나 보셨다면서 함께 드라마 세트장에 가서, 그 느낌을 더 가까이 느껴보자고 하셨는데, 코로나 때문에 가보지 못한 게 아쉬움으로 남습니다.

미스터 션샤인의 주인공처럼

감사하게도 형님 부부와 주말을 두 번이나 같이 할 수 있었네요. 2015년에는 오용호 신부님과, 2016년도에는 김영욱 신부님과의 주말을 함께 준비하고 진행하였는데, 형님과 같이 해서 너무나 편안하고 즐겁고 행복했습니다.

그 후 영성 깨어나기도 같이 하고, 황송하게도 후배가 진행하는 후속 모임에도 나와 주셔서 저희가 배우고 싶은 겸손의 모범을 보여주셨습니다. 2011년에는 세상살이에 협동조합의 길도 있다는 것도 깨우쳐 주시고, 그 열정을 전해주신 덕분에 오늘까지 새로운 세상을 향한 노력을 할 수 있게 해주셨습니다.

미스터 션샤인의 주인공처럼 우리 사회를 좀 더 낫게 만들고자 애쓰신 형님의 이야기를 들을 때마다 존경과 감사의 마음이 저희 안에 일어났지요. 올곧은 운동가로서 세월이 가면서 세상의 변화에 따라 할 일을 바꾸어 가셨고, 또 운동가의 길을 평생 가면서도 딱딱해지거나 고집스러워지지 않고, 부드럽게 살면서도 지조를 잃지 않으셨고, 신앙 안에 살면서 영성에 다가가시고, 다른 사람들과의 관계를 사랑 안에 유지하는 것을 중시하면서 사셨던 그 모습은 그 누구도 쉽게 흉내 내지 못할 아름다운 삶이셨음을 새삼 깨달으면서 존경의 마음을 더욱 갖게 됩니다.

저희 부부에게 형님은 하느님께서 보내주신 든든한 선배이자 후원자이고 길동무 천사이세요. 형님과 함께할 수 있었던 저희는, 그랬던 다른 모든 사람들처럼 행운아입니다. 하느님께 감사드립니다. 저희를 너무나 사랑해 준 형님이 계셔서 저희는 참 많이 행복했습니다. 형님의 사랑이 저희에게 참 든든한 힘이었는데, 한쪽 벽이 사라졌으니 그 허전함을 어떻게 해야 할까요? 그저 조금이라도 형님의 모습을 닮아가려고 애쓰며 살도록 하겠습니다.

먼저 가서서 함께 놀 수 있는 좋은 자리 잘 잡고 계시면 저희도 여기서 조금 더 머물다 형님 만나러 갈 테니 조금만 기다리셔요. 다시 만날 때까지 안녕~~. 고맙습니다. 형님 그리고 사랑합니다.

형님을 존경하고 사랑하는 후배 토마스·로사 올림

송성호·강은형 부부는 정재돈·심영란 부부와 함께 인천ME 활동을 함께 했고, 꼰솔라따 선교수도회 평신도 선교사로서 살아가고 있다.

안녕? 한가 심태산

춘천에서 춘천고등학교로 가는 직행은 춘천중학교를 나오는
거였다. 중학교도 시험을 치러야 들어갈 때였으니 좁은 소도시
에서 끼리끼리의 으스댐은 부산물이었고 그들의 세계는 은근
히 공고했다.

1학년 4반에 배정되었을 때 창촌에서 유학(!)온 재돈을 처음
보았다. 덩치도 크고 듬직해서 중학교 때 한가락 했겠네 생각했
다. 왜인지, 우린 쉽게 친구가 되었다. 재돈은 수업이 끝나면 곧
장 우리 집으로 찾아왔고 곧잘 어울리는 사이가 되었다. 나나
재돈이나 아웃사이더의 공감대가 있었는지는 모르겠다.

무인지경의 강촌 여름밤
재돈은 춘천고등학교, 동생은 춘천중학교에, 아랫 동생들도
춘천국민학교에 다니고 있어서 재돈 어머니가 약사동에 방을
얻어 자식들 뒷바라지를 하는, 본의 아닌 타향살이 중이었다.
나도 약사동에 살고 있었는 데다 서로 집도 왕래하다 보니 재돈
도 네 형제의 맏이라는 걸 알게 됐다. 나도 4형제의 맏이였다.
이심전심 더 가까워졌다.

수업 후 누가 뭐랄 것 없이 우린 거의 쉬지 않고 매일 만났고

동네 곳곳을 쑤시고 다녔다. 남부시장 뒤쪽으로 둑방이 있었는데, 그 개울가에서 노닥거리며 저물도록 시간을 보내기 일쑤였다. 한번은 시내에서 강촌까지 걸어가 야영을 한 적도 있었다. 그 바람에 재돈의 고향 친구들과도 금세 어우러졌다. 양조장에서 일하는 고향 친구가 철모에 막걸리 원액을 가져와 밤새 마시고 노래하고 고래고래 떠들어 재꼈다. 당시 강촌은 무인지경이었고, 그 여름은 온통 우리 차지였다.

겨울엔 창촌 고향집에서 며칠씩 지내며 구곡폭포도 다녀오고, 재돈과 그곳 친구들과 되는 소리 안 되는 소리 떠들며 놀곤했다. 그때 우리 앞엔 시간이 무한히 널브러져 있었고, 고등학교 1학년 사내아이들의 머릿속엔 숱한 치기들이 넘쳐흘렀다. 그저 함께 시간을 보내면 재미진 그런 일상이었다.

일학년이 끝나고 새로이 반 배정을 하며 둘은 헤어질 수밖에 없었다. 공부와 담 싼 듯한 한해를 보낸 듯했지만, 재돈은 그런데도 특수반으로 갔고, 난 그렇지 못했다. 졸업 때까지 서로 다른 반에 있었기에 아무래도 만남은 뜸했고 이러구러 고등학교의 생활이 마무리되었다. 다행이라면 둘 다 강원대 입학을 하게되었다는 거랄까. 난 수학교육과 재돈은 국어교육과에 들어갔다.

함께 대학으로, 야학으로

재돈은 대학에서 다양한 사람들을 만나며 사회를 정확히 인식할 다양한 공부와 활동을 하고 있었다. 마침 재돈이 활동하던 재건학교에 수학 선생이 필요하다는 부탁을 받고 나도 흔쾌히 재돈의 세계에 합류하게 되었다. 그 세상은 내 삶의 방향을 완전 뒤바꾸어 놓았다.

경제적 이유로 중학교 교육도 받지 못하는 이들과 수업하고 생활하며 많은 것을 생각하게 되었다. 개떡 같은 인생에 던져졌다고 화에 차 있던 나는 이런 작은 기회도 감사해하는 학생들을 보며 부끄러웠다. 재돈이 아니었다면 난 여전히 현실에 불만하되 뭣 때문인지 모르는 상태로 멋대로 살 터였다. 재돈의 영향으로 사회 부조리를 제대로 보는 눈이 생겼다 해도 지나친 말이 아니다. 그 과정에서 영어교육과 원영만과 국어교육과 최승수를 만나며 진짜 벗들을 만난 것을 알았다.

대학 일학년 겨울 방학 때 재돈, 영만, 승수 그리고 나는 십시일반으로 방을 하나 얻었다. 아지트가 생긴 거다. 우린 유신철폐 시위를 기획하고 세세한 계획들을 세우기 시작했다. 그러나 강원도는 학생시위 활동이 거의 전무 상태였고 참여 학생 저조로 우리의 시도는 좌절 직전이었다. 때마침 여러 경로로 서울대를 비롯한 타 대학들과 연계되며 희망이 보이기 시작했다.

민청학련사건 옥살이

흥분도 잠시, 우리 넷은 민청학련사건에 휘말리며 1974년 4월 초 중앙정보부 강원분실로 끌려갔다. 긴급조치 4호 위반으로 중앙정보부 지부 지하실에서 근 한 달여의 신문이 시작되었다. 그들은 원하는 자백을 얻어내려 노력하였고, 결국 재돈, 승수, 나는 춘천교도소에 짐짝처럼 갇히는 신세가 되었다. 당시 우린 스무 살 미만이라 춘천교도소 미결사 소년수 감방에 흩어져 구금되었다. 다행인 건, 정보부에서 추가 심문을 받을 때 한 조사관이 우리 사정을 듣더니 흉악범들과 분리시킨다는 명목으로 독방에 셋이 함께 있게 해준 거였다. 성헌 선배가 넣어 준 책 몇 권 외엔, 누구도 만날 수도 소식을 들을 수도 없었다. 기약 없는 수감생활의 공포, 가족들도 볼 수 없고 미래도 알 수 없는 두려움이 독방에 가득했다. 재돈, 승수, 나에게 불확실한 시간들은 영원할 것만 같았다. 그럼에도 셋이 함께 있을 수 있다는 건 형언할 수 없는, 크나큰 위로였다.

6월 중순 무렵 우린 서대문 형무소였던 서울구치소로 이감되었다. 승수와 나는 7월 초 군검찰관 조사 후 기소유예로 풀려났다. 나이가 모자람에도 난 곧바로 강제 징집당했고, 승수는 한 살 더 어려 입대 대신 자퇴를 종용받았다. 입대 전 선배들에게 앵벌이로 돈을 모아 영치금 넣어준 게 내가 재돈에게 할 수 있었던 유일한 노력이었다. 나중에야 재돈이 단기 5년 장기 10년의 판결을 받았단 소식을 들었다.

변치 않는 나무 한 그루

십대 후반에 마주친 세상은 경악 그 자체였다. 우리 목숨 따위는 그들 안중에 없었다. 예상치 못했던 폭력적 공권력의 칼춤에 잘못된 현실을 말할 수도, 변호사도 생각할 수 없었고 부모들조차 자식들이 어디에 있는지 알 방법이 없었다. 우리의 육체와 정신은 말할 수 없이 피폐해졌다. 그 말투와 표정과 행동들을 겪으며 그들에게 세뇌된 악의 평범성을 실감했다. 그 경험은 우릴 변화시켰다. 이제 존재로서 신났던 청춘은 사라졌다. 우린 조금씩 과묵해지고 있었다.

이제, 재돈을 깊이, 생각해 본다. 그는 늘 심지 굳고 올곧았다. 온순한 데다 말투도 온건했다. 조용하지만 행동할 줄 아는 그는, 진짜 사내였다. 친구지만 본받아야겠다는 생각을 하게 만드는 좋은 사람이었다. 가까이 있으나 멀리 있으나 변함없이 무심한 날 챙겨 주고 그래서 늘 곁에 변치 않는 나무 한 그루가 있는 느낌을 주는 존재. 나 이제 묵주를 깎는 사람이 됐으니, 그리고 자네에게도 묵주를 만들어 줬으니, 어쩌면 같은 곳에서 볼 수도 있지 않을까 생각하게 하는 친구. 그가 정.재.돈이다.

늘 꼿꼿한 태였지만 자코메티의 조각이 떠오르는 적적한 모습, 말없이 뒷짐 지고 곁의 말을 들어주며 미소짓던 얼굴……. 그립구나.

심태산은 정재돈과 함께 춘천고등학교, 대학교를 다니면서 우정을 쌓았고, 민청학련사건으로 함께 옥살이했으며 지금은 묵주를 깎고 있다.

그 길, 뚜벅뚜벅 걸어가겠습니다 안인숙

정재돈 회장님께 막걸리 한 잔 대접해 드리지 못하였는데 추모의 글을 올리게 되어 송구합니다. 하지만 당신께서 열어 오신 길에서 생협운동이 많은 전망을 발견해 왔기에 감사를 표하지 않을 수 없습니다.

대안농정 토론회에서의 첫 만남

개인적으로 회장님을 처음 뵌 것은 국민농업포럼이 주최한 대안농정 대토론회였습니다. 두어 차례 직접 참여한 대안농정 토론회는 크고 넓게 농민과 소비자를 엮어내는 논의의 장이었고, 운동 주체들이 비전을 모색하고, 공감과 합의를 고양시키는 장이었습니다. 생협 회장으로서 농업농촌에 대한 이해와 전망을 어떻게 가질 수 있을까 목말랐던 차에 찾은 단비 같은 자리였고, 동시대 먹거리운동의 도반과도 교류할 수 있는 귀한 자리였습니다.

코로나가 불러온 사회적 영향으로 말미암아 이후 세계에 대한 탐색이 활발한 가운데에서도, 먹거리 위기에 대한 뾰족한 대안은 보이지 않습니다. 고령화와 기후위기, 세계화와 불평등 심화 속에서 재미나게 농사짓는 마을을 지켜가고, 농사일로 가족을 돌보려는 사람을 지키는 일은 뒷전으로 밀리는 형국입니다. 먹거리 진영만이 길을 잃은 것인지, 200년 남짓의 근대 산업 문명이 전환의 몸살을 앓는 것인지 경계가 희미하지만, 분명한 것은 대전환이란 말이 무색하지 않을 정도로 이전과 다른 세계를 모색해야 한다는 경고음은 더욱 커졌습니다. 오늘날 우리 선 자리가 선배들이 예비한 바로 그것이 아닐지라도, 길을 보이지 않을 때는 선배님들이 원망스럽고 그 방법밖에는 없었는가 생각이 들기도 합니다. 그러나 분명한 것은 앞서가셨지만 우리는 함께 했고, 살아계셨더라면 역시 함께했을 것이라는 겁니다. 당신께서 계시지 않아도, 아니 당신이 안 계시기에 우리는 더 분발해야 할지 모르겠습니다.

정재돈 회장님은 민주화운동, 농민운동, 협동조합운동, 식교육운동 등 한국 현대사의 민중운동의 한 가운데에 계셨고, 변화되는 사회 속에서 운동의 전망을 계속 만들어 오셨습니다. 평생 운동을 해 오셨다는 증거입니다. 개인적으로는 생협의 출발에 시동을 걸고 협동조합기본법 제정과 국민식생활교육법 제정에 기여하신 것을 기억하고자 합니다.

도농이 함께 하는 운동의 선구자

80년대 후반 생협 설립은 이전의 우리밀살리기운동과 지역사회 공동체운동 등 많은 시도들이 없었더라면 불가능했을 것입니다. 우리밀살리기운동이나 소비자협동조합중앙회의 사업에 대한 평가를 떠나서, 농촌생산자들과 도시민이 함께 하는 사회운동의 전선을 넓게 펼쳐 가신 것에 대해 선구자적이라 말하지 않을 수 없습니다. 포용하면서도 흔들리지 않는 리더십, 선뜻 동참할 것을 요구하되 당신이 먼저 헌신하는 리더십이었기에, 사회운동의 넓은 지평에서도 뚜렷한 방향타가 되었다고 생각합니다. 1989년 창립한 행복중심생협의 선배님들과 마찬가지로 제게는 생협운동의 '선구자' 대열에 당신이 있습니다.

행복중심생협은 1999년부터 일본의 생활클럽생협, 대만의 주부연맹합작사協同組合과 자매회의를 진행하고 있습니다. 초기 10년간 회의의 주제는 '협동조합의 원칙을 실현하는 조직 운영'이었습니다. 2012년 협동조합기본법이 제정되기 전까지 한국에서 협동조합 관련 대중서적은 찾기 힘들었습니다. 협동조합연구소의 도움도 받고 내부 학습도 하면서, 행복중심을 협동조합답게 운영하기 위해 애쓴 기억이 있습니다. 하지만 행복중심이라는 작은 울타리를 넘어서 오늘날 이렇게 많은 협동조합이 생겨나게 하는 지렛대가 무엇인지, 그것이 가능할 것인지, 어떻게 하면 되는 것인지 상상하기는 어려웠습니다. 2008년 금융위기 이후 '다른 경제'에 대한 목마름이 깊어진 환경이기도 했지만, 근본적으로 공동체성과 자조/협동의 원리로 구성된 농민운동 단위에서 협동조합 세상을 향한 정책 설계를 해낸 것은 자연스러운 일이되, 자동적으로 일어날 일은 아니었습니다. 협동조합기본법 제정이 불러온 그리고 앞으로 만들어나갈 역사를 기대해 볼 때, 앞장서 길을 열어 주신 회장님께 다시 한 번 감사드리게 됩니다.

대안을 만드는 진짜 어른

세 번째로 국민식생활교육에 관한 것입니다. 한국의 생활협동조합은 환경보존과 안심 먹거리 직거래를 축으로 사업을 전개해 왔습니다. 국민식생활교육은 협동조합의 지역사회 관여의 한길을 열었다고 하겠습니다. 누구나 조합원이 될 수 있지만, 모두가 조합원이 아닌 현실에서 지역사회를 향한 소통과 국민의 식생활 역량 강화를 꾀하는 한 영역을 만들어 냈습니다.

식생활교육을 하면서 감동스러웠던 경험도 많습니다. 유기농 볍씨 키우기에 참여한 아이는 농부가 되고 싶다고 했습니다. 음식을 남기지 않겠다는 아이들의 손도장도 기억납니다. 청년이나 독거 남성들의 식생활 개선 프로젝트는 함께 살아가는 뭉클함을 느끼게 했습니다. 협동조합이란 무엇입니까? 필요를 느끼는 사람들의 자발적인 결사라고 하면, 교육이라는 매개 활동을 통해 좋은 먹거리에 대한 접근성을 높여가는 활동이 결사의 내용을 채워주었습니다. 생협 조합원도 식생활교육 활동가로 성장하였고, 이후 먹거리 정책이 확장되면서 거버넌스 파트너로서도 역할 하게 되는 밑거름이 되었다고 하겠습니다.

당신의 족적을 따라가면 믿음·소망·사랑으로 문제해결을 위한 대안을 만든 활동가의 삶이 나타납니다. 그럴듯한 명분으로 자아를 충족시키기 좋은 시절, 진짜 어른으로 살아가는 것은 쉽지 않습니다. 함께 사는 길속에서 나의 생활을 포개어 가는, 그물망 밖으로 내빼어 달아나지 않는 그런 삶에 대한 갈증이 여전합니다. 활동에서나 인품에서나 닮고 싶은 사람이 있다는 것은 좋은 일이지요. 정재돈 회장님이 제게는 그런 어른의 표상입니다.

벌써 1주년이 되었네요. 정재돈 회장님, 후배들이 열심히 해보겠습니다. 하늘에서도 응원해 주실 거라 생각하니 힘이 납니다.

안인숙은 한국사회적경제연대회의 집행위원장, 농특위 사무국장을 역임했으며, 행복중심생협연합회 회장, 한국협동조합연구소 이사장으로 활동하고 있다.

실천하는 가톨릭 지성인 오용호 신부

가톨릭교회의 사회교리는 현실의 나그네인 교회가 현실 문제에 대해서 가만히 있어서는 안 된다고 끊임없이 주장합니다.

"공공의 일에 대한 사람 등의 관심과 참여가 더욱 깊이 뿌리 내려야 합니다." 베네딕토 16세 교황, 〈진리 안의 사랑〉 24항

"우리는 구체적인 가르침을 회피할 수 없습니다. 실천적인 결론, 교회의 사목자들은 인간 생활과 관련되는 모든 것에 대한 의견을 개진할 권리가 있습니다. 그 어느 누구도 더 이상, 종교가 사적인 영역에 국한되어야 하고 오로지 영혼이 천국에 들어가도록 준비하기 위해서만 종교가 존재한다고 주장할 수 없습니다." 프란치스코 교황, 〈복음의 기쁨〉 182항

이와 같이 하느님의 백성들은 삶의 현장에서 기도하며 진리의 목소리를 내는 것이 가장 올바른 사회참여의 모습일 것입니다. 그렇습니다!

정재돈 비오 회장님은 일찍이 박정희의 유신 철권통치 시절인 1974년 민청학련사건으로 구속되기도 했으며, 1975년 가농강원연합회 이사를 시작으로 꾸준히 가톨릭농민회와 인연을 맺고 실무자로 활동했습니다. 1979년 5월 감자 피해 보상 활동

에 앞장섰던 오원춘 씨가 납치 감금되는 사건이 벌어지자, 안동 교구와 함께 대응하던 중 또다시 옥고를 치렀습니다.

빈자리가 유난히 큰 사람

1985년부터 가농 전국본부 실무자로 일하며 생명공동체운동, 우리밀살리기운동 등을 벌였습니다. 저와의 인연은 제가 천주교 정의구현 전국사제단 총무 신부로 활동한 1990년대 중반이었던 것 같습니다. 가톨릭농민회 실무활동가로 여러 번 만나 가톨릭 연대 활동을 적극적으로 해왔습니다. 무엇보다도 북한이 1990년대 중반 극심한 가뭄과 풍수해로 고난의 시기를 보내고 있을 때, 북한 동포들을 돕기 위한 대북 지원을 함께한 것이 인상이 남습니다. 그는 누구보다도 실천과 행동하는 가톨릭 지성인이었습니다.

정재돈 비오 회장님과 제가 친밀해진 것은 가톨릭 ME 활동을 통해서였습니다. 그는 가톨릭농민회 회장으로서도 열심히 활동했지만, 부부들의 사랑을 더욱 돈독히 하고 일치시키는 ME 활동을 오랫동안 봉사해 왔습니다. 비오 회장님은 여러 번 저와 팀부부로 적극적으로 봉사해 왔고 많은 부부들에게 귀감이 되었습니다. 그래서 그의 빈자리가 유난히 커 보입니다.

자신의 안위와 부귀영화보다는 언제나 약자인 농민들의 권익 증진과 이 나라와 이 민족의 민주화와 통일에 헌신하고, 교회공동체에 봉사한 비오 회장님이 그립습니다. 이제는 평생 애국애족하고 교회를 사랑한 그의 정신을 길이 기리며 비오 회장님의 유업을 우리가 이어받아야 하지 않을까 묵상해 봅니다.

비오 회장님! 천국에서 당신을 기억하는 동지들을 위해 기도해 주시고 천국에서 꼭 다시 만납시다.

　　　　　당신을 존경하고 사랑했던 오용호 세베리노 신부

오용호 세베리노 신부는 천주교정의구현전국사제단 총무를 지냈고, 정재돈과 함께 ME 활동을 했으며, 지금 인천 부개동성당 주임신부이다.

참 삶을 살다간 농민운동가 오원춘

　사랑하는 재돈 형제는 작년, 6월의 더위가 시작되는 어느 날 모든 것을 놓아두고 영원한 안식처인 하느님 품으로 갔습니다. 재돈 형제와 인연을 맺은 것은 1970년대 중반 안동농민회연합회 총무로 내려와서부터였고, 서로 왕래가 잦으면서 우리는 삶을 살찌워 갔습니다.

　재돈 형제는 어떠한 어려움 속에서도 함께 하면서 믿고 신뢰하는 믿음직한 모습을 보였으며, 당당하고 멋진 삶을 모든 이에게 보여주었습니다.

　처음으로 낯선 곳 안동 땅에 내려와 생면부지의 농촌 마을 구석구석을 찾아다니며, 서로 통성명하고 정성 들여 밥상 차려 대접하는 농민들과 어울려 밤새는 줄 모르게 막걸릿잔을 기울이며 좋아했습니다. 생각하면 그때가 힘든 세월이었지만 행복했던 날들이 아니었나 싶습니다. 힘들고 지칠 때면 가끔씩 청기로 와서 하룻밤씩 자면서 달밤에 냇가 맑은 물에 멱 감던 날들도 생각납니다.

　안동 땅에 내려와 쉼 없이 농민해방을 위해, 생활공동체, 농협 문제를 놓고 농민들과 함께 학습하고 밤을 새웠습니다. 그리고 농민들이 삶을 살찌우고 농민의 길을 제대로 갈 수 있도록 항상 염려해주고 깨우쳐주는 인자하신 아버지와 같은 두봉 주교님을 비롯하여 달구고 채찍질해 주신 정호경, 류강하, 김재문, 조창래 신부님들과 재돈 형제는 언제나 농민 형제들에게 길잡이 역할을 해주었습니다.

참삶을 살다간 우리의 농민운동가, 사랑하는 재돈 형제여, 이제 모든 것 놓고 하느님 곁에서 편히 쉬시길 기도드립니다.

일월산 밑에서

오원춘은 정재돈과 함께 안동 가농을 함께 했고 이른바 오원춘사건으로 고난을 받았다.

돌아보니 50년 세월 원영만
- 벗 정재돈을 그리며

오랜 세월 서로 인연을 맺고 살아왔던 벗이 떠났다. 6월이면 그가 떠난 지 1년이다. 검은 액자 속에서 활짝 웃는 얼굴로 바라보던 그의 마지막 모습을 뒤로하고 그와 함께 건너왔던 시대의 강을 거슬러 본다.

내가 그를 처음 만난 것은 1973년 대학에 입학하고 몇 개월 지나지 않은 어느 날이었다. 그는 검정 물감을 들인 작업복 소매를 팔목까지 걷어 올린 차림으로 내게 다가와서 검정고시 야간학교_{야학} 교사를 함께 하자고 부탁했다. 그때부터 그와 인연이 시작되었다. 같은 고등학교를 다녔는데도 모르고 지내다가 처음 만났다. 인연이란 참 묘하다. 나도 가난하여 겨우 학비만 내고 학교에 다녀야 했기에 군복에 검정 물을 들인 옷을 주구장창 입고 다녔다.

허위의식을 벗고 민주화운동의 길로

야학 활동을 하면서 선배들의 서클인 '거멀못' 회원들을 만나면서 세상 물정을 조금씩 알았고, 우리는 정재돈을 중심으로 청년 거멀못인 '야생마'란 이름의 서클을 조직하였다. 그는 독서력도 좋고 글을 잘 썼기 때문에 선언문이나 성명서 작성은 그의 몫이었다. 야생마 조직의 발기문, 선언문도 그가 썼다. 무엇보다 함께 모일 수 있는 방을 마련하여 학습도 하고 독서도 하며 우리가 사는 세상을 다른 눈으로 볼 수 있는 공간으로 활용하였다.

우리는 초등학교 다닐 때는 혁명공약을, 중학교에서는 국민 교육헌장을 강제로 암기해야만 했고, 고등학교 시절은 군사훈련의 형태인 교련을 배워야 했다. 그래서 자연스럽게 독재정권이 주입한, 체제에 순응하고 자발적으로 복종하는 의식이 교육을 통해 심어졌다. 학교 교육은 독재정권을 유지하는 중요한 수단이었다.

학습을 통해 제도교육이 심어준 허위의식이 조금씩 벗어지면서 우리는 자연스럽게 반독재 민주화의 길로 들어섰다. 그때 그를 만났기 때문에 내 삶도 달라졌다. 그는 군사쿠데타로 정권을 잡은 박정희와 전두환, 노태우 군부 독재정권을 거쳐 오늘에 이르기까지 폭력의 어둡고 추운 긴 겨울을 지나왔다. 노동자·농민 등 민중이 권력을 쥐는 해방세상의 꿈을 여전히 간직한 채, 단 한 번의 승리를 바랐다.

대학 때는 민청학련사건1974년으로 구속당하고 학교에서 제적되고, 유신독재가 극에 달한 1979년에는 가톨릭농민회 활동으로, 5·18광주민주화운동으로 다시 구속되었다. 젊은 시절에는 몰랐으나, 그로 인해 구속과 고문으로 몸과 마음이 많이 상했고, 그 후유증이 나이가 들면서 병으로 나타났다고 생각한다.

그는 농민운동으로 한평생을 보냈고, 나는 교육노동운동으로 세상을 살았다. 서로 앞이 보이지 않은 길을 걸어왔다.

대학 시절 초기에는 야학 활동을 하면서 매일 만나서 술도 마시고 어두운 시대에 울분도 토하고, 설익은 의식이지만 서로 자주 만나 토론도 했다. 1970년대를 지나 1980년대부터 2000년대는 각자 서로의 분야에서 활동하느라 자주 만날 시간이 없었다. 간간이 투쟁의 현장이나 선후배의 모임에서 만남을 이어 갔다.

벗에게 바치는 노래

우리는 현장 활동에서 벗어난 60대 나이가 되어서야 좀 더 자주 만날 수 있는 여유가 생겼다. 함께 야학 활동을 했던 친구들이 서로 돌아가면서 만남을 가졌고, 코로나가 극성을 부리기 전에는 라오스와 독일 여행도 함께 했다. 좀 더 자주 만나지 못한 아쉬움이 남는다.

그의 1주기를 추모하는 글을 부탁받고 지난 추억을 떠올리기 위해 옛 사진첩을 꺼내 보았다. 풋풋했던 70년대 사진들, 그리고 몇 년도인지는 기억이 나지 않지만 함께 제천 고수동굴에서 찍은 사진도 찾았다. 그리고 스마트폰에 저장된 최근 사진들을 열어보았다.

그와 더 이상 여행할 수 없는 지금, 그때 추억이 더욱 소중해졌다. 그가 생각날 때면 내가 만든 해외여행 동영상을 본다. 그가 떠나고 난 빈자리에는 지나온 50년 세월이 파노라마처럼 펼쳐진다. 앞이 잘 보이지 않은 안개 속을 뚫고 허위허위 달려왔던 세월이다.

그가 살아온 길이 훤하게 보인다. 함께 잘사는 세상을 위해 자신의 온몸을 바쳐 살아온 그대의 삶에 감사한다. 그를 기억할 수 있도록 딸이 아버지에게 보낸 시를 서각으로 남겨 가족에게 주었다.

일찍 세상을 떠난 벗을 그리며 칠레 민중가수 비올레타 파라의 노래 〈삶에 감사하며〉Gracias a la vida를 그에게 보낸다.

> 내게 많은 것을 준 삶에 감사합니다.
> 흰 것과 검은 것을 온전히 구별하고,
> 밤하늘을 수놓은 별들,
> 많은 사람들 속에서
> 내가 사랑하는 사람을 온전히 알아보는 샛별처럼
> 빛나는 눈을 주어서 감사합니다.
> 내가 생각하고 말할 수 있는 소리와 언어 문자를,
> 어머니와 친구, 형제들,
> 그리고 내가 사랑하는 이가 걸어갈 영혼의 길을
> 밝혀줄 빛도 주어서 감사합니다. ……

원영만은 대학 시절 야생마 서클과 야학 교사를 정재돈과 함께 했다.

70년대 바우의 꿈과 고난 유경선

"거 그냥 찍으라우!"

고등학교 2학년이던 1972년 가을 10월 유신이 발생했다. 국회가 해산되고 헌법이 정지되었다. 그즈음 서울에서 장준하, 백기완 선생 등과 함께 민족학교 일을 하던 정성헌 선배가 낙향해서 춘천에 있었다. 나는 외사촌인 정성헌 선배를 찾았다. 선배는 박의규 선배와 밤새 홧술을 마셨던 것 같았다. 큰 눈을 껌벅이며 마치 이런 사태가 자신의 잘못인 양, 어린 내게 아무것도 말해줄 수 없어 안타까워하는 표정이 읽혔다.

며칠 뒤 한 학년 위 3학년의 정재돈이 나를 찾아왔다.

"성헌 아재한테 갔다 왔어? 얘기 들었어. 꾹 참고 공부하라고 전해주라고 하시네."

내 어깰 두드려 주는 순간 나와 재돈이는 동지애 같은 걸 강하게 느꼈다. 나에게 재돈이는 외가로 조카이며 같은 나이지만 한 학년 위였다. 그런 재돈이는 공부 잘하는 우수반에 있으면서 유도를 잘해 이미 유단자였고 학생회 규율부 차장이었다. 넓은 그의 어깨와 다부진 몸이, 나는 그날 몹시 믿음직하게 느껴졌다.

한 달쯤 지나서 내가 학생회장 선거에 출마했을 때 정재돈이

찬조연설을 했다. 그런데 연설이란 게 딱 일곱 글자가 전부였다.

"거 그냥 찍으라우!"

전교생이 웃었고 선거는 졌으나 나는 후련했다.

청년 거멀못

대학 진학할 때쯤 정재돈은 정보기관의 아는 사람 귀띔으로 피해 다니고 있어서 그의 입학원서를 내가 대신 들고 다녀야 했다. 재돈의 부친이 초등학교 교사이므로 국립사범대에 진학하면 학비가 감면되는 제도가 있어 재돈은 다른 대학의 꿈을 접어야 했다.

재돈은 강원대 국어교육과에 진학하였고 곧바로 선배들이 운영하던 야학의 교사가 되었다. 고등학교 3학년이 된 나는 학교를 휴학했고, 나도 야학의 교사들과 어울렸다. 재돈이 입학한 지 며칠 지나지 않아 최승수 형을 데리고 와서 소개시켰다. 깡마른 그는 건들거리며 가는 눈으로 넉넉히 웃고 있었다. 우리 셋과 야학 선배들은 거의 매일 붙어 있었고 함께 책을 보고 술과 밥을 먹었으며 무엇보다 울분을 같이 쏟아냈다.

재돈의 방에는 '신념무적'이라는 휘호가 있었다. 재돈은 내게 "신념이 지나치게 강하면 쉽게 부러지게 되지." 하면서 한 수 가르치기도 했다. 그 시절 너무 자주 재돈의 집에 여럿이 드나들자 재돈의 어머니는 남몰래 내 어머니에게 하소연하셨다는 얘기를 전해들은 적이 있었다.

"아들이 사람을 떼로 몰고 오니, 끼니 해대는 게 힘들어요, 모른 체할 수도 없고……."

나는 자중을 다짐했으나 지켜지지는 않았다.

당시 정성헌, 유남선, 최열 등이 활동했던 춘천 최초의 학생 운동 조직이었던 '거멀못'이 해체되어 있던 터라 야학교사를 중심으로 몇몇 후배들이 스스로 '청년 거멀못'이라고 칭하면서 함께 움직이고 있었다.최열 선배는 교련 반대 데모로 인해 강제 징집되었다. 선후배들은 자주 어울리고 가끔은 축구시합도 하며 한 덩어리로 다져지고 있었다. 재돈은 정성헌 선배와 함께 당시 사회적 문제가 되고 있었던 '창가학회일련정종'에 잠입하여 이를 조사하고 기독대학생 단체에서 이를 발표하기도 했다.

무엇보다 우리는 양서와 사회과학 서적에 굶주렸다. 도서관에도 서점에도 우리가 반가워할 책들은 없었다. 우리는 헌책방을 뒤져 사상계, 다리 등 잡지를 구했고 백기완 에세이집 등을 구해서 돌려 보았고 김지하 시집《황토》를 구했을 때는 크게 환호하기도 했다. 부족한 양서를 대신하고 정보를 채울 겸 해서 우리는 정성헌 선배 지도로 'Time' 반을 구성하기도 했다.

이러한 배경으로 3~4년 뒤 춘천에 '큰걸음서점'을 열었고 '돌베개', '민맥' 등으로 상호를 바꾸며 탄압을 견디다가 10·26 즈음에 운영자였던 내가 구속되면서 문을 닫았다.

야생마의 마방

재돈이 1학년 때, 야학까지 여름방학을 하고 우리 몇몇은 심신수련 차 설악산과 동해안을 거치는 배낭여행을 하고 돌아왔다. 그해 가을 학기가 시작되자 당시로서는 거의 불가능에 가까웠던 반유신 시위가 서울대에서 시작되어 서울의 대학에 크게 번졌다. 강원대에서는 소식을 전해 듣고 서로 안타까워할 뿐,

큰 움직임이 없었다. 이에 자극받은 정재돈은 야학 주변에 방을 하나 얻어 놓았고 몇몇이 함께 지내기로 했다. 우리는 스스로를 '야생마'로 칭하고 그곳을 '마방'이라고 불렀다. 낮에는 독서, 밤에는 토론을 했다. 금주를 하기로 했으나 지켜지지 않았다. 우리의 울분을 금주로 다스리기가 쉽지 않았다.

마방 생활 몇 달이 지난 다음 해 1974년 2월 몹시 추웠던 날이었다. 정성헌 선배가 서울에서 유인태 외 가명을 쓰고 있는 2명과 함께 마방에 몰래 왔다. 그때 재돈은 최승수 형과 나를 불러 놓고 있었다. 소위 민청학련사건과의 만남이었다. 그날 논의가 끝나고 소주 몇 잔 나누고 잠을 청하려 누웠을 때 재돈이 벌떡 몸을 일으키더니 낮고 비장하게 외쳤다.

"형님들, 감옥에서 만납시다."

아무도 대꾸할 수 없었다.

태백문화촌

4월초, 정재돈·최승수·심태산이 구속되고 정성헌 선배는 풀려나고, 고등학교 3학년에 복학했던 나도 훈방되었으나 공부가 되지 않았다. 밤에는 야학에 나가고 있었고 새로운 교사들과 함께 '태백문화촌'을 결성하여 다시 학생들이 결사하고 있었다. 정재돈 등 몇 사람의 구속은 후배들을 더욱 굳게 결속하고 모여들게 자극했다. 태백문화촌에는 재돈의 아내가 된 심영란 선생도 함께하고 있었다.

그해 여름에 심태산과 최승수가 석방되었고, 정재돈을 석방하라는 대자보가 강원대 내에 나붙었다. 표정으로 보아 김영수의 작품인 걸 우리끼리는 알고 있었다. 강원대에서는 구속자를 석방하라는 시위가 있었다.

몇 달이 지나 겨울이 되어 정재돈이 부산교도소에서 석방되었고, 우리는 환영 플래카드를 수작업으로 만들어서 서울역으로 마중을 나갔다. 정말 격하게 부둥켜안고 반가워했다. 정재돈은 그날 밤 교도소에서 좋은 형을 만났다고 하며, 이병철 형을 자랑했다. 병철 형은 재돈에게 '바우'라는 별명을 지어 주었다고 했다.

석방된 정재돈은 자연스레 태백문화촌을 지도하게 되었고, 대학은 제적되었으나 많은 교류의 중심에 있으면서 한편으론 성당에 나가고 있었다. 심영란 선생과는 성당에서 더 자주 만나게 되었고, 어느 날 최승수 형과 내게 심영란 선생과 사귀게 되었다고 말하여 우리는 함께 크게 기뻐하였다.

그해 여름 태백문화촌이 철원에서 수련회를 열었다. 그런데 회원 중에 두 사람이 크게 다투었다. 이에 정재돈이 모두들 앞에서 "두 사람의 높은 적개심을 옳은 일에 쓰라."고 타일렀고 모두는 고개 숙여 받아들였던 기억이 있다.

가농운동을 시작하다

정성헌 선배가 대전 가톨릭농민회에서 활동하게 되면서 춘천에도 농민회 조직이 생길 즈음, 정재돈은 안동으로 가게 되었고 그곳에서 가톨릭농민회 활동에 전념하게 되어 우리는 만남이 줄어들었다.

1978년 가톨릭농민회 춘천교구사건을 거쳐 가톨릭과 유신정권과의 대결 양상은 점점 강화되었다. 나는 강제 해직되어 '큰걸음서점'을 운영하고 있었다. 1979년 봄에 정재돈이 춘천에 와서 말했다.

"안동에 오원춘이 가톨릭농민회 일을 같이 하는데 중앙정보부에서 납치, 감금하면서 울릉도로 끌고 다니고 했다. 이거 크게 싸워야겠는데, 이번에 들어가면 오래 걸릴 것 같다."

즉, 감옥에 가기 전 갓 태어난 첫째 아이한결와 부모님께 작별 인사를 하려고 춘천에 왔던 것이다. 두어 달 뒤쯤, 정재돈은 구속되었고, 가톨릭농민회는 격하게 유신정권과 싸워나갔다. 나는 안동의 성당에서 있었던 단식농성에 참여하였다가 느낀 바가 있어 춘천으로 돌아와 강원대 9·3시위를 치르게 되고 구속이 되었다. 그해 가을 10·26이 발생하고, 긴급조치가 해제되고 정재돈은 12월에 석방이 되어, 우리는 대전에서 있었던 석방 환영대회에서 만나게 되었다. 오랫동안 못 볼 것 같았던 우리는 생각보다 짧은 구속 기간을 거쳐 다시 격하게 포옹할 수 있었다.

이제 오랫동안이 아니고, 영영 볼 수 없는 내 조카이며 동지였고 선배였던 재돈에게 영원한 안식과 평화가 함께할 것을 믿는다.

유경선은 정재돈의 사촌으로 청년 거멀못, 야생마, 태백문화촌 등 활동을 함께 했다.

늘 웃음과 따뜻함이 있었던 재돈이에게 유남선

재돈이. 자네가 우리 곁을 떠난 지 벌써 일 년이 되었네.

나는 지금도 자네의 그 특유의 환한 얼굴에 미소를 가득 담은 모습으로 다가오는 듯한 느낌을 가끔씩 받는 것을 어쩔 수 없네.

퍽 오래된 얘기지. 1976년 2월 초순인가 정성헌 선배로부터 한국가톨릭농민회와 이미 세상을 떠난 박재일 선배를 소개받고 우리 둘이 덜렁덜렁 원주가톨릭센터의 박재일 선배를 찾아가 농민회에 대한 상세한 설명을 듣고 그 길로 원주교구교육원에서 교육을 받지 않았나. 그리고 가톨릭농민회 강원지구연합회를 창립하게 되었었지.

나는 그때 제대 후 학원 강사를 하던 때였는데, 우리 둘은 신부님들과 공소를 찾아다니고 이 동네 저 동네를 찾아다니면서 농민운동을 시작하였지. 그렇게 춘천교구연합회 창립 준비를 하던 중 어느 날 자네가 안동교구로 내려가야겠다고 하지 않았나. 나는 얼마나 가슴이 철렁하였는지, 나 혼자서 어떻게 하나 근심이 태산이었네. 그야말로 앞일이 아득해졌네. 자네한테 그런 말은 못 한 채 말일세. 그래도 힘을 내고 시간을 쪼개서 2년을 뛰어다닌 끝에 1977년 11월에 춘천교구연합회를 창립하였고,

자네는 그다음에 안동교구연합회를 창립하지 않았나.

사십 육칠 년 전 일인데 지금도 생생하게 생각하는 일이 있네. 홍천군 화촌면 성산리에서 40원 하던 짜장면을 먹고 말고개를 넘어 캄캄한 20리 길을 걸어 두촌면 철정공소를 찾아갔던 일. 당시 춘성군 남면 후동리 소주고개 가파른 언덕길에서 무릎까지 차온 눈길에 미끄러져 우리 둘이 데굴데굴 구르던 일이 생각나네.

재돈이. 자네는 사람을 만나면 언제나 환한 얼굴에 활짝 웃음으로 맞이했지. 말하기보다 먼저 웃는 그 웃음은 모든 사람을 다 받아들이고 모든 사람에게 모든 것을 다 내어주는 웃음이었지. 어렵고 힘든 긴말이 필요 없었네.

또 자네는 말보다 행동이, 실천이 앞서는 사람이었지. 1979년 5월 어느 날인가 안동에서 나를 찾아왔었지. 내가 긴급조치로 구속되었다가 안양교도소에서 출감한 지 얼마 안 되었을 때인데. 그때 자네가 오원춘 형제가 납치, 폭행 수난을 당한 상세한 이야기를 하였지. 세상 사람들이 말하는 오원춘사건 말일세. 그후 7월쯤 돼서 안동교구에서 이 사건이 공개, 폭로되었을 때 온 세상이 발칵 뒤집어졌지. 한여름을 더욱 뜨겁게 달구던 이 사건은 결국 그해 10월에 유신독재정권이 종말을 고하고 민주화로 가는 대장정의 징검다리가 되었었지. 그때 자네는 또 구속되었지. 두 번째인가 세 번째 구속인가 그랬었지.

그 후 70, 80년대의 박정희, 전두환의 악독하고 무자비한 군사 정권에서도 온몸으로 맞서지 않았나. 그럴 때도 언제나 말보다 몸으로 먼저 실천하고 하였지. 살아남은 우리들에게 귀감이 아닐 수 없네.

재돈이. 자네는 물같이 흐르는 세상살이를 가끔씩 이야기하곤 했었지. 저 낮은 곳을 향해서 흐르면서 메마른 곳은 적셔주고, 낮은 곳은 채워주며 목마른 사람들에게는 마시게 하면서 소리 없이 흐르는 물의 이야기 말일세. 샘물이 모여서 내천을 이루고 내천이 모여서 마침내 대하를 이루듯 세상사 모든 것이 그렇게 순리에 따라 살아가는 얘기를 했었지.

어디 그뿐인가, 자네의 따뜻함과 인정은 많은 사람들의 마음을 적시고도 남음이 있네. 사람과 사람 사이는 언제나 좋을 수만은 없지 않나. 싸우고 다투고 갈등을 겪을 수도 있는 법인데 자네는 전혀 그렇지 않았네. 그런 모습은 찾아볼 수가 없었네. 늘 웃음이 있고 따뜻함이 있었네. 그것은 자네의 마음이 그 모든 것을 뛰어넘고, 초연함에서 나오는 평화 그 자체였네. 사람에 대한 믿음과 애정의 표현이었네.

재돈이. 나는 요즈음 강원도 독립운동기념관 건립 추진위원회를 만들어서 강원도 독립운동기념관을 지으려고 이리 뛰고 저리 뛰어다니네. 참으로 어렵고 힘드네. 이럴 때 자네가 옆에 있어 주기만 해도 얼마나 좋겠는가. 얼마나 큰 힘이 되겠나. 전화조차 할 수가 없으니 인간의 힘으로는 어쩔 수가 없네. 자네가 참으로 보고 싶네.

재돈이. 고난의 이 땅, 고통받는 이 백성들에게 강복하여 주시고, 희망을 주시도록 하느님께 직접 말씀드려 주게. 자네가 그토록 바라던 농민해방과 민주화, 자주적·평화적 민족통일은 아직도 멀고 험하기만 하네. 그래도 우리는 그 길을 가야 하네. 나는 지상에서 자네는 천상에서 말일세.

무겁고 힘든 모든 걸 다 내려놓고, 무거운 십자가 내려놓고 천주님 옆에서 영원히, 영원히 그리고 평안하게 잘 있게. 얼마 후 우리들도 뒤 따라가겠네.

유남선은 정재돈과 함께 가톨릭농민운동을 시작해 가농 강원지구연합회를 창립하였고, 지금은 강원도 독립운동기념관 설립을 위해 힘쓰고 있다.

그 환한 웃음이 그립다 유영훈

첫 만남부터 말을 놓은 벗

내가 정재돈을 처음 만난 것은 1983년 2월 7일~9일 대전에서 있었던 가톨릭농민회 제14차 전국대의원총회에서였다. 그날은 내가 처음 가톨릭농민회에 참여하기 위해 총회장을 찾는 때였는데, 아는 이가 하나도 없던 나는 학교 후배 중에 자기 형님이 농민회에서 활동하고 있다는 말을 들은 적이 있어서 그의 형을 찾아볼 생각이었다. 그런데 총회장에 도착하여 접수를 하려는데, 접수대에서 학교 후배와 너무 닮은 청년이 '정재돈'이란 명찰을 달고 서 있는 것이 눈에 띄었다. 반가운 마음에 그에게 다가선 나는 "안녕하세요? 저는 동생 되는 '정재경'과 같은 학교 선후배 사이입니다."라고 인사를 했다. 그랬더니 정재돈이 "아, 그래? 반갑구만!" 환하게 웃으면서 반갑게 악수를 청했다. 이날 총회장 입구의 어수선한 분위기 속에서 내 소개를 자세하게 듣지 못했던 정재돈은 내가 자기 동생과 같은 학교 동문이라는 말만 듣고는 무조건 말을 내려버리고 말았는데, 나중에 겪어 보니 그는 엇비슷한 연령대면 대충 말을 놓아버리곤 하였다. 그날 첫 만남의 말 틈으로, 나이로는 내가 2살이 많았어도 우리는 자연스럽게 친구 사이가 되어 버렸다.

그렇게 1983년 처음 만난 이후, 나는 경기도에서 농민회 실무자로 활동을 시작하여 1988년 대전의 전국본부 사무국으로 옮겨갔고, 정재돈은 나보다 앞선 1977년부터 안동, 대구를 거쳐 전국본부로 가 있었기에 1988년부터는 농민회 사무국에서 서로 옆자리에 앉게 되었다.

따로 또 같이 이어온 우정

그리고 80년대 한창 활발했던 농민운동의 일선에서 함께했던 우리는 90년대 가톨릭농민회가 중심이 되었던 우리밀살리기운동, 우리농촌살리기운동에서도 동반자가 되었다. 특히 1993년 나는 가농 사무국장으로 우리밀살리기운동의 생산자 조직관리를, 정재돈은 우리밀살리기운동본부 사무처장으로 운동 전반을 관리하는 역할을 담당하였다. 그러다가 1996년에는 내가 운동본부 사무처장으로, 정재돈이 가농 사무국장을 맡으면서 서로 역할을 바꾸어 보기도 하였다. 그는 이론과 실천, 경험과 역량 면에서 나보다 훨씬 우수한 일꾼이었음에도 불구하고, 같은 조직 속에서 오랜 시간 경험을 공유하고 있었기에 가능한 일이었다.

뿐만 아니라 40여 년간 동지적 우정을 이어온 그와 나는 인간적으로도 가깝게 지냈다. 특히 40대 중년의 시기에 우리는 인간적인 교감을 많이 나누었던 것으로 기억한다. 2천 년대에 우리가 50대에 들어서면서부터는 각자 활동영역과 사회적 역할이 달라지면서 자주 만날 기회를 갖지 못했지만, 집안 이야기, 자식들 근황, 일거리, 먹고 사는 걱정 등 서로 살아가는 이야기를 편하게 나누는 친구였다. 우리는 만나기만 하면 '소년의 감성'으로 돌아가 영화관을 찾았고, 커피 대신에 달달한 '팥빙수'를 즐겨 먹곤 했다.

80년대 후반, 흑산도에서 홍어와 소주에 흠뻑 취해 농민가를 열창하고 어깨춤을 덩실 추던 그의 모습은 그 자리에 함께 했던 백남기 형과 많은 전남 가농 동지들이 '정재돈' 이름을 부를 때마다 두고두고 즐겁게 떠올리는 추억이다.

꼼꼼한 기록자이자 저술가

정재돈은 성품이 활달하면서도 느긋하고 원만하였지만, 실제 '일하는 사람'으로서는 매우 꼼꼼하고 치밀한 운동가였다. 조직, 교육, 홍보 선전, 기획 등 풍부한 실무 경험과 리더로서의 역량을 겸비한 매우 훌륭한 일꾼이었다. 또한 각종 자료나 기록물을 보면 사소한 것 하나라도 허투루 넘기지 않고 꼭 챙기기를 잘하였다.

그는 민주화운동, 가농운동, 협동조합운동, 도농연대운동 등 다양한 부문에서 헌신했다. 풍부한 경험과 역량의 일꾼으로 많은 선후배들을 품어주고 베풀어주는 포용의 리더가 되어 우리 사회의 민주적 발전에 기여하였다. 또한, 폭넓은 활동만큼이나 많은 글들을 남겼는데, 특히 '한국농업문제의 본질과 전망', '조직운동의 이론과 실천', '일하는 사람의 자세와 역할', 그리고 '도농연대 및 생활공동체운동', '협동조합운동에 관한 이론과 실천' 등 다양한 부문의 강의안과 연설문 그리고 각종 기고문은 그가 실무자 시절부터 현장 활동과 교육 활동을 통해 몸으로 익히고 숙성시켜서 잘 다듬어낸 사회운동의 산 역사이자 교과서이다. 이 땅의 모든 이들이 더불어 건강하게 사는 세상을 위하

여 그가 던져온 시대적 언표들로서 후배들에게 좋은 지침서가
될 것이다.

아내와 함께한 영적 성숙

뿐만 아니라 그는 오랜 시간 그의 부인과 함께 천주교 ME운
동에 열심히 참여하였으며 그 속에서도 리더로 성장하였고 영
적으로도 한층 성숙한 것으로 알고 있다. 그가 ME운동을 시작
하던 초기에는 저녁 시간에 함께 시간을 보내고 있다가도 회합
에 참석하기 위해 자리를 먼저 떠야 할 때가 종종 있었다. 즐거
운 회식 자리에서 중간에 일어서는 것이 못내 아쉬웠지만, 부인
과의 약속을 위해 억지로(?) 자리에서 일어나곤 했다. 그러다
가도 다음날 만나면 "처음엔 가기 싫었는데, 그래도 막상 회합에
참석하고 나면 참 오기를 잘했다는 느낌이 들었다."라고 했다.
그리고 그렇게 한 번 두 번 참석하다 보니 20여 년을 지속하게
되었고, 영적 성숙과 함께 그 부문에서도 리더의 역할을 맡기도
하였다.

우리 사회의 민주적 발전과 공동체 형성을 위해 더 헌신할 수
있었고, 나아가 더 원숙한 모습으로 세상을 보듬어 안았을 그가
병고로 일찍 세상을 떠나게 되어 그 아쉬움과 안타까움이 크다.
그러나 다른 한편으로는, 정재돈은 '생전에 한 사람이 이 세상
에 태어나서 할 수 있는 일의 몇 배를 더 해내지 않았는가.'라면
서 위로를 해보기도 한다.

이제 그를 직접 만나 이야기 나눌 수는 없지만, 우리는 그가
남겨놓은 많은 글들을 통해 '정재돈'과 새롭게 만날 수 있다. 그
리고 그가 걸어왔던 발걸음, 꿈꾸었던 세상을 다시금 되새겨보

면서 우리의 발걸음을 재촉하는 시간을 갖게 될 것이다.

부디 하늘나라에서 편하게 쉬시기를 두 손 모아 기도드린다. 참 맘이 따뜻하고 인정 많은 사람, 정재돈의 환한 웃음이 그립다!

유영훈은 가톨릭농민회를 시작으로 오랜 세월 친구이자 동지로서 정재돈과 우정을 나누었고 가톨릭농민회 사무국장, 우리밀살리기운동본부 이사장을 지냈다.

호랑이 무늬를 벗고 이구철

- 정재돈에게

젊었을 땐 소화기관이 튼튼해
거친 물굽이처럼 요동쳤다
사냥개처럼 귀를 빳빳이 세워
백두대간에 산다는 범을
푸른 눈꺼풀 가진 야생말처럼 타고 다니며
마냥 세상을 활보하고 자유로웠다

막걸리와 순대국을 맘껏 먹을 수 있을 만큼
아가미는 컸고 물갈퀴는 넓었다
세상의 얼음을 깨는 도끼이고자 했다
그러나 잠을 구부리면서 불면증이 찾아와
작은 반딧불이에도 몸이 쪼그라들었다

백두대간을 넘나드는 세월은
두꺼운 삼겹살처럼 잘 구워지지 않았다
알지 못하는 그림자가 둥근 자물통이 되어
목줄을 잡으면서 자주 돌부리에 걸려 넘어졌다
나무를 오르다 나뭇가지에 폐가 긁혀

찬바람이 들어오면 잔기침을 뱉었다

계속된 잔기침으로
고깃집 생갈비처럼 몸이 물렁물렁해졌다
수염 자라는 속도가 빨라지고
화석의 시간이 찾아왔다

녹슨 철문 낡은 페인트를 벗기듯
비로소 호랑이 무늬를 벗었다

이구철은 정재돈의 춘천고등학교 동창 친구이며, '다시다' 동인 시인으로 활동하고 있다.

좋은 나무는 빨리 사라지듯이 이남용

작년 5월 19일, 나는 친구한테서 문자 하나를 받았다.

나의 친구 남용! 자꾸 위기와 고비를 넘긴다.
점점 숨이 더 차고 힘들어져 작별인사도 못 나눌까봐 몇 자 보내네!
영원히 우리와 함께 계신다는 임마누엘 하느님 안에
항상 너희와 함께 있을 꺼야! 잘 지내!
그동안 덕분에 행복했어. 눈물겹도록 고마워.
언제 어디서나 영원히 사랑해!

이 문자를 받고 눈물이 왈칵 나왔다.

한 달 전쯤에 집으로 범표와 찾아갔을 때도 코뚜레는 하고 있었지만 말이며 행동이며 모두가 원만했는데 이렇게 갑자기 간다니, 세상 알다가도 모를 일이다.

서당도 함께 다닌 친구

재돈이와 나는 초등학교 6학년 때 다니던 서당 동기이다. 훈장님은 산처럼 생긴 모자를 쓰셨고 들어가면 절부터 올렸다. 전날 배운 것을 외우고 새로 배운 내용을 쓰고 외웠다. 나는 천자문, 재돈이는 동몽선습을 배웠고 그때 배운 한문 실력으로 평생을 살아온 것 같다.

재돈이 할아버지는 한의사로 한약방을 하셔서 재돈이네 사랑방에 가면 약봉지가 천장을 가득 채우고 있었다. 그때 처음으로 감초라는 것을 알았고 감초가 달다는 것을 재돈이 땜에 알았다. 또 할아버지가 지관을 하셔서 동네 대소사 모든 일을 관장하셨고 동네 사람들은 일만 있으면 달려가서 의논하곤 했다.

그때 재돈네 집이 두 채였는데 중말다리 옆에 있던 집 건넛방이 우리들 아지트였다. 물론 거기 모여서 공부한다고 했지만 실은 잡기와 과일 서리 모의가 강했다. 생각해보면 재돈이는 그때부터 혼자보다는 여럿이 노는 것을 좋아했다. 초등학교 때 아마 공부는 줄곧 1등을 했고 우등상을 놓친 적이 없다.

어두웠던 시대의 일화

중학교 때 우리 담임선생님이 수학교사였는데 재돈이 수학점수가 얼마나 될 것 같냐고 물었는데, 잘 못 봤다고 하니까 교단 앞으로 나오라고 해서 몽둥이로 엎드려뻗쳐 하고 때리는데 너무 심하게 때려서 지금도 머릿속에 생생하다. 이를 보는 학생들 모두가 새파랗게 질렸다. 그러면서도 재돈이는 쉬었다 맞겠다고 말했다. 친구 참을성은 그때 참 대단하다고 느꼈다. 몽둥이찜질을 하는데 얼마나 참을 수 있을까. 그리고 그게 뭐 그렇게 잘못된 것일까. 참 어두운 시대였다.

중3 때 재돈이가 노트를 보여주는데 노트에 리더십에 대한 줄거리가 잔뜩 쓰여 있었다. 그때는 리더십이 뭔지 도대체 알 수 없는 단어였는데 어느 책을 읽었는지 그런 걸 알고 실천하려 했다는 것이 참 대단하다는 생각이 든다.

재돈이는 중학교까지는 운동에 관심이 없었는데 고등학교 때 유도를 했다. 공부도 열심히 했지만, 운동도 열심히 해서 유도로 두각을 나타내기도 했다.

재돈이와 나는 초·중·고·대학까지 모두 동기다. 같은 학교를 이렇게 오래 다녔으니 서로가 스스럼없이 지냈으나 고등학교 때는 반이 달랐고 대학 전공이 다른데다가 재돈이는 대학을 다니다 말았고 각기 다른 사회생활은 하느라 만나기 힘들었다.

그러다가 퇴직 후, 시간적 여유가 생겨 몇 번 만났다. 어릴 적 친구는 오랜 세월이 흘러도 편해서 전화도 하고 더러 만나며 노년의 벗으로 서로 기댈 수 있으리라 생각했다. 그런데, 좋은 나무는 빨리 사라진다는 말이 있듯이 정말 좋은 친구였는데 이제는 볼 수 없어서 아쉽다.

부디 네가 준 문자처럼 영원히 내 옆을 지켜주렴.

이남용은 초등학교부터 대학교까지 정재돈과 동창이며, 애경백화점 전무이사를 역임하였다.

깨어있는 생의 아름다운 마무리 이병철

오늘 고故 비오 정재돈 선생을 보내는 가농 동지들의 고별 미사 자리에서 나는 이번 생에서 고인과 동지로, 아우로 만나고 함께 했던 인연을 회고하는 것으로 추도사를 대신하고자 합니다.

아마도 생전에 가족이나 고향의 벗들을 제외하면 이 자리에서 고인과 가장 먼저 만났던 이도, 그리고 가장 마지막으로 만났던 이도 저라고 할 수 있습니다.

혈육 떠난 나의 첫 동생

우리는 1974년 이른바 민청학련이라는 사건으로 서대문 형무소에 수감되어 있다가 마지막을 부산교도소에서 같이 지내다가 그 이듬해에 형집행정지로 함께 풀려났습니다. 당시 고인은 수감된 우리 동지들 가운데 가장 어린 두 명의 소년수少年囚 중 한 명이었는데, 교도소에 있을 때부터 나를 선배라고 형이라 부르며 따랐습니다.

그런 인연으로 출감 후, 1975년 11월, 늦은 가을에 춘천이 집이었던 고인이 나를 초대했는데, 거기서 고인을 따라 당시 한국 가톨릭농민회 강원연합회 창립을 준비하던 원주에 들르게 되어 가농에 가입하게 되었고 고故 인농仁農 박재일 선생을 생애의 첫 형님으로 모시게 되었습니다. 그렇게 인농 선생은 혈육을 떠난 내 첫 형님이 되셨고, 고인은 내 생애의 첫 동생이 되었습니다. 이런 인연으로 우리는 함께 가농운동에 참여하면서 나는 가농의 경남지역 조직을, 고인은 안동교구 조직을 담당하게 되었습니다.

그런 과정에서 동지들도 잘 아시는 것처럼 '79년 오원춘사건'으로 당시 가농 안동교구 실무책임자였던 고인은 끌려가고, 나는 바깥에 남아 경남연합회 회장이자 전국 이사로서 안동 현장 농성투쟁을 담당했습니다. 거기서 내가 죽창을 깎았던 것도 내 아우, 바우를 구해내는 길이라 믿었기 때문입니다.

바우 아우, 나는 고인을 그렇게 불렀습니다. 강원도 감자바우처럼 우직하되 마음이 맑고 순수했기 때문이고, 믿음을 바위처럼 견실하게 지켜내는 동지라고 느꼈기 때문입니다.

결혼도 아우 바우 덕분

당시 서른이 넘는 노총각이었던 내가 결혼할 수 있었던 것도 아우 바우의 덕분이었습니다. 바우 아우는 형인 내가 먼저 결혼해야 자기도 장가갈 수 있다는 생각에 여러 우여곡절 끝에 지금까지 나를 건사해온 집사람을 소개해주었기 때문입니다. 지금까지 내가 백수로 지내오면서도 아내에게서 내치지 않고 살아올 수 있었던 것에는 아우의 정성과 노력도 한 몫을 차지한다고 믿습니다. 아우가 제 아내에게 형은 불같이 화를 내기도 하지만 그건 사랑이 그만큼 뜨겁기 때문이라고 미리 일러준 덕분에 거칠고 모자라는 나를 여태껏 건사해 주었기 때문입니다.

바우 아우는 심지가 바위처럼 단단하지만, 심성은 여리고 따뜻해서 남을 우선으로 배려하는 사람이었습니다. 그런 그의 성품 때문에 좀체 남의 부탁을 거절하지 못하여 맡지 않아도 되는 짐들을 대신 지고 오느라 심신이 고달플 때가 많았습니다. 나는 만날 때마다 제발 그런 일들은 모두 내려놓고 어디 물 좋고 바람 좋은 곳에 가서 건강부터 먼저 챙기라고 여러 차례 말했지만 여린 그 마음 때문에 차마 그 짐들을 놓지 못했습니다. 아우가 일찍 간 것엔 이런 까닭도 있으리라 싶습니다.

생의 아름다운 마무리

엊그제, 아우가 타계하기 이틀 전에 나는 참으로 요행히도 병상의 아우와 만나 마지막 작별 인사를 나눌 수 있었습니다. 면회가 될 수 없는 상황이었는데도 우리의 간절함이 그런 기회를 주셨다고 여깁니다. 참을 수 없는 고통 속에서도 아우는 간신히 입을 열어 내게 고맙다는 말을 먼저 했습니다. 그 말은 나에게만이 아니라 이번 생의 여러 인연들, 가족들과 동지들에게 전하는 고인의 마지막 인사라 여깁니다. 나와 마주한 눈빛은 맑았습니다. 그렇게 마지막까지 아우는 깨어있었습니다. 긴 병상에서 심신을 파괴하는 고통 속에서도 동지들과 인연을 나눈 선후배들과 지인들에게 일일이 전화를 걸거나 그조차 힘든 상황에선 문자로도 작별 인사를 전했습니다. 그리고 아내 엘리와 아이들과도 이번 생의 지난 인연을 돌아보고 정리하는 시간을 충실히 가졌습니다. 마지막 날 임종을 앞두고도 깨어서 가족들과 마지막 고별인사를 나누고 떠났습니다.

깨어있는 생의 마무리, 여기 모여 있는 우리 또한 지금 죽어

가고 있습니다. 그렇게 죽어가고 있는 우리 모두에게 가장 절실한 바람은 깨어있는 죽음일 것입니다. 고인은 비록 병상에서 오랜 고통의 시간을 견뎌야 했지만, 그 시간을 깨어있는 생의 마무리 시간으로 삼아 자신의 상처를 영롱한 구슬로 빚어내는 진주조개처럼 그렇게 생의 아름다운 마무리를 했습니다. 그런 점에서 고인의 삶처럼 그의 마무리 또한 죽음을 앞둔 우리 모두의 귀감이지 싶습니다.

마지막으로 사랑하는 아우 바우의 아내이자 도반이며 가장 절친이기도 했던 엘리 심영란 여사에게 아우의 고마움에 내 고마움을 덧붙입니다. 나처럼 백수였던 아우를 마지막까지 잘 건사해 주신 것에 대해, 그리고 함께 고통을 감내하며 혼신의 수고를 다 해 깨어있는 마무리로 이끌어 주신 것에 대해 고인의 형이자 동지로서 감사와 존경과 위로를 보냅니다. 어머님과 유가족 모두에게도 같은 마음을 전합니다.

아우 바우, 비오 정재돈 선생, 그는 고통의 그 육신을 벗고 떠났지만, 그가 사랑했고 그를 사랑하는 우리 가슴 속에, 그리고 이 땅의 농민운동사와 민주화의 역사에 길이 남을 것입니다.

사랑하는 아우이자 멋진 동지, 바우에게 영원한 안식과 평화가 함께 하소서.

2022년 6월 7일
동지이자 형인 여류 이병철 모심

이병철은 시인이며 사회운동가이다. 녹색연합 공동대표, 전국귀농운동본부 이사장 등을 역임했다. 시집《신령한 짐승을 위하여》등 다수의 책을 발간했다.

벚꽃 그늘 아래 이정연·정양언 부부

우리 인생에서 말끔하게 개운한 날은 며칠 안 돼, 오래전 여름밤 계곡에서 같이 멱을 감았던 돈이 말했듯이 우리 인생에서 몇 안 되는 말끔한 날이었다.

하늘은 푸르게 호수에 닿아 있었고 벚꽃이 마침내 터져 나오기 시작한 날이었다. 마침내, 마침내 벚꽃이 터져 나오기……

산수유 그늘 속에서 스윽 나타나

양과 정은 벚꽃 맞이를 가기 위해 물과 약밥과 천혜향과 사탕을 배낭에 넣고 집을 나섰다. 양과 정은 작년 3월 27일 G군에서 한달살이를 시작했고 그때 본 벚꽃의 황홀한 분위기에 놀랐고 딱딱했던 그들의 마음은 마음껏 풀어졌다. 한달살이가 끝나가자 정은 초조해지기 시작했다. 난 여길 떠나지 않을 거야. 양은 정의 말을 흔쾌히 받아들였고 그들은 일년살이를 할 집을 열심히 찾았다. 노력보다 더 좋은 것은 행운이다. 물론 그들에겐 행운이 따랐다. 산동에 있는 작고 아름다운 이층집을 얻었고 오늘 다시 벚꽃 맞이를 하게 되었다.

양과 정은 대문을 나서 노랗게 핀 산수유를 바라보았다. 산수유로 온 마을이 덮인 이곳은 노랑의 세계였다. 양과 정은 빨간 열매의 산수유를 지나 노랑의 산수유를 마음껏 즐기는 중이었다. 그때 란과 돈이 손을 잡고 산수유나무 그늘 속에서 스윽 양과 정 앞에 나타났다. 보고 싶어 왔어. 돈이 아무렇지도 않게 말하면서 같이 벚꽃 맞이를 하자고 했다. 아니 아니, 이건 뭐지? 양이 납득할 수 없다는 듯 돈을 쳐다보았다. 정은 양의 손을 잡고 손 가운데를 꾹 눌렀다. 있는 그대로를 받아들이자는 암시였다. 란이 환하게 웃으며 말했다. 우리 같이 벚꽃놀이 가자. 돈의 검은 눈동자가 굵은 안경테 속에서 빛났다. 나도 보고 싶었어. 양은 그제서야 돈의 등을 안았고 정도 다가가 악수를 청했다. 그제야 현실을 받아들인 양이 말했다. 그런데 거기서 어떻게 온 거지? 양이 아직 믿을 수 없다는 태도로 말했다. 그냥 스윽 온 거야. 그럴 수 있잖아. 보고 싶은 에너지가 강하면 오게 돼. 구조를 변경하면 돼.

사실 돈은 좋은 세상을 만들기 위해 많은 고통을 겪었다. 고문과 수배를 견뎠고 오랜 시간 동안 사랑하는 아내와 아이들 곁으로 돌아올 수 없었다. 그건 세상 구조를 바꾸려는 노력이었다.

그들은 구만제 저수지에 도착했다. 와, 물도 맑고 벚꽃도 한창이네. 이 풍경도 사람을 개운하게 하네. 돈의 말에 풍경이 선뜻 모두의 가슴 속으로 다가왔다. 멀리 노란 수선화가 산등성이를 뒤덮고 있었다. 출렁다리에서 볼 때 란과 양은 유채꽃이 핀 거라고 했지만, 정은 유채꽃이 아니라고 했고 돈도 동의했다. 봄과 노랑은 유채꽃을 연상하게 하지만 그게 아닐 수 있어. 정은 그 굵직한 목소리에서 돈의 다정한 태도를 느꼈다.

양과 정이 병실에 있던 돈을 방문했을 때 돈이 커피를 마시라고 주며 빵을 여기에 적셔 먹으면 맛이 끝내줘 라고 말해서 정은 깜짝 놀랐다. 거대 담론에 젖어있다고 생각했던 돈의 개별적이고 다정한 태도가 다른 식으로 마음을 움직이게 했다.

6개월 동안 이어진 매일의 전화

비가 오는 날 돈은 양에게 전화를 걸어 보고 싶다고 말했고, 그들은 같이 만나 영화를 보고 서점에 갔다. 그리고 점심으로 돈이 좋아하는 돼지고기 김치 두루치기를 정말 맛있게 먹었다. 돈은 그 맛을 잊을 수 없다고 내내 얘기를 했다.

6개월 동안 양은 돈에게 매일 전화를 했고 시시콜콜한 얘기로 한 시간씩 통화한 적도 있었다. 돈의 딸이 근무하는 덴버대학을 얘기하며 양은 《스토너》를 쓴 존 윌리엄스가 덴버대학에서 30년을 근무했다는 얘기도 했다. 소설 주제인 인생은 실패도 성공도 없다는 얘기에 둘은 공감했다.

중년의 남성들이 서로를 보고 싶다고 말하는 것을 상상하기 어려웠던 정은 그들의 빛나는 우정을 알게 되었다. 란은 돈의 손을 꼭 잡고 미소를 띠우며 말했다. 산소호흡기도 달지 않고 음식도 잘 먹고 말도 거침없으니 너무너무 좋아. 오늘은 벚꽃과 친구들을 만났으니 이게 축제지.

돈이 성큼성큼 걸어가 수선화 네 송이를 꺾어 네 명의 머리에 꽂아 주었다. 정말 보기 좋네. 오래도록 간직하고 싶은 순간이야. 양이 핸드폰으로 사진을 찍으려 하자 돈이 사진은 우리 마음속에 두자 했다. 이 말이 친구들을 긴장하게 했다. 란이 명랑하게 말했다. 당신 저 산의 중첩된 그림자를 좋아하지. 지리산의 그림자가 정말 아름다워. 호수 속에는 산이 포개져 있었다.

돈이 오래도록 호수 속의 산을 들여다보았다.

나는 당신이 개좋아

그들은 호숫가 나무 벤치에 앉아 물과 약밥을 먹었다. 양이 약밥을 한입 베물고 돈에게 말했다. 대학시절 널 만난 지 얼마 안 되었을 때 H천주교 마당에서 집회를 했는데 교수들이 감시하러 온 거야. 그때 네가 구호를 외쳤어. 교수님들은 다 나가시오. 안 나가면 개새끼다. 그 말을 듣고 난 깜짝 놀랐어. 아는 교수도 많았는데 어떻게 그런 말을 하나 싶었지. 그런데 생각해보니 거기서 안 나가면 개새끼가 맞는 거야. 그 후 난 너에게서 운동에 대한 영향을 참 많이 받았어. 란과 정은 깔깔거리며 즐거워했다. 정이 말했다. 역시 개가 들어가면 레디컬해 지거든. 란이 돈을 향해 난 당신이 개좋아 라고 말하자 돈이 나도 당신이 개좋아 하며 손을 잡고 활짝 웃었다. 양이 그 모습을 보고 사랑이 죽어가는 시대에 대신할 참신한 말을 찾았네 라고 말했다.

돈이 회상에 잠긴 듯 안경을 위로 밀어 올렸다. 잠시 정적 뒤에 돈이 노래를 불렀다.

부용산 산허리에 / 잔디만 푸르러 푸르러 / 솔밭 사이사이로 회오리바람 타고 / 간다는 말 한마디 없이 / 너만 가고 말았구나.

마지막 구절을 같이 따라 부르며 모두 눈가가 촉촉해졌다. 남색 바지에 라이트 퍼플 셔츠를 입은 돈과, 청색에 노란색 작은 꽃무늬가 있는 원피스를 입은 란은 너무 아름다웠다. 양은 참지 못하고 순간적으로 셔터를 눌렀다. 그들은 이틀 뒤 정이 인화한 사진에서 란 옆의 여백을 발견하게 될 것이다. 특히 그 여백은 그들의 가슴을 휘저어 놓을 것이다. 어떤 슬픔이 기다리고 있을지 그들은 아직 몰랐다.

벚꽃 아래 멈춘 시간

그들은 문척초등학교를 지나 벚꽃 터널로 들어섰다. 조금 더 가자 섬진강이 보이기 시작했다. 섬진강 옆으로 나무 테크 산책로가 있었다. 차를 옆에 세우고 그들은 잠시 걷기로 했다. 정이 브라암스의 <저녁의 적막>을 플레이했다. 고요하고 평화로운 음악이 그들 사이를 꽉 채워 흘렀다. 산책로에는 벚꽃이 활짝 피었고 옆으로는 푸른 강물이 그들을 따라 걸었다. 돈과 란이 손을 잡고 걷는 뒤로 양과 정이 따라갔다. 잠시 각기 둘만의 시간이 벚꽃 아래에서 멈췄다. 별처럼 반짝이는 벚꽃이 기꺼이 아름다운 시간을 만들어 주었다. 한참을 걷다 그들은 벤치에 앉았다. 양과 돈이 담배를 피우러 갔다. 멀리 양과 돈이 담배를 피우는 모습이 눈에 들어왔다. 담배도 참 맛있게 피네. 란이 돈의 모습을 보고 말했다. 담배 연기 사이로 젖은 벚꽃이 시나브로 떨어져 내렸다.

광양 매화마을을 지나 섬진강 하구에서 벚굴과 도다리회를 먹기로 했다. 봄에는 역시 도다리야. 양이 말했고 다들 고개를 끄떡였다. 차 안에서 운전하는 양을 빼놓고는 더러더러 졸았다. 그 사이 정은 <저녁의 노래>, <마이송>, <우울한 세레나데>, <얼로운 투게더>를 플레이했다. 정은 그 노래들이 그들의 시간을 더 감각적이고 그리움으로 가득 차게 만들어 줄 것을 기대했다.

날이 새촘해지기 시작했다. 비가 올 모양이야. 양이 말했다.

원래 비 오는 꽃길이 더 멋져. 돈이 말했고 란이 고개를 끄덕였다. 정이 란에게 돈과 만나던 시절의 눈부신 순간을 말해달라고 했다. 란이 빙긋이 웃으며 그건 참 어려운 얘긴데. 또 돈과의 비밀이기도 하고. 비밀은 원래 말해져야만 비밀이에요. 정이 졸랐다. 잠시 눈을 감았던 란이 그윽한 목소리로 그들의 비밀을 얘기하기 시작했다.

눈부신 순간, 그날의 비밀

그날은 농민운동을 하던 돈이 안동으로 떠나던 날이었어. 난 교생실습 중이었고. 우리는 영주 기차역에서 작별하고 각자의 길로 갔지. 나는 기차를 타고 집으로 가는 길에 다시는 돈을 만나지 못할 것 같다는 생각에 울컥하여 슬픔을 참지 못하고 눈물을 쏟았어. 그때 돈이 내 안에 많이 들어와 있다고 느꼈어. 허전하고 쓸쓸한 마음으로 집에 도착했는데 잠을 잘 수가 없는 거야. 한참 뒤에 누가 문을 두드리는 소리가 들렸어. 나가 보니 돈이 서 있었어. 기차를 타고 다시 내게로 온 거지. 우린 집 앞 바위 위에 앉아 새벽까지 시간 가는 줄 모르고 얘기했지. 그 시간이 가장 눈부신 순간이었어. 돈이 웃으며 란의 손을 꼭 잡고 말했다. 그래서 다시 왔잖아.

카 오디오에서는 흩날리는 벚꽃 잎이 울려 퍼질 이 거리를 우우 둘이 걸어요. 라는 <벚꽃엔딩>이 흘러나왔다. 누누누누 노래하며 떨어지는 봄비가 벚꽃의 몸을 적시고 있었다.

이틀 뒤에 양은 돈이 보낸 엽서를 받았고 슬픔을 참고 정에게 읽어주었다.

더 이상 만져 볼 수는 없더라도 우리 주 하느님께서 영원히

246

우리와 함께 계신다는 임마누엘 하느님 안에 항상 너희와 함께 있을거야! 잘 지내! 그동안 덕분에 행복했어! 눈물겹도록 고마워! 언제 어디서나 영원히 사랑해!

이정연·정양언 부부는 친구인 정재돈과의 추억을 서로 주고받으며 이 글을 썼다.

내 마음의 푸른 솔 이주영

우리들은 자라나는 푸른 솔이라 / 하늘의 흰 구름을 만지려는
젊은 꿈 / 그 꿈을 담뿍 안고 자라나는 솔이라 / 비바람 눈보라
엔 더욱 푸른 솔이라 / 배우면서 일하자 일하면서 배우자 / 온
누리 갈피갈피 밝게 비출 우리들

우리들은 불어나는 맑은 물이라 / 흘러서 모여모여 바다 이룰
푸른 꿈 / 그 꿈을 담뿍 안고 불어나는 강이라 / 굽이치는 여울
엔 더욱 빠른 물이라 / 배우면서 일하자 일하면서 배우자 / 온
누리 갈피갈피 밝게 비출 우리들

남춘천재건중학교 교가입니다. 남춘천재건학교는 중학교에
진학하지 못한 학생들을 위해 저녁에 대학생들이 가르치는 야
학이었습니다. 남춘천초등학교 운동장 왼쪽에 있는 교실을 서
너 칸 빌려서 쓰고 있었습니다. 저녁 6시부터 10시까지 가르쳤
던 것으로 기억합니다.

첫 수업 휴강의 기억

1974년 3월 춘천교육대학을 입학하고 1주일 정도 되었을 때
입니다. 2교시 수업을 기다리는데 행정실 조교가 와서 교수가
안 왔다고 휴강을 한다는 말만 하고 나갔습니다. 입학하고 얼마

안 되는 때고, 그 교수하고는 얼굴도 못 본 첫 시간인데 휴강을 한다고 하니 좀 어이가 없었습니다. 학생들이 휴강이라고 좋아하며 일어나서 나가려고 했습니다.

내가 벌떡 일어나 할 이야기가 있다고 했습니다. 앞으로 나가서 우리가 교대에 온 것은 교사가 되기 위해 온 것인데, 교수가 휴강했다고 이렇게 좋아서 나가 노는 것보다는 우리끼리라도 공부하는 게 앞으로 교사가 될 사람들이 가져야 할 자세가 아니냐고 했습니다. 그리고 오늘은 첫 휴강이니 서로 인사를 나누면서 왜 교대에 왔고, 어떤 교사가 되고 싶은지, 어떤 교사가 되어야 하는지 이야기를 나누자고 했습니다. 그래서 한 시간 동안 인사와 발표 시간을 가졌습니다.

다음 날 윤철근이라는 학생이 와서 같이 점심을 먹자고 했습니다. 춘천고등학교를 나왔다면서 자기를 먼저 소개하고, 어제 휴강 시간에 있던 일을 춘고 선배들한테 이야기를 했다고 합니다. 그랬더니 중학교를 가지 못하는 학생들을 가르치는 야학이 있는데, 그 야학 선생인 정재돈이라는 선배가 나를 꼭 만나보고 싶다고 했습니다.

야학지도자의 가르침, 견지!

야학을 하는 선배라고 하니 나도 만나고 싶었습니다. 그날 저녁 철근이를 따라 갔습니다. 중앙시장에 있는 평양식당에 들어서니 군복을 검은색으로 물들인 작업복을 입은 막노동자 차림을 한 청년들이 막걸리를 마시다 반갑게 맞아 주었습니다. 정재돈, 최승수, 원영만이었습니다. 모두 강원대 2학년이라고 했습니다. 전날 휴강 때 한 말과 행동을 무척 감동 있게 들었다면서 그런 정신으로 야학 교사를 해 달라고 했습니다.

　나도 이미 예상하고 간 것이라 즐거운 마음으로 하겠다고 했습니다. 다음 날 저녁 철근이를 따라 남춘천재건중학교에 갔고, 국사를 가르치게 되었습니다. 며칠 다니면서 보니 재돈이 형이 야학 지도자였습니다. 굵고 점잖은 목소리, 듬직한 몸가짐, 무엇을 물으면 하얀 이를 보이면서 씩 웃은 다음에 한두 마디로 간략하게 핵심을 말해주었습니다. 그리고 마지막에는 "견지!"라면서 맺었습니다. '견지'란 견지見地와 견지堅持라는 뜻을 갖고 있습니다. 첫째는 무엇을 자세히 살펴서 잘 알아야 한다는 뜻이고, 둘째는 뜻을 굳게 세워서 지키며 밀고 나가라는 뜻이 있습니다. 거멀못 선배들이 후배들을 가르칠 때 자주 쓰는 말입니다.

거멀못 단가의 화신

　거멀못은 1960년대 초에 고려대학교를 다니던 정성헌 선배가 만든 단체입니다. 전봇대를 올라갈 때 발을 딛기 위해 꽂는 못을 거멀못이라고 한다고 했습니다. 노동자가 올라갈 때 꽂으며 올라가고 내려올 때 빼면서 내려옵니다. 거멀못 단기를 보면 우리나라 지도가 있고, 그 지도 가운데를 거멀못을 꽂은 전봇대가 남과 북을 잇듯이 세워져 있습니다. 이 깃발과 단가 내용을 보면 거멀못이 지향하는 목적을 알 수 있습니다. 오래되어서 다 맞는지는 모르지만 내 기억에 남아 있는 단가는 아래와 같습니다.

　벌거숭이 저 산처럼 가진 건 없지만 / 맨주먹을 웅켜(움켜?) 쥐고 힘(성)내어 본다. / 짚신 신은 젊은이라 걸음을 느려도 / 분노의 땀방울이 빗발매 친다. / 황폐한 이 땅 위에 생명이 움-튼다-아 / 가난을 파 던져라 성난 영웅들 / 외치고 싸 올려라 젊은 사자들!

정재돈 형은 이 노래 가사에 딱 어울리는 청년이었습니다. 아니, 이 가사에 담긴 뜻을 실천하기 위해 가장 앞장서 실천하면서 우리들을 이끌어가는 선배였습니다. 이끌어간다고 해서 다른 선배들처럼 앞에서 잡아끌거나 큰소리치거나 강요하는 건 아니었습니다. 스스로 생각하고 깨닫도록 몇 마디 핵심을 이야기하고, 나머지는 "견지!"라면서 우리들 스스로 생각하고 행동하도록 했습니다.

재건중학교의 자상한 아버지

재건중학교 학생들을 대하는 태도 또한 교사다운 품성을 갖추고 있었습니다. 수업이 없는 날도 매일 나와서 지켰습니다. 아이들이 학교에 늦거나 잘못하면 따로 데리고 앉아 사정을 들어보고 도움말을 주는 모습이 엄하면서도 자상한 아버지를 보는 것 같았습니다. 그날 수업이 끝나면 아이들이 가는 길을 따라 조를 짜주고, 선배 교사들을 각 조에 배정해서 집에까지 데려다주고 오도록 했습니다.

한번은 2학년 여학생 한 명이 대학생 오빠하고 사귀는 걸 알게 되었습니다. 상황을 자세히 파악한 다음에 직접 그 대학생을 만나서 더 이상 성관계를 갖지 않도록 설득했습니다. 그 뒤로는 그 여학생에 대한 배려도 더 세심하게 해주고, 수업을 안 하는 4학년 선배한테 부탁해서 개인 상담자 겸 후견인을 하도록 했습니다. 학생 한 명 한 명에 대한 파악을 정확하고 자세히 하고 있었고, 그에 대한 알맞은 지도를 해주었습니다.

1974년 4월 초에 민청학련전국민주청년학생총연맹사건으로 재건학교 교사 대부분이 중앙정보부에 끌려갔습니다. 나도 학교에서 수업을 받던 중에 학생처장이 부른다고 해서 나갔다가 경찰이라며 잠깐 같이 가자는 네 명한테 잡혀서 찝차에 태워졌습니다. 중앙정보부 춘천분실에 끌려가 지하실에서 며칠 조사를 받았습니다. 처음에는 협박과 폭행을 하더니 그다음부터는 무조건 어려서부터 지금까지 살아온 이야기를 다 쓰라고 했습니다. 잠도 못 자고 몇 번을 다시 쓰게 했습니다. 그다음에는 주로 정재돈과 언제 어디서 무엇을 먹으면서 무슨 이야기를 들었느냐는 것을 묻고 또 물었습니다. 만난 지 한 달 정도밖에 안 되었기 때문에 같은 조서만 몇 번을 쓰다가 풀려나왔습니다. 이 사건으로 가장 아까운 것은 재돈이 형이 감옥에 가는 바람에 교사가 되지 못한 것입니다. 우리 교육이 아주 훌륭한 교사를 잃은 것이니까요.

홍수로 난리를 겪은 팔봉산 수련회

민청학련사건 이후에는 내가 춘천교대 학생들을 야학 교사로 모아서 운영했습니다. 재돈이 형이 하던 교장 역할을 해야 했습니다. 어려운 일에 막히면 '재돈이 형이라면 어떻게 했을까?' 되짚어 보았고, 싱긋 웃으며 "견지!"라면서 힘을 주던 모습을 떠올렸습니다. 물론 거멀못 선배들이 뒤에서 많은 도움을 주었고, 재돈이 형도 감옥에서 풀려나와서 농민운동을 하기 위해 안동으로 가기 전까지 재건학교를 운영하는 데 많은 도움을 주었습니다.

그중에서도 1975년 여름 방학 때 3박 4일로 팔봉산으로 재건학교 학생 수련회를 갔던 기억이 또렷합니다. 재돈이 형이 기획을 했는데, 잠잘 천막과 이불과 식료품을 들고 오십 리 길을 씩씩하고 즐겁게 걸어갔습니다. 나는 그 많은 짐을 들고 오십 리를 걸어가는 걸 걱정했는데, 가면서 보니 전혀 아니라서 놀랐습니다.

팔봉산을 끼고 굽이치는 홍천강 강가에서 첫날 캠프를 하고 있는데, 소나기가 오면서 홍수가 났습니다. 강물이 캠프장까지 넘치는데다 춘천으로 돌아 나오는 길도 물길에 끊어졌습니다. 모두 당황했습니다. 그때 재돈이 형이 물길을 피해가면서 왼쪽 팔봉산 아래에 있는 초등학교로 이끌었습니다. 교실을 빌려서 춘천으로 돌아오는 길이 열릴 때까지 안전하고 즐거운 여름 수련회를 할 수 있었습니다. 모든 계획이 물거품이 되었기 때문에 그 자리에서 바로바로 교사와 학생들이 전체 회의를 해서 활

1975. 팔봉산 여름 수련회

동했습니다. 그 과정을 재돈이 형이 부드럽고 즐겁게 의미 있는 활동을 이끌어 냈습니다.

형은 농민운동 길로 가고, 나는 교육운동 길을 걸었기 때문에 자주 만나지는 못했습니다. 그러나 내 마음에는 언제나 늘 푸른 선배로 남아 계셨습니다. 먼저 돌아가셨지만 내 삶을 항상 푸르게 북돋워 주는 형으로 내 가슴 속에 남아 있을 겁니다. 솔직히 나는 아직 형이 돌아가셨다는 게 실감이 나지 않습니다. 나한테는 언제나 남춘천재건학교에서 아이들과 함께 <푸른 솔>을 부르던, 공지천에서 <벌거숭이 전 산처럼>을 부르던, 낮고 힘차게 "견지!"하면서 싱긋 웃는 형으로 살아 있기 때문입니다. 하얀 눈 덮인 겨울 산에 서 있는 푸른 솔처럼 나한테 손짓하며 외칩니다. "주영아, 견지!"

이주영은 어린이문화연대 상임대표, 어린이해방선언 100주년 기념사업협의회 대표, 우리헌법읽기국민운동 이사장, 초원장학재단 이사장, 《교육민주화운동 관련 해직교사 백서》 편찬위원장을 맡고 있다.

참 좋은 친구 이철수

참 좋은 친구 정재돈을 추억하는 글을 쓰려고 여러 날 생각을 모으고 있습니다. 병적으로 기억력이 모자란 터라 친구와 함께 한 일을 구체적으로 떠올리기 어려웠습니다. 마음으로는 가까운 사이라고 생각하지만 함께 해온 일은 적었던가? 그래도 설마…… 하고 사진 자료를 뒤져보았습니다. 컴퓨터에 파일로 저장한 사진은 다 사라져 없고 인화해 둔 옛 사진 몇 장을 찾았습니다.

안동 전시회 사진의 기억들

"1981년 5월 28~30일, 마리스타회관 3층, 이철수 작품전"

그렇게 적힌 전시회 포스터를 배경으로, 다섯 사람이 찍은 사진입니다. 권정생 선생을 가운데 모시고, 그 옆으로 저와 정재돈이 다정하게 붙어 앉아 있습니다. 적어도 40년 친교는 확인된 셈입니다. 제가 1979년부터 일직교회 문간 토방으로 권정생 선생을 뵈러 다녔으니, 우리도 그 무렵부터 인사하고 지냈지 싶습니다. 사진에 마리스타수도원의 발돌로메오 수사도 함께 있습니다. 죄송하게도 다른 한 분의 이름은 가물가물하네요.

광주민주항쟁 뒤에, 전두환 정권의 등장으로 분위기가 삼엄

하던 1981년 3월 서울에서 첫 개인전을 마치고, 서울 걸음이 어려운 권정생 선생을 위해 안동 전시를 계획했습니다. 당시 안동 교구에서 가톨릭농민회를 이끌던 정재돈은, 민청학련, 함평고구마사건, 오원춘사건 등을 겪으면서 20대에 이미 전국적으로 명망이 높았습니다. 박정희 정권 말기에 유신독재의 종말을 재촉하는 데 크게 기여한 정재돈의 겸손하고 어른스러운 태도와 화술은 어디서나 돋보였습니다.

그런 정재돈이 주변머리 없는 저를 위해 고민 해결사로 나서 주었습니다. 고작 사흘의 전시를 위해, 마리스타수도원의 '발(?)수사'와 협의해서 장소를 빌렸겠지요? 전시장 꼴을 갖추느라 가림판도 동원하고, '마스터출력'으로 작은 도록도 만들었습니다. 그렇게 해서 전시회를 열어 권정생 선생께 작품을 보여드릴 수 있었습니다. 전시를 준비한 주역들이 그 기쁨을 기록으로 남긴 것이 이 사진일 듯합니다. 그 전시회 이후에는, 80년대의 농민대회를 비롯한 시국집회에서 제 판화도 꽤 역할을 하게 되어 친구를 볼 낯이 생겼습니다.

환갑 잔치에 보신탕?

또 다른 사진 한 장. 1985년 안동농민회관, 이오덕·전우익 선생의 합동 환갑잔치입니다. 보신탕을 끓여서 잔칫상을 차렸습니다. 멀고 가까운 데서 지인들이 모여와 축하하는 자리였습니다. 잔치의 순수성을 의심해서인지 이오덕 선생은 가택연금으로 못 오시고 사모님께서 대신 인사를 한 기억이 납니다. 보신탕과 환갑잔치가 요즘은 이해하기 쉽지 않은 조합이지만, 그 시절 그 지역 농촌에서는 환갑뿐 아니라 결혼식 피로연에도 흔히 개를 잡아 보신탕을 끓였습니다. 어디서나 환영받는 잔치 음식이었습니다. 갈비탕은 엄두를 내기 어렵던 시절이었지요.

사진에는 전우익, 정호경, 권정생, 정재돈이 긴 밥상의 이편에 앉고, 맞은편에 이현주와 종로서적 이철지 사장이 앉았습니다. 조금 옆에 일직 사는 이원희가 있고, 권종대, 김영원 선생의 모습도 보입니다. 제가 모르겠는 분들도 많습니다. 군사정권과 맞서온 운동 일선의 가농 회원이며…… 두루 모인 자리였습니다. 식사를 마치고 흰색 바지저고리 차림의 이현주 목사가 두 분의

환갑을 축하하는 단소 연주를 했습니다.

그 모든 잔치 준비가 정재돈의 몫이었습니다. 당시 정 신부와 권종대 선생께 무얼 물으면 일쑤 이런 대답이 돌아왔습니다. "재도이한테 이야기해 보소!" "재도이가 알아 할 겐데……."

그 무렵 두봉 주교와 함께할 기회도 자주 있었는데, 하루는 한국 천주교인은 구약보다 오히려 삼국사기와 삼국유사를 읽는 게 옳다고 말씀하셔서 좌중이 크게 놀랐습니다. 이철수에게 교리공부를 생략하고 세례를 주겠다는 파격 선언을 하기도 하셨지요. 정호경 신부가, "전례가 없을 뿐 아니라, 저 ××는 절대로 안 됩니다!"하고 적극 반대하신 바람에 세례는 무산되었지만, 정성헌 형도 교리과정 없이 세례를 받았다고 정재돈이 제 역성을 들었습니다.

내 판화에 담긴 생명사상

90년대 들어서는 가톨릭농민운동의 방향을 '생명의 농업'으로 선회하면서 생산자와 소비자를 연결하는 '생명공동체'를 모색하게 됩니다. 그 시기에도 정재돈이 제일 앞에 서 있었습니다. 그 후, 이제 우리 농업도 '농민만의 농업이 아니라 국민 모두의 농업이 되어야 한다'면서 제게는 국민농업포럼의 공동대표를 권했습니다. 본인은 상임대표를 맡아 일했습니다. 저는 정재돈의 권유로 <농민의 소리>며 여기저기 판화를 게재했습니다. 그런 게 제 몫이었습니다.

한살림, 아이쿱, 두레…… 조합운동이 확대되면서 가끔 사회문제를 일으키던 무렵에는, '조합운동'에서 '조합원 교육'이 얼마나 중요한지 둘이 마주 앉아 진지하게 고민하던 날도 있었습니다. 눈앞의 이해에 집착하고 내 입에 들어가는 청정먹거리만 생각하는 이기적 조합원들의 내면을 바꾸어 낼 것에 대한 고민이었습니다. 정재돈은 '생명운동의 사상과 철학'이 제 판화에 담겨있다고 좋아했지만, 더 많이 더 깊이 새겨지기를 기대했습니다.

한 가지 잊히지 않는 기억은 정재돈이 청년기부터 인연을 이어온 정호경 신부의 말년과 관련한 것입니다. 신부님이 말년에 자초하신 고립된 삶의 마지막 시간은, 묵은 인연들이 차례로 세상을 떠나고 지인들의 내왕도 끊겨 적막했습니다. 병은 갈수록 깊어졌지요. 그 외로움과 병고를 지켜 마지막까지 '시봉의 역할'을 마다하지 않던 정재돈의 모습을 기억합니다. 그 모습이 아름다웠습니다. 제게도 젊은 시절 은인이셨던 신부님과 한동안 거리를 두고 지낸 저를 돌아보고 부끄러워졌습니다.

"그래도 와서 한번 뵈어야지……이 사람아! 어서 와!"

그가 그랬습니다. 덕분에 마지막 인사를 드릴 기회를 얻었습니다. 고마웠습니다.

소명을 완성한 승리자

투병 중에는 숨이 찬 목소리로 가끔 전화를 했습니다. 제 최근 전시에 건강이 허락지 않아 못 갔다고 말하는 목쉰 소리를 듣고 나서는 병이 아주 깊어진 것을 알 수 있었습니다. 임종이 가까워진 어느 날, 아내가 간병인으로 있다고, 아내와는 오랜 시간 함께 지내면서 두 사람이 해야 할 이야기를 다 정리했노라고 했습니다. 함께 겪어온 시대를 담담하고 다정한 목소리로 회고하고, 가족들 안부도 서로 물었습니다. 그게 마지막이었습니다.

저처럼 직접통화가 되었거나 하직 인사가 담긴 문자를 받았다고 여러 사람이 이야기했습니다. 그는 인생의 마무리까지 그렇게 반듯하게 했습니다.

"비록 몸은 쓰러지고 사라졌지만 그는 하느님이 주신 삶의 소명을 완성한 승리자 같았다."

정재돈이 정호경 신부를 추모하며 쓴 글의 마지막 문장입니다. 정재돈이 꼭 그렇습니다. 친구와 함께 걸어온 길이, 참 좋았습니다.

판화가 **이철수**는 40년 넘게 정재돈과 친구로서 인연을 이어왔고, 환경운동연합 이사장을 맡고 있다.

재돈이 이야기 이호림

재돈이는 내가 사는 곳에서 가까이도 아닌, 그리 멀지도 않지만 차 없으면 가기 힘든 같은 연수구에 산다. 가끔씩 만나 식사도 하고 커피도 함께하면서 이런저런 담소를 즐기는데, 주로 내가 떠들고 재돈인 늘상 듣는 편이었지. 내 얘기란 게 우리 연배들이 대개 그러하듯 각종 씰데없는 무용담(?)부터, 살면서 실패했던 이야기, 후회와 함께 반성하는 이야기, 자식늠들 이야기 등등. 상당수의 이야깃거리가 과거 회상형이다. 내 입에서 나오는 얘기는 신변잡기가 대부분이지만, 재돈인 신변잡기도 있지만 과거 민주화투쟁 시절의 이야기나 우리밀, 협동조합 애길할 땐 혈기왕성한 열혈청년의 모습이었지.

늘 검정 군복 윗도리였던 재돈이

과거 유신 시절, 그 당시 난 유신헌법이 잘못된 법이라는 정도는 인식했지만, 정권을 상대로 엉깔 생각은 감히 꿈도 못 꾸었을 뿐 아니라 나하고는 전혀 다른 세상으로만 생각했지. 하라는 공부는 뒷전이고 당구 치고 놀러 다니기 바쁘던 어느 날, 신문에 민청학련사건 기사인지 정확하지 않으나 공안사범 검거자 각 시도별 명단에 강원 총책(?)으로 정재돈 이름이 떡허니 인쇄되어 있더군. 놀라긴 했지만 그래도 나하곤 딴 세상으로 여겼지. 어쩌다 아주 가끔 길에서 마주칠라치면 재돈인 검게 물들인 군복 윗도리를 항상 걸치고 있었지. 얼굴 표정은, 딱히 생각나진 않지만 어두운 인상은 아니었던 것 같애. 그 후 간간이 들려오는 이야긴, 재돈이가 태산이하고 유치장에 있다느니, 다른 건에 연루되어 수배 중이라느니 등등. 가끔씩 흉흉한 소문만 들려올 뿐……

학교를 졸업하고 사회생활 시작 이후론 까맣게 잊고 있다가 윤주가 동기회장하던 시절, 부평에 있는 화로구이집에서 재돈일 만났지. 우리밀살리기운동본부 명함을 받고서, 지금까지도 약자 편에 서서 소외된 계층을 위해 부단히 노력하는구나 라는 생각을 했지.

맨주먹으로 독재와 맞선 재돈이

탄탄하게 보장된 교사의 길을 마다하고 남들이 감히 가지 않던 그 험난한 길을 정의감 하나로 맨주먹으로 의연하게 맞섰던 재돈이. 우선 경의를 표하며, 우리나라가 선진국 대열에 합류한 지금에 이르기까지 그 원천은 군사독재로부터 쟁취한 민주화가 뿌리였음은 누구나 인정하듯, 재돈이가 험한 가시밭길 한가운데에서 청춘을 희생했음을 너를 아는 지인들과 함께 인천 부천 친구들은 속시원하게 알고 있단다.

가끔, 나는 등처가라고 농담처럼 허허 웃으며 말을 하던 재돈이. 그건 애처가의 또 다른 차원 높은 극존칭표현이리라. 어느 하루 재돈이가 <이제 만나러 갑니다>라는 북한 관련 TV 프로그램에서 캄보디아 북한 해외식당 여종업원과 우리나라 청년이 3년간 비밀 열애 끝에 둘이 극적으로 탈출하는 내용이 나왔는데 눈물이 날 정도로 감동적이었다고 했다. 나이 들어서도 젊던 시절 에로틱한 감정을 그대로 간직했던 재돈이.

그런 재돈이가 우리들과 작별한 지 일 년이 되어간다. 지금쯤 저 우주 아름다운 어느 별에서 환한 모습으로 태어나 또 다른 삶을 이제 막 시작하는 건 아닐는지 혼자서 상상해본다. 생전에 한 대 피우면서 무념무상의 흐뭇한 표정을 짓던, 담배를 무척 좋아하던 재돈이.

이곳에서의 인생이 결코 허업이 아니었음을······.

이호림은 춘천고등학교 동창이다.

이웃사촌 비오 형님 임동준·김미정 부부

우연히 마주치는 이웃사촌의 행복

형님, 올해는 유난히 벚꽃이 아름답게 피었습니다. 벚꽃이 만개한 거리의 푸근한 햇살을 쐬고 있노라면, 오늘처럼 벚꽃 내음이 진하게 번진 어느 날 공원에서 밤 산책을 하던 비오 형님과 엘리사벳 선생님 부부의 사랑스럽던 그림자가 생각납니다. 연수 벚꽃로에서 우연히 마주친 우리 부부와 야간 조명 아래서 함께 웃으며 사진도 찍었던 기억이 아련히 떠오릅니다.

형님 부부와 저희 부부는 정말 이웃사촌으로 함께 공간을 나누며 산책하는 시간마다 자주 마주치곤 하였죠. 같은 아파트 같은 동, 같은 엘리베이터를 쓰는 사이니까요. 늘 여유롭고 아름다운 모습이었는데 이제는 추억으로만 형님을 뵐 수 있어 아쉽습니다. 몸이 약간 불편하실 때 앞 주차장에서 운동 삼아 걸으시는 형님 모습을 우리 집 발코니에서 볼 수 있었죠. 그때 형님이 얼른 건강을 회복하셨으면 좋겠다고 주님께 기도도 올리곤 했던 기억이 납니다.

형님은 참으로 외유내강이라는 말이 어울리는 분이었습니다. 청춘의 시기를 가톨릭농민회 활동으로 민주화운동에 바치셨고 혹독하고 힘든 고생을 겪으셨음에도 저에겐 늘 긍정적이고 따뜻한 메시지를 주셨습니다. 만날 때마다 형님은 푸근한 목소리로, "오~ 바오로~." 하며 반겨 맞이하여 주셨고 이런저런 이야기를 하고 나면 끝으로 "그려~." 하고 늘 긍정적인 말씀과 함께 격려의 말씀을 하셨던 것이 떠오릅니다.

가끔 마주치는 그 잠깐의 순간에도 이리 따뜻하고 부드러운 분이 젊어서 민주화운동을 하셨다고 하기에 처음엔 쉽게 믿을 수 없었습니다. 그러나 형님과 함께한 시간이 길어질수록 점차 마음속에 떠오른 생각 하나는, 형님께서 참된 인생을 깨우치셨기에 그렇게 따뜻하고 베푸는 삶을 행하실 수 있었구나 하는 생각이 들었습니다. 늘 많은 것을 느끼게 하는 삶의 선배셨습니다.

말 없이 이끌어준 삶의 전환

형님의 숭고한 삶의 자세를 옆에서 지켜볼 수 있었다는 것이 제 삶의 큰 행운이자 하느님의 큰 뜻이었다고 생각합니다. 형님과 함께 지내며 셀 수도 없이 많은 것을 받았지만, 가장 제게 큰 울림을 준 것은 형님이 제게 선물해주신 책 한 권이었습니다. 에크하르트 톨레의 《지금 이 순간을 살아라》, 제목에서 말해주듯 지금의 힘The Power of Now을 깨닫게 해준 책입니다. 언제나 미래를 위해 현재를 등한시하던 제게 형님이 주신 이 선물은 감히 저의 삶을 바꿔놓았다고 공언할 정도로 크고 귀한 것이었습니다. 먼 앞길을 조금이라도 빨리 도달하기 위해 고개를 쑥 빼고 달음질치다가 종종 코앞의 작은 돌부리에 걸려 넘어지곤 했던 저를 옆에서 지켜보던 형님께서는 당신의 말이 혹여나 듣기 싫은 훈수가 되지 않을까 별다른 말 없이 책을 건네셨고, 그 책이

주는 메시지는 과연 제게 꼭 필요한 것이었습니다. 믿음을 권하되 강요하지 않고 두드리는 자에게 필요한 것을 열어주시는 하느님의 모습을 참으로 닮았던 모습이었다고 저는 생각합니다.

형님과 한층 더 가까워졌던 ME부부일치운동공동체 활동이 생각납니다. ME 활동을 오래전부터 실천하신 모범적인 모습과 한 단계 높은 쇄신교사로서의 훌륭한 모습이 기억에 남습니다. 또한 인천ME에서도 중요한 역할을 하면서 ME 발전을 이끌고 진정한 부부의 전형을 저희 부부에게 말없이 알려 주셨죠. 같은 조에 있을 때에도 늘 긍정적이고 부부 사랑의 선물을 저희 부부에게 알려주셨습니다.

그리운 만큼 뜻 새기며 살고파

또 아름답게 기억나는 것은 세 부부의 식사 모임이었습니다. 재철 형님과 강지 님 그리고 저희 부부랑 함께 맛집 탐방하며 인생을 이야기하고 삶의 희로애락을 함께 공유하던 시간들이 참으로 소중하고 즐거웠습니다. 만나면 무엇이 그리 행복한지 웃음이 끊이지 않는 시간들로 꽉 채워지곤 하였죠.

지금 이 글을 쓰며 형님을 생각하니 금방이라도 "바오로~." 하며 내 손을 잡을 것 같은 느낌이 들어 흠칫 놀랐습니다. 그만큼 형님이 남겨 주신 정신적인 감동은 지금껏 저를 감싸고 있는 듯합니다. 한없이 부족한 제가 비오 형님의 훌륭한 삶에 대해 이야기하는 것이 혹여 누가 되지 않을까 고민이 되었지만, 이웃 사촌으로서 형님의 마지막을 기릴 수 있다는 것을 영광으로 생각하기에 부족하지만 용기 내어 글을 남깁니다.

비오 형님이 하느님의 곁으로 떠난 것은 분명 머리로는 이해

하나, 아직 마음은 형님을 떠나보내지 못한 것 같습니다. 비오 형님! 아직도 바오로 동생은 형님이 많이 그립습니다. 형님이 주신 큰 뜻을 새기며 살아가도록 하겠습니다. 비오 형님~ 그립습니다. 보고 싶습니다.

임동준·김미정 부부는 이웃사촌으로 정재돈·심영란 부부와 가깝게 지내며 행복의 시간을 서로에게 선물하였다.

재돈 형에 대한 짧은 회상 장종익

돌아가신 재돈 형은 소명의식과 수오지심, 그리고 온화함과 타인에 대한 배려가 깊은 분으로 기억된다.

아내도 인정한 재돈 형의 인품

내가 재돈 형을 처음 만났던 것은 1990년 4월 전국농민회총연맹이 창립되고 난 직후 종로 낙원상가 부근 전농 사무실이었다. 나는 대학원을 졸업하고 방위복무를 마친 직후 정책실 실무자로, 재돈 형은 조직국장으로 일하게 되었다. 그해 전농 사무실을 강남구 대치동으로 옮기게 되었는데, 나의 신혼 아파트가 대치동 부근이어서 방 한 칸을 지방에서 올라온 전농 의장님을 비롯하여 실무자들에게 내주었고, 재돈 형도 고 권종대 의장님과 함께 자주 우리 집에서 자고 가던 기억이 있다. 내 처는 지금도 권 의장님과 재돈 형의 인품이 훌륭했다고 말하곤 한다.

그런데 재돈 형은 1992년 4월에 전농을 그만두고 그해 국회의원으로 당선된 이길재 의원실에서 보좌관으로 근무하였다. 나중에 형한테 듣기로는 1973년부터 거의 20년 동안 쉬지 않고 학생운동과 사회운동을 하면서 지치기도 하고 농민운동 내의 활동가 사이의 불화가 지속되면서 들었던 회의감도 적지 않았다고 한다.

나는 1992년 대전에서의 1년간 활동을 포함하여 1993년 8월까지 전농에서 일하고, 바로 한국협동조합연구소를 설립하여 2003년까지 농협개혁, 생협 확산, 농협 설립 등을 위한 교육과 연구 활동을 수행하였다. 연구소에서 일할 때 여의도 보좌관으로 일하던 형과 함께 농협개혁을 위한 방안을 모색하기 위하여 노력했던 기억이 생생하다.

그 후 형은 1994년에 우리밀살리기운동본부 사무처장으로 이동하여 활동하였고, 1998년에는 가톨릭농민회 사무총장으로 다시 복귀하여 2004년 가농 전국본부 회장, 전국농민연대 상임대표, 국민농업포럼 대표 등으로 꾸준히 활동하였다.

내 공부를 온마음으로 지지해준 대부

2000년 김대중 정부 하에서 농협개혁운동이 농협과 축협의 통합으로 용두사미가 되고 농민운동에 투신하였던 사람들이 어공이 되고 더 나아가 어공이 되고자 하는 방향으로 농민운동을 악용하는 모습을 보면서, 나는 그동안 해왔던 방식으로는 농협개혁도 어렵고 협동과 자치의 세상을 만드는 일도 지속하기 어려울 뿐만 아니라 자칫 잘못하다간 나 자신마저도 탁하게 변할 수 있다는 위기의식에 그동안 접어두었던 박사과정 공부를 다시 시작하기로 결심하였다.

이때 재돈 형을 만났을 때, 형은 매우 반갑게 나의 결심을 격려해주셨던 기억이 생생하다. 당시 우리밀살리기운동본부가 파산하여 형도 어려운 처지였음에도 재돈 형은 어공 근처에는 얼씬도 하지 않았다. 내가 미국 유학길에 오르기 직전에 세례를

받을 때 형은 나의 대부님이 되어주셨고, 미국에 도착한 이후에
도 연락을 이어갔다. 특히 2009년 8월 미국 유학을 마치고 네
명의 가족과 귀국하는 날 인천공항에 직접 나오셔서 환영하고
기뻐해 주셨던 모습을 잊을 수 없다.

그 후 거의 매년 명절 때는 정기적으로 식사를 같이하면서 여
러 이야기를 하고 지냈는데, 고문 후유증으로 몸이 온전치 못함
에도 늘 나라 걱정과 농민들의 협력과 연대를 위하여 무엇인가
를 해야겠다는 소명의식이 강한 분이라고 느꼈다. 그런데 2022
년 1월 어느 날 오랜만의 통화로 들은 선배님의 반가운 목소리
가 마지막 인사가 되고 말았다. 참으로 안타깝고 죄송스럽기 그
지없다.

재돈 형님, 그동안 맺은 소중하고 값진 인연에 너무 감사드리
고 부디 저승에서 평화의 안식을 이루시길 기원합니다!

장종익은 전국농민회총연맹에서 정재돈과 함께 일했다. 한국협동조합연구소 소
장을 역임했고, 현재 한신대학교 교수이다.

재돈 아형雅兄과의 추억 정갑환

요사이 윤석열을 정점으로 한 친일매국노들 때문에 온 나라
가 시끌벅적하다. 삼일절날 아파트 베란다에 일장기를 당당하
게 거는 목사가 있는가 하면, 극우 논객 조갑제가 박정희를 칭
송하니 지가 무슨 박정희나 되는 듯이 "내 무덤에 침을 뱉어라,
나는 기꺼이 친일파가 되련다." 하는 도지사도 있고, 일본까지
가서 굴종적 외교로 퍼주기만 하고 하나도 얻어온 게 없는 국
가정책 입안자가 아무런 거리낌 없이 라디오 인터뷰에 나와서
"너무 많이 양보하니 일본 정치인들도 놀라더라."라고 마치 큰
공이나 세운 듯이 자랑을 늘어놓으니 이게 도대체 어찌 된 세상
인가, 내가 꿈을 꾸고 있나, 세상이 일제시대로 되돌아왔나, 아
니면 내가 여태 불온한 사상으로 잘못 살아왔나, 잠시 착시된
현상으로 어지러웠다.

요새처럼 어수선한 시국에 재돈이라도 살아있었다면 그와
만나서 이야기 나누며 가슴속에 들끓는 분노를 해소할 수 있을
텐데 그의 부재가 또다시 큰 자리로 다가온다.

첫 휴가 선물,《항일민족론》
나는 스무 살 때 임종국 선생의《친일문학론》을 읽고 많은 충

격을 받았으며, 백기완 선생의 《항일민족론》에 크게 영향을 받으며 일본을 제대로 보게 되었다. 그 책은 재돈이가 1975년 10월 16일 '갑환 첫 휴가에 드림'이라고 사인을 해서 나에게 선물한 책이다. 그 책은 지금도 나의 서재에 소중히 보관되고 있다.

직업이 교사처럼 안정적인 신분이 못 되어 이사도 무지하게 다녔다. 단독주택에서 아파트로. 이 아파트에서 저 아파트로. 부산에서 서울로 다시 부산으로 또 수원으로. 나중에는 미국으로 마지막 멕시코까지 이민을 갔다. 그럴 때마다 소장하고 있던 많은 양의 책을 처분해야 했다. 그러나 재돈이가 선물했던 《항일민족론》과 또 한 권 《자본주의 이행 논쟁》은 멕시코 이민 갈 때도 가져가서 집에 소중히 보관하고 있다.

"카스트로가 죽기 전 이 지구상 마지막 남아있는 사회주의 국가의 원형을 보러 가자."

2016년 재돈이를 멕시코에 초청하여, 전 세계 좌파지식인들의 로망인 쿠바 여행을 함께 갔다. 그럴듯한 명분을 만들어 한국에서 함께 온 이병철 형과 쿠바, 멕시코 관광을 하였다.

멕시코에 있을 동안 나의 집 서재에서 머물렀는데 재돈이가 책꽂이에서 《항일민족론》을 발견하고서는 "갑환아, 이 책을 아직도 갖고 있니?" 하며 약간 놀라면서도 흐뭇해하였다.

"재돈아, 이 귀중한 책을 어떻게 간직 안 할 수 있나? 네가 나에게 선물한 아주 의미 있는 책인데."

사실 나는 직업적인 운동권 출신은 아니지만 뒤늦게 통일운동을 하면서 운동권에 입문하게 된 것은 재돈이의 권유와 영향 때문이다.

교도소 앞에서의 첫 만남

재돈이를 처음 만난 것은 1975년 2월 민청학련사건으로 구속되었다가 형집행정지로 풀려나온 부산교도소 앞이었다. 정성헌, 김건식 형님과 함께 교도소 앞에서 석방을 기다리다가, 초췌한 모습으로 나오는 그를 처음 보았다. 창백한 얼굴이었지만 빛나는 안광, 꽉 다문 입술, 의지가 빛나는 준수한 이마, 무언가 범상치 않은 큰 인물임을 느끼게 하였다. 같은 또래인데 아무것도 한 게 없는 나는 부끄러웠다.

석방 후 부모님이 계시는 춘천에 바로 가면 걱정을 끼쳐 드릴거라며 부산에 좀 머무르며 심신을 추슬러야겠다고 해서 친구인 김동호를 소개하여 약 한 달간 그의 집 방 한 칸을 빌려서 정양을 하다가 올라갔다. 우리는 그 한 달 동안 마치 백년지기를 만난 것처럼 많은 이야기를 나누며 우정을 쌓아갔다.

그 이후 재돈이는 가톨릭농민회 운동을 하면서 직업적인 운동가의 길로 나서고, 나는 생계에 급급한 소시민으로 다른 길을 걷게 되었다. 고향이 같은 것도 아니고 한동네 사는 이웃도 아니고 같은 학교 동창도 아니고 직업도 달라 별로 만날 일도 없는데 어찌 되었든 인연을 놓지 않고 거의 50년 우정을 이어갔다.

안동 가농 시절, 오원춘사건으로 구속되었을 때 안동까지 달려가서 석방시위에 동참하였으며, 결혼식 때는 부산에서 춘천 효자동성당까지 달려가서 참석하였고 우리밀살리기운동 할 때도 그와 만나서 그의 사업계획과 포부를 경청하였다.

재돈의 권유로 시작한 통일운동

1999년 5월 나는 멕시코에 이민을 갔다. 이민생활 초기 무지하게 고생하다가 차차 사업이 안정되고 여유가 생기자 조국의 상황과 현실에 관심을 가지게 되었다. 마침 노무현 대통령 시절이라 민주주의가 386 운동권 정치인을 중심으로 봇물이 터졌다. 조국이 이만큼 민주주의가 되는 동안 나는 아무런 기여 없이 무임승차한다는 것에 약간 부채의식이 들었다.

2005년 중국 출장길에 한국에 들렀다가 양평동에 있는 재돈이가 의장직을 맡고 있는 전농 사무실에 들렀다. 함께 점심으로 생선매운탕이 나왔기에 오랜만에 소주 한잔하자고 권했다.

"의장님 술 못 드십니다. 한미 FTA 반대로 국회의사당 앞 길바닥에서 한겨울 석 달 동안 농성하셔서 몸이 최악의 상태입니다."

옆에 앉은 정기환 사무총장의 대답을 듣고 보니 기침을 심하게 하고 있었다. 아, 저러면 안 되는데. 젊었을 때도 중정에 끌려가서 심한 고문으로 폐를 다쳐 쿨럭이며 힘들어했는데 하며 걱정이 되었다. 재돈에게 예전부터 느껴온 마음이지만 미안하기도 하고 빚진 마음이기도 하고 하여튼 착잡한 심정이었다.

"재돈아, 너는 이렇게 훌륭하게 사는데 나는 앞으로 어떻게 살아갈까? 너의 친구로서 부끄럽지 않게 남은 인생을 살고 싶다."

"갑환아, 너는 해외에 살고 있는데 무슨 일을 할 수 있겠니? 농민운동을 하겠니, 환경운동을 하겠니? 지금부터 통일운동을 해라."

그때는 6·15공동선언 5주년 되는 해를 맞이하여 민간 차원에서 그 선언을 계승, 확대하자는 운동이 일어나서 남·북·해외에서 6·15공동선언실천 민족공동본부가 만들어지고 있었다. 재돈이는 전농 의장이므로 당연직 6·15남측위 공동대표였다. 재돈이의 권유로 멕시코로 돌아가서 바로 조직을 착수하여 해외 측 본부 일본위원회로부터 승인을 받아 6·15공동선언실천 중남미 지역위원회를 발족하게 되었다. 일본 식민지배의 결과로 외세에 의한 분단, 미 제국주의의 횡포, 통일 방해세력에 의한 남남갈등, 제대로 하지 못한 친일청산으로 인한 사회적 부조리, 반공을 등에 업은 친미파 등장 등 모르면 몰라도 젊었을 때부터 읽었던 《해방전후사의 인식》, 《전환시대의 논리》, 《우상과 이성》, 《한국 현대사론》, 《찢겨진 산하》, 《조국의 불침번》 등으로 우리나라의 분단 모순을 인식하고 있으면서 아무런 행동과 실천이 없으면 그동안의 지식이 무슨 소용이 있는가. 더구나 나는 정재돈의 친구로서 부끄럽지 않게 살아야 한다. 그로부터 운동계 발을 들여놓으면서 나는 재돈이의 덕을 많이 보았다.

알만한 거물들과 인사를 나눌 때 정재돈의 친구라며 많이 으스대었다. 누구나 인정하고 알아주었다. 그만큼 그는 인품이 넉넉한 재야의 거물이었다. 한 명이라도 정재돈을 깔보거나 비난하는 사람이 없었다. 너무나 자랑스러웠다.

아내를 살리기 위해 다시 고국으로

2020년 6월 전 세계에 창궐한 코로나가 멕시코에도 유행하였다. 나의 회사에 근무하던 50대 처남이 먼저 코로나에 감염되어 닷새 만에 병사했다. 그 충격으로 아내는 입원한 지 두 달이 지나도 회복을 못 하고 패혈증 쇼크까지 와서 멕시코 의료진으로부터 사망 선고를 받았다. 눈앞에서 아내의 죽음을 방관만 하고 있을 수 없어서 생존 확률 5%이지만 하는 데까지 해보자며 에어앰뷸런스를 타고 서울아산병원으로 와서 폐 이식 수술을 받았고, 기적적으로 회생하였다.

그 이후 두 달에 한 번씩 정기검진을 받고 면역억제제 처방을 받아서 복용해야 하기 때문에 사업을 아들에게 물려주고 나는 본의 아니게 현역에서 은퇴하여 한국에 살게 되었다. 재돈이와 아내 심영란 여사가 많은 신경을 써주고 위로를 해주었다.

"재돈아, 이제 이민생활 청산하고 돌아왔으니 앞으로 자주 만나서 맛있는 것도 먹고 여행도 하고 재미있게 살자. 우리 젊었을 때 고생 많이 했잖아."

그와 나의 집은 인천 연수동과 용인 수지라 부담 없이 자주 만나고 통화도 자주 하였다. 그런데 폐가 안 좋다고 하면서 삼성병원에 자주 왔다 갔다 했는데, 2년 후는 아예 입원을 하는 것이었다. 병원에 면회를 가도 팬데믹 상황이라 병실에 들어갈 수도 없고, 재돈이가 병원 로비에 내려와서 얼굴을 딱 한 번 보았는데 그것이 이 생에 마지막 모습이 될 줄 몰랐다.

한번은 집으로 방문했더니 북한에서 발행한 한글판 팔만대장경 15권과 유명 조각가가 새겼다는 무위당 장일순 선생의 '四十九年 一字不說'^{사십구년 일자불설}이라는 현판을 나에게 주었다. 미리 죽음을 예견하였을까, 받고서도 기분이 찜찜하였지만 '그래도 너의 유품이라고 생각하고 잘 간직하고 볼 때마다 너를 생각할게.' 하며 그의 배려에 가슴이 아려왔다.

병석에 있는 동안 자주 통화를 했다. 하루는 재돈이가, 함께 먹던 한우고기가 맛있었다고 말하였다. 아내 퇴원 직후 두 부부가 우리 집 부근 한우 전문식당에서 식사한 게 병석에서 생각난 모양이었다.

"제발 낫기만 해라, 그런 고기 얼마든지 사줄게."

그의 천주님과 나의 부처님은 왜 이리 자애롭지 못할까? 젊었을 때 고생만 하고 정신없이 살다가 이제 조금 안정되게 살면서 그동안 못다 한 만남을 보충하며 재미있게 우정을 나누려고 하는데 불과 2년도 못 되어서 이런 시련을 주며 이별을 강요하나 생각하니 어이가 없었다.

카톡으로 보내온 유서

답답한 심정으로 하루하루를 초조하게 지켜보며 지내고 있는데 2022년 5월 19일 목요일 아침에 카톡으로 유서가 날아들었다.

"나의 친구 갑환! 자꾸 위기를 고비를 넘나든다. 숨이 더 차고 힘들어져. 더 이상 말할 수 없고 더 이상 만져볼 수는 없더라도 우리 주 하느님께서 영원히 우리와 함께 계신다는 임마누엘 하느님 안에 항상 너와 함께 있을 거야! 잘 지내! 그동안 덕분에 행복했어! 눈물겹도록 고마워! 언제 어디서나 영원히 사랑해!"

글을 쓰고 있는 이 순간에도 눈물이 난다. 마지막을 예감하며 이 글을 보낼 때의 심정은 어떠했을까?

"사랑하고 존경하는 나의 친구 재돈아!! 불교를 공부하며 생로병사에 초연하려고 그렇게 애를 써도 막상 눈물이 앞을 가려 어쩔 수 없네. 젊은 시절 만나고부터 자네는 항상 나의 스승이었어. 든든한 나의 자랑이었다. 천박한 물질의 노예가 되질 않고 조금이라도 뜻 있고 보람 있게 살 수 있었던 것은 다 자네의 영향이었다. 가슴 속에 있는 큰 포부를 실천하려면 아직도 멀었는데 어쩌다가 병마가 밀려와서 이 안타까운 모습인가! 어쨌든 두 손 모아 쾌유를 비네. 꼭 떨쳐서 일어나시게."

이렇게 답장을 보낸 며칠 후, 멕시코에 일이 생겨 출국해야 하는데 가야 할지 말아야 할지 마음이 조마조마했다. 2022년 5월 22일 일요일, 재돈 생애의 마지막 카톡을 받았다.

"거듭 감사하네. 본의 아니게 걱정을 하게 하여 송구스럽다. 사실은 폐 섬유화로 어려워져 입원 100일째 아직 살아있는 게 기적이라 한다. 이 며칠 또 고비를 넘나들기에 인사도 못 나눌까 봐 경황 중 보낸 메시지였다. 늑대 공포에 호들갑 떠는 양치기가 된 것 같아 죄송하고 고맙고 든든해! 걱정 말고 멕시코 다녀와!"

"6월 3일 출국인데 막상 떠나려니 발길이 무겁다. 제발 돌아오기까지 건재하기 바라네."

출국 날 인천공항에서 통화하였는데 꺼져가는 목소리로 잘 다녀오라고 인사하였다. 멕시코 도착 3일 만에 정양언에게 그의 부음을 들었다. 6월 6일이었다. 몇 달 전부터 마음의 준비를 한다고는 했지만, 막상 그 소식을 들으니 세상의 한 축이 무너지는 것 같았다. 내가 며칠만 더 있다가 멕시코로 올 것을. 이 세상에 가장 좋아하는 친구 마지막 가는 길 장례식에도 참석 못하고 이게 무슨 고인에 대한 비례非禮이며 우정이냐. 몇 날 며칠 통곡을 삼켜야 했다.

잘 가시게, 나의 스승이자 친구 재돈 아형雅兄! 죽어가는 순간에도 고결하고 넉넉한 인품으로 상대를 배려하고 편안하게 했던 사람. 자네는 천상 지도자로 태어난 사람이네. 종교가 달라도 자기의 종교를 강요하지 않고 사상이 달라도 상대를 가르치려 들지 않으며 언제나 조용한 실천력으로 승복하게 하는 사람, 젊은 날 참으로 힘들고 어려운 시절 만날 때마다 반갑게 맞아주며 편안하게 감동을 주던 사람, 이 세상에서 자네를 만나 친구가 되었다는 것이 얼마나 자랑스럽고 축복인지 모르겠네. 이승에서 큰일 하고 고생 많이 했으니 이제 천상의 천주님 품 안에서 평화롭게 영면하기를 비네. 다음 생에도 꼭 만나서 친구가 되자. 안---녕!

나는 지금도 전화기에서 너의 전화번호와 카톡을 지우지 않고 간직하고 있다. 내가 죽을 때까지 절대 지우지 않을 거다. 너는 죽어도 영원히 간직해야 할 나의 친구이니까.

정갑환은 민청학련사건으로 출소하는 정재돈을 교도소 앞에서 처음 만난 뒤 우정을 나누었고 친구의 권유로 멕시코에서 통일운동에 투신하였다.

농업계의 큰어른 정기수

"농업계의 존경하는 큰어른이시다."

정재돈 대표님을 생각할 때마다 머릿속에 그려지는 생각이다. 항상 따뜻한 시선으로 후배들을 바라봐 주시고, 절대 잘못했다거나 싫은 내색 없이 묵묵히 뒤에서 마음으로 지지하고 후원해 주시는 울타리 같은 선배님.

평소 본인 건강도 좋지 않으셨지만 "과로하지 말라, 밤새지 말라."고 후배들을 더 걱정해 주시는 선배님이셨다. 사무실 오시면 얼굴만 내밀고 그냥 가지는 않으셨다. 꼭 후배들 고생한다고 밥을 사주시고 가셨다. 마주 앉으면 선한 눈빛에서 금세 알아차릴 수 있는 인자하고 인간적인 그런 선배님이셨다. 그래서 모두들 존경하고 따랐다.

정재돈 대표님과 인연은 꽤 오래되었지만 깊지는 못했다. 농민단체에서 활동하던 젊은 시절 멀리서 바라보는 존재, 그 자체였다. 선배님께 나도 아주 가끔 토론회나 회의에서 보는 젊은 친구 정도였을 것이다. 한동안 교류가 없다가 대표님과 인연이 다시 이어진 것은 2011년 대안농정 대토론회를 함께 준비하면서다. 정재돈 대표님은 2012년부터 국민농업포럼 대표를 맡으셨는데 포럼이 대토론회 주관 단체였다. 20여 개 참여단체를 조율하고 500여 명이 참석하는 대규모 토론회를 준비해야 하는 어려운 일이었다.

한국형 농어업회의소를 향한 열정

이후 본격적인 인연은 2015년 국민농업포럼으로 자리를 옮기면서부터다. 정재돈 대표님은 당시 '한국형 농어업회의소' 설립에 모든 열정과 역량을 집중하시던 시절이었다. 2015년 3월에 대표직은 사임하셨지만 이후에도 토론회, 워크숍, 회의 가릴 것 없이 농어업회의소 관련 일이라면 만사를 제쳐두고 참여하셨다. 사당동 한국협동조합연구소 사무실에 들르시면 포럼 사무실도 반드시 들러서 직원들 얼굴을 보고 가셨다. 대안농정 대토론회 준비는 잘하고 있는지, 농어업회의소는 어떻게 진행되는지 묻곤 하셨다.

정재돈 대표님은 농어업회의소에 진심이셨다. 농어업회의소 법제화를 통해 전국에 농어업회의소가 설립되는 모습을 보는 것이 소망이셨다. 농민 숫자는 줄고 농업 현실은 계속 어려워지는데, 농민단체는 오히려 늘어나고 이해관계 때문에 소통과 협력이 안 되고 분열하는 모습을 안타까워 하셨다. 시대는 변하고 있는데 과거와 같은 아스팔트 농사만 되풀이해서는 어려운 농업·농촌·농민의 문제를 타개할 수 없다고 보셨다.

더디더라도 모든 농민단체와 농민이 함께 참여해서 토론하여 결정하고, 그 결정에 대해서는 함께 책임지는 모습으로 바뀌어야 희망이 있다고 보셨다. 중앙 농민단체의 주장이 아니라 현장에서 올라오는 농민들의 다양한 목소리가 차곡차곡 쌓이고 조정하고 양보도 하며 다듬어질 때, 이것이 힘 있는 진정한 농민의 요구라고 보셨다. 정부에 요구하고 손만 내밀 것이 아니라 우리 스스로 해결할 문제는 먼저 하자고 하셨다.

이렇게 농업계 스스로 변해야 정부나 지자체도 변하고, 대등한 파트너십과 진정한 농정 거버넌스, 민관협치의 실현이 가능하다고 주장하셨다. 프랑스, 독일, 오스트리아, 일본의 농민들보다 많이 늦었지만, 그래서 더더욱 지금 해야 한다며, 지금이 아니면 앞으로 기회가 없다며 전국을 다니며 농민단체와 농민을 만나고 국회와 시민사회의 협력을 이끌어내기 위해 노력하셨다.

미래에 대한민국의 농어업회의소 역사를 쓴다면 정재돈 대표님을 빼놓을 수 없을 것이다. 결국은 무산되었지만 1998년 농어업회의소가 설립 직전 단계까지 갔을 때 대표님이 함께 하셨다. 그 후 10년이 지나 2009년에 농어업회의소 설립을 다시 주장하고 정부가 시범사업을 도입하는 데 결정적인 역할을 한 분이 정재돈 대표님이었다. 이때 1998년의 실패를 거울삼아 중앙 주도 하향식 설립방식을 현장 주도 상향식으로 바꾸었고, 시간이 걸리더라도 농민단체와 지자체의 참여와 합의 과정을 도입하였고, 사회적 공감대 확보라는 3대 원칙을 수립하였다.

2010년 평창, 진안, 나주를 시작으로 2023년 현재 전국 27개 지역에 농어업회의소가 설립되어 운영하고 있고, 16개 지역은 설립을 준비하고 있다. 사무국 식구들도 제법 많이 늘었다. 앞으로 가야 할 길이 멀고 어려움도 있지만 정재돈 대표님이 뿌린 씨앗들이 강한 생명력을 가지고 널리 피어나고 있다.

중단되지 않을 꿈

아쉽고 죄송한 점도 있다. 대표님 영정사진을 보며 살아생전에 그렇게 소망하셨던 농어업회의소 법제화를 못 이룬 것에 대해 마음속으로 죄송함을 빌었다. 꼭 이루고 싶었다. 병상에 계신 대표님께 기쁨과 위안을 드리고 싶었다. 안부 전화 드릴 때마다 "걱정마라. 잘 될 거다."라고 격려해 주셨는데 결국 약속을 지키지 못했다.

대표님의 꿈이 중단되는 일은 없을 것이다. 전국에 뜻을 함께하며 현장에서 고군분투하는 동지들이 많이 늘었다. 서두르지 않고 단단하게 지역을 늘려나가고, 모범사례를 만들고, 머지않아 중앙에 전국농어업회의소도 창립할 것이다. 현장 농민에게 더 가까이 다가가고, 그들의 소리에 귀 기울이는 조직으로 발전할 것이다. 작아져만 가는 농촌에서 마지막까지 농민과 함께 하는 조직으로 남을 것이다.

대표님은 절박한 농업·농촌 현실 속에서도 농민들이 어깨동무하며 희망을 노래하는 세상을 꿈꾸셨던 것 같다. 대표님은 철저한 협동조합주의자였고 지독한 협치주의자였으며, 헌신적인 농민운동가로 평생을 살아오신 분으로 기억한다. 능력과 열정 모두 부족한 후배가 감히 흉내 낼 엄두조차 내기 어려운 길이다.

요즘 농업계 큰어른이 안 계신다는 한탄을 자주 하고 자주 듣는다. 과거 대표님이 농민연대 회장을 하였을 때 그나마 농민단체 간에 연대하고 협력했다고 기억하는 사람들이 많다. 정재돈 대표님의 빈자리가 크다.

대표님! 채선욱 사무국장과 최수지 과장이 많이 그리워하고 있습니다. 하늘에 계신 대표님께 안부 인사드립니다. 나눠주신 사랑 잊지 않겠습니다.

정기수는 대안농정대토론회조직위원회를 하면서 정재돈과 관계를 맺었다. (주)지역농업네트워크 전무, 청와대 농해수비서관을 역임했고, 현재 (사)국민농업포럼 상임이사이다.

아빠 생각 정보람

아버지에 대한 회고 글쓰기를 오래도록 망설였습니다. 계절은 무심히도 한 바퀴를 돌아 초록이 무성한 초여름이 다시 찾아왔지만, 저는 아직도 아버지와의 고별에 대해 이야기할 자신이 없었습니다. 말하고 나면 이토록 큰 상실이, 세상에서 가장 두려워하던 바로 그 일이 그야말로 사실이 될 테니까요.

어린 시절 제게 아빠는 근사하고 자랑스럽지만 아무에게도 말할 수 없는, 비밀스러운 영웅이었습니다. 아주 어려서부터 아빠를 따라 온갖 집회와 농민회관, 시민회관을 누비며 노래하고

고함치고 도망다니면서 저는 아빠가 이끄는 투쟁이 무엇을 위한 것인지는 몰라도 정당하고 옳은 것임은 분명히 알고 있었습니다. 물론 낯선 사람에게서 아버지를 찾는 전화가 오면 집에 안 계신데요 하고 능숙하게 숨길 줄도 알았지요. 우리 세 남매는 노래하라 하면 동요보다 <타는 목마름으로>나 <임을 위한 행진곡>을 먼저 불렀고, 그림 그리라 하면 풍경화보다 '독재타도' '양키고홈' 포스터를 먼저 그렸고, 좋아하는 시인을 대라 하면 민중 시인의 이름을 읊었습니다. 그렇게 우리는 투쟁의 내용도 모른 채 혁명의 공범이 되었어요.

아빠는 출장 중

국민학교 시절, 새 학기가 되어 가정환경조사서를 받으면 이번엔 또 아빠 직업을 뭐라고 적을까 고심하곤 했습니다. 아빠의 실체(!)를 드러내지 않으면서 거짓말도 피할 수 있는 방법을 생각하다 떠오른 것이 그 무렵 개봉했던 영화 제목 <아빠는 출장 중>이었어요. 아빠는 가톨릭농민회 일로 대전과 안동을 오가며 자주 집을 비우셨고, 소속된 단체도 드러나지 않으니 '출장'이란 말이 제격이라 생각했지요. 선생님이 어느 회사 다니시길래 출장을 자주 가시냐고 물으면 그건 저도 잘 모르겠다고 시치미를 떼면 그만이었습니다.

우리 가족에게 아버지의 잦은 '출장'은 곧, 더 많은 투쟁, 더 높은 정의를 의미했습니다. 어쩌면 우리는 아버지의 부재를 견디는 방식으로 역사에 참여한 것인지도 모르겠어요. 눈에서 멀어지면 마음에서도 멀어진다는데, 이상하게도 아버지는 집을 비우는 시간이 길어질수록 우리 마음 안에서 더 커졌습니다. 갑

자기 들이닥친 안기부 사람들에게 잡혀가고 나서도, 춘천 가는 길 제천역에서 기차가 정차하는 사이 우동을 사다주겠다고 플랫폼으로 재빨리 사라질 때도, 기약 없이 이어지는 단식투쟁으로 얼굴이 거뭇하게 야위었을 때도, 아버지의 귀환은 그 어떤 종합선물세트보다도 더 큰 선물이고 위안이었습니다. 아버지를 돌려받는 것만으로 그렇게 기뻐하던 집이 우리 말고 몇이나 더 되었을까 싶어요.

아버지가 마침내 5·18 유공자가 되고 국가에서 보상을 받게 되던 그해 우리는 제주도로 첫 가족여행을 떠났습니다. 축하 케이크에 꽂힌 초를 보면서 아버지는 "그동안 아빠 노릇 못해서 미안해." 하셨습니다. 담담하게 던진 그 한마디가 어찌나 무겁고 아프던지 대꾸도 못하고 그냥 엉엉 울었지요. 제주면세점에서 보상금 받았으니 내가 처음으로 좋은 거 한번 사주겠다고 마음에 드는 걸 골라 보라고 하셨을 때도, 그 마음으로 평생을 사셨을 아빠 마음이 가슴을 에이었습니다. 아빠와 동지들이 일생을 들여 지켜낸 고귀한 가치에 값을 매기는 것도 말이 안 되는 일인데, 그걸 어떻게 또 물건으로 바꾸나 싶었습니다. 아빠 성화에 결국 그날 받아온 그 가방을 그래서 여태 쓰질 못하고 있어요. 제 몫 챙기지 않고 서로 돌보며 더불어 사는 법을 보여준 아빠의 삶이야말로 온 세상 재물을 다 주어도 살 수 없는 선물이었다고, 그때는 말을 못했습니다.

속수무책 아빠

아버지는 스스로를 "속수무책 선생"이라고 부르길 좋아하셨습니다. 아끼시던 목침에도 그리 새겨두셨지요. 무엇에 손이 묶여 꼼짝 못 하셨길래 그런 별명을 얻으셨을까 생각해보았습니다. 아마도 아빠는 인간에 대한 애정에 있어, 또 세상에 대한 믿음에 있어 대책 없이 관대한 낭만주의자였던 것 같아요. 추운 날 겉옷을 누군가에게 훌렁 벗어주고 셔츠 바람으로 돌아온다거나, 선교하려고 찾아온 청년들을 집으로 불러들여 밥을 차려준다던가 하는 식으로 말입니다. 제가 대학원에서 철학을 더 공부해보고 싶은데 여의치 않은 집안 사정 때문에 고민하니 "그래, 지금 하는 활동만 마무리하고 그만 헐 테니 걱정 말고 공부해." 하시고는, 얼마 지나지 않아 덜컥 전국농민연대 대표가 되어 오셔선 그저 멋쩍게 웃으면서 "아그, 동지들이 있는데 내가 어떻게 거절을 해." 하셨지요. 모르긴 해도 어머니께 여쭈면 아버지가 이런 식으로 어긴 약속들이 부지기수일 겁니다. '행동하는 이상주의자'로 알려진 체 게바라 사진이 아버지 책장 구석구석에 걸려있던 건 아마도 우연이 아니겠지요. 아버지는 평소엔 뭉근하게 있는 듯 없는 듯하다가 때가 오면 분출하는 화산의 온기처럼, 수줍은 미소 뒤에 깊은 열정과 관대함을 품은 큰 사람이셨던 것 같아요.

아버지의 사회적 삶은 거칠고 거대한 이념들로 가득했지만 제가 기억하는 아버지는 아름답고 맛나고 재미난 것을 좋아하는, 보드랍고 예민한 분이셨어요. 아버지의 애정 어린 관찰력은 우리 식구들 사이에서 유명합니다. 아버지는 어찌 된 일인지 제 물건이 어디에 있는지 저보다 늘 더 잘 알고 계셨고, 제 발걸음 소리만 듣고도 신발이 잘 맞는지 아닌지 알아채시고 멀찍이서 한마디씩 하곤 하셨어요. 자상한 말 한마디는 쑥스러워 못하셨지만, 우리 남매들이 각자 제 방에 들어가 있으면 꼭 한번 슬쩍

문을 열어 들여다보고 쓱 웃으셨지요. 거실 바닥에 떨어진 나사 하나, 단추 하나를 보면 그게 어디 들어맞는지 기가 막히게 아셨어요. 종종 길에서 찾은 물건들을 집에 가져와서 기발한 용도로 쓰시곤 했는데, 지금 생각하면 아버지는 생기 없이 버려진 사물들에서 이야기를 발견하는 눈을 가지셨던 것 같아요. 마치 권정생 선생님의 동화 <강아지똥>처럼. 그건 단순히 가난에서 비롯한 생존형 창의성이 아니라, 관계 맺기의 애정 어린 시선이었지 싶어요. 제게도 신영복 선생님의 '존재에서 관계로' 강의 이야기를 여러 번 하셨거든요. 삶을 대하는 아버지의 그런 태도 덕에 제가 철학자로, 또 잠깐이나마 예술가로 살 수 있었던 게 아닌가 싶습니다. 누구 말마따나 보이지 않는 것을 보이게 하는 것이 철학과 예술의 역할이라면 말이죠.

아직도 내 세상에는 아빠가 가득한데

가족과 떨어져 타국에서 지낸 시간이 길어서인지, 요즘도 잠결에 아, 아빠한테 전화해야지 생각하며 눈을 뜨는 날이 가끔 있습니다. 상실을 망각하는 그 짧은 순간들이 처음엔 어찌나 야속하고 아프던지요. 아버지가 계시던 그 세계와 지금 이 세계 사이에서 여전히 방황하는 내 자신이 안타깝다가도, 그 미련함이 무척 원망스러웠습니다. 아직도 내 세상에는 아빠가 가득한데, 이제는 아버지에 대해 과거형으로 말해야 하는 인간 언어의 문법이 잔인하고 부당하게 느껴졌습니다. 있음과 없음, 존재하는 것과 존재하지 않는 것, 현재와 과거, 자기와 타자 사이의 경계가 온통 모호해지니 수년간 공부한 철학도 헛되구나 싶었습니다. 과연 상실은 일상적인 이해의 틀도, 상식적인 논리도 무너지는 경험인 듯했습니다.

온 세상이 매정하게 앞으로 나아가도 나는 그냥 아빠가 있는 그 세계에 좀 더 남아있기로 했습니다. 그리곤 아빠에게 편지를 쓰기 시작했습니다. 아침에 눈을 뜨자마자 향을 피우고 차를 내리며, "아빠 잘 잤어?"로 시작해 한 줄이건 석 장이건 우리 이야기를 이어가기로 했습니다. 아빠가 병상에서 보고 싶어 하시던 박사학위증을 받으러 지난달 파리로 향할 때도 에펠탑 앞에 선 아빠 사진을 동행 삼아 모시고 갔습니다. 지금 제 나이 즈음의 아빠 모습입니다.

아빠가 30년 전 서 계시던 그 자리에서, 아빠가 떠나시면서 남긴 편지를 떠올립니다.

"언제 어디서나 영원히 너와 함께, 너와 가족의 행복을 기도하며 임마누엘 주님처럼 같이 있으마!"

지금 여기, 내 눈에 아빠가 보이지 않는 건 아빠가 '부재'하기 때문이 아니라 '임재'하기 때문이라니, 이보다 더 큰 위로가 없습니다. 죽음은 단절이 아니라 새로운 관계 맺기라고, 아버지는 떠나는 길에도 우리 마음을 보듬으려 하셨나 봅니다. 흔히들 상실의 고통이 깊을수록 애정의 크기가 큰 것이라 합니다. 아버지의 삶이 품고 있던 투쟁과 저항, 너그러움과 열정을 저만의 방식과 언어로 이어가는 것이 상실을 애정으로 실천하는 법이겠지요. 아버지와 작별하고 또 다시 만나면서 내 안에 나도 모르던 커다란 애정이 있음을 새삼 발견하게 되었으니, 그 마음 앞으로는 아끼지 않고 잘 써 보려 합니다.

아버지

땅바닥에 그렁그렁
떨군 눈꺼풀
들면 지그시
거기, 달빛

갈 데 없는 발걸음
슬퍼 멈추면 어느새
까만 하늘에 노란
그 온기

어둠이 짙을수록 더 반짝이던
멀리 있을수록 더 찬란하던
그 눈빛

시퍼런 구름 오던 날
애태우며 기댄 우리들 어깨
마침내 내려앉은
그 손길

눈 닿는 곳 어디나

열리는

나의 우주

거기, 달빛

정보람은 정재돈의 둘째 딸이며 미국에서 철학을 공부하며 가르치고 있다. 뒷부분의 시와 그림은 2022년 어버이날, 병상에 누운 아버지에게 선물한 것을 덧붙여 실었다.

이름만 들어도 마음이 좋아지는 이름 정인숙

    동지의 이름만 들어도 마음이 좋아지는 이름입니다. 농민 노동자 사람에게는 한없이 따뜻하고, 세상의 불의에 맞서 강한 투쟁을 벌이며 평화 세상을 위해 온 삶을 바친 동지. 많이 보고 싶네요.

    1970년대 암울했던 어둠의 시대에 비오 동지는 가톨릭 농민 운동가로, 저는 가톨릭노동청년회 노동운동가로 만나게 되었고, 만남의 장소는 늘 투쟁의 현장이었죠. 서슬 시퍼런 박정희 군사독재정권을 물리치기 위한 '정의구현전국사제단' 기도회와 '오원춘 동지 납치사건', '함평고구마사건'을 비롯한 각종 농민들의 권리투쟁 현장에서 우리 노동 청년들이 함께하였습니다.

    그리고 JOC 회원들이 동일방직에서, 원풍모방, YH, 콘트롤데이터, 청계노조, 이리공단 태창메리야스 등에서 투쟁할 때에는 비오 동지께서 가톨릭농민회원들의 쌀과 먹거리를 지원해주시면서 형제적 사랑과 연대를 보내주셨습니다.

    그 당시에 우리가 함께했던 농민과 노동자들의 연대는 서로에게 얼마나 큰 격려와 힘이 되었는지 모릅니다. 때로는 막걸리를 마시며 투쟁가를 부르고 투쟁 의지를 모았던 일, 천주교 농민·노동자·도시빈민과 가톨릭대학생회 등 천주교 사회운동 연대 모임에서 피정을 함께 하며 나눴던 그 시간들은 돌이켜보면 참 행복한 순간들이었습니다.

그러나 이제 세월이 흘러 50년이 다 되어가고 있는 오늘날, 우리가 애써 이루려던 더 정의롭고 공정한 세상은 아직도 멀기만 하고, 누구보다도 고통받는 이웃과 함께해야 할 교회도 그 빛을 잃어가고 있는 것 같아 안타깝기만 합니다.

아직도 우리가 갈 길이 먼데, 비오 동지와 함께할 수 없는 현실이 아쉽기만 하지만, 비오 동지께서 하늘나라에서 우리 동지들이 꿋꿋하게 견뎌 나갈 수 있도록, 변함없이 걸어 나갈 수 있도록 기도해주시리라 믿습니다.

정재돈 비오 동지, 언제나 기도 속에 함께 하시면서 영원한 안식을 누리시기를 빕니다.

정인숙 아녜스는 전 가톨릭노동청년회 여자 회장으로 노농 연대의 길에서 정재돈과 기쁨과 슬픔을 나누었다.

돌아보니 고비마다 형님이 계셨습니다 정재경

- 舍兄의 일주기에

코로나의 재앙이 채 걷히기도 전에 유별나게 이른 봄을 맞으며 작년 봄의 가슴 아리던 시간들을 돌아봅니다. 어느덧 계절도 네 번 바뀌어 형님의 일주기를 맞네요.

어느 죽음인들 갑작스럽게 닥쳤다고 여겨지지 않을까마는, 참으로 생명의 숨길이 그렇게 멎게 될 줄은 몰랐고, 그만큼 형님이 세상을 버린 것은 이 동생에게 한동안 졸서卒逝라고만 느껴졌습니다. 병원의 통제로 마지막 시간을 곁에서 함께 하지도 못했지만, 그래도 살길이 있겠지만 싶었고 너무 의료시스템만 믿어서는 안 된다는 생각도 들었지요. 하지만 몇 번이고 돌이켜 생각해 보아도 형님은 몸의 고통과 더불어 생명의 엄중한 시간을 미리 받아들이셨던 것입니다. 형만 한 동생이 없다고, 다섯 남매의 맏이이신 형님을 여읜, 여러모로 부족한 이 동생은 의지하던 기둥이 무너진 듯 내내 종잡을 수 없도록 마음이 흔들리지 않을 수 없었고, 너무 일찍 닥쳐온 무정한 운명이 한없이 원망스럽기도 합니다.

자식들 옥바라지로 투사의 굳건한 마음을 지니셨던 어머님은 시도 때도 없이 "내가 평생에 무슨 잘못을 했길래 나보다 앞서 보냈나!" 라며 느닷없는 눈물 바람이셨고, 또 "한번 가면 영원히 가는 건데, 어쩜 그렇게 가버렸나!" 하고 혼잣말로 한탄이 셨지요. 2018년 아버님에 이어 형님마저 여읜 어머니의 이런 허전함에 어떤 말이 늑진한 위로가 되랴마는, 심신이 약해지신 나머지 척추골절까지 당하시고 겨우내 병원 신세를 져야 했습니다. 이제 90이 되어가는 나이에 맏이를 앞서 보내시고 무슨 희로애락이 중하게 여겨지실까마는, 그래도 도리어 형님의 젊었을 적 이야기가 그나마 그런 마음을 누르는 길이란 것을 요즘에야 겨우 깨닫게 되었답니다.

중고등학교 시절에 가장 가까웠던 형

돌아보면 형님과 저는 아무래도 자랄 때인 중·고등학교 시절이 가장 가까웠습니다. 그 이전 형님의 중학교 때까지는 내가 할아버지 할머니 밑에서 자랐고, 그래선지 같이 놀거나 부대낀 기억이 별로 없지요. 내가 한창 소설류를 읽기 시작할 즈음 형님이 한자어를 국어책 여백에 적어가며 공부해보라고 조언을 해준 적이 있어 그것을 충실히 따라 행했던 기억이 새롭습니다. 그것이 결국 한자나 한문에 친근해지게 되어 나중에 한학을 공부하게 된 작은 밑받침이 되기도 하였지요. 국한문 혼용체인 단재 선생의 《조선혁명선언》을 새 노트에 필사하며 정독한 것도, 장준하의 《돌베개》 같은 책을 일찍 본 것도 곁에서 따라 한 내림이었습니다. 당시는 하지만 뭔지도 모르면서 철학에 대한 관심이 커져 갔는데, 훗날 알아차린 것이지만 이는 지방 명문고를 나온 대학생들의 비슷비슷한 특징으로 여겨졌으니 문사철 위주의 인문교육 때문이기도 하였지요. 형님이 아버님의 말씀을 따라 강원대학에 진학한 뒤로도 무슨 책을 보았는지, 어떤 데 관심을 두었는지는 내가 어느 하나도 소홀히 여긴 적이 없었던 것 같습니다.

형님은 늘 마음속의 판단이나 결단이 빨랐고 그것을 지켜나가는 의지도 무척 강하다고 여겼습니다. 고교 시절에 유도를 시작하더니 어느 시합에서 트로피까지 받은 일을 곁에서 보면서도 어떻게 그럴 수 있는지 잘 이해되지 않기도 하였는데, 대학 진학 뒤로는 자주 몰려오는 형님 친구 분들에게 제 자리를 내줘야 하기도 하였지요. 그러던 중 1974년의 민청학련사건은 그야말로 온 집안에 떨어진 날벼락이자 오랜 시간에 걸친 걱정과 변화의 시작이었습니다.

4월 초 어느 날 새벽에 대문이 부서질 듯 쿵쾅거리며 형사들이 들이닥친 일은 지금도 기억이 생생합니다. 그건 4월 3일 긴급조치 4호가 발표되고 <동아일보>에 '자수' 요령까지 보도된 뒤에 기한이 다한 날 첫 새벽이었지요. 고3이던 나는 어수선함을 피해 잠시 집을 나가 살기도 하였는데, 국민학교 교사이셨던 아버님이나 어머님은 막상 경찰이 들락거리고 감시의 눈초리를 놓지 않는 가운데 어디에 마음을 두어야 할지조차 힘들어하셨지요.

나는 원하던 대학을 못 가고 재수의 길을 갔지만, 중학생 어린 동생 재설·재웅까지 담임선생의 훈계를 들어야 했던 데 비해 당시 제 담임선생님은 두 해 전에 형님의 담임을 맡았던 분으로 제게 진학상담 말고는 따로 불러 무슨 말을 한 적이 없고 오히려 수학 수업시간에 어려운 문제를 잘 풀었다고 칭찬을 해주신 일이 있어 그 무언의 배려에 두고두고 감사하였습니다. 어머니는 어린 막내 혜영이를 업고 안양교도소로 형님 면회를 다녀오셨고, 종로5가 기독교회관의 목요기도회에 다니시며 다른 구속자 가족 분들과 함께 대처하며 이겨나가리라는 마음을 다지셨습니다.

나의 대학시절

조금 늦게 독문학을 택해 77학번으로 성균관대를 들어가서는 제 마음과 달리 동아리 활동을 시작하게 되었고 결국 서클 회장까지 맡게 되었지요. 유신 말기라 교정에는 학생 반 형사들 반이라 할 정도로 감시가 심했습니다. 하지만 2학년 때는 방학을 이용하여 한 달 가까이씩 합숙을 하며 경제사나 철학 및 근대사 공부를 치열하고도 집중적으로 하면서 당시 현실에 대한 이론적 인식을 심화시켜 나갔지요. 그 공부는 뒤에 생각해봐도 최고 수준의 커리큘럼이었고 그만큼 당시 학생운동권의 현실 인식도 깊어져 갔습니다. 그때 리오 휴버먼의 책은 분담하여 초벌 번역까지 해서 나중에 책으로 내자고도 하였고이 책은 장상환 교수 번역으로 90년대에 출간됨, 또 일본어는 한 주 정도 문법 공부를 하고 바로 강독을 하기도 했던 일이 있어서, 뒷날 두고두고 전설처럼 회자되기도 하였답니다. 1979년 대학축제 때는 노동문제 세미나 행사를 하느라 명륜동의 돌베개출판사를 찾아가 이해찬 선배에게 팸플릿의 광고후원을 받았던 일도 기억납니다.

그만큼 유신체제의 독재와 싸워 반드시 승리하리라는 마음의 다짐도 커갔지만, 저로서는 형님과 같은 길을 가고 싶지는 않다는 생각도 컸습니다. 당시 안동에서 가톨릭농민회 총무 일을 하던 형님은 그 전해인 1978년의 오원춘사건으로 다시 감옥으로 들어가 경북경찰서와 대구형무소로 면회를 간 적이 있었고, 또 안동에서는 두봉 주교님이나 이오덕 선생님을 처음 뵙기도 하여 양심적이고 후덕하신 모습에 형님은 외롭지 않겠구나 하는 느낌을 받기도 하였지요. 서울지법 공판 때인가는 옆 법정에서 백낙청·이영희 선생의 공판을 방청하게 되었던 기억도 새롭습니다.

형님은 농민운동의 최전선에서 의연하게 분투하고 있었고, 저는 마음을 다잡으며 속으로 분노를 삭여야 했던 때였습니다. 나중 일이지만 형님을 잃고 혁명운동에 매진했던 레닌의 모습이나, 자라며 의지하던 정약전 형님과 나란히 유배 끝에 형님과 사별해야 했던 다산 선생의 이미지가 심중에 새겨지기도 하였습니다.

제가 서클 회장을 맡은 것은 3학년 때만 하기로 한시적인 단서를 내세웠지만, 그나마도 2학기에 들자마자 곧 YH 여공들을 위한 기습시위 사건으로 경찰에 연행되고 유치장 신세를 지는 바람에 무기정학과 함께 막을 내렸습니다. 남민전 사건이 터지고 뒤이어 박정희가 스러지면서 형님도 곧 석방되었지요. 유치장에 저를 면회까지 오셨던 학과장 선생님은 경찰서 정보과장에게 무시를 당하고 무척 노기에 차 계셨으면서도 밥을 사주시며 얼굴에는 오히려 웃음을 지으셨습니다.

우선 수백 명 학우들의 연대 서명을 받아 정학처분을 무효화시켜야 하였고 부족한 공부도 메꿔야 했습니다. 대학원 진학을 계획하던 저는 1학년 입학하던 첫 학기의 장학금 말고는 다시 기회가 오지 않았고 사립대학 학비 부담이 컸으므로 말라던 운동권이 되었으니 집에도 말을 꺼내기가 힘겨웠지요. 광주사태 때는 마침 입대로 휴학하고 광주의 집으로 내려가던 같은 과의 임규찬을 따라 6월 초 광주에 갔다가 일주일이나 광주 밖으로 못 나가게 하여 전남대생의 생생하고도 치떨리는 목격담들을 들었고, 2학기 때는 이미 유명세 때문에 유인물 사건에 얽혀 다시 동대문경찰서에 끌려가 삼청교육대가 맞던 몽둥이들로 지하실에서 엉덩이가 전부 멍들도록 매질을 당하고 그 멍자국이 지워질 때까지 붙잡혀 있기도 했지요.

학술운동과 석사과정

그나마 석사과정 입학과 더불어 조교 자리가 주어져 다행이었고 관심을 두었던 독시獨詩를 전공으로 택하였습니다. 하지만 내게는 당시 선구적으로 헤겔 공부를 하던 흐름을 찾던 끝에 임석진 선생에게 '정신현상학'을 배우고 '헤겔 미학'을 공부하려던 서울대의 조만영 친구를 만나게 되었고, 1981년 봄부터 국문과의 조정환·김종철을 비롯하여 영문과 김명환 및 미학과나 고려대 등 타 대학 대학원생들과 성대와 서울대를 오가며 강독을 하였습니다. 이런 노력들은 당시 사회과학 분야는 물론이고 역사학, 국문학 등 인문학 전공별로 싹트기 시작하여 해금 조치 이후 민주화운동과 함께 아카데미의 학술운동으로 이어졌지요. 석사 논문이던 <하인리히 하이네 읽기>는 덕분에 모자란 논문이었을지언정 크게 어려운 점은 없었지요. 미루던 군 입대가 전두환 아들 때문에 만들어졌다던 특수전문요원 선발로 6개월 훈련으로 대신 될 것 같다가 학생운동 출신들을 모두 낙방시켜 현역입대 조치가 내려지는 바람에 1983년 추석 전 입대하기까지, 동생 재설은 고교를 잠시 미루고 인쇄소에 취업했다가 신원조회로 쫓겨난 뒤로 반월 저수지의 이건우 선생댁에 잠시 가 있기도 하였고, 강원대 경제학과에 들어간 재웅은 1982년 봄에 성조기를 불태우고 감옥살이를 하였습니다.

늦은 나이에 머리를 깎고 이병으로 입대한 제 마음은 착잡하기 이를 데가 없었고, 30개월의 향로봉 아래 군 복무에 마음은 부쩍 늙은 병장이 된 것만 같았습니다. 당시는 학적 변동자를 대상으로 정보대에서 이른바 녹화사업이란 것을 하느라 꽃 같은 청춘들이 여럿이나 희생되기도 하였는데, 첫 휴가 때 끌려간 저 역시 아무리 운동권과는 선을 긋고 대학원을 간 것이라고 주장해도 쉬이 믿어주지 않으며 시간을 넘겨 끌다가 탈영병으로 여겨져 연대 비상이 걸린 일까지 생겼고, 1986년 봄 제대할 때까지 대대 인사계는 매달 관찰보고서를 올렸답니다.

제도권 아카데미와의 결별

말년휴가에 박사과정 입학시험을 치렀고, 제대 후에는 삼선교에 방을 얻어 서울 생활이 다시 시작되었지만 시위와 농성은 다반사가 되어가며 도도한 역사의 물결이 되고 있었지요. 함께 공부하던 친구들도 신림동에 민중미학연구회를 세워 후배들과 분과토론을 해나가며 프로문학이나 리얼리즘 공부를 하였지만, 얼마 안 돼 엉뚱하게도 보안사건으로 얽히면서 조정환·정남영 등이 구속되고 힘든 시기를 맞이하였지요. 그즈음 형님이 삼선교 자취방에 잠시 들른 적이 있지만 따뜻하게 밥 한 끼를 함께 못하였던 기억만 남아 있습니다.

1987년 민주화의 물결과 더불어 각 대학들의 연구회 동료들과 문학예술연구소를 창립하고 대중강연도 열었지만, 이때 조정환·임규찬 등은 따로 회원들을 데리고 나가 <노동해방문학>

을 펴내며 활동하기도 하였습니다. 해금 조치 이후로 당시 문학사에 공백으로 남았던 사회주의 문학 이론을 살펴보는 것은 물론이고, 독일어를 통해 맑스주의 문학예술론이나 루카치를 비롯한 소련과 동구권의 문학 이론을 소개하는 일도 많은 이들의 관심사에 속했던 것이어서 번역서를 네댓 권 펴냈습니다.

게다가 제가 강사 생활 중에 1988년 결혼과 동시에 춘천으로 이사하여 거주하게 되면서 서울을 오가며 수업에 참가하고 연구소 활동을 하면서 전공인 독일시와 브레히트 연구에 집중하기가 만만치 않았습니다. 휴학하면서라도 시간 계획을 조정하여 최대한 수업에 충실할 수 있는 여건을 갖추어야 했지만, 1989년 한림대의 학보사에 간사로 재직하면서는 또 신원조회가 문제됨을 알았지요. 연구소 활동은 학술지 <문예연구>를 창간하여 3호까지 편집 작업을 맡아 출간하고 후배들에게 넘기는 것으로 더는 시간을 내지 않기로 하였습니다.

당시 꼭 필요한 연구의 심화와 외적으로는 유학 문제가 당면한 일이었지만, 소련과 동구권이 해체되면서 독일 사정도 예상외로 다르게 변해갔고 또 타 대학으로 강사 생활을 계속 이어가기도 어려웠습니다. 정보기관에서는 1994년 독일유학생 사건을 또 만들어 엉뚱하게도 독문과 선배이시던 숭실대 김홍진 교수나 성대의 정현백 교수를 끌어들이는 일도 있었는데, 이런 여건들이 결국 미련은 컸지만 독문학을 내려놓고 제도권 아카데미에 다시는 눈길을 돌리지 않기로 결단을 내리게 하였습니다.

새롭게 시작한 한학 공부

당시 저는 한동안 심하게 가슴앓이를 하였는데, 형님은 전농

일을 하시며 성대의 유영훈 형님을 만나 함께 대전이나 서울을 오가시던 중이셨지요. 독일 책만 보던 제가 춘천에서 할 수 있는 일이 없었지요. 《퇴계전서》를 읽으며 그나마 마음을 가라앉히기는 하였지만, 저는 책만 보던 지식프롤레타리아트일 뿐이었습니다. 혼자 대학도서관을 뒤지며 고전공부와 한학을 시작하고, 딸 규현이의 교육은 교사이던 아내에게 떠맡기더라도 불혹의 이른 나이에 생활비를 위해 매일 세 시 반에 일어나며 부지런을 떨었지요. 그렇게 십년을 보냈습니다.

그 사이 형님은 집도 인천으로 옮기시고 또 농민대표로 북한 방문을 거듭하며 통일사업에도 관여하셨지만, 제가 하는 일은 지역의 시민 문화운동일 뿐이었지요. 한문학을 하는 후배와 서당을 열고 습재연구소를 세워 의병장의 문집을 번역한 것도 돌아보자면 예전에 형님이 대학 때 소주 댓 병을 사 들고 이소응 의병장의 후손을 찾아보았다던 이야기와 닿아 있었지요. 의병을 공부하며 우리나라 근대의 문제가 지닌 넓은 폭을 심각하게 받아들이게 되었고, 과거나 전통은 버리는 것이 아니라 미래의 자양분이 될 수밖에 없다는 생각을 하였습니다. 유인석 선생의 후손은 제가 글을 쓰며 의암학회의 일에 관여할 때나 춘천역사문화연구회의 답사 때마다 예전 할아버님께서 제사 때면 늘 참례하곤 하시던 일을 말씀하시며 반가워하셨지요.

하지만 자유기고가로서의 생활은 제가 가정을 놔둔 채 집을 나와야 할 만큼 쉽지가 않아서, 오랫동안 잊었던 독일어도 다시 프리랜서 번역으로 대중서를 몇 권 내기도 하는 한편으로 또 한국고전번역원의 문집 간행 기초사업에도 참여하거나 《승정원일기》의 초서 원본 대조작업 등을 병행해야 했습니다. 연로하신

부모님의 농사일을 돕는 것도 제 몫이 되었지요. 그것이 결국 아버님이 돌아가시고 나서 제가 농업인이 되게 하였지요. 흉내만 내는 농사일망정 고향의 흙을 만진다는 것만으로도 많은 의미를 일깨워주고 있습니다. 아마 아버님은 2017년 제가 나무에서 떨어져 여러 군데 큰 골절상을 입고부터는 별로 기대는 하지 않으셨을 테지만, 철 맞춰 힘들어도 발걸음을 하려고 나름으로 애는 쓰고 있답니다.

형님과 같은 생각으로 뛰어다니며 활동하던 시절을 돌아보자니 고비마다 감회가 새롭습니다. 형님은 복권조치 뒤 부모님이나 형제들에게도 배려를 아끼지 않으셨고, 건강 문제로 공적인 자리들을 모두 물리시고는 서예에도 관심을 두고 먼저 시작했던 저와도 서예나 전각 이야기를 나누셨지요. 형님 곁에는 늘 동지분들이 함께하셨고 또 기억해주시니 영혼께서도 외롭지만은 않으시리라 여겨집니다. 제가 독문학을 계속하여 마치기를 내심 바라셨던 걸 생각하면 여전히 제 마음이 편치만은 않지만, 조카 보람이가 미국과 프랑스에서 철학을 공부하고 덴버대학에 교수로 있으니 그 미래를 기대하고 축원하는 것으로 대신해주시기를 바라는 마음이옵니다.

정재경은 정재돈의 동생으로 춘천역사문화연구회 전문위원으로 활동하고 있다.

비오 형제가 걸었던 희망의 길 정하선 신부

장례미사 강론

오늘, 우리는 세상을 떠나 하느님께로 돌아간 정재돈 비오 형제를 기억하며 평화의 안식을 누리기를 바라며 위령추모미사를 봉헌합니다. 세상에서의 이 작별은 더 이상 기약할 수 없는 마지막 작별이기에 마음이 더 아픕니다. 먼저 슬픔에 잠겨 있는 고인의 유가족들에게 위로의 마음을 전합니다.

일반적으로 비오 형제님을 ME Marriage Encounter 가톨릭교회 부부일치운동 팀부부보다 가톨릭농민회장으로 많이 아시리라 여겨집니다. 그만큼 비오 형제님은 어린 학생 시절부터 오랫동안 우리나라의 평화를 위해, 국민이 먹을 생명의 양식에 대해 많이 애쓰시고 봉사하고 헌신하신 분으로 평생을 살아오셨습니다.

저는 코로나19 바이러스가 확산되기 시작한 2020년부터 인천ME를 담당하면서 비오 형제님을 많이 만나지는 못했습니다. ME에는 정년 제도가 있어서 팀부부 은퇴식도 제대로 못하고 팀부부 활동을 그만두셔야 했지요. 그러나 팀부부로서 활동을 그만두셨지만 비오와 엘리사벳 부부를 기억하게 해주는 사람들이 있었습니다.

계속 기억되고 기도하는 까닭

이럴 때 저는 사제로서 참 기쁩니다. 무엇을 잘해서 큰 상을 받거나 또 높은 지위에 오르는 것보다도 말입니다. 함께 단체 활동을 한 사람들이 동료를 계속해서 기억하고, 함께 사는 이야기를 나누며 기도해주는 것이 웬만한 깊은 관계가 아니면 만들어지기 어렵기 때문입니다.

비오 형제와 엘리사벳 자매 부부는 1991년 안동교구에서 ME 첫 주말을 하시고, 2년 후에 ME 팀부부로서 첫 주말발표를 하셨습니다. 또 지역을 옮기고 나서도 활동을 계속하셔서 2003-2004년 인천ME 제16대 대표부부로 왕성한 활동을 하셨습니다. 지난 흔적들을 살펴보면 가톨릭농민회에서도 활동을 계속해서 하셨지만, ME 팀부부로서 한국ME 활동도 하시며 부부들에게 많은 영향을 주셨습니다.

어떤 단체나 조직에 대표를 했다고 해서 사람들에게 오래 지속적으로 기억하고 이야기하지는 않습니다. 그만큼 비오 형제님과 엘리사벳 자매님이 동료 부부들에게 좋은 모습과 좋은 활동으로 모범을 보여주시고 사랑을 느끼게 해주었기에, ME 담당 신부로서 큰 감사를 드립니다. 그래서 저도 ME 팀부부들과 함께 계속 기억하고 기도할 것입니다.

비오 형제님의 선종 소식을 듣고 비오 형제님에 대해서 알고 있는 것이 없기에 강론을 준비하면서 인터넷으로 자료 검색을 해보았습니다. 참 많은 활동 기록과 글들이 있었지요.

그러면서 비오 형제님은 사람을 참 좋아하셨구나! 라는 생각이 많이 들었습니다. 생명을 위해서 또 사람을 위해서, 어떤 구별이나 차별도 없이, 남들이 가지 않았던 길을 찾아서 꿋꿋하게 걸어가셨다는 것이 금방 알게 되었기 때문입니다. 그만큼 외로우셨을 것이고, 그만큼 힘드셨을 것이고, 그만큼 아파하셨을 것입니다. 누군가에게 인정을 받기 위해서라기보다도 꼭 가야 되고, 걸어야 하는 길이라면 혼자서라도 목적지를 잃지 않고 언제나 항상 하느님께 매달리며 의지하면서 묵묵히 사셨다는 것이 느껴집니다.

1남 2녀를 낳아 키우시면서 어떤 아버지로 기억되는지 모르겠습니다. 외적인 활동을 많이 하셔서 자녀들에게는 조금이라도 소홀할 수 있는 아버지로 기억될 수도 있기 때문입니다. 하지만 비오 형제님이 하신 가톨릭농민회 활동이나 ME 팀부부 활동들은 바로 앞의 세상을 바라보고 우리만 잘 먹고 잘살자는 개인주의적이고 이기적인 마음이 아니라, 먼 앞날을 바라보면서 내 자녀들뿐만이 아니라, 내 자녀들이 함께 살아갈 사람들까지도 생각하면서 사람이 사람으로서 살아갈 좋은 세상을 만들고자 애쓰신 것입니다.

그래서 자녀로 성장하면서 아버지를 이해하지 못하는 부분도 있겠지만, 비오 형제님에 대해서 잘 알지 못하는 사제인 제가 보더라도 멋지고 훌륭한 아버지이셨다는 것을 감히 말씀드리고 싶습니다. 그리고 비오 형제님이 평생을 살아오신 그 마음을 잘 간직해 두셨으면 좋겠습니다.

희망이란 길과 같다

ME부부는 소개할 때 자신이 아니라, 상대방인 배우자를 소개합니다. "내 배우자는 사랑스런 누구누구입니다. 내 배우자가 사랑스런 이유를 무엇무엇입니다 하면서요. 엘리사벳 자매님은 비오 형제님이 먼저 하느님께 떠나가시지만, 비오 형제님이 생각날 때면 비오 형제님이 사는 동안 소개해준 사랑스러운 이유를 떠올리시면서 혼자 있는 시간이더라도 식사 잘 챙겨 드시고 자녀들과 손주들이 커 가는 것을 지켜보시면 좋겠습니다. 또 이미 하시고 계실 테지만 자녀들의 사랑스러운 점을 찾으면서 비오 형제님을 다시 만날 날을 희망하며 사시길 바랍니다.

비오 형제님이 남기실 글 중에 이런 글이 있어서 함께 나누면서 강론을 마칠까 합니다. 2006년과 2007년 새해 첫날, 가톨릭평화신문에 기고하신 글입니다. 두 번 다 비슷하게 글을 마무리하셨는데 그 부분을 조금 편집했습니다.

"희망이란 길과 같다. 길이 처음부터 나 있던 것이 아니라 다니는 사람들이 많아져서 생긴 것이니, 막연하게 바라고 기대하는 것이 아니라 위기를 기회 삼아 내가 결심하고 행동하기를 선택하는 '희망의 길'을 걸었으면 한다. 새해에도 하느님 사랑과 축복이 가득하시길 기도 드립니다."

정재돈 비오 ♥ 심영란 엘리사벳 부부를 기억하며, 인천ME 팀부부들이 정년기념으로 만들어 선물한 영상앨범 QR

☞ 유튜브채널 https://www.youtube.com/watch?v=swWU37aI8vg

정하선 베드로 신부는 천주교 인천교구ME 지도신부이다.

새록새록 떠오르는 기억들 정한길

난 형이랑 삼십여 년 이상을 호형호제하며 살았다. 형과의 기억들이 새록새록 떠오른다.

• 우리밀살리기운동을 할 때, "자네를 만난 것은 축복일세." 형의 이 한 마디가 이 길을 걷고 사는 동안 많은 힘이 되었다.

• 무더운 여름 대구 보훈병원 앞 우리밀 수매현장에서 보았던 녹아 흘러 떨어진 형의 신발 뒷굽을 평생 잊을 수 없다.

• 가톨릭농민회관 매각 후 회관의 항아리들을 우리밀농산으로 이동시켰는데, 이는 가농의 정신인 생명의 먹을거리를 계승하는 의미에서 재돈이 형이 추진한 것이었다.

• IMF로 우리밀운동과 사업이 어려움에 처했을 때 비대위를 구성하여 우리집 가야산에서 돌아가신 남중현 박사, 신경은 이사, 이렇게 모여 밤이슬 맞으며 밤새 토론을 한 기억이 떠오른다.

• 20여 년 전쯤 영해 권종대 의장 댁에서 보고 싶은 얼굴들과 모여서 논 적이 있다. 청송 배용진 회장, 강성중 가족, 권오량 가족, 정은정, 허남혁, 김동준 가족 그리고 우리 가족까지 요즘 말하자면 번개팅이었던 셈이다. 형이 병상에 누워있을 때 그때

찍은 사진을 보여주니 참 좋아했다고 들었다.

• 2005년 WTO 홍콩 각료회의 저지 투쟁차 홍콩에 갔을 때 유영일 신부님, 재돈이 형, 나 이렇게 포로수용소에서 구금된 일이 주마등같이 스쳐 지나간다.

• 6·15 공동선언 실천을 위해 남북농민연대 차 방문했던 평양에서의 활동은 농민해방과 통일농업 실현에서 엄청난 업적이다.

재돈이 형이 가톨릭농민회 회장을 할 때 내가 부회장으로 4년을 지냈다.

2008년 총선 때 민주당 비례대표 공천준비 과정에서 주교님 몇 분의 추천서를 받는 등 분위기가 좋았으나 가농 내에서 회장을 사퇴하고 정치하라는 문제 제기가 있어 선임 부회장인 내가 회장직무 대행을 받게 되었다. 이러한 조직적 결정에도 불구하고, 며칠 후 내가 교통사고가 나고, 형은 공천과정에서 당내 계

▲영해 바닷가에서

백두산 천지 가는 길▶

보간 자기 사람 챙기는 바람에 모든 것이 백지화되었다. 지금 생각해도 아쉬운 결과다. 만약 국회로 진출되었다면 농업, 농촌, 농민을 위해 큰일을 했을 것이다.

　형은 농민 신분이 아니었으나, 그것은 문제가 되지 않았다. 형은 농민보다 더 농민을 위해 살았다. 재돈이 형은 하늘나라에서 우리에게 농민의 길을 인도하실 것이다.

정한길은 한국가톨릭농민회 회장을 지냈다.

평화를 사랑하는 따뜻한 사람 최재관

정재돈 회장님은 갈라진 농민조직을 하나로 모아낸 사람입니다.

2006년 저는 전농 정책위원장을 맡아서 서울 전농 사무실에서 생활하며 지냈습니다. 그때 정재돈 당시 가톨릭농민회장님은 전농 사무실에 자주 놀러 오셨습니다. 제가 본 정재돈 회장님은 늘 소박한 모습이었고 막걸리 한잔 놓고 농민들 삶을 걱정하는 따뜻한 사람이었습니다.

2005년 추운 겨울 여의도의 찬바람을 맞으며 쌀수입개방 반대 농민대회를 하던 중에 경찰에게 맞아서 농민이 사망하는 사건이 일어났습니다. 안으로는 전용철 열사를 잃고 경찰청장이 사임한 상황이었고, 밖으로는 한미 FTA가 시작되어 쇠고기 수입 개방과 영화개방 등 온 나라가 벌집을 쑤신 듯 시끄러웠습니다.

이런 상황 속에서도 정재돈 회장님은 따뜻한 평화주의자였습니다. 그동안 갈라져 있던 농민운동의 두 진영을 하나로 모아 내셨습니다. 외부의 강력한 위기에 농업 농촌 농민을 지키기 위해서는 농민의 단결이 가장 중요한 시대적 과제였습니다. 정재돈 회장님의 주도로 '농민연합'을 만들었습니다. 따뜻한 사람

정재돈 회장님의 지도력은 화해하고 합치는 것입니다. 그렇게 농민단체를 하나로 모아내신 분으로 기억됩니다.

　정재돈 회장님은 도시와 농촌을 하나로 모아낸 사람입니다.
　한미 FTA의 격렬한 투쟁의 나날을 보내고도 수입 개방의 파고를 막지 못하고 실의에 빠져 있던 때였습니다. 그러던 2008년 미국산 광우병 쇠고기 반대에 중학생들과 많은 아이 엄마들이 유모차를 끌고 거리로 나선 것을 보며 거대한 소비자의 힘을 보았습니다. 2007년 정재돈 회장님이 입버릇처럼 말씀하시던 국민과 함께 하는 농업을 해야 한다는 말씀을 비로소 실감했습니다.
　회장님은 젊은 날 가톨릭농민회를 통해 범국민적인 우리밀 살리기운동을 벌이며 소비자와 생산자가 힘을 합쳐야 우리 농업이 산다는 것을 알려주었습니다. 저는 전농을 마치고 생산자와 소비자가 함께하는 국민운동을 벌이기 위해 친환경 학교급식운동을 하게 되었습니다.
　2009년 경기도의 무상급식 운동이 벌어지고 2010년 전국지방 선거에 무상급식 운동이 정치 쟁점으로 떠오르며 국민과 함께하는 농민운동의 시대가 활짝 열렸습니다. 도시와 농촌, 생산자와 소비자가 함께해야 농업이 산다는 정재돈 회장님 말씀은 새 시대를 통해 증명되었습니다.

　정재돈 회장님은 남과 북의 하나 됨을 꿈꾸는 사람입니다.
　2007년 남쪽의 농민들이 북쪽 농민들의 초청을 받아서 평양 순안공항으로 날아갈 때였습니다. 정재돈 회장님은 남쪽 농민

97명의 대표로 방북해서, 남쪽은 한미 FTA로 농민들이 고통받고 북쪽은 2001년부터 2004년에 걸친 큰 홍수로 식량 사정이 말이 아니라고 하시며 남과 북의 농민들이 힘을 합쳐 통일농업지구를 만들자는 구상도 말씀하셨습니다. 남북의 농민들이 자주 만나고 남북농업 협력을 통해 서로 도와서 마침내 통일 농업을 이루자고 다짐하기도 했습니다.

북쪽의 농민들과 매일 만나고 술도 마시고 즐겁게 보낸 며칠이 지나고 헤어질 때는 그렇게 눈물이 났습니다. 정재돈 회장님은 수십 년 분단 장벽을 허물고 가족의 정을 나누도록 평화와 통일의 꿈을 꾸었습니다. 정재돈 회장님은 늘 남북의 농업 협력을 위해 통일농수산사업단의 대표를 맡으시며 통일의 날을 꿈꾸며 사셨습니다.

소박하고 따뜻하고 평화를 사랑하는 회장님은 늘 부드러운 모습으로 농민운동이 가장 격렬했던 시대를 이끌어주신, 격정시대 투쟁의 시대를 평화와 사랑으로 이끌어주신 선생님이었습니다. 아마도 가톨릭농민회를 하셔서 그럴까요.

정재돈 회장님은 대립으로 갈라진 농민운동을 모아내시고, 격렬한 농촌투쟁현장에서 국민과 함께하는 그것이 오히려 대안이라고 알려주시고, 분단과 대결의 시대에 화해와 평화가 답이라며 평화를 실천한 따뜻한 사람으로 예수님의 참된 제자로 영원히 기억될 것입니다.

최재관은 전국농민회총연맹 활동을 하며 정재돈을 만났으며, 여주시에서 학교급식운동을 전개했다. 전농 정책위원장, 청와대 농어업비서관 등을 역임했다.

바우 형님의 구동존이 허헌중

두고두고 보고 싶은, 진정으로 그윽하신 사람

돌아가신 지 벌써 첫돌이 되나 봅니다. 인연을 맺은 먼저 가신 이들 가운데 두고두고 생각나게 하고 보고 싶게 하는 이가 있으면 그만한 복도 없겠습니다. 형님은 그렇듯 우리에게 복을 주셨습니다. 두고두고 보고 싶은 이, 형님은 진정으로 그윽한 이였습니다.

하지만 저는 죄송하게도 생전에 내일이 아쉬운 듯하며 자주 뵙지는 못했습니다. 그러면서도 만날 때면 늘 그윽하셨습니다. 말씀이 많지도 언행이 젠체하지도 마음 씀이 번드르르하시지도 않았습니다. 다만 드러나지 않게 깊고 평화로우신, 늘 진정으로 그윽하신 사람, 오늘 새삼 보고 싶습니다.

활동가의 길을 안내해주신 인연에 감사드리며

1988년 무렵부터 형 동생으로 뵙기 시작한 듯합니다. 돌아보니 더욱 생각납니다. 1983년 2월 제가 한국기독교농민회총연합회 교육·홍보 간사로 일하기 시작하면서 앞선 큰집 단체이자 선배 활동가들이 계신 대전의 한국가톨릭농민회 사무국에 자주 드나들면서입니다.

1974년 대학 1학년인가 2학년 때 민청학련사건으로 고생하시다 사회에 나와 1975년부턴가 가톨릭농민회가농 실무자로 헌신해온 '바우' 같은 형님을 만나보라고들 하셨습니다. 이 글 끝에 소개한 '추모의 글' 제목에서 보듯이, 함께 하신 이들 사이에선 아마도 그 한결같고 그윽하고 심지 굳으신 성정과 됨됨이 때문에 '바우'로 애칭하신 것 같습니다.

가농 안동교구 총무, 대구교구 총무로 일하신 궤적을 듣곤 했습니다. 그러면서 이 자리 저 자리에서 뵈었겠습니다만, 형 동생으로 가까이하기는 아마도 1988년인가 전국본부 교육부장으로 대전서 일하신 이후부터가 아닐까 싶습니다.

그 후로도 전국농민회총연맹전농 1·2기 실무자 시절, 가농 사무총장과 회장 시절, 요즘 '국민과 함께하는 농민의 길' 전신이라고 할 전국농민연대 상임대표 시절, 국민농업포럼 상임대표 시절, 한국협동조합연구소 이사장 시절 등 형님의 지난 시절 시절마다 바쁘신 속에서도 이 일 저 일 겸해 뵙고 인연을 나눌 기회를 주신 데 대해 정말 감사하게 생각합니다. 뵐 때마다 언제나 한결같았습니다. 특히나 전농 실무자 시절과 전국농민연대 시절이 다시금 되새겨집니다.

전농 1기 실무자로 함께 할 때 흘리신 눈물,
지금도 눈에 선한데
1990년 4월 24일 전농이 창립되었습니다. 80년대 내내 전국적으로 타오른 농민대중의 농지세 반대투쟁, 농가부채 해결투쟁, 소몰이투쟁, 농산물 제값 받기투쟁, 민주헌법쟁취 국민운동, 수입개방 반대투쟁, 수세 거부투쟁 등은 농민 조직들로 하여금 전국 단일대오 구축에 헌신하게 했습니다.

대중노선에 입각하여 농민 대중투쟁을 이끈 가농, 기독교농민회기농, 농민협회와 독자적 농민회 등은 농민운동의 전국 단일대오 구축의 과정에서 1989년 3월 1일 가농과 기농, 일부 독자적 농민회가 먼저 '전국농민운동연합'전농연으로 결집하고, 이어전농연과 전국농민협회와 남은 독자적 농민회들이 한데 뭉쳐마침내 1990년 4월 24일 전농으로 농민운동 전국 단일대오를조직해내기에 이르렀습니다.

이 과정에서 형님의 헌신적인 통합 노력과 실천 활동이 큰 역할로 지속되었으며, 전농 1·2기1990.4.24-1992.3.3에 조직국장으로헌신하기에 이르렀습니다. 저도 1기에 정책실 차장 겸 조사국장으로, 2기에 정책실 차장 겸 교육국장으로 형님과 함께하는 인연을 누렸습니다. 당시 전농 1기와 2기는 우리 사회 전반적으로운동노선을 둘러싸고 심각한 사상투쟁·조직대립이 심화되기시작한 무렵이라 농민운동도 예외가 아니었습니다. 사상·이론·방법과 정치노선·조직노선·투쟁노선을 둘러싸고 학생·청년운동이나 노동운동만큼은 심하지 않았지만 상당한 갈등과 대립이 노정되기 시작한 때였습니다.

그래서 전농 1·2기 사무총국을 꾸려간, 형님을 포함한 실무자들도 전농 결성 전 전국조직가농, 기농, 농민협회 등 출신들 간의 화학적 통합과 인화단결을 위해 정신적·육체적 고생 특히 마음고생을 이만저만한 것이 아니었습니다. 특히 조직국장으로 8개 도,100여 시·군 농민회 전체를 관장해야 했던 형님이 아니었으면조직이 건사하지 못했을 정도였습니다.

분열하지 않도록 오로지 인내하며 진심을 다해 보듬으며 구동존이 求同存異하게끔 노력하셨습니다. 전국 단일대오로서 전농이 농민대중의 인간다운 삶 실현과 우리 사회의 진보개혁과 민주화와 통일의 길에 복무하도록 실무활동 최일선에서, 조직활동 음지에서 최선을 다하셨다고 생각합니다.

2기를 마무리하는 1991년 12월 말인가 이듬해 1월 초인가 어느 날 밤이었지 싶습니다. 당시 전농 사무총국이 자리했던 서울 강남구 대치동 사무실 근처 식당에서 그동안 실무자 활동을 정리하면서 서로 조직 활동 소회를 나누던 술자리였습니다. 저도 울고 자리한 누구라도 같이 울었지만, 그 한없이 인자하고 온화하면서도 심지가 누구보다 굳세었던 우리의 영원한 조직국장 재돈 형님의 깊은 눈물은 글을 쓰는 지금도 잊히지 않습니다. 사내가 진정으로 울면 저리도 깊은가 싶었습니다. 밤새 우리는 우리의 영원한 선배 활동가 형님의 피눈물을 술잔에 연거푸 나눠 마셨습니다. 형님과 함께한 저나, 그날 함께 자리했던, 1·2기 조직국 차장으로서 형님과 함께 의기투합하고 동분서주하셨던 박미숙 누님이나, 그날 형님과 나눈 눈물과 서로에 대한 위로와 농민대중·전농 조직에 대한 진정眞情을 어찌 잊을 수 있겠습니까?

늘 더욱 필요한 구동존이의 실천과 리더십
그이가 전국농민연대를 이끄신 시절만큼, 농민대중의 인간다운 삶과, 국민과 함께하는 농업을 위해서는 농민단체들이 정파와 지향이 다를지라도 대동단결하여 연대활동과 공동투쟁에 함께 헌신한 적이 있을까 싶습니다. 이는 한 생을 바쳐 운동에 헌신하며 활동가의 길을 안내하신 '바우'이셨기에 가능했습니다. 이는 오늘 남은 우리들에게, 뒤 활동가들에게 주시는 유훈입니다.

생전에 나눈 대화에서 강조하셨던 말이, 형님의 삶과 길을 잘 말해주는, 농민단체들과 농민운동에 제일 중요한 실천방도가 '구동존이'라는 말입니다. 공통점을 추구하고 다른 차이점은 미뤄두자, 공통점을 찾아서 함께 추구하고 협력해 나가면서 공동이해가 실현되는 관계를 발전시켜 나가자는 말씀이셨지요. 내부적으로 이질화, 다양화, 전문화해지고 이제 사회적 소수자로까지 축소되고 있는 농민대중의 권익 실현, 국민과 함께하는 국민 속의 농민운동으로의 발전을 위해서는 한 생을 바쳐 헌신해 온 '바우'님의 실천적 삶과 리더십이 오늘 더욱 필요한 때인 것 같습니다.

메마른 땅 적시는 단비 되고 따스한 햇살 되어

형님의 발자취를 돌아보다가 돌아가신 후 추모의 글이 다시 눈에 밟혔습니다. 평생을 함께하신 여류如流 이병철 형님의 〈사랑하는 아우, 바우의 가는 길에〉입니다. 오늘 그이가 다시 보고 싶은 우리들의 진정眞情, 참으로 그윽하신 그분이 메마른 땅 적시는 단비가 되고 언 눈 녹이는 따스한 햇살 되어 이 땅에 다시 오시기를 바라는, 가신 지 첫돌을 맞는 우리들의 송가頌歌입니다.

    …… 내 사랑하는 아우, 바우야 / 마지막 병상 / 육신의 기력이 다하고 / 참아낼 수 없는 그 아픔에 신음하면서도 / 너는 내게 고맙다는 말을 먼저 했다 (중략) 앞서간 그 길, / 이생에서 감당

해야 할 네 몫 그리 마무리했으니 / 스스로 짊어졌던 짐 이젠 모두 내려놓고 / 밝고 가볍게 훨훨 날아올라라 / 날아올라 한 줄기 상큼한 바람 되고 / 메마른 땅 적시는 단비 되고 / 언 눈 녹이는 따스한 햇살 되어 / 네가 한 생을 바쳐 사랑했던 / 이 땅의 농민들에게 / 어깨 걸고 목쉰 소리로 민주와 정의를 함께 외치던 동지들에게 / 너와 함께 했던 인연에 감사하는 이들에게 / 다시 오기를 / 이 땅에 그렇게 환하게 다시 꽃 피어나기를
- 이병철, 〈사랑하는 아우, 바우의 가는 길에〉, 2022.6.8.

허헌중은 기독교농민회, 전국농민회총연맹에서 일하며 정재돈과 관계 맺었다. 식생활교육국민네트워크 이사, 한살림생협 감사 등을 지냈고, 지역재단 상임이사로 일하고 있다.

하늘에서는 담배를 끊기를 홍범표

저는 강원도 춘성군 남면 방곡리 377번지옛 주소 할아버지 집에서 음력 1954년 11월 19일 태어 났습니다.

정재돈이네 집은 우리집 앞 개천 건너 마을에 있었고, 그로 인하여 같은 마을에 있는 남산국민학교를 다니게 되었고, 그때부터 친한 친구로 지내게 되었습니다. 제 기억으로, 재돈 친구는 초등학교 다닐 때부터 의협심이 강하고 불의를 보면 못 참는 성격이어서 힘없고 어려운 동료들을 위해 많은 선행을 하였습니다.

우리는 중학교도 같은 마을에 있는 창촌중학교에 같이 입교하여 공부하였으며, 재돈이는 머리가 좋아 항상 반에서 일등을 하는 우수한 학생이었습니다. 제가 중학교 3학년 반장을 할 때 재돈이와 둘이서 작당하여 수학 담당 담임선생님이 학생들을 편애한다고 하여, 반항으로 기말고사 때 같은 반 학생들에게 백지 답안을 내도록 종용하였다고 해서 담임선생님에게 지게 작대기만 한 싱싱한 아카시아 나무 몽둥이로 40여 대씩 맞고 둘이 매우 고통스럽고 아파했던 기억이 납니다.

고등학교를 재돈이는 인문계인 춘천고등학교로 진학하고, 나는 가정형편이 어려워 실업계인 춘천기계공고로 진학하게 되어 둘은 헤어지게 되었고 가끔씩 만나 어울려 놀았습니다. 춘천 고등학교 졸업식에 갔었는데 재돈이가 유신 반대하는 보안사범으로 몰려 수사관들이 체포하려고 하여, 나와 동료 친구들과 함께 사복으로 환복을 하게 하여 강촌 시골집으로 피신을 시켰습니다. 졸업 후 강원대학교에 입교하도록 되어 있었는데 대학교 입학도 못하고, 이후 계속 피신 및 은둔생활을 하다가, 내가 공군에 입대하여 있을 때 수사기관에 잡혀 들어가 많은 고초를 겪었다는 이야기를 친구들을 통해서 들었습니다.

내가 공군 제대 후 공군사관학교 교수로 재직할 때 故 이형섭 친구와 재돈이를 함께 청주 공군사관학교에 초대하여 사관학교 박물관, 청남대 대통령 별관 등을 같이 관람하고 즐거운 시간을 가진 게 절친 친구 재돈과 형섭 셋이 모여 보냈던 시간이 마지막 시간이었습니다.

돌이켜 보면, 엊그제 같은데 절친 친구들은 벌써 모두 하늘나라로 떠나버리고 나 혼자 남게 되었습니다. 생각해보면, 재돈 친구는 생전에 자기보다는 남을 위해 열심히 일하며 봉사해 왔습니다.

친구야, 그동안 너무 고생 많이 했다. 이제 하늘나라에 가서는 아프지 말고 건강하게 평안한 영면을 하기 바란다.

추신 : 부디 하늘나라에선 담배 끊어라.

홍범표는 어린 시절을 함께한 같은 마을 친구로 공군사관학교 교수를 지냈다.

참으로 아끼고 사랑했던 동지 황민영

 우리가 아끼고 사랑했던 동지同志! 정재돈 위원장이 이승을 떠난 지 벌써 일주기를 맞이하고 있다. 세월은 유수와 같다더니 참으로 빨리 갔다. 인명은 재천在天이라 하지만 참으로 허망한 일이 아닐 수 없다!

 정재돈 동지! 그는 천성이 자애롭고 정의로운 품성의 소유자로서, 불의를 보면 철저히 불타협의 자세를 견지하는 참다운 개혁운동가로서 선후배의 신망이 매우 두터웠다.

 그는 기본적으로 1974년 대학 재학시절 민주화운동의 한 사건이었던 소위 '민청학련사건'과 관련하여 옥고를 치르고 난 후에도 평생을 나라의 민주주의 실현과 민족 통일, 농민의 권익 구현에 헌신하는 삶을 살아왔다.

 특히 70년대 박정희 정권 말기 농민권익 투쟁운동의 중심이었던 가톨릭농민회 농촌운동 현장실무자로서 온갖 탄압, 어려움에도 불구하고, 항상 농촌현장에서 농민 동지들과 희로애락을 함께 하면서 투쟁을 이끌었다. 참으로 어려운 시기에 농촌현장에서 현장 농민 동지들과 동고동락하였고, 헌신성과 인본주의적 높은 품성은 주위 사람들에게 큰 귀감이 되었던 참다운 동지였다.

농협개혁의 길에서 만나다

정재돈 동지와 내가 깊게 만나기 시작한 것은 '87 민주화 이후 농정개혁의 우선 과제의 하나인 농협개혁과 관련하여 본격적으로 논의가 시작되던 즈음이다. 1990년대 김영삼 문민정부가 출범하면서 대통령 직속 자문기구 농어촌발전위원회에서 논의한 농·수·축협의 개혁방안을 보고받은 바 있다. 이에 재야에서도 농협개혁대책위원회를 조직하여 호응하게 되었다. 우리나라 생산자 협동조합 개혁의 좋은 기회였다고 생각한다. 우리 사회의 참다운 민주주의 실현이 어려운 과제이듯이 농업·농촌의 주인인 농민의 자조 자주 조직인 농협개혁은 여전히 개혁 과제로 남아 있다.

당시만 해도 농협개혁을 선도할 조사·연구 주체가 부재한 현실에서 농협개혁을 지속적으로 추진하기 위한 싱크탱크로서 한국협동조합연구소를 설립하자는 데 공감대가 형성되어 많은 협동조합 관련 인사들이 연대하게 되었다.

1998년 김대중 국민의 정부, 농림부 김성훈 장관의 협동조합 개혁을 위해 각계각층 인사들이 참여한 협동조합개혁위원회가 설치되어, 나는 그 위원장에 위촉을 받고 노력하였으나 그 또한 미완으로 끝났다고 평가한다. 우리나라 협동조합은 역대 정부를 거치면서도 조합원 중심의 민주적 개혁이 이루어지지 못하고 한국 농업·농촌 문제 해결의 중심으로서 기대에 미치지 못하고 있다.

한국협동조합연구소와 협동조합기본법

한편 설립 초기부터 연구소의 중심 역할을 맡아 일했던 장종익 소장이 유학길에 오르면서, 한때 휴면기를 맞기도 했다. 이때 정재돈 동지는 관심 있는 인사들과 함께 협동조합 발전에 필요한 활동을 펼쳐보겠다는 의지에 따라 연구소 이사장으로 취임하였다. 당시 연구소는 우리 사회에 다양한 협동조합이 설립되는 계기를 조성했던 '협동조합기본법' 제정에서 주도적인 역할을 담당했다. 2012년 1월 26일 협동조합기본법이 제정되면서, 한국협동조합운동 역사에서 역사적인 날로 기록되고 있다.

참여정부 시기, 나는 2005년 대통령 직속 농어업·농어촌특별대책위원회농특위 위원장으로 위촉되면서, 정재돈 동지와 긴밀히 연대하였다. 그것은 농특위가 추진하려고 하는 대부분 과제들이 현장 의견을 광범위하게 수렴하고 적극적 지지를 이끌어내야 할 필요성이 제기되었기 때문이다. 참여정부 농특위의 농정 핵심개혁과제로 농정추진체계 혁신, 농림 예산 및 농업금융 혁신, 농업 및 농민교육 혁신, 협동조합 혁신, 그리고 남북농업교류 혁신을 주제로 설정하여 논의했고, 특히 농업의 역할과 농촌의 환경 변화에 따라 생산 위주의 농정체계를 식품 가공·환경·지역도 포괄하는 체계로 전환해야 한다는 취지에서 당시까지 농림수산부의 설치법인 '농업·농촌기본법'을 '농업·농촌 및 식품산업기본법'으로 개정하여, 오늘의 '농림축산식품부'를 탄생시키는 데 가교 역할을 했다.

식생활교육의 시작
농특위에서는 2006년부터 논의했던 '식생활교육지원법'이 2009년 4월에 이명박 정부, 국회에서 통과 제정되면서, '건강·환경·배려'의 3대 가치를 실현하는 식생활교육이 시작되었다.

특히 민·관 협치적 지속가능한 식생활교육을 추진하기 위한 민간 주체로서 식생활교육국민네트워크 출범이 동시에 이루어지는 기민한 대처가 있었고, 이 과정에서 정재돈 동지의 협력이 중요하게 역할을 담당했다. 식생활교육지원법에 따라 구성되는 국가식생활교육위원회의 농림축산식품부 장관과 민간 공동위원장으로 참여하여 국가식생활교육기본 5개년계획을 수립하는 데도 기여하였다.

또한 정재돈 동지는 2012년에 있었던 나의 칠순기념 준비위원장을 맡아 《아름다운 고집 황민영》이란 책을 발간하였고, 잔치 자리도 마련하여 4백여 선후배 지인들을 한자리에 모아 인사할 수 있는 호사를 누리기도 하였다. 이를 어찌하나! 그 고마움에 답례할 기회도 주지 않고 홀연히 내 곁을 떠나고 말았다.

정 형! 그립습니다. 사랑합니다.

황민영은 평생 농민운동과 협동운동을 해왔다. 한국농어민신문사 사장, 한국협동조합연구소 초대 이사장, 농어업·농어촌특별대책위원회 위원장을 지냈다.

3부

그 눈빛 그 온기

미리 쓴 유서

사랑하는 엘리사벳

† 사랑이신 주님! 당신께서 지금 저를 거두시겠다면 혼자 남을 엘리사벳을 살펴주소서.

두렵고 꺼리기만 하던 죽음 대화에 응해준 당신 덕분에 더욱 용기를 낼 수 있게 되었어요. 내가 저혈압으로 쓰러졌던 뒤라 예기치 않던 친구의 죽음이 남의 일 같지 않아 여러 날을 뒤척였는데, 이제 바로 내가 그렇게 당신만 남겨두고 떠나야 한다니 어찌할 바를 모르겠고 갑자기 뒷목이 뻣뻣해지며 숨이 가빠지고 눈앞이 캄캄한 게 아득하기만 합니다. 이게 당신과 마지막이고 영영 당신을 볼 수 없는 이별이라니 천 길 낭떠러지로 떨어지는 듯 소름이 끼치고 온몸이 떨려 당신 손이라도 꼬옥 잡아보고 싶습니다. 당신은 내 따뜻한 손이 좋다며 손잡기를 좋아했는데 이제 그 쉬운 일마저도 할 수가 없겠구려.

언제까지나 함께 할 것 같았던 엘리사벳! 당신과 걸어왔던 20여 년의 세월이 무성영화처럼 아련히 펼쳐집니다. 당신을 만

---

* 2000년, ME프로그램에서 발표한 글이다.

나려고 천릿길 마다않고 기차로 오르내리던 시절, 마중 나온 당신이 있었기에 기차역은 아름다운 추억의 장소였지요.

그때부터 지금까지 당신이 있어 행복했어요.

신혼 셋방살이 시절 집 한 채 사 왔노라고 주택복권 한 장을 사다 주었는데도 기뻐 팔짝 뛰며 내게 안기던 천진스러운 당신 모습이 아직도 선명하게 떠오릅니다. 그런 새색시 당신이 있었기에 시국이 암울하여 여러 차례 본의 아니게 떨어져 살면서도 의연함을 잃지 않고 버틸 수 있었지요. 잘 바라지해 준 당신이 있었기에 그 모든 세월을 하느님께 감사드려요.

내가 언제라도 집에 돌아오면 당신을 만날 수 있다는 기대 하나로 하고많은 날 출장에다 주말부부 시절을 마다않고 일할 수 있었는데 이제 이렇게 당신과 헤어지면 떨어져 살던 그 세월이 너무나 아깝고 안타깝구려. 이렇게 갈 거라면 하루라도 더 당신 옆에 있어 줄 걸……. 결혼기념일도 여러 차례 당신 혼자 놔두고 애 낳을 때도 옆에 있어 주지 못 했잖아요. 그럼에도 당신은 사랑스런 아이들 낳아 반듯하게 키우고, 내 생일이면 미역국을 끓이고 아이들과 함께 축하 케이크며 선물을 준비해 나를 기쁘게 해 주었는데, 이젠 생일상 대신 제사상을 차려놓고 오열할 당신을 생각하니 슬픔이 복받쳐 올라 목이 메입니다. 당신은 늘 나하고 손잡고 뒷동산을 산책하거나 바람 쐬러 나가는 걸 그렇게 좋아했는데 내가 이렇게 빨리 갈 줄 알았으면 그거라도 원 없이 자주 해 줄 걸…….

ME주말 감격으로 그나마 크고 작은 상처를 씻고 이젠 밤 10시가 되면 10/10 하자고 공책을 들고 우리 함께 안방으로 들어갔는데 내가 이렇게 훌쩍 떠나고 나면 당신은 누구하고 대화를 나누며, 눈물 많은 당신이 나 없는 그 숱한 나날을 어찌 보낼지……. 당신과 내가 함께 했던 안락했던 잠자리도 이제는 더이상 함께 하지 못하니 팔베개를 좋아하던 당신이 나 없는 빈방에서 서럽게 울 걸 생각하니 가슴이 미어지는 안타까움에 흐르는 눈물을 걷잡을 수 없군요. 모두가 우리 둘이 함께했기에 행복하고 즐거웠던 아름다운 추억인데, 혼자되어 쓸쓸히 걸어갈 당신을 생각하니 차마 눈을 감을 수가 없습니다. 먼저 가는 죄스러움에 돌아오지 못할 강을 건너듯 자꾸 뒤돌아보며 당최 발걸음이 떨어지지 않아요. 도대체 상상도 못 했지만 이제 당신의 다정한 미소와 목소리조차 더 이상 볼 수도 들을 수도 없다는게 믿어지지 않고 목이 타도록 아쉬워요.

당신이 얘기 좀 하자고 할 때도 "부부간에 눈동자 돌아가는 것만 봐도 알아야지 무슨 놈의 말이 필요하냐."고 면박을 주고, 대화 한마디 먼저 따뜻하게 건네지 못한 게 무엇보다도 아쉽고 비수에 찔린 듯 쓰리고 아픕니다. 이렇게 쉽게 마무리되는 삶인 줄 알았더라면 좀 더 따뜻하게 대해줄 걸, 내 건강을 염려하여 당신이 그렇게 끊어보라던 담배 하나 못 끊고 싫어하는 연기를 뿜어대다 가는구려. 한 발짝만 비켜 서 봐도 당신에게 정말 잘해줄 수 있었는데, 살아 숨쉬는 동안 좋은 추억과 사랑을 남기지 못하고 미운 짓만 골라 하다 떠납니다. 내 방식만 고집하고 내 기분에 따라 행동하면서 당신에게 기쁨보다 상처를 더 많이 준 것 같아, 때늦은 후회가 밤하늘의 쪽달처럼 가슴에 와 박힙니다.

사랑하는 엘리사벳!

하느님께서 우리에게 허락하신 세월만큼밖에 함께 하지 못함을 이렇게 뒤늦게서야 알게 됨이 너무나도 안타깝고 서럽습니다. 별것도 아닌 일 갖고 다투고 서로의 마음에 상처를 새길 만큼 우리 삶이 길지 못함을 왜 미처 몰랐을까요? 서로 아끼고 사랑하고, 헌신하기에도 부족한 세월임을 왜 진작 몰랐을까요? 어리석고 게으른 내가 당신에게 힘든 일 모두 맡겨놓고 평생을 표리남북 싸돌아다니다 이제는 돌아와 당신 앞에 섰는데, 제대로 해보지도 못하고 모든 걸 또 당신에게 짐 지우고 어떻게 훌쩍 갈 수 있겠소? 내게 다시 생이 조금만이라도 더 주어진다면, 정말 당신한테 잘할 수 있을 것 같은데, 그래서 당신에게 진 이 빚을 갚을 텐데, 그걸 못하고 가는구려. 온통 아쉬움과 회한이 산더미 같은 파도처럼 밀려와 가슴이 터질 것만 같습니다.

나 없는 방에 혼자 망연자실 앉아 있을 엘리사벳, 외짝이 되어 다정한 ME 식구들과 함께할 순 없을 테지만 나 없다고 너무 기죽지 말아요. 험한 세상일지언정 너무 사나워지지도 말고 고요하나 당당하게 살아주구려. 하느님의 선물인 든든한 큰애가 아빠 잃은 슬픔 이상으로 당신을 더 걱정하며 보살펴 줄 거에요. 자기도 크면 아빠 같은 사람하고 결혼할 것 같다던 둘째, 나와 운동 같이하는 걸 좋아하던 막내 녀석, 맨날 집에만 틀어박혀 있지 말고 씩씩하게 살도록 해요. 애들에게도 아비 노릇 하나 제대로 못 하고 떠나는 게 눈에 밟힙니다.

　다음 생에라도 내가 사랑할 엘리사벳! 잠시 육신을 빌어 왔던 내 영혼이 육신은 떠나도 당신 옆에 머물 수 있다고 합디다. 머물러서 당신 눈물도 닦아주고 못 다한 사랑의 기쁨도 함께 나누겠어요. 이제는 절대 내 기분 따라 내 멋대로 내 식대로, 세상이 이끄는 대로가 아니라 하느님께서 계획하고 원하시는 대로, 귀 기울여 듣고 당신을 아끼고 사랑할게요. 그래서 난 당신이 연주하는 대로 소리를 내는 당신의 악기가 되고 당신의 넉넉하고 든든한 울타리가 될 것입니다. 당신에게 하느님의 가호를 빌며.

　　　　　　　　　　　당신으로만 채워질 수 있는 비오가

사랑하는 내 남편, 하느님이 주신 소중한 선물 비오!
　† 자비하신 주님께 저희를 온전히 맡기나이다. 끝까지 사랑 나누며 살아가게 하옵소서.

　우리 관계를 마감해야 하는 죽음을 생각하니 우선 가슴이 답답하고 두렵고 조급해집니다. 할 일을 못다 한 채 쫓기듯 떠나야 하는 사람처럼 진둥한둥 허둥거리며 아찔해집니다. 언제나 머리로는 우리도 언젠가 죽음의 그림자가 길게 늘어서면 헤어질 거라고 생각하면서도 아득히 먼일이라 여겼었는데 막상 죽음이 내 일이 되고 보니 벼랑 끝에 선 듯 아득합니다.

　사랑하는 비오.

학창시절에 만나 당신하고 부부로 20년 넘게 살았는데, 아주 먼 기억의 저편에서부터 당신 손을 꼭 잡고 오직 하나로 이어진 길을 걸어온 느낌이 듭니다. 첫애를 낳고 힘겹게 누워있던 나를 환하게 웃으며 안아주던 당신, 춘천에 다녀오던 어느 날엔, 가을을 듬뿍 느끼게 해주겠다고 당신은 양수리로 차를 몰았지요. 햇살 반짝이는 넓고 잔잔한 강물과 단풍나무 은행나무 미루나무 노란 단풍까지 정겹던 아름다운 가을과, 좋지? 좋지를 연발하던 당신의 얼굴 그 목소리가 눈에 선한데, 이제는 작별인가요? 창밖의 경치도 좋은 사람과 함께여야 아름답다던 당신, 우리가 좋아하던 햇살 반짝이는 양수리 강물은 내년에도 그대로일 텐데 나는 땅속에 묻혔고, 당신은 홀로 그 가을 길을 달리겠지요?

사랑하는 비오.
내가 무얼 원하는지 내 마음을 나도 모른 채, 당신만 탓하며 불평 늘어놓다가 겨우 철이 나서 당신과 하나 되는 행복을 맛들이기 시작했는데 이렇게 종말을 고해야 한다니, 받아들여야지 하면서도 자꾸 갑갑해지고 돌아봐지는 마음입니다. 당신이 군사독재와 싸우던 시절, 대구교도소에서 당신을 면회하고 돌아오는 길에 당신의 핼쑥한 얼굴이 눈에 밟혀 흐르는 눈물을 주체할 수 없으면서도 당신이 거기 있음에 다시 볼 날이 있기에 이토록 절망적이지는 않았는데, 내가 좋아하던 당신의 크고 따뜻한 손도 만져볼 수 없게 되겠네요.

그동안 고마웠어요. 변변한 반찬 하나 만들지 못하면서도 짜증 잘 내고 내 기분대로 행동하는 나를 큰 아기 보듬듯 이해하고 사랑해 준 것 정말 잊지 못할 거예요. 당신 덕분에 딸 아들 낳고 기르며, 당신 닮아 믿음직한 큰애며 다정한 작은 딸, 철부지 아들 녀석과 기쁜 나날을 보냈어요. 이렇듯 떠날 줄 알았더라면 당신이나 애들한테 좀 더 잘해 줄 걸 하는 후회가 아쉬움의 덩어리로 가슴을 짓누르는군요. 당신에게 잘해준 것이 조금은 있으련만, 떠오르는 건 온통 후회스럽고 안타까운 일뿐입니다.

당신이 나보다 일을 더 우선한다고 판단하고 당신으로만 채워지는 내 요구들을 억누르며 고독하게 살아온 날들이 아깝습니다. 이제는 당신이, 출장에서 돌아와 다음 출장 짐부터 먼저 싸는 걸 보더라도 나는 기꺼이 당신의 수고를 위로하고 내 마음 주기를 두려워하지 않을 것 같아요. 만나는 시간이 짧다면 더 많이 더 깊게 사랑해야 하건만 나는 왜 그토록 손해 보는 느낌에 매어 달팽이처럼 껍질 속으로 움츠러들었던가 안타까울 뿐입니다. 당신을 후회 없이 듬뿍 사랑하지 못한 것이 통한이 되어 가슴을 찌릅니다.

사랑하는 비오.
당신 담배 연기가 싫다고 거실이나 화장실에서 담배 피지 말라고 잔소리를 해대면 당신이 말없이 베란다로 나가던 생각이 나네요. 그 뒷모습이 오늘따라 참 가엾게 다가옵니다. 편안하게 해줄 걸……. 이제는 담배 잔소리할 사람이 없을 텐데 그래도 너무 많이 피지는 말아요. 당신은 기관지가 약해서 감기 들면 기침부터 나니까. 그리고, 다른 사람 옷 눈여겨보고 계절에 맞는 거로 입고 다니세요. 옷에는 신경을 너무 안 써서 당신이

철 지난 옷을 입고 나가면 아내 없는 사람 표가 너무 나서 곁에 있는 사람까지 마음 아플 테니까 사소한 거지만 당신이 신경 썼으면 좋겠어요. 당신이 불쌍하거나 외로워 보이지 않게 고개 들고 어깨 펴고 씩씩하게 걸어 다니고 말도 크게 하고 그러세요. 우리 아이들한테도 그러라고 꼭 당부해 주구요. 미안해요. 그런 것도 못 챙겨주게 되어 버렸군요. 평생 당신 곁에서 성하거나 병들거나 당신을 사랑하기로 맹세했는데…….

 내가 평생 사랑하려고 결심한 비오.
 미안해요. 아직 학교에 다니는 아이들 셋만 당신에게 맡기고 떠나자니 목까지 차오르는 설움을 견디기 힘이 듭니다. 말이 적은 현구는 학교 갔다 오면 제 방으로 들어가 잠들 때까지 한마디 말도 안 하고 엄마의 빈자리에 가슴앓이하지는 않을는지, 당신한테 괜한 반항을 해대며 당신을 아프게 하지는 않을는지……. 대학생이라지만 찌개 하나 못 끓이는 한결이는 제 일에 바빠 밤늦게 돌아와 내일 아침밥 준비한다고 주방에서 덜거덕거리며 먼저 가버린 엄마 그림자가 서러워 울음을 터뜨리지는 않을는지요. 감성적인 보람이, 그 여린 속살이 너무 상심하지 않도록 당신이 잘 돌봐 주세요. 내게 얼마나 많은 기쁨을 준 우리 아이들인데, 이제 곧 그 애들도 볼 수가 없겠군요. 내 사랑하는 아이들아, 안녕, 안녕!

 나의 울타리였던 비오.
 당신 덕분에 행복했어요. 험한 인생 고비길을 울며 넘기도 했지만, 당신과 ME도 하고 10/10도 하며 당신이 내게 얼마나 소

중한 사람인지 깊이 깨달았어요. 당신이 아니면 결코 채워지지
않는 내 빈자리가 당신으로 하여 넘치도록 풍성해짐을 경험했
어요. 당신은 진정 하느님이 내게 보내주신 나의 반쪽입니다.
그런 당신을 두고 이렇게 먼저 가는 나를 용서해 주기 바랍니
다. 내 사랑을 당신께 전합니다. 하느님의 사랑이 당신과 함께
하길 기도드리며…….

　　　　　　　당신의 사랑으로 행복했던 엘리사벳이

매일 성서 묵상

본말전도本末顚倒 요한 5,1-3, 5-16

모처럼 야외로 가족나들이 가는 날, 아내에게 "당신은 밥만 챙겨." 그래서 아내는 차에 짐들을 실을 때, "여보, 밥 여기 있어요."하고 밥 보따리를 내놨습니다. 그런데 한참 잘 놀다 점심을 먹으려는데 밥이 없어요. 당황한 아내가 "당신 짐 실을 때 밥 못 봤어요?" 그러자 "난 챙길 게 많으니 밥만은 당신이 챙기라고 했잖아!" 서로를 탓하며 티격태격 하다 보니 맘들이 상했어요. 그냥 보따리를 싸서 혼자라도 돌아올 수도 있었지만, 생각해보니 목표가 밥이 아냐, 소중한 건 가족이 기분 좋게 잘 쉬는 것이 었어요. 그래서 얼른 기분을 전환할 겸 식당 가서 밥을 사서 먹었습니다. 자칫 하찮은 작은 일이 소중한 걸 좌우할 수도 있었던 경험이었습니다. 본말전도本末顚倒라구 하지요. 정말 소중하고 근본적인 목적을 잊고 하찮은 거로 말미암아 일을 그르칠 때 쓰는 말입니다.

안식일의 근본 목적이 하느님을 더 깊이 만나고 사람들 가운데 그 사랑을 내보이자 함일진대, 유다인들은 그런 안식일에 그토록 오랜 세월 고통받던 병자를 낫게 했다고 예수님을 박해하

---

* <야곱의 우물> 2003년 4월호의 '매일 성서 묵상'에 실린 글이다.

기 시작합니다. 테러를 없애기 위해 또 다른 전쟁을 일으키려는 부시 정권이 바로 그 짝입니다. 돼지 꼬리가 하루 종일 흔들어도 파리 한 마리 못 쫓듯이 바쁜 생활 속에서 나는 본말을 전도시킨 일은 없는지? 오늘 목표는 무엇이며 소중한 것을 우선순위로 먼저 하고 있는지? 하찮은 일로 소중한 이웃을 감싸주기보다는 비난하며 미워하고 있지는 않은지? 감사보다는 불평에, 칭찬보다는 비판에 익숙해 있는 건 아닌지? 대동大同 속에 소이小異가 있고 소이小異 안에도 대동大同이 있음에도 대동大同은 못 보고 소이小異에만 집착했던 건 아닌지 돌아보게 됩니다.

  '모든 것은 본말이 있고 모든 일에 시작과 끝이 있어 선후를 아는 것이야말로 도道에 가깝다.' 대학 1편 경문

잘 듣는다는 것 요한 5,17-30

  하루는 아내가, 요즘은 사는 게 재미없고 고단하기만 하다고 쓸쓸히 말했습니다. 아내가 무언가 나 때문에 그런 건 아닌가, 무엇이 문제인가를 얼른 분석해서 해결해주고 싶었습니다. 어떤 조언이나 충고를 해야 할 것 같았습니다. 그래서 "왜 그러냐? 무엇이 문제이냐?"고 물었지만, 대답을 안 하기에 나름대로 이런저런 해결책을 내놓았습니다. 그리곤 "이젠 됐지?"하고 물으니까 뜻밖에도 아내는 "하여튼 당신은 혼자 잘났어." 하곤 입을 닫아 버리는 것이었습니다. 완전히 헛다리 짚은 기분으로 우두커니 아내를 바라보며 또 뭐가 문제인가를 생각했습니다. 무슨 일이나 빨리 해답을 얻어야 한다는, 일방적으로 습관화된 문제해결식 듣기 태도가 아내의 말을 잘 듣는데 장애가 되었다는 걸 깨달은 것은 시간이 한참 흐른 후였습니다. 아내가 말하는

것은 그런 대답이나 해결책이 아니었습니다. 그냥 자기 기분을 알아주기를, 그리고 서로 가까워지고 싶었던 것뿐이었습니다. 문제만 보았을 뿐 아내의 마음을 귀담아듣지 못했습니다. 해결책을 찾느라고 아내가 무엇을 얼마나 느끼는지 깊이 경험하며 공감하질 못했습니다. 뿐만 아니라 성급하게 대답을 빨리해서 아내의 말문을 막아 버렸습니다. 마치 일방적인 미국식 자본주의 침탈을 위해 세계적인 '전쟁반대', 'WTO반대' 목소리를 못 듣는 것과 같습니다.

'정말 잘 들어 두어라.' 잘 듣는다는 것은 결코 쉽지 않기에 예수님께서 반복해서 말씀하십니다. 제대로 들으려면 마음으로 들어야 합니다. 들을 마음이 없으면 안 들립니다.

잘 듣는 것은 듣고자 하는 마음가짐으로 자기 입장을 접고, 상대방 입장에서 경청하고 공감하려고 노력하는 것입니다. 공감하거나 동조하여 꼭 그대로 따라 주는 것과는 다른 것입니다. 말마디뿐 아니라 말하지 않은 것까지 제대로 듣기 위해서는 모든 감각기관을 다 집중해야 할 것입니다. 의사소통에서 비언어적 요소는 93%에 달하며 7%만이 언어를 통해 전달된다고 합니다.

자녀들과 대화가 잘 된다면 그들의 말을 귀담아들어 주었기 때문입니다. 다른 사람과의 관계가 좋다면 남의 말을 잘 들은 결과입니다. 하느님과 좋은 관계에 있다면 하느님의 말씀을 잘 듣는 습관이 돼 있기 때문입니다. 듣기는 대화의 열쇠요, 믿음의 시작입니다.

상처를 입는 이유 요한 5,31-47

'밖에서 취하지 말고不取外相 제 마음을 비춰보라自心返照.'라는 말이 있습니다. 팔만대장경의 키워드 중 하나입니다. 특히 부정적인 느낌이 들 때 떠오르는 말입니다.

공동체 안에서 일하다 보면 남들과 마찰도 있고 갈등을 겪기도 하고 상처를 받기도 합니다. 특히 잘하려 열심히 할 때 더욱 그런 일을 겪을 수 있습니다. 함께 하는 사람들에게 자신의 능력과 가치를 인정받고 싶고 칭찬을 듣기를 바랄수록, 은연중에 또는 노골적으로 자신을 내세우게 됩니다. 자신이 허할수록, 하느님 사랑에 대한 믿음이 약할수록 남의 칭찬에 의존하게 되고 자기에 집착하게 되는 것 같습니다. 그러다 보면 서운한 일도 많고 쉽게 상처를 입게 됩니다. 자신과 하느님과의 만남이 부족한 상태에서, 내 방식대로 이웃을 이해하고 재단하려 하기 때문입니다. 상처를 받고 안 받고는 결국 자신에 달려 있음에도 성급하게 상대방을 탓하며 비난하게 됩니다. 핑계를 대며 변명하기도 합니다. 그 순간 나 자신이 얼마나 사랑스럽지 못한가에 대해서는 생각이 미치지 못하는 때가 많습니다.

공동체 안에 함께 계신 하느님보다 자신을 내세우고 칭찬에 연연하며 인간적인 욕구를 먼저 채우려는 것은, 마치 사람을 구조하겠다고 나선 구조대원이 어느새 구조할 생각은 안 하고 자신의 편의와 이익을 위해 다른 일에 몰두하는 것과 같습니다.

그리스도를 따르는 '작은 예수'들은 하느님의 도구로서, 오직 그분의 영광을 드러낼 뿐입니다. 아버지 하느님에 대한 강한 소속감으로 자신에 대한 사람들의 평가에 영향받지 않고 주도적으로, 당당하고 늠름하게 나아가는 예수님 모습이 감동적입니다. 하느님나라 운동의 대선배이시며 최고의 교사이자 최고의 조직자이신 예수님을 따라 배우고, 자신과 하느님과의 만남을 통해 영성적으로 성장하려 노력할 때, 우리는 이웃으로부터 상처받지 않고 감사하게 될 것입니다.

'너희가 내면으로 가지 않는다면 너희는 바깥으로 가게 될 것이다.'

저마다의 진실 요한 7,1-2.10.25-30

신영복 선생의 《감옥으로부터의 사색》에는 이런 얘기가 있습니다. "섬사람에게 해는 바다에서 떠서 바다로 지고, 산골사람에게 해는 산봉우리에서 떠서 산봉우리로 지며, 서울사람에게 해는 빌딩에서 떠서 빌딩으로 지는 것"입니다. '저마다의 진실'입니다. 우리는 나름의 시각과 인식의 틀, 즉 패러다임을 가지고 어떤 사람·사물·사건을 파악합니다. 경험과 지식, 생활과 환경 등의 영향으로 형성된 저마다의 패러다임이 있는 셈입니다. 그런데도 자기가 접수한 대로 모든 것을 알고 있는 양 부분을 전체로, 특수한 것을 일반화하는 오류를 범하곤 합니다.

예루살렘 사람도 예수님이 어디서 왔는지 자기는 알고 있다고 믿기에 그분을 그리스도로 받아들이지 못합니다. 차라리 몰랐더라면 그분을 받아들일 수도 있었다는 말입니다. '아는 게 병'이 아니라 '어설피 아는 게 탈'입니다.

어느 노교육철학자가 이스라엘 키부츠 유치원에 가서, 우리에게 근면·성실·경쟁의 신화처럼 되어 있는 '토끼와 거북이' 얘기를 하였습니다. 얘기가 끝나자 한 어린이가 손을 들어 질문했습니다. "그런데 왜 토끼는 잠자는 친구 거북이를 깨워 같이 안

가고 혼자만 갔나요?" 공동생활을 하던 유치원에서 친구들과 손잡고 뛰어놀며, 넘어지면 일으켜주고 함께 지내던 키부츠 어린이로서는 그런 토끼가 이해가 안 되는 것이었습니다. 이 질문을 받은 노철학자는 평생 쌓아온 게 와르르 무너지는 기분이었답니다.

시각의 전환은 기존의 고정관념을 깨는 일에서부터 비롯됩니다.

확연한 갈라섬 요한 7,40-53

자공子貢이 공자에게 묻고 답하기를,

"마을의 모든 사람들이 좋아하는 사람은 어떠합니까?", "좋은 사람이라 할 수 없다.", "그러면 마을의 모든 사람들이 미워하는 사람은 어떠합니까?", "그 역시 좋은 사람이라 할 수 없다. 마을의 선善한 사람들이 좋아하고, 마을의 불선不善한 사람들이 미워하는 사람만 같지 못하다."논어, 자로 편

대개가 모든 사람들에게 호감을 얻고 싶어합니다. 모두가 하나되도록 노력하고 또 있는 그대로 받아들인다고도 합니다. 그것이 사랑하는 것이라고 합니다. 물론 불편부당한 것이 좋습니다. 반대편의 비판이 두렵기도 하구요. 이러한 유혹과 정서 상태가 중립적 입장이나 양비론을 낳습니다. 무원칙한 화평주의와 기회주의는 또 다른 분열과 편당을 가져옵니다. 있는 그대로를 받아들인다는 것은 모든 분야에서 다 받아들이고 수용하라는 것은 아닙니다. 사랑한다는 것은 단순히 모든 사람에게 좋게 대하는 것 이상의 뜻이 있습니다.

진정 하나되기 위해서 단호히 맞서고 확연히 갈라서야 할 때

가 있습니다. 모두가 하나되기를 원하셨던 예수님도 하느님을 위해 평화가 아니라 칼을 주러 왔다마태오 10,34, 불을 지르러 왔다루카 12,49, 분열을 일으키러 왔다루카 12,51며 부자간, 모녀간 서로 맞서게 하겠다고 하셨습니다.

우리는 하느님을 따를 것인가, 세상의 죄에 길든 삶의 방식대로 욕심대로 살 것인가 확연한 갈라섬과 치열한 대치선을 넘어서야만 합니다.

인도의 성자 선다 싱 요한 12,20-33

인도의 성자 선다 싱이 고산지대 등산을 하다가 기진맥진한 상태에서 엄청난 눈보라와 강추위를 만났습니다. 생사가 위급한 상황에서 가이드의 말에 따라 하산하려는데 눈 속에 사람이 쓰러져 의식을 잃고 있었습니다. 그냥 두면 얼어 죽을 판이라 그를 업고 가자는 선다 싱과, 살자면 그냥 가자는 등산 가이드가 언쟁 끝에 가이드는 혼자 내려가 버렸습니다. 선다 싱 혼자 그를 업고 힘겹게 내려오자니 열이 나고 땀이 나, 마침내 언 그를 녹이고 의식이 깨어나게 되었습니다. 그래서 서로의 체온으로 추위를 이겨내며 무사히 내려올 수 있었습니다. 거의 다 내려왔을 때, 길 위에 길게 눈이 덮인 게 사람 같아 들춰보니 다름 아닌, 혼자 살겠다고 먼저 내려간 그 가이드가 얼어 죽은 것이었습니다.

과연 살려고 하면 죽고生卽必死, 죽기로 하면 사는 것死卽必生이었습니다. 사람은 힘든 상황에 이르면 본색이 드러납니다. 선다 싱은 자기가 살기 위해 의식 잃은 사람을 업었던 것이 아닙니다. 단지 그를 살리기 위해, 자신이 힘겨우리라는 것을 알면서도 그 길을 택했기에 그 모습이 더욱 아름답습니다. 기쁨과 영광이 꽃을 받을 만합니다.

주님께서는 우리가 받게 될 상급을 미리 귀띔해 주십니다. 두려워하지 말고 이기와 아집을 버리라고, 고난의 시간을 통해서 영광을 보게 될 것이라고 직접 몸으로 보여주십니다. 그런데도 저는 편한 것, 받는 것을 먼저 찾게 됩니다. 아내를 위한 작은 배려, 동료의 일을 대신하는 여유, 웬만한 손해쯤은 기꺼이 감수하는 넉넉함, 정의를 위해 안락함을 버리는 용기를 자꾸 잃어가는 것 같습니다. 이렇게 명명백백하게 길을 안내해 주시는데도 말입니다. 그러면서도 저는, 저를 닮아 당장 편한 것만 찾고할 공부 안 하는 아들을 보며 답답하고 안타까워합니다. 이렇게 사는 저를 보시는 주님은 얼마나 속이 썩어 문드러지실까요?

땅에 묻힘으로써만 열매를 맺을 수 있는 밀알의 신비, 자신의 죽음을 통해서만 이룩할 수 있는 구원의 신비, 십자가의 신비, 곧 생명의 신비가 내 생활 속에서 살아날 수 있기를 기도합니다.

아침 꽃을 저녁에 줍다 요한 8,1-11

어제는 무척 화난 일이 있었습니다. 짜증과 분노가 올라오는데, 용암이 확 솟구쳐 나오는 것 같았습니다. 정말 그 뜨거운 감정을 어떻게 할 수가 없었습니다. 운전하던 차를 콱콱 몰다가 이러면 안 되겠다 싶어졌습니다. 잠시 감정에 따라 행동하기를 멈추고, 내가 왜 이러는가 생각을 했습니다. 숨을 길게 내쉬면서 그 느낌이 주는 신호가 무엇인가 나를 바라보려고 애를 썼습니다. 그리고 나서는 좀 전과는 다른 행동을 선택할 수 있었습니다.

노신은 '조화석습朝花石拾'이라고 하였습니다. 그것은 어떤 상황에 즉각 즉각 대응하지 않고, 꽃이 다 떨어진 저녁까지 기다린 다음에 매듭짓는 것이 현명하다는 의미가 담겨 있습니다. 아침에 떨어진 꽃을 저녁까지 그대로 두지는 못 한다해도 숨 한번 길게 쉴 만큼이라도 여유를 갖고 싶습니다.

돌로 사람을 쳐 죽이겠다는 급박한 상황에서 예수님께서는, 어릴 적 우리가 나무막대기나 쇠못을 주워 땅바닥에 그림을 그리듯 무언가를 쓰고 계십니다. 도대체 무어라고 쓰셨는가는 중요하지 않은 것 같습니다. 그것이 중요하다면 복음사가를 통해 무엇을 썼다고 알려주셨을 테니까요. 돌로 치는 율법을 주장하며 예수님을 시험해보겠다는 똑똑하나 매정한 사람들이 딱하고, 죄짓고 붙들려 나와 떨고 있는 여인이 안쓰러워 잠시 생각에 잠기셨는지도 모릅니다. 분명한 것은 벌어진 상황에 즉각적으로 대응하지 않는 모습입니다. 자극과 반응 사이에 선택의 공간을 충분히 두십니다.

행동하기를 멈추고, 생각하고, 책임 있는 더 나은 행동을 선택할 수 있는 건 사람만이 할 수 있는 일이라고 합니다. 상황에 즉시 반응하지 않고, 행동하기 전에 생각할 공간을 확보해 더 성숙한 행동을 선택하는 것 - 오늘 예수님께서는 제게 그것을 가르쳐 주십니다. 역시 그분은 영원한 스승이십니다.

내가 너희를 사랑한 것처럼 요한 8,21-30

나는 태어날 때부터 '관계'를 통해서 만들어졌습니다. 내가 존재할 수 있는 것은 오직 다른 사람들과 다른 장소들과 다른 일들과의 관계를 통해서만이 가능합니다.

"당신은 누구요?"라는 질문을 받는다면, 나는 누구입니까? 결국 '나'라는 존재는 나 아닌 다른 것과의 관계에 지나지 않습니다. 누구의 아들이고 누구의 형이며, 누구의 남편이고 누구의 아버지이며, 누구의 친구이고…… 어디서 왔고 몇 살 먹었고 누구와 함께 무슨 일에 관계하고……. 그렇습니다. '자신이 참으로 누구인지' 알고 체험할 수 있는 도구는 이렇게 '관계' 안에서입니다. 내 정체성은 결국 타자他者와의 차이를 통해 드러납니다. '자신'이란 내가 나 이외의 모든 것들과 관계하기 위해 스스로 창조해낸 존재이기도 합니다. 그래서 모든 관계는 성스러운 것입니다. 모든 관계는 축복해야 합니다. 모든 관계를 특별한 것으로, 자신을 형성해주는 것으로 봐야 합니다. 다른 사람을 소중히 여기고 사랑하려면, 먼저 자신을 소중히 여기고 사랑받는 존재로 여겨야 합니다. 다른 사람을 축복하려면, 먼저 자신이 축복받는 존재로 여겨야 합니다. 일정한 독주능력이 있어야 비로소 멋진 합주도 할 수 있습니다. 그래야 '화목하되 부화뇌동하지 않고和而不同', 차이를 드러냄으로써 차이를 해소해갈 수 있을 것입니다. 그래서 무릇 관계는 의존적인 관계에서 독립적인 관계로, 독립적인 관계에서 상호협력적이고 조화로운 관계로 성숙해 가나 봅니다.

관계의 최고형태는, 자신과의 관계-하느님과의 관계-이웃과의 관계, 이 세 측면이 하나로 통일되는 것입니다. '둘이나 셋이 내 이름으로 모인 곳에 나도 그들 가운데 함께 있겠노라.'마태오 18,20 하신 것처럼, 함께 하시는 하느님의 '현존'을 체험할 때, 비로소 관계가 올바로 이뤄지고 발전하게 됩니다. 그것은 '내가 너희를 사랑한 것처럼, 너희도 서로 사랑하여라.'요한 13,34라는 주님의 말씀을 우리의 '관계'로 증거하는 것입니다.

"나는 나 자신을 찾았다. 그러나 찾지 못했다. 나는 하느님을 만나려 했으나, 만날 수 없었다. 그러나 나는 이웃 형제를 찾았을 때, 이 셋을 모두 만날 수 있었다."

춥고 배고프고 살벌했을 시베리아 강제수용소 벽의 처절하고도 아름다운 낙서 내용입니다.

순풍에 돛 단 듯이 요한 8, 31-42

일본에서 '경영의 신'이라는 별명을 가지고 있는 후나이 유키오는 경영에서 운運이 아주 중요하다고 주장합니다. 그런데 이 운은 사람의 힘으로 조절 가능하다고 합니다. 그의 주장에 따르면 '세상의 질서를 만들고 유지하는 사물의 이치'에 따라 행동하면 운이 따르지만, 그것을 어기면 운이 따르지 않는다는 것입니다. '진리'란 하느님의 섭리나 자연법칙처럼 우리의 이해나 수용 여부와는 무관하게, 객관적으로 작용하는 영원불변한 사물의 이치입니다. 사물의 이치를 주관하시는 진리의 하느님께서 세상을 통제하며 질서를 유지하십니다. 우리는 단지 자신의 행동을 선택하고 통제할 뿐입니다.

바람의 방향을 내가 바꿀 수는 없지만, 돛단배의 돛은 조정할 수 있습니다. 오늘 날씨는 내가 결정할 수 없지만, 영혼의 기상은 내가 선택할 수 있습니다. 얼굴의 모습은 내가 결정할 수 없지만, 얼굴 표정은 내가 선택할 수 있습니다.

내가 마음대로 선택하고 결정할 수 있는 일들도 감당하지 못하면서, 얼마나 많은 시간을 내가 결정할 수 없는 일들로 걱정하고 조바심하는지 돌아봅니다. 내가 하고 있는 걱정의 대부분은 내 영향력이 미칠 수 없는, 불필요한 걱정입니다. 나는 종종, 돛은 그대로 둔 채 바람 탓을 하며 내 뜻대로 불어주지 않는다고 투덜거립니다. 그래서 불만도 많고 운이 따르지 않는다고 대상 없는 원망을 곧잘 합니다. 그럴 때 나에게는 자유로움이 없습니다.

그러나 바람의 방향을 알아 거기에 따라 돛을 조정하면 '순풍에 돛 단 듯이' 내가 원하는 방향으로 배를 움직입니다. 내가 진리이신 하느님께 주파수를 맞추고 사물의 이치에 순응하는 선택과 행동을 한다면, 일이 순조롭고 실패하지 않고 유능해질 것입니다. 또 헛되이 속을 끓이지도 않을 것이고 소모적인 걱정에서 벗어날 수 있을 것입니다. 내가 내 멋대로, 내 식대로 일하는 게 아니라 진리에 순응하는 것, 그래서 하느님이 활동하시도록 협조자요 도구로서 날 비우고 여건을 만들면 스트레스에서 벗어나 훨씬 자유롭게 될 것 같습니다.

얼마 전 한 교회 단체의 대표를 맡게 되었는데, 이런저런 형편으로 봐서 대표를 맡을 처지도 아니고 차례도 아니라는 생각이었는데 전혀 준비도 없이 사정 한마디 할 겨를도 없이 대표가 되어 버렸습니다. 소명식별이 끝나고 모두 박수로 맞아 주고 포옹으로 격려해주는 통에 얼떨결에 인사말을 하긴 했지만, 집에 와서 대표할 걸 생각하니 기가 막히고 도대체 받아들여지지 않았습니다. 그러다 나처럼 부족한 사람을 뽑으신 하느님 뜻이 있을 거라는 생각이 들자, 그제야 부르심 뒤에는 이끄심도 있겠지, 부르셨으니 힘도 주시겠지, 그런 믿음이 들더라구요. 그래 주님께 그냥 맡겨드리자 싶었어요. 그렇게 순응하고 나니 마음이 자유롭고 편해졌어요. 피할 수 없으면 즐기자 싶고 어차피 할 거면 재미있게, 이왕이면 잘하자! 그렇게 생각하고 있습니다. 주님, 말씀을 알아듣는 지혜로 주님의 자유를 누리게 하소서!

물, 그 수동적 적극성 요한 8, 51-59

물은 담는 그릇 모양에 따라 자기 모습을 자유자재로 바꾸며, 졸졸 흐르는 도랑이기도 하고 출렁이는 강물이기도 하지만, 수평을 유지하며 낮은 데로 흐르는 자기 본질과 합법칙성을 잃지 않습니다. 흐르다 장애물을 만나도 요란하지 않고 진퇴가 신축자재하여 고요하게 후퇴하는 듯하나 채워서 넘쳐 갈 길을 갑니다. 때로 낭떠러지를 만나면 과감하게 폭포수가 되어 뛰어내립니다. 모든 것을 받아들여 녹여 자정하며 바다에 이릅니다. 그래서 하느님나라 운동을 하는 그리스도인들은 물의 영성에서 배움직합니다. 예수님 영성도 그와 다르지 않습니다.

예수님은 만나는 사람에 따라 그에 맞는 깨달음의 방법대로 맞추어 말씀하셨고, '몸을 피해 성전을 떠나기'도 하는가 하면 반대자들과 단호히 직면하기도 하시다가, 끝내 세상에 잡아먹힘으로써 온 세상을 차지하셨습니다. 진흙탕 속에서 아름다운 연꽃이 피듯이, 상처투성이 성모님의 얼굴에서 영원의 미소를 봅니다.

사람을 변화시키는 살아 있는 운동은 '김매다 호미 놓고 젖먹이는 어머니 마음'처럼 부드럽고 따뜻한 것입니다. 받아들이면서 변화시키는 이런 예수님의 수동적 적극성, 물의 영성, 늘 가슴 깊이 새기며 배워 가는 대목입니다.

병상 메모

2022/04/01 **여여! 여유!**

상황에 선입견 없이 중립적으로 여유를 가지고 마주하기 맞대응하지 않기, (아마도! 그런가?) '좋은지 나쁜지 누가 아는가?' 그렇구나, 인정하고 긍정적으로 수용하기! 그럴 때 모든 에너지가 내게 우호적으로 부지불식간에 돕게 된다. 그러나 에고 때문에 쉽게 상황에 말리는 경우를 만난다. 간호사는 나보다는 환자 입장을 먼저 생각해서 그런지 훨씬 잘 훈련이 되어 있는 것 같다. 내가 수용적이지 못하고 미숙하게 내 쪼대로 말해도 오히려 잘 받아준다. 있는 그대로 인정해주고 받아주고 이해 공감해주는 것까지! (훈련된 간호사 김정원, 원초적인 타고난 간호사 이정민)

결국 내가 깨어있는 여여! 참나 상태라야, 최소한 에고를 벗어나야, 마주하는 상황에 영향을 받지 않고 자유롭게 상황을 수용하고 여유롭게 반응하게 된다. 난 말투부터 아니잖아?

2022/04/02 **하느님께 가는 길- 하느님 뜻대로 하소서!**

오늘만 세 번째 대소변 대공사이다! 침상에서 기저귀에 일을

---

* 병원 생활 중 의학적 조치와 병세, 단상 등을 적은 메모에서 일부 발췌하였다.

보고 치우고 닦고 갈아입히고 언제까지 이 일을 해야 하나? 라는 아내의 말을 들었다. 내가 살아 끝내든 죽어 끝내든 언젠가는 끝나겠지. 그러나 왔다 갔다 하는 것보다 한 번에 끝내자! 라는 생각이 들었다.

아내가 힘에 부치고 너무 애처롭다!

수많은 이들의 나의 회복을 바라는 기도와 미사에 감동과 사랑을 느낀다. 하지만 나의 기도지향은 하느님 뜻대로 하소서! 다.

여기서 조금 나아질지 모르지만, 그래서 아이들과 아내와 사랑하는 이들과 함께하는 시간을 더 갖는 의미는 있겠지만, 막상 생각하면 얼마나 하겠나 싶다. 음압실에서 아내와 둘이서만 몇 날씩 보내도 마음껏 사랑을 표현해주고 받지 못하고 지내는 것 같다. 평소에도 나는 넘치게 받는 데 비해 너무나 당연시하고 감사를 표현하고 갚는 데 모자람이 크다고 생각해 고쳐보려고 작은 것이라도 최대한 감사를 표현해본다만! 어쩌것소! 까지껏 하는 게 그거니!

몸으로 하자니 이미 기력이 없다.

나의 회복을 바라는 마음과 기도는 내가 그만큼 사랑받는 것으로 오로지 감사하고 모든 것에 감사를 드린다. 그리고 주님 품에 잠들기! 기도지향은 하느님 뜻대로 하소서! 다. (주님 품에 잠들기! 육신의 옷을 벗고 하느님께 돌아가 하나 되는 길목에 와 있어요! 하느님! 저여요!)

2022/04/03 거꾸로도 하느님께 가는 길
저녁에 정양언이 매일 전화를 한다.

오늘은 어땠는지? 지극정성이다.

대답은 미주알고주알 말이 길다. 오늘은 '거꾸로' 간 날이라 기분이 다운되었다. 산소용량을 낮춰 일반 콧줄로 산소 공급이 가능해져야 음압실에서 일반병실로 갈 수 있는데 그래서 여러 날째 단계적으로 산소용량을 줄여 적응해오던 중 새벽에 소변 가래 기침 거듭하며 코 호흡이 안 돼! 급격직하 산소 포화도 경보음이 내 호흡으로 회복이 안 되니 여러 단계를 거꾸로 산소용량을 올려 투약 등 다른 치료프로그램까지 재세팅하게 되었다! 다시 각종 검사도 많아질 것이다.

그간의 노력이 아쉽고 나가는 날이 멀어져 서운하기 짝이 없다. 밥맛도 없다. 아내도 나도 저녁을 반밖에 못 먹었다. 그러나 무엇이 '거꾸로'인가? 달리 보면 그럴 만하니까 그리된 것이다. 나의 폐 상태가 그렇고 합법칙적 요구에 어차피 갈 길이다. 거꾸로 가는 것도 하느님께 가는 길이다. 그래서 감사합니다. 하느님 뜻대로 하소서! 이리 접수하고 지나가 보련다.

2022/04/05 **흉관 시술을 앞두고**

"모든 것이 함께 작용하여(모든 일이 합하여) 선을 이루리라."라는 로마서(8,28) "이 모든 것이 잘 될 것이다."라는 말이 가장 아름다운 말이라는 안소니 드 멜로 신부님 말씀

이 구절이 떠오르고 각인되며 마음이 가볍고 밝아 편해졌다. 주님께서 자비를! 살과 피를 사랑으로 제게 주신 주님께 저를 도로 드립니다.

(숨 들이쉬며) : 예수님! 주님! 하느님! (하느님의 기운 빛 사랑 마심)(숨 내쉬며) : 자비를 베푸소서! (내 안의 두려움 어두움

고통 내보냄)

2022/04/05 **오늘의 감사**

그간 잘 견디며 수고한 내 폐포일부 항생제 먹는 알약으로 대체시술 앞두고 주님 안에 마음 편해 결국 모든 것이 합하여 선을 이루겠다는 로마서 말씀 은총 선물 필요한 말씀 선물 해주며 일거수일투족을 수발하는(하루 7-8회 똥오줌 받아내는) 아내가 옆에 있다는 것 아내의 컵라면이 입맛을 돋우는 점 잠결에 듣는 큰딸과 아내의 긴 통화가 안정감을 줘 감사

2022/04/07 **아내가 하고 싶은 일과 내가 바라는 것**

'나는 너와 함께 있을 때의 내가 가장 좋아. I like me best when I'm with you.' 병원에서 나는 당신과 얘기 하는 것이 제일 좋아! 라고 말했듯이 꼭 내가 하는 말이다. (환자의 의존성 때문이 아니라 정말로)

대녀 이냐시아 상담연구소에서 같이 상담하며 봄의 특장을 살리는 일! 남의 말을 잘 들어주고 인정 수용 공감해주며 핵심 욕구를 파악, 꼭 필요한 멘트로 피드백 해주는 경청과 통찰의 어머니 역할을 아주 잘할 것 같다.

또 다른 특장 하나는 글 쓰는 것이므로 옛날 쓰고 싶었던 소설을 쓰는 것! 단편 하나 쓰면 둘이 되고 셋이 되고 작가가 되고 장편도 쓰는 작가로서 충분함에도 나 때문에 너무나 일찍 꿈을 포기하고 살아온 것 아닌가 싶어서 그런다. 좋은 에세이도 많이 쓰게 될 텐데 그것과는 다른 얘기다.

2022/04/09/토 **힘든 하루**

사러 갈 때부터 군침이 도는 녹차 카스테라의 맛에 설렐 틈도 없이 허겁지겁 당을 보충했다. 덕분에 배설의 고통을 잠시 잊고 기쁨을 맛봤다. 그러나 맛을 음미하며 함께 즐기려던 아내의 배려와 정성이 무색해진 셈이다. 모든 건 타이밍이 중요하다.

오늘 세 번째 대변 대공사 때는 전혀 힘을 못 썼다. 점점 무섭게 힘이 빠진다. 집에 못 갈 것 같다. 간들 얼마나 하겠나.

그래도 볼일은 봤으니 은혜요, 기적이다. 그리 접수하니 불안하던 마음이 좀 진정된다. 위로는 숨쉬기 힘들고 아래로는 싸기 힘든 하루였다. 주님! 어리석고 게으른 제가 감당하기에 중과부적이오니 거둬 주소서! 탈진한 다리라도 뻗어 발목운동을 해보자.

2022/04/30/ *새벽 다시 눈 뜨기 - 아내가 달라졌다*

내 일거수일투족 병상 수발에도 초인적으로 헌신적으로 잘 버텨주는 아내가 너무나 고맙다. 그간 살면서 맘에 들었다 안 들었다 하고 미웠던 구석은 온데간데없다. 내 아픔도 온데간데없다. 내가 속죄하고 용서를 받은 것 같다. 나도 모르게 눈물이 흐른다. 하느님께서 우리를 업고 안고 같이 가고 계신가 보다. 그 손길이 파장이 에너지가 느껴진다. 주 날개 밑에 깃들어 잠들 때 그 따스함 평온함 미소가 피어난다. 아내가 그냥 옆에 있는 자체가 좋다. 내 안경이 의존성이나 아부가 아닌가 들여다봐도 역시 아내는 고맙고 사랑스럽다, 거룩하고 존경스럽다. 성인 성녀가 따로 없다. 여보! 미안해! 고마워! 사랑해!

2022/04/30/ 새벽 여보에게

끝까지 내 일거수일투족을 돌볼 뿐 아니라 40여 년 고락을 함께하며 크나큰 사랑과 거룩한 가르침을 선물한 사랑하는 나의 아내 나의 스승 심영란 엘리사벳, 등처가 정재돈 비오가 잡았던 손을 놓고 감사와 작별의 절을 올립니다.

육신의 옷을 벗고 해방하시는 하느님 품으로 먼저 갑니다. 그동안 당신 덕분에 행복했어! 고마워! 언제 어디서나 영원히 사랑해! 마지막 인사로 너무 부족해. 다 하자면 한도 끝도 없어.

감사하게도 함께 대화 나눌 수 있도록 허락하신 지난 100일 육박 병상 생활은 우리에게 크나큰 축복이자 은총이었어. 평생 나눈 대화 소속감보다 더 많이 나눴다 싶어. 하느님께서 우리와 함께하시며 어느새 서로의 결핍과 응어리가 풀리게 하시고 용서와 화해로 이끌어 주셨나 봐.

수없이 말했지만, 당신은 하느님께서 주신 최고의 선물이었어.

또 하고 싶은 말을 매일 메모에 짧게 쓰기도 하고 따로 메모장에 남긴 것도 있으니 그런 걸로 가늠해 줄래요?

2022/05/01 아내에게 배운다

병상이 길어지면서 나가 사람을 못 만나고 찾아오거나 통화하게 되었으니 민폐가 많다. 점점 내 일거수일투족을 아내의 수발에 의존하게 되게 되었다. 아내의 초인적인 헌신에 무한감동 감사하지만 너무나 애처롭기도 하다.

같이 지내는 시간 대화 나눌 기회가 많아 좋다. 그러면서 아내에게 배우는 게 많다. 숨찬 증상 아픔에 초점을 두기보다 의미를 두고 긍정적으로 접수한다. 감사한다. 아내 따라 감사할 점 세 가지 이상 찾기, '오늘의 감사' 적고 나누기, 그때그때 감사하기, 표현하기, 좋았던 추억과 감동의 순간, 아름다운 정경 떠올려 다시 체험해보기, 좋아하는 음식 찾아 적고 맛을 느껴보기, 좋아하는 음악 듣기, 보고 싶은 영화나 책 보기 등은 모두 아내가 제안하여 함께한 것들이다.

재미와 의미 살리기로 새롭게 깨닫기, 하느님 안에 머물고 의탁하여 에너지 충전하기, Plug in 내 안에 하느님을 모시기, 기도와 명상, 심호흡하며 걷기, 간단한 운동과 습체득해보기, 뉴스 책 의료용어 등을 검색하여 같이 나누는 등등 아내와 같이 공부하는 것도 너무 좋다. 아내는 탁월한 상담자요, 영적 스승이다. 남의 말을 잘 들어주고 인정 수용 공감해주며, 핵심욕구를 파악, 꼭 필요한 멘트로 피드백 해주는 경청과 통찰의 어머니 역할을 아주 잘한다. 또 딸이 구술을 받고 권했던 일, 부부자서전을 쓰기로 한 것, 상호교차 결합형식으로 각자 연표작성하고 사건과 만난 사람, 리뷰 메모, 마인드맵 작성까지 하기로 한 것도 좋다.

결국 내 깨달음은 소중한 걸 먼저 하자, 할 수 있을 때 하자, 내가 걱정하고 두려워한다고 달라지지 않는다, 어차피 일어날 일은 일어나고 안 일어날 일은 안 일어난다, 다 그럴 만하니까 그런 거다, 그냥 놓고 믿고 맡기자 등이다.

2022/05/01/일 통증의 법칙

아픈 몸으로 살아가다 보니 새롭게 알게 되는 것들이 있다. 그중에 아픔의 법칙이라고 내가 이름하는 말 - 여러 군데 아파도 가장 아픈 데만 아프다. 그 아픔에 빠지면 다른데 아픈 건 대수롭지 않거나 의식하지 못하는 경향이 있다. 심하면 더욱 아픈 데만 초점이 가고 자꾸 집중하게 되어 거기 빠지면 그 아픔에 급급, 다른 소중한 것도 의식하지 못할 정도로 만사를 다 놓을 수도 있다.

숨이 차 호흡곤란 위기와 과호흡 고통, 불편 불안 두려움을 자주 겪다 보니 자기통제 불가에서 오는 좌절과 집착을 더해 그저 숨 쉬는 데만 급급해 다른 아무것도 하지 못하는 경향이 심해졌다. 불편 괴로움 고통 아픔의 증상 즉 사물의 현상에 빠져 본질을 놓치고, 부분에 함몰 전체를 보지 못하는 거나 같다.

한동안 뇌 활동을 방치하고 생각 없이 살다가 근래 들어 병상 단순기억, 만난 사람 리뷰 메모하면서 뇌세포가 활성화 재탄생하는지 뇌가 바쁘다. 꼬리를 물고 파고드는 경향, 잊기 전에 메모하려는 집착이 생겼다. 마치 마인드맵의 줄기를 크게 잡아가기보다 한곳으로만 뻗어 가는 것처럼!

소중한 것을 먼저 하라고 주요와 차요, 경중 완급, 우선순위 맥을 잡고 중심 고리에 집중 돌파, 매듭을 풀어가야 하는데 그러지 못하고 지엽적인 작은 거라도 놓칠세라 며칠 새벽잠 안 자고 끝도 없이 메모하며 덜 중요한 작은 것에 빠지는 걸 보니 왕성한 뇌 활동인지 본말전도 소탐대실 집착성향인지 모르겠다. 집착이나 완벽주의 경향은 의존성이나 두려움 불안을 바탕으로 한다.

내가 좋아하는 말
—화이부동, 대동소이, 상선약수, 수동적 적극성
인간관계론에서 사람의 근기나 성숙도에 따라 의존적 → 독

립적 → 상호협력적인 관계, 단계가 있는데

1—의존적인 경우, 결핍 집착 불안 남탓 핑계 의존 자신감 없어 직면하지 못하고 책임감이 없다. 동에서 뺨 맞고 서에서 푼다. 심하면 노이로제 정신분열에까지 이른다.

2—의존성이 줄고 독립성이 커지면서 독립적 단계가 되면, 이제 자신 있게 문제 직면. 당당하게 정면 대결, 주인답게 책임지는 떳떳한 풍모가 된다. 집착하지 않고 상대적으로 자유롭고 수용적이 된다. 뭘 못했네! 나중에 하지 뭐! 그럴 수도 있지 뭐! 남이나 자신에게 넉넉하고 여유가 있다. 사람 사물 사건 상황에 주관주의적으로 맞대응하기보다는 객관적으로 열려 있고 긍정적으로 접수한다. 과유불급 소탐대실 독불장군 안하무인 아니라면 상호협력성으로 성숙해진다. 우리가 일상에서 접하는 집단 팀워크나 합창단 오케스트라에서 보듯이 조화롭게 합창을 잘하려면 독창도 잘해야 한다. 기본적으로 독주능력이 있어야 멋진 합주도 잘한다.

3—그러면 비로소 상호협력적 단계, 관계가 가능해진다. 서로 인정, 이해, 공감, 수용, 조화 능력이 커지고 바탕에서 윈-윈 상호협력 상호부조 진정한 협동의 꽃을 피우게 된다.

하나는 전체를! 전체는 하나를!

대동소이! 대동 속에서도 소이를 보고, 소이를 내세워 대동을 해치지 않는다. 구동존이! 같은 것을 찾고 다른 것을 존중한다.

화이부동! 사이좋게 화합하되 똑같지는 않다. 다양성 독창성 관계성을 살린다.

상선약수! 물의 수동적 적극성이다. 물은 만나는 그릇에 따라 자기 모양을 자유자재로 바꾸지만, 수평을 유지해 낮은 데로 흘러가는 자기 본성을 견지한다. 장애물을 만나면 돌아서 후퇴하는 듯하지만, 차서 넘치면 제 갈 길을 간다. 낭떠러지를 만나면 폭포가 되어 과감하게 뛰어내린다. 때로는 실개천으로 때로는 넘실대는 강물이 되어 모든 걸 받아내는 바다에 이른다.

더 깨닫거나 성숙해 영성이 높아지면 성인 성녀, 하느님과의 일치, 부처, 도의 경지에 이를 수 있다고 한다.

2022/05/04 **아내와 대화**

아내가 완두백이떡 중 완두콩 한 알 먹어보라 주었는데 그 맛이 달고 강했다. 그리고 행복한 미소가 잇달아 느껴진다. 이처럼 작은 행복도 깊고 강하게 체험할 수 있는 것도 지금 여기 머물 수 있는 병원 생활이 주는 또 하나의 장점이다.

내 몸과 마음이 온전히 하나로 되어 있는 하느님의 때와 곳인 지금여기에 다른 곳을 떠돌아다니는 자신이 돌아와서 머물도록 하는 명상 수행처가 병실이 될 수도 있다

방법은 '왜'에서 '어떻게'로! '왜' 이렇게 되었지?(원인을 생각하다 지금여기 아닌 과거로, 사실이 아니라 생각으로, YES보다 NO로, 참나가 아닌 만들어진 자아 Ego 강화 쪽으로 가는 게)가 아니라 '어떻게' 대처하나?(이 상황에서 내가 할 수 있는 최선을 다하는 것, 지금여기로 돌아온 것이고 살아계신 하느님을 만난 것)를 선택하는 것이다.

그 '왜'에서 '어떻게'를 선택하는 갈림길에서 지금여기 머무는 입구는 닥치는 상황에 대한 YES다. 그래야 '왜' 이렇게 되었지?-과거로 가기보다 바로 지금여기-현장 상황-에 '어떻게' 대처하나? 내가 할 수 있는 걸 선택하게 된다. 이렇게 긍정 에너지

를 쓰게 되고 그러면 모든 게 우호적으로 작용한다(모든 것이 합하여 선을 이룬다. 로마서).

바로 지금여기로 돌아온 것이고 살아계신 하느님을 만난 것이고 이게 깨어있음이다. 그런 면에서는 입구일 뿐 아니라 출구이기도 하다.

상황에 대한 NO는 '왜' 이렇게 되었지? 원인을 생각하다가 지금여기 아닌 과거로, 사실이 아니라 생각을, 참나가 아닌 만들어진 자아 Ego를 강화하는 쪽으로 간다. 상황에 맞서게 되고 부정적인 저항에너지를 쓰게 되고 엄청 부담되고 소모적인 일로 힘을 뺀다. 동일화(상황 일 사람 등을 자기와)로 지금여기로부터 참나로부터 점점 멀어진다. 결국 그렇게 상황에 휩쓸려 그렇게 지나간다. YES or NO, '어떻게' or '왜', 무엇을 선택할 것인가에서 갈린다.

마음공부 명상수련법으로는 기도 호흡 경행 좌선 화두, 마더 데레사처럼 온몸으로 남을 섬기는 것, 공자처럼 온고지신하여 깨달은 바를 제자들께 가르치는 것도 여러 방편 중 하나일 것.

참고로 케이티의 《네 가지 질문》의 핵심은 사실인가? 판단 생각인가? 구분, 자신의 판단을 생각을 깨고 사실을 현실을 인정 수용하게 한다. 상황 현실과 맞서지 말라, 판판이 깨진다. 상황에 대한 YES로 가기 위한 질문이다. 깨달음을 통해 사실로 참나로 지금여기로 돌아오는 것.

다른 차원에서 또 하나, '믿는 대로 된다.'는 것! 병상에서 더욱 절박한 말이다. 우리가 우주 삼라만상의 연결고리 선상에 있고 그 에너지 자장 파동 안에 있으므로 어떤 한 생각 온전한 믿음을 두면 거기에 내 에너지뿐만 아니라 우주의 에너지가 모여

기적이 일어난다는 믿음 체험이다. 플라시보 효과도 마찬가지다. 어쩌면 많은 수행과 기도가 따라야 하겠다.

2022/5/11 새벽 대화 단상

적으려고 아내에게 물으니 대소변 시간 무슨 약 메모가 뭐 중요하냐, 지나가면 아무 의미 없게 된다, 적는 시간에 좋은 생각이나 대화하고 남은 사람에게 의미 있을 것만 메모 적어라, 휴대폰 내려놓고 긴장 풀고 자는 게 좋겠다는 아내의 말.

그래, 고마워. 물 적신 거즈를 입에 물고 잠에 들기 전 스스로와 대화하며 들여다본다.

요새 자꾸 뭐든지 하거나 들은 걸 금방 잊어버려 불안해진 게야. 그래서 뭐든지 기억하려 메모하는 집착이 생겼다. 상황통제 욕구가 아직도 남아 상황에 맞서려다 상황에 휩쓸린 격일세! 상황에 OK하고 '지금여기'로 돌아와 머물지 못하고 벗어났어. 지금여기 현존하는 하느님 안에 머물며 소중한 걸 먼저 하는 게 아니라 일지 적듯 메모하려는 집착, 상황에 맞서는 NO 경향이 거기 있구나! 아직 남아 있구나!

메모가 파일째 사라져 아내의 감사일기 통해 1-7일치 복기를 시도하며 들었던 생각. 이 막판에 복기가 무슨 의미가 있나? 적는 게 무슨 의미가 있나? 손 들 힘이 떨어진거나 오타 만발 건망증, 아무리 전환국면 중요한 메모라도, 실수라 하더라도, 삭제파일을 찾지 못하는 것도 다 하느님의 뜻 아닌가?!

지금여기 '내 안에 머물러라.'

2022/05/19

더 이상 만져 볼 수는 없더라도 우리 주 하느님께서 영원히 우리와 함께 계신다는 임마누엘 하느님 안에 항상 당신과 함께 있을 거야!

잘 지내! 숨이 차오네! 빨리 마무리해!

그동안 당신 덕분에 행복했어! 눈물겹도록 고마워! 언제 어디서나 영원히 사랑해!

사랑하는 남편 정재돈 합장

자녀에게 남긴 글

한결에게

우리의 소중하고 사랑스러운 큰딸 한결아!

생일 축하해 짝짝! 네가 우리 첫딸로 태어나서 얼마나 기쁨을 주었는지 몰라!

할아버지, 할머니, 증조할아버지·할머니, 내 동생들은 물론, 삼촌 고모들까지 온통 기뻐하셨다. 한 살 때 윙크하고, 두 살 때 물이 엎질러지면 걸레 가지고 와 닦던 너. 나무를 보고 손가락질하며 '나' '나' 하고 파리보고 '파' '파'하며 말 배우던 사랑스러운 모습이 눈에 선하다. 네가 고맙고 사랑스럽고 한결이를 선물해주신 하느님께 무한 감사를 드렸다. 지금도 감격해 눈물이 난다.

말을 빨리 배우기도 했지만 언어감각, 언어구사력이 좋아 글쓰기를 특히 잘했다. 숙제를 안 하고 놀면 오줌 마려운 것 같다고 기가 막히게 표현하던 어린 네가 생각난다. 해야 할 일은 어떻게 해서든 반듯하게 해내서 잔소리할 일이 없었어. 다섯 살 때에도 맑은 목소리로 음정, 박자 정확하게 노래를 잘했어. 동화책이나 어른들 말 들으며 익힌 어려운 말을 얼마나 정확히 사

---

*병상에 누운 채 휴대폰으로 쓴 편지이다.

용했는지 듣는 사람을 깜짝깜짝 놀라게 했어. 어린애가 어떻게 저 말을 알고 쓰냐고! 그래서 지금 영화 번역도 피디가 손댈 데 없이 기가 막히게 잘하나 보다. 너의 번역서 《선물》과 《마지막 산책》이 자연스러운 문장으로 술술 읽히는 건 그러한 네 내공에서 나온 거지. 책 서두에 실린 '번역자의 말'을 읽을 때, 네가 글을 참 잘 쓴다고 생각했다. 기회 만들어 창작을 해도 좋겠다.

네가 번역한 영화 <토이 스토리>와 <성 아우구스투스>를 지인들과 같이 보았어. 영화 끝 자막에 네 이름 석 자가 올라갈 때 느꼈던 전율과 감동, 그 뿌듯함이 지금도 생생하다. 너는 네가 생각하는 것보다 훨씬 더 많은 능력과 달란트를 하느님께 받았다고 우리는 확신한다.

초등학교 1학년 입한 한 후 얼마 안 된 때였지. 깍두기 공책에 국어책을 그대로 베끼는 숙제였어. 1시간 넘게 정성껏 다 썼는데 띄어쓰기 한 개 잘못된 걸 안 거야. 너는 울면서 그걸 다 지우고, 다 다시 새로 썼어. 그만큼 정확하고 철저했다. 초등학교 고학년이 되어 네 방이 생기면서부터 너는 정리정돈을 아주 잘했다. 책상 서랍 어디에 무엇이 어떻게 있는지 정확히 알고 있어서 엄마가 갖다 쓰면 귀신같이 알아냈지.

또 집중력과 눈썰미가 뛰어나 이웃집 원도 엄마뿐 아니라 동네 아줌마들 파마 한 것 다 알았대. 눈썰미가 바로 직관력과 통찰력이야. 풍부한 표현력에 철저한 집중력까지 있는 건 금상첨화다. 우리가 부족하고 당시 나이 어린 부모라 너의 남다른 소양과 장점을 최대한 살려주지 못한 것 같아 늘 미안하다. 할머니한테서 자라다 서너 살에 엄마 아빠에게 왔는데 갓난 동생이 있었으니 맏이로서 느꼈을 박탈감이 얼마나 컸을까. 아기를 안고 보살피며 너를 큰애 취급할 때 네가 받았을 소외감과 외로움을 그때는 잘 몰랐단다. 그 후 오랫동안, 너를 세심하게 배려하지 못했다는 자책이 들어 미안하고 마음이 무거웠다. 그럼에도 야무지고 공감능력 뛰어나고 배려 깊은 사람으로 자라 주어 고맙다.

초등 1학년, 연구수업 하던 날엔 손님들 앞에서 어려운 거 물을 때 대답하려고 기다리다 선생님이 쉬운 것만 물어봐서 한마디도 못 해 속상해한 적도 있었다며? 안동에서 인천으로 중학교 3학년 때 전학 오자마자 올백을 맞아 우리에게 기쁨을 주었어. 우리 큰딸 한결이는 그야말로 군계일학의 풍모가 있어! 군계일학이란 말은 중3 때 널 가르치신 전성임 선생님이 너에 대해 표현한 말이야. 집 가까운 고등학교로 진학하면 좋았을 걸 명문고라고 그 먼 서인천고 다니느라 심신 모두 다 고생이 많았어.

중학교 때부터 굿모닝 팝스를 꾸준히 듣고, 네 덕분에 보람이도 따라서 공부했지. 삼육외국어학원 다니며 단계마다 Excellent 받던 너와 보람이가 영어로 말 주고받으며 웃던 기억이 선명해. 휴일이면 외국인 만나 영어 한다고 덕수궁 창경궁으로 다니곤 했지. 보람이가 너 따라 하다 보니 유학도 가고 오늘에 이른 게야. 네 숨은 공이 크지.

미국대학 교환학생 시절도 MP3 들어가며 올A를 받아, 고모 정혜영만 똑똑한 줄 아시던 내 LA 막내 이모를 놀라게 했지. 또 부드럽고 세심하게 상대를 배려하고 잘 들어주는 이모부의 모습을 보고 참 좋은 남편 아버지상을 그렸다던 네 말이 생각난다. 학비 줄 테니 거기 같이 살면서 더 공부하고 싶으면 해라 하시는 이모 권유를 마다하고 동부에 갔다 돌아왔지만, 참 자유롭고 편안한 시절이었다고 했지.

학교 다닐 때부터 친구들이 너에게 와서 상담하듯 얘기를 많이 한 것은 네가 특별한 눈썰미로 역지사지 상대방 입장에서 잘 들어주는 공감 능력이 뛰어난 거야. 소중한 보석이지.

무엇보다도, 엄마 예술고 교장 퇴임식 날 가장 큰 선물로 네가 인생의 동반자 이주헌을 데려왔지, 현구는 장민주를 데려오고. 여섯 명이 벅찬 감동으로 차를 나누던 그 기쁨이 생생하다. 곧 두 쌍 다 혼인을 하고 서로 아끼고 사랑하며 행복하게 사는 모습을 보면 더 큰 기쁨이고 감동이야! 천생연분 짝지어 주신 하느님께 감사드리고 우리에게 기쁨과 행복을 주는 너희가 고마울 뿐이다.

사랑한다, 든든한 우리 큰딸! 내가 없더라도 엄마 잘 모시고, 동생들과 자주 만나며 우애 있게 살기를 바란다. 언제 어디서나 영원히 너와 함께, 임마누엘 주님처럼 너와 가족이 행복하길 기도하며 같이 있으마!

2022년 5월 18일,
사랑하는 아빠가

보람에게

사랑하고 소중한 둘째 딸 보람아!

너의 어린 시절을 생각하면 미안한 일 먼저 떠오른다. 내가 오랜만에 집에 가면 얼마나 그리웠기에 어깨에 올라타기도 하고, 책을 들고 와 내 무릎 위에 엉덩이를 들이대며 읽어달라 졸랐다. 탈진해 돌아온 터라, 아빠는 글 모른다고 엄마한테 읽어 달라 하곤 했지. 그러면 너는 책을 들고 엉거주춤 서 있다가 엄마한테 갔는데 참 미안하고 후회스러워.

영호초 1-2학년, '가족의 생명을 구하자' 금연 포스터를 그려 성창아파트 집에 떡 붙였더라구, 그 마음을 모른 체할 수 없어 참다 참다 3일 금연 후 다시 피우게 되어 어린 네게 실망과 상처를 주었지. 늦게나마 용서를 청한다.

그럼에도 불구하고 아빠에 대한 믿음이 꽤 있었지. 주말에 아빠가 집에 오면, "안동댐 간 지도 오래됐다. 아빠, 내가 가자면 갈 거지?" 하며 안동댐, 민속촌으로 가족나들이를 하게 했다. 아빠의 마음을 움직이는 힘이 네게 있었어. 크면 아빠 같은 사람하고 결혼할 거라 할 만큼 깊은 신뢰를 주어 너무나 고맙게 생각했어.

또 전후 사정 고려 없이 내 주장을 고집하는 게 아니라 사람을 마음을 잘 읽고 내가 원하는 방향으로 끌어가는 남다른 리더십, 주도력(initiative, hegemony)을 네가 갖고 있구나! 이는 사람을 이해하고 사물의 본질을 꿰뚫어 보는 통찰력이 전제되어야 하잖아.

하느님 자연법칙 순리에 순응하고 따르듯이 사물의 운동 변화 발전(대립물의 통일 정반합)의 합법칙적 요구에 부응하는 과학적 철학적 태도가 이미 네게 자라고 있었다. 그래서 내 주장 열망 방식만 고집하다가 주관주의 패배주의에 빠지지 않고 일이 되게 만드는 실사구시 수동적 적극성을 체득해가는 거지!

실제 네 어렸을 적 생각을 하면 배려와 리더십, 통찰력과 포용력을 일찍부터 읽을 수 있었다. 엄마 퇴근길에 법상동 슈퍼

아주머니가 불러 들어가니 그날 있던 일을 얘기하더래. 네가 골목대장처럼 꼬마 친구들을 한 무리 끌고 들어와, "먹고 싶은 거 고르라."고 하더니 주인보고, "장부에 적어두세요." 하더란다. 너를 키워주는 할머니가 필요할 때마다 물건을 가져가며 (외상) 장부에 적어두라고 한 걸 보고 동네 친구들에게 인심 쓰려고 그대로 한 거지.

영호초 2학년 때, 성창주택에 살 때 첫 지방선거 합동 유세가 있었지. 너는 꽤 멀리 떨어진 낯선 곳 송현초등학교에 갔다 와서는, '2번 권오을이 제일 낫더라.'더니 마침내 그가 당선되었다. 어린애가 어떻게 혼자 집을 지나쳐 유세장에 갔으며 그런 통찰과 판세분석까지 한 게 놀랍고 신기했었다.

네가 중3 반장이었던 학년 말에 선생님들은 물론, 반 친구 모두에게 편지를 썼던 기억이 난다. 시험이 얼마 안 남은 때에 왜 그리하느냐 물어보니, 편지 못 받은 애가 섭섭해할까 봐 그렇다 했다고 했지. 역지사지 배려와 포용력에 감동했던 기억이 난다.

어렸을 때부터 너는 참 야물고 당찼어. 목성동성당 성심유치원에 다닐 때, 교구청 아저씨가 너 놀리느라 상지전문대 상지유치원이 더 좋다고 말했어. 너는 아냐 아니라고 나름 이유를 대며 성심유치원이 더 좋다고 맞섰어. 그래도 아저씨가 계속 우기니까 그만 울어버리더라구. 결국 그래 그래 아저씨가 항복하며 달래주었어.

목성동성당 김학록 안셀모 신부님이 노래 해보라고 시키니 각종 집회에서 보고 들었는지 독재타도 민주쟁취! 반전반핵 양키고홈! 투쟁구호까지 외치며 '타는 목마름으로 민주주의여 만세'였나 '참교육의 함성으로'를 끝까지 불렀던 네가 놀랍고 대

견했어.

중학교 1학년 입학한 직후 3월이었어. 안동에서 예천공항, 다시 김포공항까지 혼자 처음 비행기 타고 온 것, 전학 인사 때 반 친구들에게 "내 말을 사투리 놀리지 마라. 안동에서는 이 말이 표준어다." 했다는 말을 담임선생님 통해 듣고는 그 당당함과 용기에 감격했었다.

너는 아름다움에 대한 관심이 많았어. 화려한 드레스와 공주 인형을 좋아하고, 너의 긴 머리 묶을 때도 이렇게 저렇게 엄마한테 요구하는 게 많았어, 네 마음에 들 때까지. 그래서 서양화 전공을 하고 멋진 시화를 그리게 됐나?

너는 어휘력과 표현력, 언어능력이 탁월했어. 초등 시절부터 글쓰기를 잘해 시 〈장날〉로 영호초에서 장원을 하고, 인천에서는 새얼백일장 시 부문 차상 수상을 했지. 인명여고 학생회와 동아리 활동하며 논리와 감성이 어우러진 글을 쓴 기억이 난다. 또, 인명여고 시절, 외고 과학고 학생들을 제치고 인천시 영어 말하기 대회에서 은상을 받아 모두를 놀라게 했지. 어려서부터 언니 덕분에 굿모닝 팝스 듣고 삼육학원 매 단계 Excellent로 열심히 했지.

뿐만 아니라 수리력 뛰어나다는 걸 어렸을 때 우리가 알아봤다. 엄마가 너를 업고 나가 자동차 번호판 보고 숫자 말해주었더니 그다음에 "2", "1" 하더라. 유치원 때인지 초등 1학년인지 기억 안 나지만, 시계 보는 법을 네가 엄마한테 물었어. 1, 2, 3 숫자를 보고 5분 10분으로 알기 어렵겠다 싶었지만 가르쳐줬더니 금방 알더라고. 나도 놀랐어. 그 실력이 수능 수리능력평가에서 단 1개 틀리는 쾌거를 이뤘다고 본다.

이런 모든 게 합하여 오늘 너를 있게 했겠지. 우리 딸로 와주어 고맙고 크나큰 기쁨을 주며 잘 자라 주어 고맙다. 하느님께 감사드리며 특별한 은총과 축복 내리시길 기도한다. 개떡같이 얘기해도 찰떡같이 알아듣고 하나를 알려주면 열을 알던 보람아, 고마워 사랑해. 내가 없더라도 엄마 잘 모시고, 언니, 동생과 우애 있게 살기를 바란다.

언제 어디서나 영원히 너와 함께, 너와 가족의 행복을 기도하며 임마누엘 주님처럼 같이 있으마!

2022년 5월 18일,
사랑하는 아빠가

현구에게

우리의 사랑스럽고 소중한 아들 현구야

너는 어릴 때 유난히 귀여웠고, 누나들의 사랑을 많이 받았다. 할머니, 할아버지, 외할머니와 외가 식구들 사랑도 많이 받았고.

학교 갔다 와서 누나 둘이 어린 너를 서로 안아주겠다고 다퉈 순서를 정해줘야 했단다. 우유도 먹여주고 깍꿍깍꿍, 도리도리를 가르치며 눈 맞추고 즐거워했다. 누나들이 네 얼굴에 화장을 하고 곱게 꾸며 의자에 앉혀놓고 짝은 사진 기억나지? 지금 생각해도 웃음이 난다.

연갈색 멜빵 바지를 입고 파마머리에 마른 체격으로 놀던 서너 살 때 네 모습은 무척 귀여웠다.

당북동 시절 간신히 세발자전거 끌고 다니며 익히고, 놀이터

그네를 누나들이 밀어주는 걸 좋아했어. 엄마보고, 학교는 가지 말고 선생님은 하라고 말했다지? 복주여중 옆 아파트에 살았으니, 엄마하고 떨어져 있긴 싫어도 여학생들이 너를 귀여워해 주는 게 좋았던 모양이야. 성창아파트 살 때 어둑어둑한 저녁 무서울 텐데도 담배 사 오라면 망설이지 않고 뛰어가 사 와서 나에게 감동을 줬단다.

노래자랑 도전 30곡, 가족노래방 때는 제일 신이 나서 주도할 만큼 용기와 자신감과 리더십이 자라고 있었다. 어렸을 때는 김흥국의 아싸 호랑나비를 종종 노래하며 춤을 췄다. 시키면 서슴없이 신나게 하는 신명이 있었단다. 그런 타고난 노래 감각과 신명이 오늘 너를 멋진 뮤지션으로 성장시켰나 보다.

초등학교 2학년이었나, 국회 옆 한강고수부지 우리밀밭 그리기에서 최우수상, 글쓰기에서도 최우수상을 타고 얼마나 기뻐하던지 기억이 새롭다. 앨범에, 그때 행복하던 네 표정과 글, 신문기사 모두 있지?

안동에서 춘천 가는 길, 중앙선 기차 안에서 끝말잇기 스무고개 할 때 보면 누나들도 생각하지 못한 걸 잘 맞추는 직관력이 있었고, 울어보라고 하면 진짜로 눈물을 흘렸어. 슬픈 생각을 하면 눈물이 난대. 그 정도로 풍부한 상상력과 감수성을 타고났어. 그런 상상력과 직관력과 감수성이 살아가는 데 상처나 장애가 되는 거침돌이 아니라 디딤돌이 되길 바란다. 노래하는 데나 작사 작곡하는 데 좋게 작용할 것으로 보인다. 사람들을 이해 공감 관계하는 데도, 사업하는 데도 꼭 필요한 사람 사업의 큰 장점이다.

내가 게임기를 사줬을 때 얼마나 기뻐하고 좋아했는지 몰라.

그 후 게임기를 끼고 살고 PC게임으로 연결되어 너무 많이 빠지는 건 아닌가 걱정스럽고 게임기 사준 걸 후회한 적도 있었다. 그러나 다른 측면에서는 네가 승부 근성이 좀 있지 않나 싶다. 송도유원지에서 간이골프 치고 좋아하던 모습, 게임을 즐기는 것이 그렇고 풍림아파트 살 때 축구 패스 연습 농구 연습을 하는 거로 보아 승부 근성이 있어. 지는 거 싫어하고 이겨야 하는 데에 집착할 수도 있지만 철저한 준비로 이길 수 있을 때만 붙어보는 지혜로움이기도 하지. '할 만하면 붙어보고 여차하면 도망간다.' 였던가? 어릴 때 좌우명 숙제를 그리 써 갔다며? 우선 피하고 기다리며 기회를 보는 거지. 그런 점에서는 네가 비교적 현실적인 면이 있어.

내게 예금보다 부동산투자를 권하기도 하고, 주식 공부를 하며 재미있어하는 걸로 보아 우리보다 훨씬 현실 경제에 흐름을 잘 알기도 하잖아! 흐름을 잘 알고 그걸 활용해 하고 싶은 걸 관철하는 것도 큰 장점이다. 공부도 하고 내공도 쌓여야 생기는 능력이거든. 마치 역풍을 탓하고만 있는 게 아니라 오히려 맞바람을 이용해 내 돛을 잡고 움직여 결국 내 가고자 하는 쪽으로 가는 돛단배와 같은 이치! 흐름이나 상황을 탓하고 부정 적대 맞서려 하기보다 어쩔 수 없이 오는 상황 흐름에 OK하고 거기서 유리한 국면을 만드는데 현실적으로 할 수 있는 걸 해보는 거지!

우리 아들로 너를 보내주신 하느님께 감사하고 너로 인해 나는 큰 기쁨을 누렸다.

SBS 판타스틱 듀오 프로그램에 나와서 〈걱정 말아요 그대〉로 경선을 벌이던 게 2016년이었지. 전인권 듀오로 경선에서 뽑히고, 전인권과 듀엣으로 〈그것만이 내 세상〉을 불러 7대 판듀 왕좌에 등극했을 때 나는 놀라 벌떡 일어났다. 나 때문에 무대를 가렸는데도 뒷좌석에 무안한 것도 잊고 박수 치고 환호를 보냈던 일, 지금도 그 감격이 생생하다.

우리에게 온 더없는 선물, 이쁜 민주를 만나 서로 아끼고 사랑하며 행복하게 살아가니 너무나 고마워! 사랑한다!

너는 내 클 때 판박이라는 생각이 든다. 담배를 이쯤 해서 작별하는 게 어떻겠냐? 나도 지금도 피고 싶고 꿈에서는 피지만 노래하는 네 목청이나 태어날 아이에게 담배 냄새 피울 수는 없지 않냐. 나야 어쩔 수 없이 못 피는 거지만, 안 피우게 되면 훨씬 가벼워진다. 네가 그런 마음 먹었다니 다행이다.

네가 중학생 때 가출했을 때 얼마나 노심초사하고 엄마는 묵주기도 하며 다녔다. 나중에 상담 선생님께, 엄마 아빠에 대한 신뢰가 크다는 말 듣고 안심이 되었단다. 네가 집에 돌아왔을 때 얼마나 고맙고 다행스러웠는지……. 그때 내가 너를 안아주고 이해한다고 했어야 하는데 내 마음을 표현할 줄 몰랐어. 지금 생각해도 미안하다.

송도고 자퇴서 쓰고 나올 때는 앞으로 어떻게 되려고 그러나 참으로 참담하고 걱정스러웠다. 그러나 그때 만난 보컬이 너에게 큰 의미로 다가온 걸 보면 '좋은지 나쁜지'는 섣불리 판단하기 어렵다는 생각이 든다. 너는 이후 복학했고 집중 공부해서 실용음악과에 진학했으니 말이다. 어떤 상황이 오든 긍정적 태도로 'Yes'하고, 감사하는 마음으로 최선을 선택하면 다 축복의 자리가 된다.

돌아보니, 아빠도 그 옛날에 너처럼 어깃장하고 담배하고 할

아버지한테 혼나던 생각이 난다. 할아버지가 책 다 태워버리며 자퇴하라고 했는데, 선생님이 오셔서 설득해 학교를 다녔단다.

나중에 교장 첩의 딸과 연애하며 장가보내 달라고 할아버지한테 말했더니, 너그럽게 그 여자애 만나고 와서, 지금은 공부하고 커서 때가 되면 결혼시켜 주겠다 하셔서 고마웠다. 가출할 생각은 못 했어. 갈 데도 없고 돈도 없어서.

소탐대실, 작은 걸 탐하다가 큰 것을 잃지 마라! 작은 것에 목숨 걸지 말고 소중한 걸 먼저 하라. 무엇이 중한지 우선순위 경중완급 따져 엉킨 실타래 실마리 풀듯 중심고리를 먼저 풀어라!

소중한 사람과의 관계를 위해서는 하기 싫어도 해야 할 일이 있다. 나도 술을 잘못했는데 100번 이상 토하면서 어울리고 함께하려고 기를 쓰곤 했다.

내가 없더라도 엄마 잘 모시고, 누나들과 자주 만나며 우애 있게 살기를 바란다. 언제 어디서나 영원히 너와 함께, 너와 가족의 행복을 기도하며 임마누엘 주님처럼 같이 있으마! 사랑한다. 우리 아들!

2022년 5월 18일,
사랑하는 아빠가

세상에 살아있는 당신 심영란

어찌 흘러갔는지, 돌아보니 남편 떠난 지 벌써 1년이 되었습니다. 인생 굽이굽이를 같이 걷다가 갑자기 손 놓고 사라져버린 남편을 찾아 두리번거리는 한 해였습니다. 당신 어디 갔어? 왜 안 오는 거야? 웃고 있는 그의 영정사진을 보며 되묻다가 허허로움으로 목 놓아 울던 중에, 김기태 후배님이 찾아왔습니다. 반갑고 고마웠습니다. 남편의 평전을 기획한다는 말을 들었고, 그를 그리워하는 선후배님들 글을 모아 이렇게 추모문집이 나오게 되었습니다.

"이거 참…… 뭘 이런 걸…… 여하튼 억수로 고맙습니다!"

이 책을 보면, 민망한 듯 쑥스럽게 웃으며 그가 마음을 다해 인사할 것 같습니다. 제가 그렇듯, 사랑해주시고 책으로 엮어주심에 감동하면서.

든든했던 우리 가족의 울타리

평생을 동지들과 함께 하고 싶은 일을 해온 남편, 부족함을 감싸주며 그리움과 따스한 정을 글로 전하시는 분들이 이리도 많으니 그는 진정 축복받은 사람이지요. 남편의 흔적을 읽으니 그는 내가 알던 것보다 품이 훨씬 너른 멋진 사람이었습니다.

그래서 더 아쉽고 더 미안합니다.

그는 가족에게도 푸근하고 편안했습니다. 곁에 머문 시간이 절대적으로 부족하고 방전된 채 집으로 돌아온 적이 많았어요. 잦은 이사가 힘들어 우리도 집을 사자는 말에 집 없는 사람이 얼마나 많은데 그런 소리냐고 윽박질러 아무 소리 못 하고 이삿짐을 꾸리던 젊은 시절도 있었구요.

그렇지만 햇살 좋은 날 우리 아이들과 뒷동산에 오르면 라면과 김밥으로 행복했어요. 단풍 물든 숲길을 걸으며 콧노래를 불렀고 그가 집에 오는 날은 맛있는 거 차려놓고 온 가족이 설렜어요. 첫 가족여행 제주에서는 다 큰 아이들에게 뭐라도 사주고 싶어 기어이 선물을 안기는 아빠였어요. 그런데 그거 알아요? 사실은 당신과 당신 삶 자체가 우리에게는 선물이었다는 거.

아픈 중에도 부은 발을 내밀어 딸사위와 아들며느리, 딸애 남자친구에게 마사지를 받으며 환하게 웃었지요. 남편은, 어떤 경우라도 변함없이 우리 편이라는 믿음을 심어준 든든한 울타리였습니다.

백일 동안의 선물 같은 시간

앰뷸런스로 수차례 병원을 드나들다, 마지막 백여 일은 병원에서 같이 보냈습니다. 병세가 깊어 집으로 돌아가기 힘들다는 통보를 받고 땅속으로 가라앉듯 절망스러웠지만, 돌아보니 그 시간은 그가 남긴 마지막 선물이었습니다. 좋아하는 풍경, 먹고 싶은 음식, 즐겨 부르던 노래, 행복했던 순간과 아쉬움, 아이들과의 추억 등 생각나는 대로 떠들며 '지금여기'에 감사하며 머무르려 했습니다. 아이들에게 편지를 쓰고 커다란 창으로 보이는 흰 구름과 맑은 하늘의 평화를 즐겼습니다. 일어서야만 내려다보이는 황홀한 저녁노을과 연초록으로 돋아난 잎과 봄꽃을 사진 찍어 보여주면 '참 이쁘네.' 하며 빙긋이 웃었어요. 43년 부부로 살면서 못다 나눈 응어리를 풀고 미안하다 고맙다 사랑한다로 마무리했으니 선물 같은 시간이었음이 틀림없지요. 떠나기 보름 전, 카톡으로 여러분께 감사의 하직 인사를 드리던 그는 가족에 둘러싸여 눈을 감는 순간까지 참 의연하고 평온했습니다. 곁에 있던 저와 의료진도 그렇게 떠나리라고 예측할 수 없을 정도로.

엄마와 어떻게 만났냐고 묻는 딸과 며느리에게 옛날을 더듬던 그의 숨찬 말소리는 녹음으로 남았습니다. 작년 1월, 산소 콧줄을 낀 그를 사진관에 데려가 16년 만에 찍은 가족사진은 거실에 걸려있습니다. 남편과 주고받은 편지 뭉치들과 부부대화 공책들, 순간순간을 정지화면으로 담아낸 사진들, 어른이 된 아이들 속에 남편이 사무치게 살아있습니다.
그러나 여전히 밥상을 마주하거나 햇살 가득한 거실에서 톡톡 손톱을 깎으며 두런거리던 소소한 일상들이 그립습니다.

병상에 있는 저희 부부에게 기도와 격려, 위로를 해주신 많은 분들, 장례식에 오셔서 작별의 정을 나누신 고마운 분들께 넋이 빠진 채 큰일을 겪느라 제대로 인사도 못했습니다. 죄송하고 고맙습니다.
여는 글을 써주신 안동교구 권혁주 주교님, 정성헌 아재, 이병철 형님과 남편 모습을 새록새록 되살려주신 필자분들께 남편과 함께 깊이 감사드립니다. 사정이 있어 필자로 모시지 못했지만 남편을 사랑해주신 여러 선후배님들 마음도 잊지 않겠습니다.

시간을 쪼개 바쁘게 사는 중에도 결실을 맺어준 김기태 님, 유영훈 님, 이재호 님, 박영대 님, 강민수 님, 송성호 님, 아픈 중에 마음 보태준 정기환 님에게 다시 한 번 감사드립니다.

연로하신 시어머님과 가족, 남편을 아끼는 분들 안에 그이가 아름답게 살아나도록 문집을 내주셨으니 이 또한 고맙습니다.

심영란은 정재돈의 아내이며 교직 생활을 하다가 정년퇴임하였으며, 28년간 ME 발표팀으로 활동하였다.

정재돈 약력

1955년 강원도 춘성군 남면 방곡리_{강촌}에서 정일섭, 유병애의 5남매 중 맏아들로 태어났다.

1967년 남산초등학교 졸업하고, 1970년 창촌중학교를 졸업하였다.

1970년 춘천고등학교에 입학하였다. 전국적으로 교련반대시위가 벌어지던 고2때 고교연합교련경시대회장 연좌시위와 관련하여 무기정학을 당했다. 1973년 졸업하였다.

1973년 강원대 사범대 국어교육과에 입학했고, 2학년이던 1974년 박정희 유신독재를 물리치고자 전국적 봉기를 조직하던 민청학련과 연계하여 학내시위를 준비하던 중 4월 3일 중앙정보부에 연행, 구속되어 민청학련 관련 막내 소년수로서 비상군법회의에서 징역 장기 10년, 단기 5년을 받아 서대문구치소, 안양교도소, 부산교도소에서 복역하다 1975년 2월 16일 형집행정지로 출소하였다. 이 과정에서 강원대학교에서 제적되었다. 못다 배운 학업은 2000년 한국방송통신대 경제학과에 편입하여 계속하였고, 2003년 졸업했다. 바로 그 다음해인 2004년 강원대 사범대 국어교육과에서 명예졸업하게 되었다.

1975년 출소 후 민주화운동을 계속하기로 결심하고 가톨릭농민회이하 가농 강원연합회 이사로 1977년까지 일했다. 1977년 안동교구청 농민사목부장으로 발령받아 농민운동의 모범사례를 지속적으로 만들어낸 안동가농과 관계를 맺고 가농의 발전에 헌신하기 시작하였다

1979년 안동가농 총무이사로서 일할 때 속칭 오원춘사건이 발생하여 〈짓밟히는 농민운동〉 유인물을 천주교정의구현전국사제단을 통해 배포한 혐의로 정호경 신부와 함께 대통령 긴급조치9호 위반으로 구속되었으나, 10·26 박정희 사망 후 긴급조치가 해제되어 구속집행정지로 나왔다.

1980년 5·18 광주 북동성당 집회에 참석한 후 광주민주항쟁의 진상을 대구경북지역에 알려나갔다. 이에 '대구에서 제2의 광주항쟁을 획책'한 혐의로 포고령 위반으로 대구합동수사본부에 연행되어 한 달간 숱한 구타와 고문을 당했다.

1983년 대구가농 총무이사로 일하면서 농협민주화, 농지세시정, 외국농축산물수입저지 등 현장활동을 주도하였다. 또한 1984년에는 경북민주통일민중운동연합민통련을 조직하고 초대 상임위원으로서 지역 민주화운동을 주도하였다.

1985년 민주화운동과 농민운동이 전국적으로 확대되자 한국가톨릭농민회 전국본부 교육부장으로 자리를 옮겨 가톨릭농민회의 전국적 기반을 닦고 확대하는 일에 헌신했다.

1987년 민주헌법쟁취국민운동시군지부 건설과 6월민주항쟁의 지역적 확대와 전국화를 위해 노력하였다. 그 가운데 춘천 집회에서 지도부와 함께 연행되었다.

1989년 87년 민주화운동의 승리 이후 농민운동과 민주화운동의 대중적 확산이 계속되었다. 이를 적극적으로 반영하기 위해 농민운동단체의 통합을 적극 주장하며 전국농민운동연합의 결성을 주도하고 정책실장을 맡았다. 또한 민주화운동의 연대를 위해 전국민족민주운동연합전민련 상임정책위원의 역할을 맡아 정력적으로 일해 나갔다. 이런 활동 중에 불고지죄 등으로 안전기획부에 연행되어 여러 날 조사를 받기도 했다.

1990년 89년 가농 군단위협의회를 군농민회로 전환하는 활동 속에서 농민단체들의 통합기운을 높여, 마침내 전국농민회총연맹을 결성하는 데 주도적인 역할을 하고 초대 사무차장 겸 조직국장을 맡았다.

1992년 전농 활동 이후 이길재 국회의원실에서 보좌관으로 일했다. 농민운동과 사회운동을 경험을 정치공간에서 제도화, 정책화하기 위해 노력하였다.

1994년 보좌관 활동을 마무리하고 다시 생명·공동체 대안운동으로서 새가농운동에 참여하였다. 민주화 이후의 지속적 발전을 위해서는 개인사람과 사회제도의 동시적 변혁 향상을 이루어야 한다는 성찰 속에서 생명운동, 공동체운동을 모색하고 전개하기 위해 1994년부터 1996년까지 사단법인 우리밀살리기운동본부 조직부장과 사무처장을 역임했으며, 1996년부터 2000년까지 한국가톨릭농민회 사무총장 겸 (주)가농유통 대표이사, 사단법인 우리농촌살리기운동본부 사무총장을 겸임하였다. 이들 조직은 90년대 소비자생협운동에서 주도적인 역할을 하였으며 이후 친환경농업육성지원법, 생협법이 제정되는 데 많은 기여를 하였다. 따라서 1999년 사단법인 소비자생활협동조합중앙회 이사 및 부회장을 역임하였다. 한편 IMF 이후로 어려워진 우리밀살리기운동본부의 이사와 이사장을 맡아 정상화를 위해 노력하였다.

1998년 가농의 성장과 사회적 영향력을 세계적으로 인정받게 되었고, 그 결과 국제가톨릭농민운동연맹FIMARC 상임이사로 선임되었다. 또한 90년대 내내 진행된 농협개혁운동을 정부가 받아들여 농림부는 협동조합개혁위원회를 만들었고, 이 위원회의 원활한 운영을 책임지는 공동 실무작업반장을 맡았다.

2000년대 이후 민주화운동의 성과를 안착하기 위해 노력하였다. 재단법인 민주화운동기념사업회 기념행사기획자문위원2002-2008, 천주교인권위원회 이사2005-2015, 민청학련운동계승사업회 운영위원2002-2008, 월간 〈말〉 편집위원2003-2004으로 일했다. 지난 30여 년의 쉼 없는 민주화, 농민운동의 공로를 인정받아 2003년 5·18 광주민주유공자로 선정되었고, 대통령자문 민주평화통일자문회의 자문위원2003-2009, 상임위원2007-2009을 역임하였다. 2010년대에도 이런 활동은 이어져 6월민주항쟁계승사업회 상임이사2011-2015, 민주화운동공제회 이사2011-2021로서 최선을 다했다.

2004년 가톨릭농민회 회장을 맡고, 동시에 전국농민연대/농민연합의 상임대표로 추대되었다. 농업계 전체를 대변하기 위해 단체 간 서로 다른 이해와 요구를 조정하며 쌀 재협상, FTA, WTO/DDA 등 각종 현안에 공동 대응, 대안을 모색하며 공동실천의 수준을 높여 상설적 연합체로 확대발전을 가져왔다. 이 과정에서 다양한 민간활동의 자문위원 및 정부와의 거버넌스 활동도 성실히 수행했다. (재)지역재단 자문위원 2004-2015, 대통령소속 농어촌농어업특별대책위원회 자문위원 2004-2005, 중앙농정심의회 위원2005-2007 등의 활동이 그것이다.

2000년대 내내 한반도평화체제 구축과 남북농업교류를 위한 실천 활동에 전력투구하였다. 한국가톨릭농민회 남북농업교류협력위원장 겸 천주교 주교회의 민족화해위원2003-2004을 시작으로 6·15선언4돌기념 우리민족대회 공동대회장2004, 남북농민통일대회 남측단장2004, 민족화해협력범국민협의회 공동의장, 6·15선언실천과 한반도평화를 위한 통일연대 공동대표, 6·15선언실천을위한남북해외민족공동위원회민족공동위남측위 공동대표/운영위원/농민본부 공동대표이상 3개 활동 2005-2007, 통일부 통일교육위원2007-2009, (사)통일농수산 공동대표 2005-2015 등의 역할을 맡아 남북의 평화로운 공존과 통일, 특히 농업부문의 실천적인 남북교류를 위해 노력하였다.

2008년 더욱 넓은 대중적 대안운동을 위해 국민농업과 먹거리운동에 기여하기 시작하였다. 농민의 농업만이 아니라 국민과 함께 하는 농업, 국민의 농업으로 되어야 한다는 공감 속에서 2008년 농업계와 각계를 망라한 네트워크, 소통의 장으로서 '국민농업포럼'을 창립하여 준비위원장/공동대표/상임대표2008-2015로서 노력하였다. 이 가운데 식생활교육법 입법추진단장을 맡아 각계각층 관련단체와 연대틀을 구성하고 지방순회토론회를 조직화하여 여론을 수렴하고, 식생활교육지원법 제정 활동에 앞장섰다. 2009년 법 제정 후에는 국민건강 증진, 생태환경 보전, 전통식문화 계승, 식량자급률 제고와 지속가능한 농업농촌, 그리고 국민경제 발전에 기여하고자 각계각층의 뜻을 모아 발족한 '식생활교육국민네트워크' 공동대표2009-2014이자 '국가식생활교육위원회' 공동위원장2010-2014으로서, 향후 5개년간의 국가식생활교육기본계획을 마련하는 등 민관합동의 국민 운동으로서 식생활교육운동의 기틀을 마련하기 위해 노력하였다. 또한 농업인의 폭넓은 조직화를 위해 2011년 농어업회의소 추진 운동을 전개하였으며, 2012년 이후 정부 전체의 농정 대안을 만들기 위한 노력으로 대안농정대토론회 조직위원장을 맡아 2016년까지 매년 토론회를 주최하였다. 그 논의 결과는 문재인 정부의 농업정책으로 상당히 반영되었다. 민간 농업계의 다양한 대안논의의 대표로서 정부의 거버넌스 조직인 농어업선진화위원회의 공동위원장2009~2010을 맡아 이명박 정부 시절 농정의 후퇴를 최소화시키고, 농민운동의 체계적인 정비를 위해 헌신했다.

2008년 또 다른 대안운동의 방향으로 협동조합 및 사회적경제 운동의 대중화 및 제도화를 위해 노력하기 시작하였다. (사)한국협동조합연구소 이사장2008-2015으로서 국회와 여야, 민간의 의견을 조정하여 농협개혁과 협동조합기본법 제정 등에 크게 기여했다. 농식품부의 농협개혁위원회 위원2008-2009으로 활동하며 농협중앙회의 지배구조개편2009과 사업구조개편2011 농협법개정을 이끌어 내는 데 기여했다. 또한 협동조합기본법 제정 연대회의 상임고문2011을 맡아 협동조합기본법 제

정을 이뤘으며, 유엔이 정한 '세계 협동조합의 해' 한국조직위
원회 위원장2012으로서 우리나라에서도 모든 협동조합이 모
여 기념행사를 갖게 하는데 중심적인 역할을 했다.

2016년 이후 점차 몸이 쇠약해져 사회활동을 줄이면서 가족과
함께 다시 건강해지기 위해 노력하였다.

2022년 6월 6일 하느님의 품에 안겼다. 유족으로 아내 심영란
과 자녀 한결, 보람, 현구가 있다.

그리운 사람, 정재돈

1971.
고등학교 때 유도 수련

1972.
춘천고 3학년 때의 증명사진

1973.10. 야학활동 중 춘천 위도 소풍. 뒷줄 왼쪽부터 정재돈, 장진호, 김창복, 심태산, 원영만, 허진, 최승수, 백문식 선생

1975. 2. 민청학련사건으로 투옥 후 출소기념으로 친구들과 함께

1978. 안동교구청 앞에서 김수환 추기경, 두봉 주교, 김욱태 신부 등과 함께

안동농민회 초기시절. 김덕기, 정연석, 정재돈, 류강하 신부, 권종대

1979.1. 결혼축하사진. 앞줄 유인태, 김학민, 이신범 부부, 뒷줄 이재웅, 최승수, 이병철, 심태산

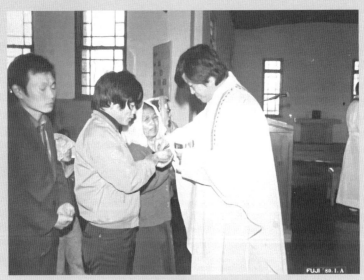

1980.1. 오원춘사건 석방기념미사에서 정재돈, 오원춘, 정호경 신부

2004.6. 남북농민통일대회 남측 단장으로 방북 활동 중

2004.7. 사단법인 우리농촌살리기운동본부 창립 10주년 기념 심포지엄에서

2004.11. 전국농민대회 행사장에서

2005.3. 북한에 못자리용 비닐 보내기 운동본부 활동 중

2005. 3. 6·15공동선언실천을 위한 남북해외공동위원회 결성식 금강산 회의장에서

2005.4. 쌀 협상 이면 합의 규탄 집회에서

2005.12. WTO 제6차 홍콩각료회의 농민투쟁단 활동 중

2006.4.
국제가톨릭농민운동연맹
(FIMARC) 총회에서
안동교구 회원들과 함께

2006.4. 한미FTA 저지 범국민대회장에서 연설

2007.2. 가농·우리농 대의원총회를 열었던 금강산호텔에서

2007.6. 6·15공동선언 7돌 민족단합대회 평양행사장에서

2007.9. 대북 수해복구 물자지원 활동 중

2011.2. 안나푸르나 등정 중 3,700미터 MBC(Machhapuchhpe Base Camp)에서

2012.5. 세계 협동조합의 해 한국조직위원회 출범식장에서

2012.6. 산책길에

2022.1. 마지막 가족사진

그대와 평화에 닿았다

생명평화운동가 정재돈의 삶을 함께 쓰다

초판 1쇄 발행 | 2023년 6월 5일

지은이 | 정재돈 외
펴낸이 | 이재호
책임편집 | 이필태

펴낸곳 | 리북(LeeBook)
등 록 | 1995년 12월 21일 제2014-000050호
주 소 | 경기도 파주시 회동길 50, 4층(문발동)
전 화 | 031-955-6435
팩 스 | 031-955-6437
홈페이지 | www.leebook.com

정 가 | 18,000원

ISBN | 978-89-97496-67-9